兵血未冷

唐忍 ★ 作品

BING XUE WEI LENG

北京联合出版公司
Beijing United Publishing Co.,Ltd.

图书在版编目（CIP）数据

兵血未冷 / 唐忍著. -- 北京 ： 北京联合出版公司，
2017.5
　ISBN 978-7-5502-9832-3

　Ⅰ. ①兵… Ⅱ. ①唐… Ⅲ. ①长篇小说－中国－当代
Ⅳ. ①I247.5

中国版本图书馆CIP数据核字(2017)第031475号

兵血未冷

作　　者：唐　忍
出版统筹：新华先锋
责任编辑：徐秀琴
特约监制：林　丽
策划编辑：朱　瑞　李　娜
ＩＰ运营：覃诗斯
封面设计：郑金将
版式设计：刘　宽
营销统筹：章艳芬

北京联合出版公司出版
（北京市西城区德外大街83号楼9层　100088）
北京慧美印刷有限公司印刷　新华书店经销
字数214千字　787毫米×1092毫米　1/16　19印张
2017年5月第1版　2017年5月第1次印刷
ISBN 978-7-5502-9832-3
定价：39.80元

目　录

第一章　绝路逢生

★★★★★

茫茫的亚热带丛林一眼望不到尽头，炙热的高温、闷热的空气，让这片人迹罕至的不毛之地变成了人间炼狱。

汹涌的怒江挟裹着千斤之力，从青藏高原东部高山谷地奔腾而下，孕育了这生机勃勃的丛林世界。地上沉积着厚厚的落叶，散发出一阵阵难闻的腐败气息。一条黄褐色的蚂蟥藏匿在腐叶下，循着血液的味道，慢慢爬向它的食物。然而此刻，几股外来的顽强生命，打破了丛林原有的宁静。

"报告，目标已突破两道防线，即将逃入原始森林！"

"务必坚守最后防线，援兵将在 5 分钟后到达！"

"收到！"

沙沙沙，沙沙沙，一阵窸窸窣窣的声音由远及近慢慢传来。

深蓝色的特警服，95 式突击步枪，一支 3 人搜索小队正快速朝这边穿梭而来。

坚韧的丛林靴踏过地上的厚厚腐叶，受惊的蚂蟥立即蜷缩成团，隐匿到松软的泥土中去。然而，他们并未觉察到隐藏在暗处的顽强生命，循着风声，继续向丛林深处追踪而去。

一处不起眼儿的落叶堆忽然高高一耸，竟从下面钻出一个人来，满身泥泞，脏污不堪！

吴劫，曾服役于东南军区"蓝剑"特种部队，因暗杀一名特警狙击手，在逃。

来不及擦去满脸的泥污，吴劫迅速收起92式手枪，拔出贴身利刃，向搜索小队60度斜向逃去。

形势很不乐观，连西南军区"黑虎"特种部队和西北军区"灵狐"特种部队也参与了追捕，这次行动的代价之大，是吴劫始料未及的！中国陆军两大王牌特种部队联手，快要压得他喘不过气来了！

哗……哗哗……十几米开外的丛林某处，汹涌澎湃的峡谷瀑布即在眼前，急湍的流水声顺着阵阵林风由远及近，此起彼伏。

雪亮的匕首在灼人的日光下熠熠生寒，吴劫敏捷的身影在林间荆棘中快速穿梭，幽魂一般落地无声，形同鬼魅！

闷热的林风给大地带来了不安的气息，也带来了潜藏的隐秘危机！

唰——唰——一个巨大的黑影从三米多高的树干上一跃而下，稳稳着地；紧接着，一个敏捷的身影也从旁边的草丛中蹿了出来。吴劫急促的脚步戛然而止，三个面容刚毅的男人隔着数米距离遥遥相望。

"老林，你果然有一手，这家伙被逮个正着！"

"小心，他可不好对付！"

赵正雄，182厘米，83千克，绰号"黑熊"，西南军区"黑虎"特种部队中队长，擅长徒手格斗，外家功夫炉火纯青，全国特种兵比武常胜者；林旭，西北军区"灵狐"特种部队精锐，擅长潜伏渗透和闪电追踪。

中国陆军三大王牌特种部队的精英战士在人迹罕至的原始丛林中相遇了！

"吴劫，收手吧，你逃不掉的。"看到吴劫这般境况，林旭有些不忍，毕竟是兄弟部队的人，或者，曾经是。

刀锋一转，吴劫眼中渐露寒意："不可能。"

赵正雄瞪着他，表情庄重："都是兄弟，犯不着兵戎相见吧！"

"让我过去。"

"军令如山，你知道，这不可能！"

吴劫眼神瞬间阴冷下来，拉开架势："来吧！"

林旭警觉起来，突击步枪立刻瞄准过去！

赵正雄眼珠子一转，不屑道："二对一，还要动枪？这要是传出去，别人还不戳我的脊梁骨，说我们'黑虎'欺负'蓝剑'？"

"黑熊，别节外生枝！"

"放心啦，没事的。"赵正雄胸有成竹，一边活动手腕、脚腕，一边俯视着比他矮了近10厘米的吴劫，"早就听说蓝剑的吴劫散打全军区没有对手，和凌中队不分高下，我黑熊倒要领教一下！"

林旭跟上来："黑熊，军令在身！让他跑了，我们没法儿交代！"

赵正雄忽地转过身，阴沉着脸："你是说我们'黑虎'不如'蓝剑'？"

"我不是这个意思……"

"不许开枪！"

"杀！"就在两人纠缠的时候，吴劫已然开攻！脚尖一点地，人已经弹出去两米多远，右手一拳，直朝赵正雄侧肋奔去！

拳头未至，风声已至！但赵正雄久经沙场，实战经验丰富，岂会被人偷袭？他连头也没回，一把将林旭推开，身子向后一闪，轻易就避开了吴劫的背后偷袭！

一击不成，吴劫当下一个回旋，掉过身子，左拳直朝着赵正雄侧脸袭去！赵正雄也不闪避，飞起一脚迎了上去。

砰！一个沉沉的闷响，吴劫只感觉左臂一麻，人已经被强大的力量弹回来，连着向后退了三米多远！

啪！赵正雄一脚踏地，稳稳停下来，眼神中大放异彩，这是久未逢敌手的饥渴！

这一次，换赵正雄出手了！

不等吴劫回过神儿，巨大的黑影已倏然而至！嗖嗖——几记劲道十足的回旋踢横扫过来，掠过之处，半人高的藤蔓纷纷折断，直逼得吴劫连连后退！

唰，又一道劲风从耳边传来，吴劫连忙伸手架挡，一记铁拳重重击在他的前臂上！还没细细品尝它的滋味，又一记凶狠霸道的正踢直奔着他的面门而来。仓促之间，吴劫只得交叠双掌护住面部，硬接下这一脚！

砰！一声低沉厚重的撞击声，让吴劫竟踉踉跄跄向后退了十多步！

赵正雄抱起双肘，眼睛一斜，一脸的冷笑，和臂章上的虎头一样阴冷，让人顿生寒意！可是，这个冷笑在下一秒钟就僵住了！

才定住身子，吴劫以难以想象的爆发力全力反冲回来！耀眼的日光下，他手中的野战刀闪烁着阴冷的寒光。

现场氛围骤变，林旭掉过枪头，95式突击步枪旋即瞄准了吴劫，只要一个点射，吴劫避无可避！

赵正雄飞起一脚，嗖，地上一块拳头大小的石头疾驰而去，"咣当"一声撞歪了林旭手里的步枪！

"老林，你别插手！"

噌，赵正雄也不客气，拔出腿侧的军刀，迎着野战刀冲了上去。

双方互不相让，唯有以最野蛮也最简单的方法——厮杀，来决定彼此的生存！

比起猎刀，短小的野战刀更为精悍，近身厮杀最实用！直刺、横劈、斜削，稍有不慎，轻则见血，重则命丧！

锋利的野战刀和军刀撞击到一起，寒光四闪，火星飞溅！

比起腿法，吴劫对近身刀战更加注重！暴露的咽喉、颈动脉、心口，短小精悍的野战刀在吴劫手中犹如嗜血狼牙，每一次攻击都直奔要害！

几个回合下来，赵正雄明显处于下风，雪亮军刀失去原有的阴冷，变得黯淡无光。比起刚才的威风凛凛，他此刻的境况颇为窘迫，徒有招架之功，毫无反击之力，被吴劫的野战刀肆意狂虐！

短短三分钟，吴劫和赵正雄你来我往，各有攻守，以格斗见长的赵正雄并没有在吴劫的野战刀下讨到半点儿便宜！随着战地的转移，几十米落差的丛林瀑布已近在咫尺。哗哗啦啦，汹涌澎湃的飞瀑浩浩荡荡，落水声震耳欲聋！

望着两人不断向瀑布口挪近，林旭心中焦急万分。"黑熊"的臭脾气他再清楚不过，违了他的意思，定要跟人拼命！可是，万一……

嗒嗒——几声清脆的枪响从不远处的密林里传来，由远及近，一直射到吴劫和赵正雄脚下，将他们两人逼开！

吴劫一瞄眼，密林深处的灌草丛中，一个模糊的人影正急速向这边直奔过来，可惜，距离太远，看不真切。

赵正雄高度警戒，自然不会错过这么好的机会，一个高摆腿甩过去，正中吴劫胸口！

糟糕！赵正雄暗叫一声，他这一记摆腿力量过大，直逼得吴劫连连退却，一个踉跄，竟跌下几十米高的断崖瀑布！

千钧一发之际，赵正雄几个跨步冲过去，可惜还是迟了一步。

林旭紧跟着贴上来，对着断崖下面一阵连射，但吴劫早已坠入断崖下的深潭，渺小的身躯完全淹没在湍急的水流中，生死未卜。

远处的丛林里，95式突击步枪从凌峰手中悄然滑落。他呆呆地站在原地，僵硬的面孔看不出任何表情。

这是他第一次向吴劫开枪，也许是最后一次。

一个月后，新区市中心繁华的国贸大厦。

蜂拥的人流不断从出口挤出来，浩浩荡荡，伴随着尖叫声和哭喊声，打破了这里原有的秩序。七辆警车在附近空旷的路口停下，一队队警察迅速冲下车，拉开警戒，封锁现场。

嘎吱，嘎吱，两辆威风凛凛的特警车用漂亮的甩尾停下来，新区市的守护神——蓝盾特别行动小组也来了！

一位五十岁出头、精神矍铄的中年人从车上下来，对周围的嘈杂环境视而不见，直奔着国贸大厦而去。

四名手持95突击步枪的特警在前面开路，蓝盾队长凌峰守护在一旁，蓝盾精英严厉持枪殿后，犀利的目光快速扫过任何一处可疑的角落。

周伯萧面色深沉，目光如炬："现场情况怎么样？"

"报告局长，绑架现场在六楼电玩城，绑匪数量三个以上，人质除一名成人外，其余全部是未成年人！"

"现场情况混乱，正在紧急疏散人员！"

周伯萧脸色阴沉："有没有人员伤亡？"

"暂时没有，不过，得知警方出动，绑匪情绪激动，有可能会发生冲突，造成人员伤亡！"

"医护人员待命，随时应对突发事件。"

"是！"

拥挤的人流逐渐散去，只稀稀落落地不时有人从出口逃出来。

凌峰、严厉和周伯萧跨过警戒线，朝大厦入口走去。这时，一个人影急匆匆赶过来，拦住他们的去路，是刑警队长张扬："周局长，现场情况混乱，您还是别进去了，太危险！"

"凌队长和严厉在，怕什么？"见张扬固执地挡在前面，周伯萧面无表情地说，"难道你信不过蓝盾特别行动小组？"

"蓝盾的实力无可挑剔！只是，周局长您……"

"我怎么啦？"对张扬的执拗，周伯萧不由得怒从心起，"我跟绑匪枪战的时候，你还没上警校呢！让开！"

周伯萧绕过张扬，跟着凌峰和严厉，毫不犹豫地进了国贸大厦。

噔噔噔——幽静的大厅楼梯上不时跑出逃散的人。原本熙熙攘攘、川流不息的卖场，此刻一片沉寂，各个出入口都有警察把守，凄冷的氛围让人备感压抑！凌峰扫视一圈周围，径直朝电梯走去。电梯门关闭的瞬间，他犹豫了一秒钟，毅然按下了 5 楼。

5 楼珠宝卖场的各个柜台依旧光彩照人、绚丽夺目，宽敞的大厅却空荡荡的，看不见半个人影。柔和的灯光下，黄金、钻石、玛瑙、玉器等依旧价值不菲，却再也没有人对它们驻足观望、流连忘返。

"周局长！"

"上面情况怎么样？"

"人员已全部疏散，只是，电玩城的十几个孩子被关进办公区……"

周伯萧从警二十多年，局长也是做到了第三个年头，见对方言语迟疑，他眼睛一瞪："说！"

"刘……刘云也在里面。"

周伯萧面容一怔，思维短暂迟疑。

刘云，云华集团董事长，新区市青年企业家协会主席，2015 年新区市十大经济人物，他的出现，让周伯萧的判断力出现了些许偏离。

"局长，没事吧？"他的细微变化没有逃过凌峰敏锐的观察。

周伯萧抬头，恢复了决绝的眼神："走！"

三个人步子急促、健稳，听上去嘈杂混乱，却各有节律。

楼梯出口处，两名警察躲在拐角处，不时探出脑袋察看里面的情况。看到周伯萧、凌峰等人上来，一名警察正要汇报，周伯萧一摆手，从他们面前过去。

原本热闹喧嚣的电玩城，此刻却安静得让人窒息，整个大厅一片狼藉，死气沉沉的。

"不许……"

"别……"

楼层空间很大，不断有绑匪粗暴的声音从位于角落的办公区传来，断断续续，忽大忽小。

"你们掩护，我去和他们谈谈。"

"是！"

"是！"

避开地上横七竖八的桌椅、柜台，穿过几条十字走廊，尽头处的办公区隐约可见。间断传来的除了绑匪的吼叫声，还有孩子们凄厉揪心的哭喊声！

嘎吱，清脆的开门声在空旷安静的大厅里尤其清晰，走廊拐角处走出一个人来，步子快而急促。黑色卫衣遮住了他的大半张脸，只露出一个满是胡楂儿的尖下巴，前胸后背上印着醒目的骷髅图案。他怀里抱着一个十一二岁的长发女孩儿，小女孩儿枕在他的肩头，安然入睡，恬静而美好。

一名警察上来接应："先生，快，从这边下去！"

"不要怕，下面有人在等你们！"

黑衣男子略一点头，绕过两名警察，朝安全楼梯口走去。凌峰与他擦肩而过的瞬间，心底陡然浮起一丝不安，心底似有一团火苗蹿出："严厉，保护周局长！"

"是，队长！"

"凌峰，你？"

"局长，那个人有问题，我去看一下。"话音刚落，凌峰已经来到楼梯拐角，一个转身，消失在通道入口。

严厉略有迟疑："局长，要不等队长回来？"

"胡扯！绑匪会给我们时间吗？"周伯萧低声轻喝，"走！"

狭长的走廊在这一刻彻底安静下来，每一步都异常沉重，咚咚咚，像是踏在每个人的心口！

渐渐地，走廊尽头的办公区隐隐传来孩子们咿咿呀呀的哭泣声。抽泣声很轻、很飘，却像尖刀一般扎进周伯萧的心口，在一刀一刀剜去他心头的血肉！

砰砰砰砰！四颗子弹射在周伯萧和严厉面前，两名持枪绑匪出现在办公室门外，大声吼道："站住，再往前走一步，打死你们！"

"我是市公安局局长周伯萧，有什么条件可以跟我提，千万不要伤害孩子！"

"放下你们手里的枪，不然我要开枪了！"

绑匪虽然用黑面罩遮住了脸，但略微颤抖的声音将他们内心的恐惧暴露无遗！

周伯萧扔掉手枪，双手举过头顶："我可以做人质，放了孩子！"

"闭嘴！"绑匪的声音在颤抖，"马上准备两百万现金和一架直升机，不然，我们杀光这些孩子！"

周伯萧从警数十年，从绑匪的表现不难判断，这个绑匪是新手，或者是临时被雇来随时可以"做掉"的帮手。这类人心理素质一般，攻之以心是很好的突破口。

"给我5分钟，两百万现金送到。"周伯萧话锋一转，"不过，实话告诉你们，直升机是不可能的，我没有这个权力。"

"那我们就杀这里的孩子，3分钟一个，直到杀光为止！"

"换作我就不会这么做，只要出现人员伤亡，我们决不妥协，不惜一切代价，这是中国警方的底线！"

这时，办公室内出现了一阵小小的骚动，一个绑匪旋即退了回去。

趁着机会，严厉向前挪了几寸。砰，对方立刻补上一枪："你，站住！"

很快，那个绑匪再次出现，两个孩子被带了出来，黑洞洞的枪口指着他们的脑袋。

"你可以作为人质交换两个孩子，但是……"绑匪的枪口瞄准了严厉，威胁道，"他，必须离开！"

严厉上前一步挡在周伯萧前面，直接回绝道："不可能！"

"小严，你回去，这里有我。"

"不……"

"回去，这是命令！"

才进办公区，孩子们伤心欲绝的哭喊声就不绝于耳。十多个孩子蜷缩在角落里，低声抽泣着，让人看了一阵揪心。尽管绑匪厉声呵斥，他们的哭声依旧，层出不穷。周伯萧快速扫视周围的环境，外屋有三个蒙面绑匪，武器只有手枪；刘云被关在一窗之隔的里屋，被捆住了手脚绑在椅子上，还被用手帕塞住了嘴，说不出话来，脸上挂着几道瘀痕，绑匪头目不断用拳头招呼他，严刑拷打。

等一下！周伯萧正要挪开目光，忽然瞥见窗子角落里还有一抹娇小的身影，里面居然还有一名被留作人质的小女孩儿！

就目前的形势，周伯萧早已在心中做起了周密计划。他后腰际还暗藏着一把特制手枪，体积小，只有 6 发子弹。

6 发子弹，要在狭小的房间内瞬间击毙 4 名持枪绑匪，还要确保人质的安全，难度可想而知！不过，周伯萧已下定决心，纵然身死，也要保证十几个孩子和刘云的性命安全！

"谁是你们的头儿？我要跟他谈谈。"

绑匪望了一眼里屋："说吧，我们都一样。"

"如果你们还心存幻想，我可以把外面的部署告诉你们。"周伯萧很平静地说，"新区市一半的警力已经集结在外面，整栋楼完全被封死！蓝盾特别行动小组已经到位，一旦有人员伤亡，随时强攻！东南军区蓝剑特种部队精英已经接到准备命令，最多 10 分钟，他们就可以参战！这种情况下，你们觉得可以逃脱吗？"

"你胡说，警方行动没有这么快的。"

"这是本市两个月来第三起恶性绑架事件，我们可能怠慢吗？"周伯萧不答反问，"在局势还没有进一步恶化前，投降吧，我会帮你们向法官求情，争取减轻刑罚！"

"怎么办？"

"他没骗我们，蓝盾来了，我们逃不掉的！"

"不行，我不能坐牢！"

"投降吧，顶多两三年就可以出来，你们还年轻，还有很长的路要走！如果执拗到底，不光毁了自己，还会毁了你们的家庭！"

"我想儿子，对不起了，我要投降。"

"不行，我绝对不能坐牢！"一直喊着不想坐牢的绑匪眼神一瞬间阴冷下去，突然将手枪对准了角落里的孩子。

糟糕！周伯萧暗叫一声，想要拔枪击毙他已经来不及！紧要关头，绑匪同伙突然蹿上来，在他肩膀撞了一下。砰！枪口一偏，射出的子弹把远处桌子上的鱼缸打碎了。

"对不起，大头。"

"你……"

趁他们内讧，周伯萧猛然从后腰拔出手枪，砰砰，两个点射，把前面的绑匪瞬间撂倒！

"啊……"

"妈妈！"

"我怕！"

激烈的枪战画面让孩子们受到了惊吓，顿时一片惊叫哭喊，一个小女孩儿已经吓得尿了裤子，胆大的孩子开始向门外跑。

"谁都不许走！"最后一个绑匪狗急跳墙，枪口瞄准了逃跑的孩子！

周伯萧眼疾手快，一个箭步上去扑倒了孩子。

砰砰，子弹擦着他的左肩射过去。顿时，鲜血染红了他的警服！

躺地的瞬间，周伯萧身子一翻，挡住下面的孩子，抬起右手，砰砰，连开两枪，最后一名绑匪瞬间倒地！

外面的枪声偃旗息鼓，一窗之隔的里屋里，绑匪头目看到三个同伴中枪毙命，已然绝望。他用怨毒的目光瞪着周伯萧，枪口对准了刘云的脑袋。他张开嘴，用口型一字一顿地无声表达：血债，必须用血来偿还！

哗！巨大的落地窗轰然坠地，摔成一地碎片！周伯萧闻声一惊，等他抬起头，屋门嘎吱一声开了，而绑匪直挺挺地躺在地上，头上血洞大开，染红了一地。

刘云失魂落魄地从里屋冲出来，满眼尽是焦灼和恐惧，急匆匆冲出来，惊声呼喊道："静云……"

外面的孩子已经哭成一片，严厉和两名特警进屋接应，一边保护着孩子们出去。这时，一直待在里屋的小女孩儿走出来，斜了周伯萧一眼，面无表情地走进孩子们中间。

"刘云呢？"

"跑下去了，拦都拦不住！"

周伯萧陡然起身："去接应凌峰，快！"

拥挤的人流仍未散去，反而随着时间的推移愈加密集，附近几个路口已经被围观的人群堵得密不透风。身着黑色卫衣的男子抱着沉睡的小女孩儿从大厦门口出来，左右一看，略一迟疑，向人群走去。

"快快快，有人出来了，给他们让条道儿！"

"哟，孩子吓昏了，真可怜！"

"人没事就好！"

拥挤的人群自觉让出一条半米宽的空道，卫衣男子也不言谢，抱着小女孩儿走进人群。

这时，凌峰出现在大厦门口，只一眼就看见快要消失的黑色卫衣男子，正欲呼喊，却突然止住。一旦对方暴露身份，动起手来，围观人群定要遭殃。

卫衣男子的身影已经淹没在人群中，来不及多想，凌峰只能循着他的背影跟上去。

"喂，站住！"凌峰一声招呼。

远远地，卫衣男子顿了一下，稍一个侧脸，瞥见背后尾随而来的凌峰，嘴角一勾，露出一个狡猾的笑容。

"你是谁？把孩子放下！"

卫衣男子不屑一笑，扭过头去，朝人流多的街口奔去。

凌峰拔枪追了上去："站住，不然开枪了！"

卫衣男子不仅没有停下，反而加快步子，在人群中窜来窜去，混淆视线。

敌人狡猾，凌峰突然停下来，砰，对着天空开了一枪："警察，所有人都趴在地上！"

枪声响起的瞬间，人群中出现了一骚乱。很快，人们镇定下来，纷纷俯身趴在地上。一时间，所有遮拦消失，卫衣男子完全暴露在凌峰的枪口下。瞬间，这男子狗急跳墙，一把扼住刘静云的喉咙："把枪扔掉，不然我掐死她！"

"投降吧，你逃不掉的！"

黑色卫衣男子眼神阴冷下来："我再说一次，把枪扔掉！"

"冷静，别乱来！"凌峰一边说着，一边慢慢俯身将手枪放到地上，抬脚一踢，啪，手枪滑到两米外。

"很好！"男子露出一个冷笑，右手飞快地从黑色卫衣下拔出手枪，瞄准凌峰，"对不起，得罪了！"

可是，突然，卫衣男子身子一颤，"扑通"一声，竟直直地仰面倒地。只见他的后脑上血洞大开，殷红色的鲜血潺潺而出，将地染红了一片。砰！隔了一秒钟，沉闷的枪响才从百米开外传来，划破长空，撕裂天际！

凌峰走到卫衣男子的尸体跟前，从他怀中抱起还在昏迷中的刘静云。她有着甜美可人的脸蛋儿、精致小巧的五官，两腮红润，气息平稳而均匀。这个孩子对刚刚发生的一切都一无所知，依旧在沉沉地熟睡着。

"静云！静云！"绕过层层人群，刘云急切地循声跑来，心急如焚，当看到女儿闭眼躺在凌峰怀里时，顿时瞪大了眼睛，满眼恐惧。

"放心，她只是睡着了。"

刘云长长地吁一口气，如释重负，颤颤巍巍地接过刘静云，泪如泉涌："谢谢，谢谢你们！"

"这是我的职责。"凌峰淡淡一笑，目光向远处飘移。300米外的先锋集团大厦顶楼，龙靓伏地而起，收起高精度狙击步枪，冲远处的队友一个轻笑。

龙靓，东南军区蓝剑特种部队精锐，蓝盾特别行动小组紧急外援，凌峰曾经的战友，应他的邀请，前来协助本次营救任务。

茫茫的北西伯利亚冰原上狂风呼啸，暴雪肆虐，几十厘米深的皑皑白雪下是坚硬的冻土。一眼望去，满目悲凉，毫无生气。

几栋人工建筑隐匿在冰天雪地中，上面覆盖了厚厚的寒冰和积雪，和周围十几米高的冰川浑然一体，形成了绝佳的天然隐蔽屏障，这里就是"冰火"跨国犯罪集团在西伯利亚的秘密军事基地。

万里飘雪的冰天雪地里，一座低矮的小雪丘在慢慢地踱着步子，竟是一头肩高1.5米的体形硕大的雄性北极熊！它每走一步，雪地上便留下一个大大的脚印。它顶着寒风独自徘徊，时不时用敏锐的鼻子在空气中嗅着，希望能在这糟糕的暴风雪天气里饱餐一顿。然而，在它背后十多米远的下风口处，有六七个小白点儿在慢慢晃动，那是一群饥肠辘辘的白狼，它们一步一步，正慢慢地向目标猎物靠近！

几十米外的低矮冰丘上，裹着一层厚棉衣的疯狗正用望远镜观望这即将发生的野蛮厮杀，嘴角挂着一丝冷笑！寒风中，他左侧脸上那道长长的疤痕尤其醒目、狰狞！

他的旁边停着一架雪橇，四条阿拉斯加犬静望着远处的飘雪，后背上都积了一层落雪。

北风愈吹愈烈，茫茫大雪已经连着下了一个多月。

猛然间，北极熊停了下来，圆硕的大脑袋左顾右盼，它敏锐的嗅觉在寒冷的空气中捕捉到一丝异样的气味。寒风猛烈，这潜藏危机的气味不仅没有消散，反而愈加凝重！北极熊突然站立起来，庞大的身躯竟然在2.5米以上！它惊慌地向远处张望着，顺着风向，仓皇逃走。

望远镜里，疯狗脸上露出一个阴险的笑容："才发现危险？可惜，太晚了。"

噗噗——厚厚的熊掌不断拍打在雪地上，溅起一片飞雪。它周围十几米开外的地方，几个白色的斑点正以飞快的速度追赶着它，并绕到了前方！

"嗷！"一声怒吼，体格健壮的头狼跳到北极熊前方，拦住了它的去路！但北极熊的体型是头狼的数倍，狂暴之下力量更是惊人，它根本不把前面的敌人放在眼里，怒吼着全力向前冲过去！

但是，瞬间又有三只体格健硕的白狼一跃而下，和头狼并肩，龇出锋利阴寒的獠牙，以包围之势向北极熊逼迫过来。

纵使北极熊体形硕大，但面对四只饥饿难耐的白狼，也不免胆寒！它停下脚步，朝前面的强敌低吼几声，便狼狈逃窜，它也不愿招惹饥饿的狼群！而在头狼的带领下，四只白狼循着北极熊的背影追了上去，却也并不着急，不紧不慢地跟在它后面跑着。

北极熊刚跑了没多远，在它前面的五六米远的雪地里，又蹿出三只灰背白狼，龇出狼牙，迎着狂奔的北极熊冲过来。

前有强敌，后有追兵！

"关门打狗？精明的抉择！"疯狗不由得对这群冷血杀手的默契配合暗暗称赞，在大自然的生死角逐中，狼群的野性生存法则绝对是强者之道！他收起望远镜，拿起皮鞭，踏上雪橇："宝贝儿们，马上就该咱们上场了！"

憨厚的北极熊最终落入狼群布下的陷阱，成为困兽！凭着直觉，北极熊很快在白狼群中找到了头狼，它瞪着头狼，嗓子眼儿发出低沉的吼叫，是威胁，也是最后的警告。

白狼群、北极熊，绝对是这片冰雪世界食物链中的最顶端掠食者！若在平时，白狼群绝不会轻易招惹另一位冰原霸主，只是这场暴雪持续得太久，它们已经半个多月没有捕到猎物，再不进食，整个群落很快就会在饥寒交迫中死亡。

在生存和挑战之间，白狼群被迫选择了后者，纵使会有成员在这场捕猎中死去，却可以维持种族的延续。

"嗷呜……"头狼仰头一吼，声音嘹亮而悠长，狼群旋即分散开来，以弧形包围之势将北极熊牢牢困在中央。

强壮的北极熊自然不会坐以待毙，它低吼一声，全力朝距离最近的一只灰背白狼冲去！但那只灰背白狼动作灵敏异常，左闪右跳，轻易就避开了北极熊的利爪。

唰！一条白影一跃而起，在北极熊厚实的脊背一掠而过，锋利的獠牙在它坚韧的毛皮上撕开一道近十厘米的伤口！北极熊一声哀嚎，凄厉而悲壮，回头就是一扑一抓，可惜头狼早已身退，贪婪地舔舐着嘴角残存的鲜血。

北极熊恼羞成怒，摆动身躯直朝着头狼扑过去！它看似笨重，恶斗起来却非常灵敏，厚厚的前掌几个连扑，直逼得头狼连连后退！

哧，又是一声瘆人的撕裂声！同样的招数，同样的哀嚎，几个回合下来，北极熊后背就被撕出几道口子，温热的血液将它的白毛染成大片大片醒目的鲜红色！这引起了嗜血的野兽对血液的渴望，白狼群中不断爆发出兴奋的吼叫声。

嗖——又是一道风声疾驰而过，但那只白狼还未跃到最高点，愤怒的北极熊就猛然掉过头来，一个巴掌拍了过去！一声沉闷的撞击声后，这只白狼重重地摔在地上，后脊背硬生生被拍断！

只是，这只白狼刚被击退，又一道劲风从它背后掠过，愤怒的北极熊掉过头，又一个巴掌拍过去！那一只跳起的白狼也硬生生地被拍了下来，坚硬的头骨碎成几瓣儿，脑浆迸裂，鲜血溅了一地！

看到同伴的尸体，白狼群很快冷静下来，围住北极熊来回踱着步子，不敢再轻易出击。趁着局势回转，北极熊左扑右撞，白狼不敌，纷纷闪避，圆形的包围圈逐渐有了小破绽。

头狼试探着向它蹿了几次，只是还未近身，巨大厚实的熊掌就忽地一下拍了过来！头狼敏捷地向后一跳，躲过一劫。几番尝试后，头狼的獠牙利爪始终未曾见血，而北极熊亦未再受伤。这时，旁边的灰背白狼和一只红鼻狼跨步上前，摩拳擦掌，跃跃欲试，嗓子里发出阵阵沉闷的低吼。

忽然，灰背白狼一跃而起，扑向北极熊后背；紧接着，红鼻狼从另一侧跳起，尖锐的利爪直朝着北极熊的喉咙划去！

北极熊不敢怠慢，直起身子，唰、唰，两个前掌一前一后迎了上去！只是当北极熊一个巴掌拍过来时，灰背白狼跳跃的高度把握得恰到好处，熊爪几乎是擦着它的腹部划过去，却没有伤到它！

但大块头北极熊可就没那么走运了，红鼻狼已然扑上来，血盆大口牢牢咬住了北极熊的脖子，锋利的獠牙深深嵌入它的皮肉！北极熊一声惨叫，熊爪在红鼻狼身上乱抓乱扯起来！它的力量出奇地大，没几下，红鼻狼的狼皮就被撕破，露出鲜红的血肉，阴森惨白的脊椎骨若隐若现，柔软的狼腹更是被抓得稀巴烂，白花花的肠子拖在外面，白色的雪地上一片殷红，惨不忍睹！

在北极熊的利爪之下，红鼻狼早已丧命，但它至死不松口，锋利的獠牙仍死死咬住北极熊的喉咙！

机会来了！头狼自然不会放过任何偷袭的时机，它一跃而起，尖锐的狼牙咬住北极熊的腹部使劲儿撕扯一番，在熊爪飞来之前又松口跳回，安然身退。

北极熊柔软的腹部瞬间多了一条近十厘米长的豁口，鲜血直流！它感到了潜在的危机，拖着近四十千克重的红鼻狼尸体，全力狂奔！可惜已经晚了，在头狼的带领下，灰背白狼等虎视眈眈，对受伤的北极熊发起了一次又一次偷袭！

十多个回合下来，北极熊已满身是伤，疲乏不堪，腹部的白色皮毛早已给血水染成殷红色，狭长的撕口还在不断冒血；右侧一条近20厘米长的伤口尤其致命，白花花的肠子滑了出来，在雪地上留下一道醒目的拖痕！

一番挣扎后，死去多时的红鼻狼终于滑脱。顿时，北极熊脖子上的血洞鲜血直涌，它来不及舔舐伤口，全力狂奔逃命！白狼群以牺牲数名同伴换来的猎物，岂能眼睁睁地让它逃走？在头狼的带领下，剩下的几匹白狼迅速分成两队，一左一右，全速包抄过去！

雪更大了，风更狂了，雪地上的打斗痕迹很快悄无声息地被掩盖起来。

一条白影极速闪过，灰背白狼蹿了上来，一口咬住北极熊强壮的后腿！北极熊凄惨哀嚎，"扑通"一声摔在地上！它愤怒地转过头，挥起厚厚的前爪。这时，又几条白影蹿上来，头狼一口咬住北极熊的右肩头，尖利的獠牙撕破了熊皮，它的小半个脑袋嵌在狼嘴里，鲜血直流，模糊了它的视线！撕心裂肺的疼痛让北极熊惨叫连连，不住地在雪地里打滚翻腾。任它如何挣扎，几条白狼都死死咬住决不松口！头狼被甩了下来，嘴里还叼着一块巴掌大小的熊皮！

疼痛，让北极熊愤怒到了极点，啪啪、啪啪，厚厚的熊掌连续拍在头狼脑袋上！顿时，狼头"咔嚓"一声碎掉，鼻子、嘴巴、眼睛和耳朵里都喷出血来！

"不妙，翻船了！"疯狗一声长喝，四条体形硕大健壮的阿拉斯加犬冲下山丘，拉着雪橇顺风而下，极速狂奔！莹白的雪地里留下一道长长的划痕，疯狗端起AK-47，眼光随着目标一起移动。

嗒嗒嗒——几个连续点射，一只白狼立即应声倒地。

白狼群发现了突然出现的敌人，本能地逃跑。它们退了两米，却不甘心即将捕到的猎物就这样溜走，迎着寒风向远处张望。

嗒嗒——又是几个速射点了过来，灰背白狼还没来得及逃跑，已经被一枪爆头，前胸和腹部也多了两个黑洞洞的弹孔，瞬间鲜血喷涌！不到半分钟，剩下的几只白狼在疯狗的子弹下皆毙命，只剩下北极熊拖着早已冻僵的肠子在雪地里狂奔。

四条阿拉斯加犬拉着雪橇顺势而下，狂风肆虐中扬起了漫天飞雪。

近了，更近了，疯狗和前面的北极熊只差不到五米的距离，疯狗甚至能感觉到它内心深深的恐惧！

嗒嗒嗒——几发精准的连射，北极熊跌跌撞撞地向前爬了几步，一声哀嚎，最后"扑通"栽倒在雪地里，奄奄一息。

一个呼哨，雪橇在北极熊身旁两米外停下。疯狗从雪橇上跳下来，用 AK-47 在它脑袋上戳了几下："喂，醒醒。"

北极熊眼中尽是愤怒，张开大嘴想要怒吼，却已是筋疲力尽，气若游丝。

啪，疯狗把 AK-47 扔回雪橇上，拔出手枪对准北极熊硕大的脑袋，扣下扳机，砰，顿时，北极熊的脑袋上便血洞大开！

望着遍地尸体，疯狗面无表情，他用锋利的匕首剖开熊腹，取下青胆一口吞下肚："胜利无关乎实力和执着，在于最精妙的时机！"

漫天雪花还在飘，茫茫的冰雪大陆沉浸在严寒的洗礼之中。寒冰穿隆之下，"冰火"的秘密基地安静而死寂，仿佛是上帝的遗忘之地。

暗黄色的灯光下，吴劫躺在床上一动不动，侧脸和胸脯上缠着绷带，殷红色的血渍依稀可见。

浓郁的青烟不断地从角落里徐徐升起，躺椅上的艾瑞卡·莫洛面无表情，嘴里叼着的香烟已经结出一截长长的烟灰。金色的短发下，她的眼神空洞无物，直直地盯着昏迷不醒的吴劫，淡蓝色的眼眸混浊不堪。

"咳咳……"吴劫的手指一抖，突然咳嗽起来，身体才晃了一下，他立刻就被伤口疼醒，猛然瞪起双眼！陌生的环境，陌生的感觉，完全是身体的本能反应，吴劫猛然翻身下床，犀利的眼神扫视着屋内的每个角落。

透过薄薄青烟，两人的目光撞到一起，艾瑞卡·莫洛嘴角一勾，轻笑："你醒了？"

吴劫右手贴身一滑，腰间早已空无一物。他一边随时防御，一边逼视着对方：

"你是谁？"

当……艾瑞卡把野战刀贴到地面，轻轻一推，野战刀稳稳滑到吴劫脚下。吴劫小心捡起野战刀，眼睛始终未曾从艾瑞卡的脸上挪开："你到底是什么人？"

"才几年不见，你就忘得一干二净，看来黑火并没有被蓝剑重视。"艾瑞卡·莫洛从缭绕烟雾中走出来。

只看了一眼，吴劫便锁起眉头："雪狐？"

看到吴劫的表情，艾瑞卡哑然失笑："看来你的记忆并没有退化。别紧张，黑火早已被蓝剑消灭了。"

"是你救了我？"

"黑火被灭的时候，你放了我一条生路，我们两清了，我不习惯欠别人的！"

哐！厚厚的铁门被人一脚踢开，疯狗晃晃悠悠地进来，肩上居然还挂着一只北极熊掌！撞上艾瑞卡·莫洛愤怒的目光，疯狗咧嘴一笑："不好意思，习惯了！"但一瞬间，他脸上的笑容就凝固了，一束灼热的目光让他顿觉不安！呼——劲风从耳畔拂过，寒光一闪，一把锋利的匕首已然到了跟前！

疯狗是职业雇佣军，参加过中东、北非和西欧的军事行动，多次从死人堆里爬出来，超强的直觉是他生存的本钱！唰唰！锋利无比的野战刀左劈右刺，寒光所及处，疯狗快速地躲闪回避！

两人见面就打，艾瑞卡·莫洛顿觉不爽，阴沉着脸："住手，别打了！"

死敌相见，岂能相容？两人都红了眼。

吴劫身手虽好，但身上毕竟缠着绷带，动起手来速度锐减。疯狗躲闪几次，看准时机，突然扼住吴劫的手腕，飞起一脚，正中他的心口！吴劫连连后退，"咣当"撞翻了桌子，上面的杂物散了一地。他一个鲤鱼打挺翻身起来，擦去嘴角流出的血丝，野战刀一翻，眼神一冷，一场近身厮杀即将到来！

咔、咔，艾瑞卡·莫洛双手拔枪，瞄准两人："打住！我救你回来，可不是让你们拼杀！"

"我没问题，只怕这个中国人不肯罢手！"

"吴劫，不管你们之前有什么恩怨，这次是我请你回来的，不要给我惹麻烦。至于你离开之后，要打要杀，自便。"

疯狗感觉到挣扎的力量小了，这才小心翼翼地放开手。吴劫猛地退回来，瞪着眼睛，收起野战刀："你千万别落到我手里！"

"彼此彼此，等你活着离开冰火再说！"

新区市公安局临时作战指挥中心。

偌大的指挥中心只稀稀落落地坐了几个人，一个个铁青着脸，一言不发。

周伯萧端坐在桌前，眼睛盯着文案，眉头紧皱，静默地抽着闷烟。面前的烟灰缸里，安静地躺着十几根烟蒂："两个月内连续发生三起恶性绑架事件，全是本市经济领袖人物，一死两伤，我们拿什么召开 PONAIT（环太平洋互联网科技联合会议）？"

刑警队长张扬义愤填膺道："周局长，这三次绑架事件无论时间、地点、对象都非常相似，手法高明，隐蔽性强，肯定是精心策……"

周伯萧连连摆手，不耐烦地打断他："这些我不知道吗？结果！结果！我要的是结果！"

一席话，在座众人立刻鸦雀无声，房间内再度恢复了让人窒息的死寂。

"省领导来了指示，务必将潜藏在新区市内的职业绑架团伙连根拔起！"周伯萧面色凝重地说，"而且，省领导已经草拟 PONAIT 联合会议更换地点，知道这对于新区市意味着什么吗？一次国际性互联网科技交流会，因为我们的治安管理混乱，被迫延期、更换地点，史无前例！我会引咎辞职，丢面子吗？不，我对不起人民，对不起新区市！"

凌峰感觉全身的气血都在上涌，一种从未有过的耻辱感油然而生："报告周局长！我代表蓝盾向您保证，三个月彻底瓦解这个职业绑架集团！如若失败，我摘下这枚警徽！"

周伯萧眼神一亮："好，我要的就是你这句话！"

"绑架当天的监控视频我已经调来了，凌峰、严厉、张扬，你们看一下。"

近半个小时，前两起绑架监控视频看完，众人始终沉默，感到毫无头绪。最后是几个小时前的绑架监控视频，不长，只有十多分钟。

监控画面显示的是六楼电玩城，楼顶的白色气球随风飘扬，五彩斑斓的彩旗也迎风招展，孩子们的笑声此起彼伏。突然，一声枪响打破了美好的一切，密集的人群立刻出现了骚动，人流纷纷挤向电梯口、安全出口。片刻后，枪声四起，喧声阵阵。四五个持枪的蒙面绑匪出现在画面中，十多个孩子哭哭啼啼着被赶向办公区，刘云被绑匪头目押在枪下。

画面播放没多久，就出现了警匪对峙的一幕。没几分钟，周伯萧被带进办公区，短暂的枪战后，所有绑匪全部被击毙，人质在特警的护送下离开。

"等一下，后退！"一直沉默的凌峰突然叫出声来，眼神凝重。

"停，就是这里！"

被定格的画面，是全部绑匪被击毙，孩子们哭喊着逃出房间。

"这里……有问题吗？"看着混乱的画面，张扬不解道。

凌峰用激光笔在屏幕上一照："看这个女孩儿。"

镜头偏远，画面略有模糊，依稀能看见人脸。十几个孩子面带恐惧，急着要逃出去，乱成了一团。但在他们中间，这个十三岁左右的小女孩儿有些另类，只见她面容平静，并不慌乱，落到队伍最末。

"嚯，这小姑娘好镇定！"张扬不由得赞叹道。

凌峰面色凝重："眼睛盯紧她，继续后退！"

视频闪退，一直到周伯萧开枪击毙办公大厅内的三个绑匪。凌峰一摆手："停！看里面。"

周伯萧击毙大厅的绑匪后，里屋的绑匪头目用手枪瞄准了刘云。这时候，落地窗轰然破碎，头目被一枪毙命！

"出来了！"

模糊的画面上，门开了，刘云急匆匆地冲出来，没有理会周伯萧和其他特警，径直冲出门去。时间很短，只有几秒钟，就又切换到了大厅内一片乱糟糟的画面上。

"看……"张扬一脸茫然，"什么？"

周伯萧目光深邃，若有所思："凌峰，你也这么认为？太牵强了吧。"

"除了她，没有更合理的解释。"

张扬云里雾里，一头雾水："周局长、凌队长，你们到底在说什么？我怎么听不懂啊！"

"张队，对这三起绑架案件，你怎么看？不要有顾虑，我要你的真实想法！"

"这三起绑架案手法非常相似，凭我的直觉，应该是同一伙人，或者同一个人精心策划的！可是，现场所有绑匪全部被击毙，没有漏网之鱼，这就解释不通了！"

凌峰望着定格的监控画面："你确定，没有人漏网吗？"

"当然，三起绑架案不是发生在游乐场就是电玩城，除了孩子，绑匪全部击毙！"张扬胸有成竹道，"难道我连孩子和绑匪都分不清吗？"

凌峰面色凝重，走到荧幕前指着："仔细看着她，再回放一遍！"

前后才三十多秒钟，张扬面带疑惑："我还是没看出什么特别的地方。"

"注意，里屋的门一直是关闭的，直到刘云打开它冲出来，在这之前，他一直被绑住手脚捆在椅子上！这说明有人给他松绑，是谁呢？绑匪头目？不是，他已经被龙靓击毙了！唯一合理的解释就是，那个小女孩儿给他松了绑。"

"这有什么好奇怪的，绑匪死了，她自然能帮刘云解开绳子，难道还……"张扬正说着，突然愣住了，一个可怕的念头在心底悄然生起，慢慢袭遍全身！他一直忽略了这个细节，而它恰恰是解开这起绑架案的关键！

"你的意思是？"

"没错！"凌峰的语气更加坚定，"试想一下，一个十三四岁的小女孩儿，绑匪在她面前被一枪爆头！而她，竟坦然地解救刘云，然后从容镇定地混迹在孩子们中间离开！这种心理素质，即使换作成人，也未必能做到，而她才不过十三四岁！"

凌峰切换到旧画面，把前两起绑架视频一齐快进，在末尾处暂停下："看这两个监控画面，是不是有几分眼熟？"

镜头并不很远，两名特警身后，能依稀看到孩子们在跑，而队伍的最末，都是一个小巧的身影。

长长的黑发披散在肩头，身形娇小，站得笔直。虽然身上的衣服不同，但无论发型、身高，还是走路的姿势，都极其相似！最重要的是，三个定格的画面上，同样从容镇定的表情和其他孩子惊慌失措的恐惧表情截然不同！

张扬眼神中流露出一丝惊恐："黑火？"

"不知道。"

"马上去查,我要这个小女孩儿的资料!"

十分钟后,一名警员匆匆进了指挥室,交给周伯萧一份纸质档案。他略略一翻,原本阴郁的眼神愈发沉重,刚毅的面孔看不出任何表情:"根据档案资料,小女孩儿叫周晴,家住新区市博阳小区。可是,我们的警务人员刚才核实,这份档案资料是假的。根据国际刑警组织传来的资料,这才是她的真实资料:桐谷千代,13岁,R国青田组三号头目桐谷刚的次女,两年前失踪。她这次出现在中国境内,绝不是偶然这么简单!"

"凌峰,你怎么看?"

"黑火。"

"不是被蓝剑消灭了吗?"

"可是,虎鲨没死。"

低矮起伏的丘陵一直向远处延展,被郁郁葱葱的山林所覆盖,只有几栋别样的人工建筑隐匿其中,蓝剑基地就在这层山林环绕之中,若隐若现。

不远处的半山腰上,一栋破旧的废弃工厂死气沉沉,静静沐浴着温暖的初晨阳光。

然而,在这看似平静的山林之下,却藏匿着四支荷枪实弹的小分队,他们的任务就是潜伏到半山腰的这座废弃工厂,解救里面的人质长官。

四支小队的8名队员全部是蓝剑的预备役成员,这次的解救任务是考核项目之一。

A小组刘正从树干后面探出半个脑袋,往山上瞄一眼,感慨道:"龙队最近下手黑着呢,悠着点儿!"

"这么漂亮的美女中队长,下手一点儿情面不留!"

"可不是嘛,吴劫叛逃被击毙,凌中队又被挖走了,她的心里肯定不是滋味!没办法,咱们……"刘正一句话还没讲完,就瞧见队友头上"冒了烟"。

"我去!"刘正一声惊叫,从树干后弹跳而起,踏着荆棘狼狈逃窜!才跑出去四五米,模拟器也跟着冒了烟,武器系统关闭,他也"挂了"!刘正目瞪口呆,他甚至连龙靓所在的大致方位都没注意到就挂掉了！呆了片刻，他猛地甩下步枪，仰面躺在草地上。

A小队失联，洛扬隐隐感到一丝不安："呼叫C组、D组，这里是B组！"

"A组已经阵亡，敌人非常狡猾！我们必须联合作战才能取胜，下一步由我部署。根据情报，敌人位置在工厂上方的制高点，由C组做诱饵吸引敌人注意力，B组和D组左右翼包抄，先消灭敌方，再去营救人质！"

耳麦里一阵忙音，没有人回复，洛扬急了："龙队为人精细，如果我们不合作，谁也别想完成任务！"

"收到！"

"收到！"

嘎吱，特警车在蓝剑基地正门前稳稳停下。凌峰伫立，一个军礼，刚毅的目光直望着基地正门的利剑标志呆呆地出神，百感交集。警员严厉跟他在后面，面容庄重。

值班战士喜出望外，回一个军礼："凌中队！"

"我已经不是中队长了，不过，很高兴你们还记得我。"

值班战士一脸热情："凌中队，您有什么任务？我帮您通报！"

"我找大队长，不知道他在不在？"

"在是在……"值班战士露出一个尴尬的笑容，"只是大队长在开会，只怕凌中队你要等一会儿了。"

"龙靓在吗？"

"龙队？她在后山模拟训练呢，我叫人送您过去？"

凌峰在值班室填过登记："不用麻烦了，我跑步过去就好！"

来的路上，凌峰已经了解了龙靓的训练项目，放眼葱郁起伏的丘陵群山，浅灰色的废弃工厂却有几分惹眼，和周围清新的绿色植被略有差异。

经常在人流攒动的城市与罪犯打交道，突然面对异常静谧的荒野山林，严厉有了丝不知所措："凌队，这里绿茫茫的一片，不知龙靓队长会藏在哪里？"

凌峰的目光以半山腰的废弃工厂为原点向四周发散，周围裸露的巨石、荒地被一一掠过，最后定格在平缓的小山头处。

在这里，低矮的丘陵接连不断，几十米的小起伏司空见惯，但要到达漫无边际的群岭深山，还要向西延续几十公里！想要将周围环境全部尽收眼底，这座小山头是最佳位置。

凌峰嘴角勾勒出一抹浅浅的笑意，伸手指着远处的小山头："她一定在那里。"

严厉观察片刻，暗暗点头："嗯，视野开阔，是狙击目标的绝佳位置。不过也是一条不归路，一旦被敌人包围，根本退无可退，龙队会冒这个风险？"

"八分攻，两分守，是龙靓的风格，她一定在那里没错的！走，我们绕过去！"

噌噌噌，噌噌噌，两条灰影在杂草密布的山林间隙穿来穿去，如游魂一般飘忽不定，毫无踪迹可循！

百米开外的山头上，一簇半人高的杂草丛中，龙靓静卧其中，灰色迷彩服和周围环境浑然一体。伪装的狙击步枪从草丛中伸出十几厘米，瞄准镜的视野里，一个人影在林间窜来窜去。

"真是的，居然让我们做活靶子！为什么他们不试试被人瞄脑袋的滋味？"

"别啰唆了，总要有人做的，救了人质，我们就赢了！"C组赵国强回道。

龙靓缓缓挪动的枪口终于锁定了目标，正欲开枪，两条清秀的眉毛却突然蹙了起来。迟疑片刻，她却慢慢将枪口掉转了方向。果然，斜45度方向，又有两个目标出现在瞄准镜的视野里。比起刚才两人，他们的行进速度快了许多，毫不犹豫，直线前进，目标非常明确！

啪！叶飞前面一米远的草丛突然一抖，他本能地顿了一下，思维还没跳过来，啪，他就已经"挂了"。

"糟糕！"叶飞暗叫一声不好，想要提醒队友，却只能把到了嘴边的话又咽回去。只可惜，他的队友也没那么走运，没跑出多远，模拟器也跟着冒了烟。

叶飞摔下头盔，气呼呼道："龙队下手太狠了，一点儿情面不留啊！"

"连半程也没过，这个女人太厉害了！"

见D小组也挂了，还在做诱饵吸引火力的C组赵国强有些蒙了："怎么个情况，咱们两个诱饵还活蹦乱跳的，偷袭小组给龙队一窝端了？"

"不愧是龙队，咱们的计划肯定被她识破了！"

"现在不是夸奖她的时候！快，速度慢一点儿，务必把龙队吸引过来，B组要是再给打掉，咱们就输定了！"

杂草丛中，狙击步枪又缓缓挪了过来。瞄准镜的视野里，两个灰色人影正慢慢悠悠地在林间晃动，比之前的速度慢下许多！

"吸引火力？我成全你们！"

十几秒钟后，赵国强心头隐隐有一丝不安，脊背顿生凉意。他的直觉一向很准，猛然开口道："跑！"

果不其然，两人才甩开步子，旁边的草丛就不自然地抖了一下，第一枪落空了！

赵国强和队友成功吸引了龙靓的注意，两人甩开步子，奋力前行。噌噌噌，噌噌噌，他们的速度极快，在茂密的密林间只能依稀看到两个模糊的人影。

"B组，我们已吸引敌人火力，你们全速前行，成败只在此一举！"

"收到！"

不知为何，洛扬内心隐隐感到不妥，但情况紧急，根本容不得他多想，避开遮挡居多的迂回路线，和队友一起，直朝着半山腰的废弃工厂奔去！

此时，日头渐升，原本只在地平线上露出半个脑袋的彤彤红日也爬到半空，变成一轮骄阳！火辣的日光、炽热的高温炙烤着这片生机盎然的山林。

低缓的小山头上，龙靓静伏在茂密的草丛中，如同一尊没有生命的雕塑，纹丝不动！

一枪落空后，她却并没有着急追寻目标再补上一枪，反而缓缓掉转枪头，朝着斜30度方向搜索而去。和她料想的一样，又一支两人营救小队暴露在密林间隙。和被消灭的D小组一样，他们同样放弃了有茂密树木遮挡的迂回路线，直奔着目标而去，敏捷而迅速。

"莽撞！"龙靓一声轻喝，旋即将瞄准镜朝人影前面挪了一下。

啪，小道边儿上的杂草丛小小地抖了一下，警惕的洛扬自然不会忽视这一细节，脚下一慢，往旁边一闪想要绕过去。就是这一短暂的迟疑，让他暴露在了龙靓的枪口之下，对方当机立断，啪，洛扬的模拟器上冒起了烟。

片刻后，B小组退出了模拟演习。

同样的战术，简单而有效。

看到其他三个小组都被打掉，只有他们这个鱼饵小组还在活动，不禁让人哑然。诱饵尚存，主力被灭，这叫怎么回事？

"国强，洛扬、叶飞他们小组都挂了，只剩下咱们，还打不打？"

"打！"

"敌人可是龙队，就咱们两个，怎么打？"

"两个大男人还怕了她一个女人不成？兵分两路，围上去！死，也要死在执行任务的路上，不能胆怯！"

"迂回，还是直冲上去？"

"随便！"

唰，唰，两个黑影从树干后面蹿出来，旋即分散开来，朝着同一目标奔袭而去！

"垂死挣扎。"龙靓不屑一顾，循着最后两个猎物的踪迹追寻而去。几分钟后，龙靓从静卧几个小时的杂草丛中站起身来。纵使满脸油彩，依旧掩饰不住她冷峻的气质；小巧精致的五官、干净利落的扫肩发、匀称的身姿，无不彰显出她的飒爽英姿。

她正在整理行囊，突然听见背后传来一阵窸窸窣窣的嘈杂声，略一皱眉，旋即转身，狙击步枪瞄了过去："谁？出来！"

十米外的大树后面，两个人影缓缓走了出来。

龙靓放下狙击步枪，面带疑惑："你怎么来了？"

凌峰浅浅一笑："我来找大队长，顺便看看你。"

龙靓原本明亮的眼眸一瞬间黯淡下去："找他有急事？"

"嗯，他在开会。"两人之间的对话不痛不痒，恭敬、客气。

凌峰的正直、木讷，让严厉感到无语，他几欲开口，却都又硬生生地把话咽了回去，只能无奈地扭过头去看天。

短暂的沉默后，龙靓收起狙击步枪，背起行囊，与凌峰擦肩而过："我先回去了。"

见龙靓要走，严厉一脸的着急，顾不上多想，"噌噌"几步追上她："龙队，其实我们这次来，是想请您帮忙！"

龙靓顿住："你们不是来找大队长的吗？"

"是找他没错，可我们找他的目的就是跟他借人！"

龙靓狐疑道："我？"

"没错，想请您帮忙，我们凌队这次遇到棘手的麻烦啦！"

见凌峰还是呆愣愣地站在一旁，一副事不关己的模样，严厉按捺不住将他拖过来："还是让他自己跟你说吧！"

凌峰还是没有开口，只是从口袋里掏出两张照片递给龙靓。

两张照片的内容非常相似，都是尸体的局部特写。尸体呈僵白色，已死亡多时，在它的衬托下，青色文身尤其醒目。一张是死者后颈部的特写，一团幽黑色的冥冥之火格外醒目；另一张是死者右臂的特写，同样醒目的图案。

龙靓眼睛一瞪，露出一副难以置信的惊异表情："黑火？这怎么可能！"

"你也这么认为？"

"它几年前已经被蓝剑消灭了，照片哪里来的？"

"还记得几天前国贸大厦电玩城的绑架案吗？这是在其中一个绑匪身上发现的，就是在街上被你击毙的那个。"

"其他人有没有发现？"

凌峰木然地摇头："其他几人我调查过，都是在本市临时招募来的偷盗惯犯，只有这一个身份未明。"

龙靓表情凝重："这么说，几年前我们并没有将黑火完全消灭？"

"还不确定，而且，你仔细看，它的标志有所不同。"

果然，在那簇黑色火焰背后，还有一个浅色十字形图案，相衬相映。

"我调查过，半年前在 M 国的一宗未成年跨国拐卖案件中，死亡的绑匪身上有同样的文身，但案件没有被国际刑警组织列入备案。"凌峰道，"一起拐卖案件，罪不至死，绑匪却选择服毒自杀！这次它出现在中国新区市境内，绝非偶然，我怀疑这是一个隐蔽性极强的新的跨国犯罪组织，目的是今年在新区市内召开的 PONAIT 联合会议！作为新区市守护者，我们必须在危险来临之前，将它彻底瓦解！"

"PONAIT 联合会议？你有什么证据？"

"没有证据，只是单纯的直觉！"凌峰面容刚毅，目光坚定，"然而，我们还对这个新的跨国犯罪组织一无所知，龙靓，我需要你的帮助，这也是我此行的目的！"

"好吧，我接受。"

"啊？"严厉有些不敢相信自己的耳朵，"这么简单就答应了？"

龙靓拎起行囊，阳光下浓密柔顺的短发愈发彰显出她的精明干练："以你们凌中队的正直、蓝盾新区守护神的光荣称号，加上 PONAIT 意义的重大，林大队没有理由回绝，与其接受命令，还不如主动请缨，走吧！"

连续一个多月的暴雪终于止住，久违的太阳悄然爬上东方天际，茫茫的西伯利亚冰原熠熠夺目，仿佛童话世界里美妙的冰雪世界。

嗒嗒嗒，嗒嗒嗒，皑皑白雪上留下一排散乱的爪印，却很快又被雪橇荡平，只留下两道长长的拖痕，从基地外一直向远处延伸。

四条壮硕的阿拉斯加犬在雪地里奋力狂奔，雪橇行进飞快。吴劫站在雪橇板上，一手持着缰绳，一手持着望远镜眺望远方，映入眼帘的尽是冰冷的落雪。

白色的视野里，一个小点儿忽地一晃，动作虽然微小，却没能瞒过吴劫的眼睛，他定睛一看，居然是一条雪狐！

顺着风声，闻到空气中潜在的危险气息，跳动的雪狐猛然停下脚步，循着气味向远处望去。它发现了即将到来的危险敌人，四条强壮的阿拉斯加犬正拉着雪橇急速而来！受惊的雪狐一个弹跳，顺着寒风全力逃跑，雪地上留下两排浅显的小爪印。

到了嘴边的猎物，岂能让它轻易逃走？吴劫扔下望远镜，抓过 AK-47，嗒嗒嗒，几个点射，全都打在雪狐周围半米远的位置，悄无声息地淹没在雪地里。

雪狐受到惊吓，奔跑起来更是疾如厉风，快若奔雷！四条阿拉斯加犬也在空气中嗅到了猎物的气息，躁动不安的狂吠声此起彼伏！

吴劫非常享受追逐猎物的感觉，尤其在这紧张的氛围之下！每当雪狐向树洞或者落雪覆盖下的荆棘丛靠近时，他都会及时补上几枪，确保它不会逃走。捕猎的乐趣，远远大于猎物本身！

狂吠的阿拉斯加犬和全力逃命的雪狐之间始终保持着近三十米距离，尽管雪狐飞速奔跑着，但逃跑路线尽在吴劫的掌控之中！

绕过基地大半圈，雪狐一直向更西部的冰原深处逃去！一路下来，附近的雪丘上不断有受惊的雪狐闻风而逃，更有贪婪的白狼群和北极熊在远处眺望！渐渐地，平坦的冰原开始变得起伏，一棵棵高耸直立的针叶松拔地而起，一簇簇碧绿的针叶上覆盖了厚厚的积雪。

突然，冷冽的寒风中传来几声低沉的吼叫，尖细、稚嫩中带着离奇的愤怒！

吴劫闻声一愣，这茫茫冰原之中如何会有孩子的声音？仔细观察后，吴劫发现在基地西面散布的针叶林带中，有一群十三四岁的少年在雪地里进行训练。

稚嫩的脸庞、柔弱的身躯、单薄的衣衫，和这冷酷恶劣的环境格格不入！

群体肉搏，赤脚在崎岖坎坷的山林间穿梭，完全凭借四肢的力量攀爬直径50厘米以上的针叶松！这些在军队也难以见到的苛刻的训练项目，居然用在这些少年身上！

目睹了眼前的一切，吴劫不禁感到一阵气血翻腾！就在他分神的片刻，伶俐的雪狐一溜烟儿钻进针叶林，不见了踪影。然而，此刻吴劫没心思再去捕猎，掉转方向，驾着雪橇朝针叶林前的空地飞驰而去！

雪橇还没停稳，四条阿拉斯加犬还在雪地里慢慢跑着。吴劫纵身一跃，稳稳地落在雪地里，靴子深深地没进了积雪里。

然而，这群衣衫单薄的孩子似乎并没有在意吴劫，仍旧继续着他们残酷异常的训练。

吴劫扫视一圈儿，很快就发现这些孩子之中有金发碧眼的白人孩子、黑瘦黑瘦的非洲孩子，更多的是黄皮肤、黑头发的亚洲孩子。

他们的眼神中充满浓浓的敌意，暴露的手臂显现出和他们年龄不相称的粗糙，即使满地冰雪，他们也只穿着破旧的球鞋，甚至赤脚！

吴劫早就猜到这座隐藏在西伯利亚冰原的秘密军事基地非比寻常，很有可能是跨国犯罪组织的秘密据点，然而对于这些孩子，他却有些捉摸不透！

"孩子，你们为什么会在这里？"

让人意外的是，周围的十多个孩子竟没有一人回应他，甚至有几个金发碧眼的孩子用敌视的眼睛怒视着他！

一瞬间，吴劫冷静下来，没有继续追问，一边慢慢地退回去。这时，他的背后忽然传来一阵窸窸窣窣的嘈杂声音，不知何时，疯狗、雪狐各驾着一辆履带式雪地车飞速朝这边奔来，后面跟着五六个裹着厚风衣的枪手。疯狗一马当先，雪地车在积雪里风驰电掣，溅起近两米高的飞雪！

雪地车以闪电之势向十几个孩子靠过来，丝毫没有减速的意思！孩子们纷纷逃命闪避，眼神之中充满恐惧！情急、愤怒之下，吴劫竟掉过枪口，瞄了过去："浑蛋，快停下！"

砰砰！吴劫只感觉双手一麻，AK-47就脱手掉在了地上。十多米外，雪狐艾瑞卡·莫洛缓缓放下手里的步枪，面无表情。

嘎吱，雪地车一个甩尾，车身还未完全停稳，疯狗就纵身而下，厚实的靴子在雪地里留下两个深深的脚印。十多个少年纷纷向他这边靠拢过来，尽管肤色、血统各异，他们的眼神中却流露出相同的情感——恐惧，无尽的恐惧！

"今天，你们的自由训练还不错，没有人浑水摸鱼，偷懒打浑。不过……"疯狗狰狞的表情一冷，就甩出两脚，位置靠前的两个金发小子便飞了出去，狠狠地栽在了雪地里！

吴劫一愣，如此低温下，他们衣衫这般单薄，疯狗的这一脚搞不好会踢断他们的骨头！

"卡托、比尔，你们两人的对战没有使出全力！如果有人要杀你们，你们还会有所保留吗？"

让人意外的是，被踢倒的两个金发孩子没有说一个字，而是快速地从雪地里爬起来回到队伍中，深埋着头，单薄的身子上还沾着雪，浑身瑟瑟发抖。

吴劫看不下去了，几个大步跨过来，一把揪住疯狗的衣领："你疯了吗？他们不过是孩子，你刚才差点儿撞死他们！"

面对吴劫的厉声质问，疯狗毫无胆怯，迎着他愤怒的目光："如果连闪避这点儿能耐也没有，留着他们有什么用？"

"他们还是孩子！"

"但他们不是普通的孩子，他们是'冰火'精心培训的少年杀手！"

这时候，另一辆雪地车停下来，雪狐轻握住吴劫的手腕，低声道："吴劫，这件事你别管。"

"我必须管！"

"哼！"疯狗一声冷笑，"你还没这个能耐！"

吴劫阴郁的眼神一瞬间冷彻入骨，手上暗暗增了几分力气："你可以试试！"

两个男人之间矛盾激化，稍有不慎便会大打出手，空气中弥漫着浓浓的火药味道！

雪狐劝道："吴劫，听他的。这里的事你管不了，如果你再继续顽固下去，卡托和比尔肯定会因此丢了性命！"

吴劫大吃一惊，一回头，刚才被疯狗踢倒的两个孩子果然正用仇视的眼神盯着他，还慢慢向他逼近过来，一副随时准备扑上来的架势！

"汪汪汪……"十多条强壮的阿拉斯加雪橇犬躁动不安起来，一齐虎视眈眈地朝着吴劫背后的方向仰天狂吠！空气中隐约吹来一股强劲的厉风，吴劫心下一惊，这才松开手。

二十米低空中，一架卡-52"黑鲨"攻击直升机缓慢徘徊飞行，一个俏丽娇小的身影正顺着绳索快速下滑。片刻后，一个身高不过一米五左右的小女孩儿出现在茫茫冰原中，同样单薄的衣着，瑟瑟寒风吹乱了她乌黑柔顺的长发。

在众人的注视下，桐谷千代径直朝这边走来，面无表情地望着疯狗："对不起，教官，任务失败了。"

啪，一个响亮的巴掌甩在她小巧精致的脸庞上，疯狗眼神之中尽是冷漠："你是我最得意的门生，居然连这次的任务也会失败，太让我失望了！"

桐谷千代深深一个鞠躬："对不起，教官！"

"如果不是眼下正缺人手，你已经没有存在的必要了，明白吗？"

"对不起，请再给我一次机会！"

疯狗一双重压眉蹙得很紧："千代，以你的实力，这次的任务并不困难，为什么会失败？"

"这次任务遇到了蓝盾，而且他们从蓝剑特种部队请来了狙击外援！我低估了他们的反应速度，只带了一个冰火战士，所以败得很惨，是我太大意了！"

听到"蓝剑"这个名字，吴劫浑身不自觉地一颤，那两个熟悉的身影陡然出现在脑海里，只可惜他们已逐渐模糊。

疯狗狰狞的面孔露出一丝兴奋和狂躁："连蓝剑也插手进来，这次的任务越来越有趣了！我们的人手不够，要补充新血！"

"上次几个小子给丢进冰原深处，还有两个训练的时候被误杀！这一次，我要亲自挑选！"

雪狐斜他一眼："看你的样子，似乎早有人选？"

疯狗露出一个阴险的笑容："到时候你就知道了！"

突然，顺着风声，吴劫听见了汽车引擎的声音。晶莹透光的雪地里，两辆深绿色的军用越野风驰电掣而来，甩出的雪花足足有两米多高，威风凛凛，霸气十足！

原本冷漠的十多个孩子看到两辆军用越野，出现了一股小小的骚动。他们表情各异，眼神复杂，仇视、愤怒、兴奋，又或者恐惧，仿佛看到了奇怪的怪物！

因车速太快，军用越野在雪地里滑了近两米远，最后才缓缓停下来。两双乌黑油亮的靴子一前一后地从越野车上下来，黑色太阳镜在日光下亮得耀眼！

气氛一时静悄悄的，没有任何动静。

"下来！"墨镜男扭头冲越野车里一声吼，吼声低沉而厚重，带着让人不可抗拒的威胁力。

片刻沉寂之后，军用越野里传来细细的咿咿呀呀的抽泣声。墨镜男恼羞成怒，半个身子探进车里一抓，等他再下车时，一个小男孩儿跟着"扑通"一声脸面朝下重重摔在了雪地上！

墨镜男又一声吼："下来！"

这一次，他的命令很奏效，五六个小孩儿从车里下来，有男有女。比起墨镜男的警告，后面那辆越野车上的光头要简单粗暴得多，小孩子稍有怠慢，他就直接一把抓住丢下车，只几秒钟，三个小孩儿就被胡乱扔在雪地里，相互压在了一起！

吴劫侧鬓青筋暴起，牙齿咬得咯咯直响，攥紧拳头正要上去，却被雪狐一把拖住："别乱来，你管不了。"

"我必须管！"

"如果你想他们死在你面前，去吧！"雪狐低语一声，松开手，"你帮谁，谁就会遭殃，一直到他们全部死光！"

"他们还只是孩子！"

"吴劫，我真羡慕你的天真无邪！"雪狐轻蔑地笑道，"你以为这是什么地方？小孩子的夏令营吗？这里是'冰火'！少年杀手培训基地！谁不合格，杀掉，再去抓，一直到合格为止！冰火没有怜悯、同情，在这里，只有强者可以生存！"

桐谷千代低垂着头，黑色长发随风乱舞。雪狐指着她，低声道："千代就是最好的例子，看似柔弱，实则内心坚韧刚强！你知道在她的背后，有多少孩子丢了性命？绝对超出你的想象！"

寒风中，新来的孩子冻得瑟瑟发抖，脸色铁青："我……我要回家。"

"我……我想妈妈！"

疯狗的眼睛快速地在新来的孩子中间扫视一圈，一脸的狰狞，眼神之中悄然爬上一丝血色，似两团燃烧的火焰！

光头两步跨上来，不由分说，两个巴掌甩过去："闭嘴！再哭，我现在就打死你！"

吴劫僵硬地站在原地，两只拳头攥紧，手背上青筋暴起。

"还记得我刚才的话吗？"雪狐上前一步，挡在他面前，"走吧。"

吴劫两腮上的一道道肌肉绷紧，怒视着面前的一群人，眼睛快要喷出火来了。终于，他攥紧的拳头慢慢舒展开来，艰难地闭上眼，一转身，跟着雪狐上了雪地车，两人的身影一起消失在耀眼的银光中。

第二章　死灰复燃

★★★★★

新区市长途汽车站候车大厅里人流拥挤，几十条长椅上密密麻麻地坐满了人，但仍有背着背包、拎着行李的人不断进来。

候车大厅的外面烈日当空，刺眼的日光炙烤着大地，偶有清风吹过，为这炎炎夏日带来阵阵清凉；大厅里面冷气横流，纵使只有一墙之隔，却形成了截然不同的景象。这时，两个朝气蓬勃、着鲜艳学生装的人进了候车大厅。男的驻足观望片刻，伸手一指："走吧，去那边等。下一班车还有近半个小时呢，我们过去坐一会儿。"

女的一边挽住他的胳膊，一边娇滴滴地抱怨道："半个小时？还要好久哦！"

被人这么亲密地挽着胳膊，伪装成学生模样的凌峰还是感觉到别扭，略一皱眉，低声道："要不要这样？你太夸张了吧。"

龙靓原本就天生丽质，姿色可人，精心装扮后更是楚楚动人。她握紧凌峰的胳膊，两人贴得更紧了，她压低声音："既然要迷惑敌人，自然要演得逼真一些。不过，你确定这里有他们的人？"

"候车大厅内人流混杂，流动量大，我们这样招摇，肯定会成为他们下手的目标，耐心点儿。"

两人在长椅上坐定，凌峰信手从背包里取出一本书，认真地读了起来。龙靓耳朵里塞着耳机，摇头晃脑，嘴里轻哼着音乐，一副沉醉其中的忘我表情，一边取出平板电脑，纤细的玉指在上面戳戳点点，一派大学校园里潮流女生的模样。

这时候，一直坐在大厅角落里的留着小胡子的男人朝他们这边瞄了几眼，然后朝对面一个黄毛小子暗递眼色。即使天气炎热，黄毛小子却还穿着一件灰色卫衣，左手直挺挺地缩在袖子里，似乎藏着什么利器。

小胡子伸个懒腰、打个哈欠，慢慢起身，看似无意地在候车大厅里晃荡。绕了几圈，见没人注意，小胡子在龙靓身旁坐下。他随意翻开身上带着的杂志，眼睛的余光一直在注意着旁边的龙靓，而负责放风的黄毛小子一直在周围徘徊，藏在袖中的匕首隐约可见。

小胡子合上杂志，倚在长椅上准备睡觉，一只手藏在身后已经悄悄伸进旁边的手提包里，而身边的龙靓仍旧专注地听着音乐，玩着电子游戏。小胡子眯着眼睛，暗暗在心里窃喜，这些大学生的警惕性太差了，这么容易就让他得手了！

可就在他暗自得意的时候，猛然觉得手腕一紧，小胡子"唰"地睁开眼睛，只见一张俊美的面孔正盯着他，笑容甜美。他本能地缩手，却未能挣脱出来！他故作镇定道："你……你干吗？"

龙靓直盯着他的眼睛，脸上依旧挂着笑容，将被她抓住的手举起来，面无惧色："这句话应该我问你才对！"

"放开，我不知道你在胡说什么。"

小胡子失声叫嚷，一边使劲儿想要把手抽出来。无奈龙靓看似柔弱，实则力量非凡，任凭他拼尽全力，仍旧未能挣脱开来！

眼看行动暴露，旁边那放风的黄毛小子止住脚步，陡然朝这边疾奔过来，眼露凶光，面色不善，左手袖口已经露出两寸长的刀尖，熠熠生寒！

小胡子恼羞成怒，挥起右手直朝着龙靓打了过去！龙靓何等身手，岂会被一个小人物偷袭？虚晃两下，轻易避开他的拳头，左手一抬，将小胡子两只胳膊别到了一起。

"疯女人，放开我！放开我！"小胡子的一阵叫嚷，吸引了附近许多人的目光，人们纷纷侧目观望，几个体格壮硕的年轻男子慢慢朝这边走了过来。

一个黑影陡然出现在龙靓脚下，将她完全笼罩在阴影之中！黄毛小子戴着连衣帽，遮住了大半张脸，缩在袖中的左手紧握着刀柄，半截尖刀露了出来，一声低喝："放开他，不然捅了你！"

看到这般架势，几个年轻男人停下脚步，不敢莽撞冲上去。原本在长椅上等车的乘客慌忙跑到一边，几个年轻的女孩儿已经掏出手机在报警了。

"你想死吗？快，放了他！"黄毛小子凶相毕露，面目狰狞，亮出寒光闪闪的匕首朝龙靓逼了过去！

这时，一直静默在旁的凌峰"啪"地合上书，一抬眼，迎上黄毛小子的目光。只一眼，后者就变了脸色，当，锋利的匕首从他手中悄然滑落。他顾不上还在龙靓手里的同伙，扭头拔腿便跑！

"闪开！"黄毛小子朝着出口玩命狂奔，连着撞翻了四五个人！龙靓望向凌峰，一声轻笑："居然给人认出来了，看来离开蓝剑之后，你的伪装技能退步了。"

狗急跳墙的黄毛小子逃得飞快，眼看就要混进外面的人群，凌峰丢掉背包，腾一下从长椅上站起来，循着目标模糊的背影急急追去。

"蓝盾特警执行任务，你们报警把他送去警局！"咔，龙靓把小胡子铐在长椅上，丢掉伪装用的耳机、平板电脑和背包，身形一晃闪到人群里，没了踪影。

剧情变化得太快，周围很多观望的人还没缓过神儿来，呆愣愣地站在原地，片刻之后，才有人如梦初醒，慌张地拨通手机："喂，110吗？这里有人持刀偷窃！"

酷暑之下，街道上的人并不很多，出了拥挤的车站，黄毛特异的外表轻易将他暴露在了人流之中。

凌峰身手敏捷，步履矫健，在人群中左闪右避，和目标之间的距离在不断拉近；龙靓跟在后面追了半条街，突然掉转方向，横向穿插过去。

眼看就要被抓住，黄毛一头扎进了路边的居民小巷。

破旧的老楼房一座挨着一座，间距狭小，里面横七竖八地堆满了杂物，七扭八拐，像一个看不见尽头的大迷宫。

楼梯口，一个头发花白的老爷子安静地睡在躺椅上，闭目养神，茶桌上的收音机里咿咿呀呀地唱着京剧；旁边四个老爷子凑在一起，都穿着白色背心，蒲扇轻摇，专注于地上的象棋格局；几个小孩子在楼道里穿来穿去，鼻尖、额头上沁出一层晶莹的细汗，奔跑嬉笑，丝毫没有被酷热的天气影响。

噔噔噔——一阵急促嘈杂的脚步声从小巷内传来。黄毛大喘着粗气，火烧眉毛一般直冲过来，看到前面被几个小孩子挡住去路，怒吼道："小子，让开！"

几个孩子机灵地跑开了，只剩一个傻乎乎、光着膀子的小胖墩儿反应慢了半拍，还呆愣愣地站在小巷中央。黄毛跑得太急太快，一个刹车不灵，差点儿和小胖墩儿撞个满怀，猛一个趔趄闪到一边，胳膊"噌"一下在墙上擦出一道口子，疼得他龇牙咧嘴！他一个转身，怒气冲冲道："小子，找死啊！"见凌峰已经出现在小巷口，黄毛不敢再多留，瞪了一眼小胖墩儿，拔腿便跑。

转眼间，凌峰已冲过来，稍一减速，右脚在地上点了一下，一个侧翻，从挡住去路的小胖墩儿头顶凌空越过！

"哇……"

"哇……太厉害了！"

这一招，把五六个小孩儿看得目瞪口呆，一片惊讶叫好。不等凌峰跑远，几个小孩儿穿着拖鞋啪嗒啪嗒也跟了上去，小胖墩儿反应慢半拍，给甩在了队伍最末。

这一下动静不小，吱嘎，吱嘎，在躺椅上打盹儿的老爷子陡然睁开眼，坐起身，瞄了一眼从旁边跑过的孩子，闭上眼继续打盹儿。

眼看前面两个人越跑越远，带头的孩子急了，左右环顾一圈，对其他孩子低声耳语几句，他们立刻分为两组，斜向横插过去。对于这片老宅区，他们比谁都熟悉。

若在平坦顺畅的大街，凭凌峰的身手，十几分钟肯定能追上黄毛小子，但在这七拐八拐的陌生的老街深巷，他竟被远远地甩下一大截，才刚刚拉近的距离再度被拉开了！

回头望一眼，狭长的小巷早已不见凌峰的影子，黄毛嘴角露出一个阴险的笑，长长地嘘了一口气。可等他再回过头来，巷子尽头不知何时冒出俩身高不足一米的小子，虎着脸，有模有样。

"闪开，死小子，别挡道儿！"黄毛大吼一声，岂料俩半大小子伸出小胳膊挡住他的去路，毫不胆怯！

既然你们不怕死，那就怨不得我了！黄毛嘴角露出一个奸笑，顺手抄起扔在地上的一个空酒瓶，杀气腾腾地冲着拦路的两个孩子过去！

十几米的距离转眼就到了尽头，丧心病狂的黄毛面目狰狞，右手拎着的空酒瓶已经举过头顶！两个小娃仍固执地拦在前面，稚嫩的小脸儿执拗而坚强！

嗖——闷热的空气中，一道凌厉强劲的疾风倏忽而过。"咣"的一声，满满的矿泉水瓶直撞上黄毛的侧脸，瞬间炸裂，飞溅起无数水花，灼人烈日下，斑斓一片！

扑通一声，黄毛重重地摔在地上，双手捂着侧脸，疼得龇牙咧嘴。这一招力道太大，让在横向丁字路口十几米深处的龙靓依旧弓身屈步，还保持着甩出矿泉水瓶的姿势！

这时候，其他几个孩子也飞奔过来，他们目睹了刚才的画面，不禁被这位身手不凡的漂亮姐姐惊得目瞪口呆！

"太……太厉害了！"

"姐姐太棒了！"

"超人！"

对孩子们如此夸张的赞美，龙靓轻笑默认，一手抓住躺在地上的黄毛："起来！"

刚才那一下着实不轻，身形单薄的黄毛半张脸都肿起来！他哭丧着脸，无耻狡辩道："你这个疯女人，抓我干什么？"

"你心里清楚！"

"放开我，我要报警！"

这时，凌峰终于赶来，从孩子们中间穿过，冷冷地望着黄毛。

只看了凌峰一眼，黄毛立刻蔫了。龙靓见他这般恐惧沮丧，不禁觉得好笑："你不是要报警吗，怎么，要不要我帮你拨通电话？"

黄毛哭丧着脸，用乞求的眼神望向凌峰："凌队，我就是一个小偷小摸的蟊贼，用不着您亲自出马吧？"

"带我去见马克。"凌峰直奔主题。

黄毛一怔，只感觉后背一阵发凉，但他很快镇定下来："马克是谁？我从来没听说过啊！"

凌峰上前抓住他的手腕，反手一别："我是什么人，你比谁都清楚，能追你到这里，会是兴趣吗？走！"

"凌队，您大人大量放过我吧，我真不认识什么马克！"

一路上，黄毛一直在苦苦央求，鼻泗横流，龙靓无语，若不是对他知根知底，只怕会被他精彩的演技蒙混过去。凌峰对他连珠炮一般地大诉苦水充耳不闻，一手别着他的胳膊，健步如飞。

没几分钟，三个人走出老旧混杂的老宅区，一街之隔，外面喧嚣、繁华依旧。凌峰招手，一辆蓝色出租车缓缓靠路边停稳，司机大哥瞄了一眼三个人，爽朗笑道："去哪儿？"

凌峰没吱声，眼睛一斜，黄毛小子立刻吓得胆战心惊，死乞白赖道："凌队，我真不认识什么马克！"

"盗窃、危害公共安全、持刀袭警、蓄意谋杀多名少年儿童，数罪并罚，你这辈子不用再危害社会了。"

黄毛小子心里一下子虚了："凌队，别！"

"去哪儿？"

"西城区阜阳公寓。"

骄阳烈日下，宽阔的柏油马路上空落落的，蓝色出租车畅通无阻，肆意飞驰。20分钟后，出租车在路边一棵高大茂盛的法国梧桐下缓缓停稳。比起市区的热闹繁华，西城街道寂寥落寞得多。

色调黯淡的老楼，沉寂的老街，树荫下纳凉的妇人、老者，这里是截然不同的慢格调。没有门卫，没有安保，没有护栏，黄毛带着凌峰、龙靓轻易进入一栋老式公寓。

清一色的六层高，脱落的墙皮、生锈的铁窗、杂草丛生的草坪、坑坑洼洼的铺石路，绕过七八栋老楼，黄毛在位置最偏的楼房前停下来。凌峰抬头望一眼，环顾四周："马克在这里？"

"嗯，顶层。"黄毛一脸阿谀的笑容，"可以放我走了吧？"

龙靓一把推他进楼："少废话，带路！"

狭窄的楼道里给人泼了油漆，满眼尽是油彩涂鸦；迂回的楼梯扶手上早已锈迹斑斑，很多地方已被拆掉；破旧的窗台上落满灰尘，一阵热浪吹来，整个楼道内立刻尘土飞扬。

走到三层楼时，仍旧没看见一个人，听见一点儿动静，死气沉沉、冷冷清清的。一直到了四楼，才咿咿呀呀隐约从上面传来一点儿声音，仔细一听，不禁让人咋舌，竟是男女之间情欲绵绵的靡靡之音。

比起下面的陈旧破败，六楼的环境稍微好了一些，三个人在门前站定，隔着薄薄的门板，低俗露骨的污言秽语清晰入耳。黄毛不知如何是好，尴尬一笑："怎么办？"

"敲门！你以为我们是来跟他问好的吗？"龙靓直言道，对屋内传来的污秽言语充耳不闻。

黄毛只得上前叩响房门，清脆的声音在空荡的楼道里尤其刺耳，回荡良久。

"谁啊？"屋内传来一个粗暴的、不耐烦的声音。

"是我，老板！"

"黄毛？你个浑蛋存心坏老子的好事，滚！"

几个粗鲁的骂声后，喔，一个东西重重地摔在门上，吓得黄毛小子连连后退，生怕下一秒钟就会有一颗手榴弹飞出来！

"起开！"龙靓没了耐性，一把将黄毛推开，拔出手枪对着门锁当当两枪，又飞起一脚直接把门踹开！几乎瞬间，凌峰端着手枪，一个箭步蹿了进去！

"啊——"顿时屋内传来女人尖锐刺耳、撕心裂肺的叫声！

凌峰还未站稳，一个衣衫不整、长发杂乱的女人就迎面冲过来，和他撞了个满怀。与此同时，一个身形魁梧的裸身男人从床上跳起来，"嗖"地钻入里屋。凌峰将浑身香味刺鼻的年轻女人推开，端着手枪小心翼翼地挪过去："马克，这里是六楼，有种你直接跳下去！"

光着身子的马克一手扶着窗子，半个身子探出去，迟疑片刻，最后又颤巍巍地退了回来。

马克是一个五十多岁的美国老男人，曾经强壮的肌肉早已松弛下来，大腹便便，黑压压的胸毛丑陋不堪；沧桑的面孔胡子拉碴，一张嘴，满口黄牙暴露无遗！

四目相对的瞬间，老马克装出的讪笑僵住了，整个人愣愣地站在原地，呆若木鸡。足足半分钟，老马克才缓过神来，嘴唇一抖："凌……凌队？"

屋子内凌乱不堪，香烟、空酒瓶、男人衣物、女人内衣胡乱地丢了一地。堆满杂物的破床上，几件满是汗渍的男人衬衫下蜷缩着一个女人，另外一个女人缩在墙角里，眼神惊慌，却无恐惧。

凌峰用手枪在旁边的桌子上挑起一条男人内裤甩过去，收枪："马克，好久不见。"

"好久不见！好久不见！"

老马克诚惶诚恐地穿上内裤，这才从里屋出来。等他看到外面一脸鄙夷的龙靓，不禁暗暗咽下一口唾沫，心里仅存的小小侥幸瞬间荡然无存："龙……龙队，你……你也来了？"

砰！洗手间的门突然打开了，一个身穿火红色比基尼、身材火辣的金发女人从里面出来，一边打着哈欠，一边睡眼惺忪、漫不经心地道："马克，怎么这么吵？你们能不能折腾得轻一点儿？"

突然，外国女人发现不对劲儿，似乎太安静了！她睁开眼，猛然看到房间内多了几个人，不禁大为恼火："马克，他们又是谁？我还以为你只是好色，没想到你对男人也感兴趣！"

"闭嘴！"老马克恶狠狠地瞪了她一眼。

泼辣的外国女人似乎并不买马克的账："死老头，敢对老娘大呼小叫？要不是看在钱的分儿上，你以为老娘会让你碰我？"

"去你的，臭婊子！"啪！老马克气急败坏，一个巴掌狠狠地甩过去。外国女人没料到他居然会真的动手，脚下没站稳，"咣当"一声摔在地上，胳膊肘上顿时挂了彩。这一下，外国女人傻眼了，四仰八叉地躺在地上，半天没有反应。

突然，她狐媚娇艳的脸庞变得狰狞万分，抄起地上的一个烟灰缸，几下就爬起来，操着烟灰缸直朝着老马克后脑勺砸了过去！老马克还未觉察，只见前面的龙靓脸色一变，飞起一脚，腾，地上一个空了的白兰地酒瓶疾飞而起，直朝着老马克飞过去！

老马克大惊失色，还未来得及躲闪，白兰地酒瓶已经擦着他的耳朵直飞过去。"哐"的一声，白兰地酒瓶正中外国女人的额头！这一撞，力量非常之大，外国女人身子一颤，一个后仰摔在地上，再没有动静。

老马克惊魂未定："这……这……"

龙靓不屑一顾："你的女人啊！"

见两人面色不善，老马克先哭诉道："凌队、龙队，这些日子我一直安守本分，没有做什么违法的事儿！吃住都在这栋老楼里，这几个女人可以为我做证！"

见两个女人各自蜷缩在角落里，半天没有反应，老马克火大了，叫骂道："臭娘儿们，你们倒是说话呀！"

两个女人不敢多嘴，只怯怯地躲在一边，默默点头应允。

"别在这里装好人了！偷盗、抢劫、勒索、敲诈，你犯的事儿还少吗？"

"龙队，你可别冤枉我啊，这几个月来我一直都在公寓里，半步未曾踏出，我可以向上帝保证！"这一次，老马克话里有了底气。

"废话，当然不是你自己干的，你手底下那十几号人是吃干饭的吗？"龙靓不耐烦地道，"算了，你犯的这些小儿科还不值得我和凌峰亲自出马！"

老马克不明就里，狐疑道："不是这些事，那你们是……"

"黑火。"凌峰开门见山道。

听到这个非常熟悉的名字，老马克的脸色忽然变得凝重起来，因为他曾经也是黑火的人。

几分钟后，那种久违的亲近感很快消失殆尽，此刻老马克的心中是前所未有的释然。他淡淡一笑，似乎早已了无牵挂："黑火？三年前不是被蓝剑消灭了吗，还是两位亲自带队！"

龙靓提点道："你确定所有人都被消灭了？除了你之外。"

"这个你们应该比我更清楚，以蓝剑的能力，侥幸逃脱的可能性很小，虎鲨头目连尸首都没剩下！疯狗、雪狐也重伤坠海，相信凶多吉少！我只是一个不入流的小角色，不可能有内幕消息。"

"别谦虚了，谁不知道，疯狗、雪狐只是金牌杀手，你才是虎鲨的心腹！"

凌峰无心纠缠，直奔主题道："这三年来，虎鲨没有联系过你？"

"当然没有！"老马克斩钉截铁地回答，旋即一愣，惊异道，"等一下，凌队，你的意思是，虎鲨还活着？"

"你以为我们大老远来找你，就是为了你们偷个钱包、抢个手提袋那些小儿科？我们可没那个闲工夫！"凌峰掏出纸笔，"唰唰"写下一个号码扔到床上，"如果见到虎鲨，打这个号码给我。如果隐瞒，后果你很清楚，三年前的黑火就是最好的例子。"

说完这些，凌峰转身出了屋子，龙靓紧随其后跟了出去，黄毛知道自己捅了娄子，不敢逗留，跟在龙靓身后一溜烟儿出了门。

楼道内的脚步声越来越轻，越来越远，很快便消失不见。此时，老马克额头上冒出一层冷汗，后背早已大汗淋漓湿了一片。他的双腿一软，"扑通"一声瘫在床上。

嘎吱——洗手间的门缓缓打开，一个身形魁梧、头发精短的英国男人从里面走了出来。黑皮鞋油光锃亮，白色衬衫一尘不染，鼻梁上架着一副精致的金边眼镜，风度翩翩的模样。他眉宇飞扬，轻轻鼓掌道："精彩的一场戏，你演得很好！"

老马克擦擦额头上的汗水，气喘吁吁，体乏无力："虎……虎鲨，你真够胆儿大，居然藏在他们的眼皮子底下！"

虎鲨瞄了一眼还在地上昏迷的身材丰满的金发美女，略感惋惜道："我观赏了老朋友的精彩演出，只可惜，你的女人口技差一些。"

"虎鲨，凌峰和龙靓都是厉害角色，蓝盾、蓝剑更是招惹不起，我劝你还是收手吧！"

"No，No，No，真正的大戏还没开始呢！"

老马克不由得一阵心惊肉跳，哆哆嗦嗦道："虎鲨，你该不会真的想在新区弄出点儿动静吧？你疯啦？这里是蓝盾的地盘，还有蓝剑做后援，你斗不过他们的！"

"老规矩，做好你该做的事，其他的不要多问。"虎鲨将手里的西装盖在昏迷的金发美女身上，起身离开，"我要去拜访一位新朋友，再见！"

阵阵海风迎面吹来，带着咸咸的海腥味儿。

几十只白色海鸥在海边沙滩上慢慢徘徊，悠闲觅食。几个小孩子赤脚在沙滩上嬉笑打闹，淡淡海风中夹杂着他们纯真稚嫩的欢笑声。

海滨别墅坐落在优雅清静的避风港湾，白墙红瓦，花团锦簇，一曲婉转悠扬的《维也纳森林故事》缓缓传来，伴随着阵阵海风，轻柔飘荡。

一辆白色长安SENSE停在别墅门口，两位西装革履、戴着太阳眼镜的保镖静候两侧，眼神沉稳，面容刚毅。自从十天前的绑架案发生后，一向行事低调的刘云破天荒地请了贴身保镖。女儿的安危，让他真正体会到了恐惧的味道！

安静别致的餐厅里，餐桌上的热牛奶冒着热气，罗静一边吃着面包片，一边倾听着从三楼飘来的悠扬的钢琴声，娇美的脸庞上洋溢着幸福甜美的笑容，刘云同样沉醉在婉转的琴声中。虽然音乐不尽完美，但在他们听来，却是极美妙动听的旋律！

"静云的钢琴弹得越来越好了！"罗静甜甜赞美道。

"多亏你教得好。"

"我现在哪儿还教得了她啊，都是人家秦老师教得好！"

琴曲未完，两个人早已吃完早餐，却都未离开，他们分外珍惜全家人在一起的短暂的美好时刻！

一曲完毕，刘云和罗静不由得轻声鼓起掌来。刘云意犹未尽，略带惋惜道："唉，这么美好的早晨，要是能再听静云演奏一曲，该有多好！"

罗静整理一下衣装，上来替刘云拿起文件夹："晚上再让她弹一曲就是了，快点儿走吧，我们都要迟到了！"

"老板！"

"太太！"

刘云、罗静出门，两个黑衣保镖早已静候多时。罗静冲他们浅浅一笑，她一直是个非常温和善良的人。刘云才坐稳，忽然想起什么似的："阿明，今天让张一陪我和太太就好了。你留在家里，和亓元、赵剑一起保护小姐。"

"是，老板！"墨镜后的一双鹰眼犀利沉稳，他微点头，开门下车，几个快步跑回别墅，干净利落。

罗静不解："怎么，为什么让阿明回去了？"

刘云蹙起眉头，一边轻揉着太阳穴："今天早上右眼一直在跳，可能是这几天太累了吧。"

"如果累了，就请假休息几天，别累坏了身子！"罗静关切道。

"嗯，等忙完了这几个项目，一定在家里好好陪陪你和静云，走吧！"

偌大的房间里摆满了凯蒂猫玩具，整体粉色的格调，可爱而活泼；床单、被褥上全都是这只可爱小猫的图案，床头、笔记本电脑，甚至连钢琴上也贴上了它；在它们中间，一个巨大的相框赫然在目，是一家三口幸福的合影。

白色书橱里整齐地码着一排排儿童书籍，五彩蜡笔安静地躺在角落里。

华丽流畅的钢琴声再度响起，一头齐刘海、长发的刘静云端坐在钢琴前，甜甜的酒窝，长长的睫毛，粉嫩的面颊仿佛能掐出水来，细长柔嫩的手指在琴键上飞快滑动，稚朴的眼神迷离缥缈，完全沉醉其中。

优美的钢琴声时而缓慢，时而轻快明朗，透过巨大的落地窗，伴随着清脆的鸥鸣声，飘向茫茫大海。

保姆王妈悄悄走进房间，她原本想喊刘静云下去吃早餐，可见她弹得这么投入，不忍心打断，只带着微笑在一边静静地看着、听着。二十多分钟后，刘静云敲下最后一个键，优美的旋律戛然而止。王妈在一旁"啪啪"鼓掌，脸上洋溢着灿烂的笑容："小姐弹得真好听！"

刘静云看见门口站着的王妈，如梦初醒，从凳子上下来，一蹦一跳跑过去牵住她的手："王妈，您什么时候进来的？"

五十多岁的王妈慈爱一笑，眉宇间透露出几分温情："来了好一会儿了，看你弹得那么投入，就没打搅你。"

"王妈，您觉得我弹得怎么样？"

"好听，真好听！跟电视里那些大音乐家弹得一样好听！"

"真希望有一天我也能在维也纳大厅演奏自己的音乐！"

"会的，总有一天小姐的梦想会实现的！"王妈轻轻抚摩着她乌黑柔顺的长发，就像对待自己的女儿一样，眼睛里充满爱怜，"走吧，跟我下去吃早点吧，有你最喜欢的羊角面包！"

"太好了！"刘静云高兴得一蹦一跳，牵着王妈的大手，"王妈，我还想再弹一会儿，待会儿再吃行吗？"

"先生、太太交代过，一定要让你好好吃饭。"

"就再弹一会儿，行吗？求求你了，王妈，好不好？"

刘静云嘟着小嘴，晶莹透亮的小眼睛一眨一眨的，可爱极了！任谁也不忍心拒绝这么一位可爱的小公主！

"好吧，那就再弹十五分钟，完了要马上下来吃饭！"

"哦，万岁！谢谢王妈！"

"嗨，这个小丫头，真是拿你没辙。"王妈虚掩上门，轻轻退出去。

几个试音后，一曲单纯、质朴的《少女的祈祷》缓缓而起，柔和亲切的琴音中，带着少女美好的梦幻和遐想，洋溢着青春和幸福，却又异常柔美，略带伤感，这位波兰女钢琴家将少女的单纯清丽表现得淋漓尽致！

一阵海风拂过，落地窗前薄薄的素纱窗帘飘飘而起，一只强壮厚实的大手撩开帘子，一个巨大的人影出现在窗前，悄无声息。

刘静云忘情地沉醉在自己的钢琴曲中，微闭双眼，脸上洋溢着少女甜美的笑容，指尖在琴键上飞快地滑动！

啪啪啪！疯狗不由得伸手鼓掌："真美，琴律和人一样甜美！"

当——突如其来的声音让刘静云的心一下绷紧起来，手指失衡重重地按在琴键上，发出一声刺耳的杂音！刘静云惊慌地回过头，见身后不知何时多了一个陌生人，她一边慢慢起身，一边略带惊恐地问道："你是什么人？为什么会在我的房间里？"

"别怕，我是你爸爸的朋友，特意来听你弹琴的！"疯狗装出少见的温和笑容。

童心质朴，听他这么说，刘静云心里稍稍放松了一些。她打量了对方一圈儿，不安的心灵再度紧绷起来，眼前的人外表粗犷、衣衫不整、头发凌乱，和经常出入他们家的大人截然不同！

"我不认识你，我要出去了！"虚掩的房门和钢琴只隔着几米距离，刘静云后退几步，急匆匆地跑出门去。

三个保镖的警惕性都很高，刘静云刚才受惊错按琴键发出的杂音引起了他们的注意，这时，三个人已经跑到了二楼。

刘静云急匆匆地向楼梯口跑去，一边惊声呼喊："王妈，救我！"

眼看冲在最前面的保镖赵剑已经到了三楼，和刘静云只有数米之遥！就在这时，一个巨大的黑影移了过来，将刘静云弱小的身躯完全笼罩在了阴影之中！疯狗一手抓过刘静云，同时一把锋利的匕首已经贴上了她的喉咙！

赵剑怒目圆睁："住手，你是什么人？"

"放开小姐！"这时，阿明和亓元也冲了上来，鹰眼锐利，三个矫健的身影一齐冲向疯狗！

疯狗到底是从死人堆里爬出来的职业佣兵，以寡敌众的情况下，依然面不改色、从容镇定。只见他将匕首稍稍一转，锋利的刀口就在刘静云细嫩的脖子上划出一道细细的刀口，一道殷红色的血丝沁了出来！疯狗脸上挂着一丝狞笑："再往前走一步，就准备给她收尸吧！"

亓元、阿明才刚刚上了三楼，立即停下脚步不敢再往前一步，而赵剑和疯狗只有几米之隔，却只能眼睁睁地看着刘静云被疯狗挟持在利刃之下，稚嫩的脸庞早已吓得苍白如纸！

"你是什么人？为什么要绑架我们小姐？"赵剑厉声质问道。

疯狗没有回应，手上稍一用力，锋利的匕首立刻将刀口挑开了一些，殷红的血沿着刘静云白皙的脖子直流下来。由于恐惧，刘静云柔弱的身子不住地颤抖着，她咬紧牙关，没有哭出声来，晶莹的泪水在眼眶里打转，悄无声息地滑落。

疯狗淡淡地说了一句："全部投降吧。"

"知道刘先生是什么人吗？劝你赶快……"

赵剑一边分散着疯狗的注意力，一边向前挪着步子。疯狗当职业佣兵十几年，厮杀无数，只一个眼神便洞察了他的企图，匕首一转，刀口又深了几寸。

"我说，投降！"

刘静云身子一颤，雪白的牙齿快要将嘴唇咬出了血来！见疯狗来真的，赵剑不敢再轻举妄动，手上一松，暗藏在袖中的一把飞刀坠落在地。

"退到楼下去，快！"

"赵叔叔……救我。"

"别怕，小姐，我们一定会救你的。"

刘静云低声央求，白嫩的脸上满是泪水，望见赵剑退了回去，她的眼神里流露出无限的恐惧。

疯狗收刀，拔出斑蝰蛇手枪来到护栏边上，黑洞洞的枪口早已瞄准了刘静云的小脑袋，冷眼望着亓元、阿明："你们两个，把暗藏的飞刀丢掉，退到一楼！记住，我的话不说二遍。"

阿明和亓元看向赵剑，后者默然点头，两把飞刀就同时落地，三个保镖一齐退下楼去。

"喂，朋友，我们已经按照你的吩咐做了，请放了我家小姐。"

三个保镖静候在楼梯口，若有风吹草动，他们会以最快的速度冲上来救人！

疯狗站在护栏边上，以胜利者的高姿态俯视着下面。他居高临下，整个房子的内景尽收眼底。赵剑等人将一只手都贴在身体靠后位置，疯狗心里很清楚，他们身上肯定不止这几把飞刀。不过，他并不担心，只要刘静云还在他手上，就没有人敢乱来！

疯狗一时兴起，拎起刘静云让她坐在护栏上，一边饶有兴致地俯视着赵剑："听说你们老板特别有钱？不知道我手上这个丫头值多少钱？"

一楼到三楼有十几米高，刘静云早已吓破了胆，坐在护栏上嘤嘤地哭，面如土色。

一向和善的王妈哪里见过这样惊心动魄的场面，心头一惊，气血上涌，顿时昏死过去；阿明、亓元站在护栏底下，随时准备做肉垫救人；赵剑一手握住藏在后腰际的飞刀，一边向楼梯口靠近，随时准备冲上去和这个疯子拼个你死我活！

"钱不是问题，只要我们小姐没事！"赵剑故作镇定道。

"你……做得了主吗？"

"没问题！说吧，你要多少钱？"

"No！No！No！"疯狗轻笑摇头道，"说得好像我很功利一样！"

赵剑心里"咯噔"一下，这个外表邋遢的外国男人心理素质非常好，几番交锋下来，丝毫不漏破绽！反倒是他们这边，徒有招架之功，毫无还手之力！

"说吧，你到底想要什么？"

"我要云华集团50%的股份，否则，立刻把这个小丫头丢下去！"

此话一出，赵剑等三个保镖同时愣住了。50%的股份，以云华集团目前的运营状况，大概在10个亿左右，这恐怕是新区市有史以来最大的一起绑架敲诈案！

"这么大的事情，我做不了主，必须要刘先生亲自定夺！"

"那就是说，不行咯？"疯狗嘴角一勾，皮笑肉不笑，表情阴险而恐怖。

"等一下，你……"赵剑心里"咯噔"一下，一股冷彻的寒意从心底油然而生，瞬间袭遍全身！

疯狗向后撤了一步，右手在刘静云背后一推，她的身子向前一倾，整个人就直直地栽倒了下去！

"小姐！"赵剑一声惊呼，思维一瞬间失去平衡，"阿明、亓元，接住！"

砰！话未落音，赵剑只觉心口一震，一股眩晕的感觉瞬间袭遍全身，思维顿时涣散，身体不受控制地向后仰去，"扑通"一声摔在地上，胸前是一片刺眼的鲜红色！

"妈妈……"刘静云从十几米高的三楼直坠下来，阿明和亓元不顾自身安危，在护栏下方张开双臂接人。

砰！又一声沉重的枪响在屋子内回荡，阿明身体一抖，一颗子弹正中眉心！

噗——亓元胳膊一坠，他稳稳地接住了刘静云！怀里的刘静云被吓晕过去，那一瞬间，亓元古板的面孔终于有了变化，眉宇间流露出一份少见的欢喜。但就在这时，一颗子弹打中了他的左肩头，鲜红的血液不断地从伤口中喷涌而出！亓元强忍着剧痛，单腿跪倒在地，将怀中熟睡的刘静云放下，右手悄悄绕到身后，仰头望着三楼。

砰！又是一声枪响，才拔出的飞刀悄然坠地，鲜血从他的右肩头喷溅出来，染红了大半个肩膀！

疯狗扶着红木扶手慢慢地走下楼来。雪白光洁的地板上，刘静云侧躺在亓元身边，粉色的面颊、隽秀的面孔，安然沉睡，气息均匀而恬静，宛若坠入凡尘的天使，对刚才悲惨的一幕浑然不知。

疯狗抱起沉睡的刘静云扛在肩头，正欲离开，忽然感觉到右脚被绊了一下。恍惚中，一双愤怒而坚定的目光正瞪着他："放……放开小姐！"疯狗稍一抬脚，轻易就从亓元手中挣脱出来，头也不回，径直朝门口走去。

砰！响彻的枪声穿过防弹门，随着清冽海风，飘散而去。

寒风呼啸的西伯利亚冰原上，茫茫冰川绵延数千公里，西南部茂密的针叶林带一片漆黑幽静；稀薄的空气层，深蓝如墨的夜空中，璀璨耀眼，繁星点缀其中，似在漆黑浓墨中撒入一颗颗闪烁的宝石，绚丽夺目！

彻骨寒风中，巨大的钢铁穹隆基地隐匿在冰川之中，形成一道绝佳的天然防护屏障。

基地北面十几公里之外是茫茫的北冰洋，东、西、南三个方向几公里之外各有一座瞭望高塔，三束远程探照灯每隔数分钟都要在基地周围扫视一圈，彼此交替，接连不断。

和基地主体相比较起来，十几米外的一栋小型建筑要渺小许多，几乎完全在冰雪的掩盖之下，从外面绑架来的孩子全部被关押在这里——冰窖。两扇厚厚的铁窗被寒冰封死，唯一的通道就是那扇近两米宽、三米高的厚重大铁门。

一、二、三层楼住着冰火的少年集训组，不过，并不是每个人都能随便住的。

三楼人少，空落落的看不见几个人影，够资格住在这层的人，全都是冰火成功锻造出来的少年杀手，通过最后生死考验后，便可成为能完成特殊任务的少年杀手，桐谷千代就是这少数人之一；二楼是层层筛选出来的种子少年，在几轮严酷的比试选拔淘汰后，只有少数人能进入三楼；一楼住的人数最多、最杂，也最脏乱，全都是刚刚从世界各地绑架而来的少年，自负、莽撞、无知、懦弱，各色性格混杂其中，最终，他们之中只有十分之一的人能够在这冷酷无情的少年杀手培训基地生存下来！

让人意外的是，整栋建筑看不见一个守卫，在皎洁月色下就像一个无魂幽灵，落寞而孤寂！

静寂之中，只见一个模糊的人影从基地内出来，在周围徘徊十几分钟后，顶着寒风，朝这栋毫无生机的冰窖走来。

一入夜，除了三个瞭望高塔上的远程探照灯，整个基地都沉寂在一片黑暗中。

高高竖起的衣领遮挡住了寒风，吴劫的眼睛直盯着十几米外的冰窖，一刻也不曾挪开，面色严峻。两把手枪藏在身体两侧，一把贴身匕首别在腰间，这是他今天搞来的全部武器。除此之外，树林里还停着一辆破旧的改装吉普，里面放着简单的几件衣物和干粮，这是今晚他们逃亡的全部家当！

几乎没有费什么力气，只几分钟，吴劫就轻易来到冰窖门前，竟然没碰到一个守卫！细想之下，也在情理之中。茫茫冰原绵延数百公里，寒风凌厉，低温难耐，只要严格控制御寒衣物和食物，就不用担心有人会逃跑！在没有足够食物和棉衣的情况下逃入冰原，不用十分钟，就会被冻成一尊冰雕！

吴劫双手扣住厚重的铁门，用尽全力向一侧推，咔咔咔——厚厚的铁门竟然被挪开半米宽！吴劫身形一晃，闪进门去，一阵彻骨寒风跟着他灌了进去。

整栋楼层没有一点儿光亮，死气沉沉的，只有呼呼的寒风不断地从身后吹进来。静下心来仔细聆听，才能在这无尽黑暗中听到每扇门后面微弱的呼吸声，偶尔会有嘤嘤的抽泣声混杂其中。

咚咚咚，吴劫轻轻叩响房门，里面嘤嘤的抽泣声戛然而止，随之而来的是一阵杂乱的碰撞声，持续一分钟后，嘈杂的声音淹没在黑暗中，四周再度陷入让人窒息的死寂。吴劫再度敲门时，右手不自觉地握紧了腰间的手枪。

"救……"一个声音才刚刚响起，立刻偃旗息鼓，像被人突然捂住了嘴。

"谁？"黑洞洞的房间内传来一个低沉略带惊恐的声音。

"开门，我是来救你们的。"

隔着一扇冰冷的铁门，里面一阵喃喃细语声在黑暗中飘荡。声音很轻、很飘，仿佛几个人聚在一起低声议论。咣当！一道沉重的撞击声在黑暗中猛然响起，声音震彻了整个楼层，好像有人撞在了铁门上！

接着又传来几道清脆的金属碰撞声后，暗黑色铁门从里面拉开了，两个身影从屋子里忽然蹿了出来！吴劫向后一个闪退，左手隔开，右手已经拔出手枪！当他看到两个孩子惊恐和无助的眼神时，松开了手枪："别怕，我是来救你们出去的。"

"带我走，我要回家！"

"我想我妈妈！"

黑暗和恐惧让两个孩子失声哭了起来。在他们的感染下，又有几个孩子出现在门口，他们怯怯地望着，不敢贸然决定。

"别怕，我带你们离开这里！"吴劫一伸手，岂料几个孩子竟然惊恐地后退，又缩回到了黑暗中去。吴劫一怔，看来他还没有完全获得这些孩子的信任。

借着从门口照射进来的微弱光亮，吴劫依稀看见两个孩子的模样，黝黑的肌肤、卷曲的头发。光线很差，躲在屋子角落里的孩子根本看不清样子。

"你们叫什么名字？"

"缔普。"

"纳。"

"我现在要带你们离开这里，你们愿意跟我走吗？"

"嗯！"

"我不要死在这里！"

两个孩子回答得很肯定，似乎在这之前早已做好了决定。就在这时，黑暗的走廊里忽然传来一阵轻微的脚步声。声音轻柔，略有嘈杂，由远而近，慢慢走来。

有人来了？

吴劫屏住呼吸，两只手慢慢垂下。在那轻柔的脚步声仅一步之遥时，他猛然转过身去，一手持枪，一手紧握匕首。当枪口斜向下对准一人的脑袋时，匕首也稳稳地抵在了这人的喉咙上！

两双隐晦混浊的眸子犹如黑暗中的几团小鬼火，和吴劫犀利有神的目光相撞，短暂惊慌后很快恢复了平静，显现出和他们这个年龄段极为不相称！

居然是被疯狗在雪地里暴打的那两个孩子！惊愕之余，吴劫收回刀、枪，轻问一句："你们也想跟我走吗？"

"你是什么人？"卡托不答反问。

"我是中国军人。"吴劫忽然顿住，神情瞬间黯淡下去，"曾经是。"

"我会救你们出去，如果你们不愿意留在这里，可以一起跟我走。"

"你们逃不掉的！"卡托木然道。

"相信我。"吴劫盯着小家伙隐晦、混浊的眸子，面容坚定地道，"我们的时间不多，如果你们想走，跟紧我。"

这时候，一楼几乎一半以上的房门都打开了，每扇门前都站着两三个孩子，他们迟疑着，没有人敢擅自离开。

大铁门只敞开了半米宽，朦胧的月光照射进来，楼道内一片阴森惨淡。吴劫左手持枪，绕过卡托和比尔，沿着狭长的走廊，直朝着敞开的大铁门奔去。

"我要回家！"

"我也要走！"

缔普和纳擦去脸上的泪水，没有犹豫，跟着吴劫的背影直追了上去。这一下，还站在门口迟疑不决的孩子慌了神，左顾右盼一番，也跟了上去。不多一会儿，竟有十多个孩子跟在吴劫身后一起逃走！

叮——

眼看吴劫带着十几个孩子就要离开冰窖，突然黑暗中火光一闪，一颗子弹正射中大铁门，尖锐刺耳的撞击炸裂声撕破了黑夜的死寂！

枪声响起的同时，幽幽的黑暗之中，伴随着十几个孩子的尖叫声，他们抱头蜷缩到角落里，浑身瑟瑟发抖。

吴劫不甘示弱，身子一转，左手持枪，当，当，两个点射回敬过去！

电光火石间，楼梯拐角处一个黑影倏忽一闪，避开了子弹。吴劫也躲到门外，依附厚厚的大铁门和敌人拉开架势！

"你们逃不掉的！"漆黑一团的楼道里传来一个稚气未脱的声音，吴劫一惊，是一个小女孩儿的声音。

"你是谁？"吴劫低声问道。

"桐谷千代。"一个小巧的身影出现在二楼的楼梯拐角处，和门外的吴劫对视一眼，她慢慢地从楼上下来。见她两手空空，吴劫从铁门后闪身出来："为什么要偷袭我？"

"我只要想警告你们，别妄想从这里逃走。"

"你甘愿留在这里吗？"吴劫直接道。

"没人能活着穿越几百公里冰原。"

"我自有办法。"

这时，桐谷千代已下了楼梯，阴森惨白的月光下，她单薄的身子愈发显得娇小，眼神冷漠，长长的、乌黑的头发一直垂到后背。和吴劫对望数分钟，这双略显稚嫩的眼神竟然毫不胆怯！

"你想要阻拦我？"吴劫冷冷道。

"我对你们的死活没兴趣。"

"你不跟我们一起走？"

"在这里，在外面，对我而言，没有什么区别。"

"既然这样，再见了。"

见吴劫要走，桐谷千代上前一步："怎么，不握个手吗？"

暗色的月光下，一只白皙的小手伸了出来，吴劫迟疑片刻，还是缓缓地伸过了手去。

唰！桐谷千代猛然收手，一头黑色长发甩了过来！吴劫只感觉手背一麻，等他缩回手时，手背上多了两道细长的刀口！

几乎同时，黑色长发又贴身甩飞过来！吴劫向后一闪，脚跟还未站稳，一记凌厉的飞脚直朝着他的小腿踢过去！

黑暗中，几道银光左穿右刺，短小锋利的匕首直朝着吴劫小臂、侧肋刺过去！

桐谷千代身形娇小，发刀、刀刺、拳脚，进攻起来得心应手，如行云流水一般！反倒是吴劫处于劣势，只能避开锋芒，仓皇拆招。

几番过招后，吴劫逐渐摸清了这个桐谷千代的路数，这个小丫头攻势虽然猛烈，防守却相当薄弱，八分攻两分守，和龙靓的套路有几分相似。趁着她一刀横刺过来，吴劫顺手牵羊，右手瞬间化作掌刀，在她的手背上猛地一拍，桐谷千代手中的匕首便清脆落地！

这一下，她乱了分寸，就地一个翻滚想要捡起匕首，手还未伸出去，吴劫一记侧踢就横扫过来！

两人力量悬殊，吴劫全力的一脚自然是桐谷千代承受不住的！她只能就势闪到一边，还没来得及再次出手，咔嚓，吴劫手中的枪已经瞄了过去！

"哈哈哈哈……"让人意外的是，面对吴劫手中的枪，桐谷千代居然大笑起来，稚气未脱中带着几分邪气，在这黑夜中不禁让人毛骨悚然！

"你笑什么？"

"早就听雪狐教官提过中国陆军蓝剑特种部队吴中队的近身搏杀尤其精湛，令人望而生寒。今日一见，果然名不虚传！"

很难想象，一个十几岁的小女孩儿对于这种杀人伎俩竟如此崇拜，冰火是让人坠入邪恶的地狱！

"希望你们能够穿过这茫茫冰原。"桐谷千代脸上的表情有几分怪异，"虽然我知道这不可能。"

吴劫向躲在黑暗中的孩子们做一个手势，让他们先离开。几束怯怯的眼神犹豫片刻，最终还是绕过吴劫直朝着敞开的铁门跑去。

吴劫用眼角的余光注视着十几个孩子依次离开，一边警惕地望着站在楼梯口的桐谷千代。这个小女孩儿脸上的笑容太邪了，谁也不敢保证她会不会再次偷袭。

"再见。"等到十几个孩子全部离开，吴劫这才收枪，望着桐谷千代退出冰窖。

咣当！一道沉重的撞击声在寒夜中响起，厚厚的大铁门将一行人隔绝在这冰天雪地之中。桐谷千代面无表情地转身上楼，拿出手机拨通一个熟悉的号码："你的客人要带着十几个小伙伴离开了。"

一阵寒风吹过来，十几个孩子顿时真切地理解了寒冷的含义，汗毛倒竖，牙齿打战，穿透到骨子里的冷。不到几分钟，他们逃跑的速度明显慢下来，有几个孩子已经抱成一团相互取暖。

"快跑，别停下来！"吴劫厉声呵斥道。

"等……等一下。"

"我们……冷……冷，暖……暖和……"

他们全都是新来的孩子，根本没适应这彻骨的低温，何况他们浑身上下只穿了一件薄薄的单衣，这就是冰窖没有警卫把守的原因，根本没人敢逃跑！

纵然心中百般不舍，吴劫心里清楚地知道，他们再停留几分钟就会被冻成冰雕！

他心下一狠，几步走到扎堆的孩子跟前，把他们全部推开："快点儿跑！"

"我……我不……不走了。"

"……我要回……回去……"

"再坚持一下！在前面的树林里我给大家准备了衣服，还有一辆车，只要再坚持一下，你们就可以回家了！"

果然，这番话很奏效，三个年龄稍大的孩子已经跑起来。在他们的带动下，其他孩子也跌跌撞撞地朝着树林小跑过去。

不知何时，漆黑的夜空中又飘起了片片落雪。吴劫正要跟上去，忽然发现队伍最末还有一个孩子呆呆地蹲在雪地里。他几步快跑过去，在那孩子肩膀上拍一下："喂，孩子……"

在触碰到孩子身体的一瞬间，吴劫愣住了，一股清冷的寒意从掌心瞬间蔓延到全身。小男孩儿一歪，直直地倒在了雪地里，身体还保持着刚才的蹲踞姿势。

吴劫望着孩子冻僵的尸体，脑海中一片空白，呆呆地站在雪地里。

"汪汪汪……"一阵狂躁的犬吠打破了寒夜的寂静，和肆虐的狂风一起在黑暗里咆哮起来！十多条阿拉斯加犬拉着几辆雪橇风驰而来，不多时，又一辆四驱敞篷越野从基地蹿出来，雪狐站在副驾驶位上，端着一把 AK-47，银色风衣在寒风中呼呼作响，威风凛凛！

吴劫被阵阵犬吠声惊醒，猛一回头，一眼就看到敞篷越野上手持 AK-47 的雪狐！她的身边，五个荷枪实弹的枪手站在雪橇上，一手勒着缰绳，单手持枪，火速朝他们逃走的方向追过来！

来不及多想，吴劫拔出手枪，两个点射，放翻一架雪橇后开始撤退！嗒嗒嗒——雪狐和其他四个枪手一齐举枪还击！密集的弹雨呼啸而来，满是积雪的雪地里一瞬间多了无数个小窟窿！噗，一个跑在队伍最末的孩子中枪倒下了。他在雪堆里抖了几下，再没有动静。

吴劫脚步慢了一点儿，朝他回望一眼，决绝而去。有些时候，必须要做出牺牲。

雪狐站在副驾驶位上，黑洞洞的枪口随着前面百米外的一个小黑点儿一起移动。突然，她的食指一扣，嗒嗒嗒，三个连射！一个孩子身体突然一颤，后背上就多了一个血窟窿，鲜血很快将他薄薄的单衣染红了一大片。一阵困意袭来，他眼前一片眩晕，"扑通"一声就栽在了雪地里，莹白的积雪很快被血液染成一片暗红色。

涉世未深的孩子哪里见过如此场面，两个胆小的孩子顿时软了腿，一下瘫在地上，眼神呆滞，身体瑟瑟发抖。这时，一阵密集的弹雨横扫过来，两个孩子中弹而亡！

"快跑，不要停下！"

"前面就是树林，上车我们就可以离开这里了！"

卡托和比尔是冰火的老成员，身手、敏捷性和胆量都比普通孩子更胜一筹，他们冲在队伍最前面。

这时，四架雪橇后面又蹿出两辆四驱越野车，两个机枪手将火力焦点对准雪地里奔跑的八九个孩子，疯狂扫射！炽热的子弹在黑幕中画出一道道耀眼的光痕，像漆黑夜空中闪过的流星雨一般！

光痕落定处，不断有还在奔跑的孩子突然倒下。在离前面的针叶林还有十多米距离时，原本跟在吴劫身后的十多个孩子，除了卡托和比尔，就只剩下一个幼小的缔普！

远远地，两束远程探照灯强光交叉照射过来，将吴劫等人完全暴露在光圈中，变成了吸引弹雨的活靶子！吴劫蹿入树林，在一处高耸的雪堆前停下，抓住伪装帆布猛一掀，几厘米厚的落雪飞到天上，一辆草绿色改装的吉普车赫然出现在雪地里！

吴劫跳上车发动引擎："快，上车！"

卡托、比尔紧跟着跑过来，一手扶着车身，纵身一跃，直接跳上后座！吴劫打开侧门，冲外面的缔普挥手道："快，小姑娘，你可以回家了！"

小姑娘冻紫的脸上终于露出一丝浅浅的笑容，她向着吴劫伸出手来。

嗖——一道强劲的风声从缔普身后急速驰来，她的身子一颤，手还没触摸到车子，胸脯上立刻炸出一朵绚丽的血花，迅速蔓延开来！

狙击手！吴劫心头一震，缔普的身体已被子弹打穿，她安静地伏在雪地里，距离吉普车只有一米之遥！后面的追兵已经到了林子外面，疯狂的子弹把吉普车打得叮咚直响！卡托和比尔全部趴在车里，被子弹打得抬不起头来！

缔普身下的雪已经被血水染红了一大片，呈现出隐晦的暗红色。吴劫踩下油门儿，吉普车从雪堆里蹿出来，沿着两个瞭望塔中间的方向飞驰而去！两束探照强光一齐照射过来，追随着吉普车一齐远去。车手拉卡见吉普车渐行渐远，提议道："雪狐，这个中国小子有点儿能耐，塔上有我们的狙击手，要不要打掉他？"

雪狐收起 AK-47，一屁股坐下来："算了，放他们走吧！"

"放他们走？"拉卡一愣，"虎鲨那边怎么交代？"

"我们要的是吴劫真正融入冰火，而不是一具行尸走肉，这也是虎鲨的意思。"

四驱越野车在树林前一个甩尾稳稳停下，后面十几条阿拉斯加雪橇犬也渐渐慢了脚步，最后在越野车周边停下来，训练有素。人和狗一起，目送着雪夜里的潜逃者。

十多个小时后，吴劫已经身在中国新区市内。看到卡托和比尔进了派出所，吴劫松了一口气，有种如释重负的解脱感。那些在逃跑路上倒下的孩子们，只能永远在冰原上长眠了。

漫步在街头，吴劫像是丢了魂儿，他16岁特招入伍，之后一直在蓝剑特种部队，脱下军装，他忽然没有了生活的目标，像一具行尸走肉，漫漫前路看不见任何希望。

突然间，吴劫发现除了军队，他再无其他容身之处！

冷酷的外表、骨子里的斗狠情绪、沉默寡言、极不善人际，他与时代脱节，与现代社会格格不入！

"小姐，给我一瓶水。"

"你的水！"

接过水的时候，吴劫明显感觉到女店员鄙夷的眼神，他低下头才发现身上仍穿着从冰火逃出来时的那件衬衫。雪白的衬衫变成白一块灰一块的迷彩服，雪水沾上泥土，脏污不堪！

咕咚，咕咚，一天一夜滴水未进，一瓶矿泉水不到半分钟就成了空瓶。吴劫游魂一般在街上晃着，在考虑接下来该何去何从。他猛然间就站住了，浑身打了一个激灵，刚刚擦肩而过的那个人？

吴劫转过身，看见一个身材高大的男人正抱着小女孩儿过马路。小女孩儿一头清秀长发披散在肩头，白色连衣裙乖巧可爱，可惜看不见她的脸；男人穿一件浅色牛仔裤、格子衬衫，头上戴一顶蓝色棒球帽，金发卷发从帽檐下伸出来，遮住了大半张脸。

疯狗？

吴劫心头一惊，自从上次在冰火见面之后，就再没有见过这家伙露面，原来跑到新区来了！等一下，他怀里的小女孩儿是谁？他记得疯狗说要亲自挑选种子杀手，难道这个小女孩儿就是他挑中的人选？想到冰火的人间地狱，一股愤怒涌上吴劫的心头！

吴劫悄悄地跟了上去，这次，他要跟疯狗这个杂碎说拜拜！

时值正午，街道上人来人往，川流不息，疯狗一手抱着小女孩儿，混迹在人群之中，毫不起眼儿。吴劫远远地跟在后面，和疯狗始终保持着一段距离。跟了一条街，疯狗忽然放下小女孩儿，领着她进了一家心粥馆。

为了不打草惊蛇，吴劫绕到街对面，在一家超市里隔窗注视着对面的一举一动。

午餐时间，心粥馆里人满为患，每张桌子前都坐满了人，即使这样，就算隔着二十多米的距离，吴劫还是一眼就找到了疯狗。然而，让他惊讶万分的是，疯狗旁边的小女孩儿居然是刘静云！

刘云是新区市的互联网经济人物之一，经常出席各种活动、会议；刘静云是他和罗静的独女，经常会出现在各种活动现场，吴劫作为安全保障后援，对她自然印象深刻。

以吴劫的身手，自然不会惧怕疯狗，但他是在逃人员，一旦纠缠起来，势必会引来警察，想再脱身可就难了！他习惯性地摸出手机，拨通那个熟悉的号码，然而，铃声还未响起，却又把电话挂断了。

"哎，哎，昨天看《青云志》了没有？李易峰真是太帅了！"

"嗯嗯，看了！看了！赵丽颖超美的说！"

旁边，一对聒噪的年轻男女在大声谈论着什么，旁若无人，吵吵闹闹，丝毫不在意从旁边投来的几束异样的目光。吵闹的声音让吴劫心烦，他一瞪眼，正好看到男孩儿放在桌上的手机。

"手机用一下。"吴劫一声招呼，iPhone 6已经拿在手里。下一秒钟，吴劫傻眼了，按了几下屏幕还是黑的，他才发现自己根本不会用这玩意儿！

年轻男女呆愣愣地望着眼前的陌生男人，云里雾里。顿了两秒，男孩儿才回过神来，上来就要抢回手机："你谁啊你？"

"你这个人真是的，怎么乱拿别人电话？"

吴劫对两个人的话充耳不闻，还在专注研究手里的小玩意儿。

在女孩儿面前吃了闭门羹，男孩儿感觉面子上挂不住，不由分说，上来就抢手机。吴劫的眼睛还盯在手机上，看也不看他一眼，身子一闪一避，让男孩儿每次都扑空。

看男孩儿窝囊无能的模样，女孩儿忍不住笑起来。这一下更刺激了男孩儿，他气急败坏，腾一下站起来，一手揪住吴劫衣领，怒气冲冲道："还我手机！"

吴劫没抬头，肩膀向后一歪，接着又向前一顶，男孩儿"哐当"一屁股坐了回去。这一下，女孩儿坐不住了，怒目圆睁："你这个人怎么回事？抢手机，还打人！"

面对黑乎乎的屏幕，吴劫终于放弃，手机还了回去："帮忙，发条短信，快！"

男孩儿这才注意到吴劫一头精短的头发，目光阴冷，面色不善，拿回手机便不再追究。女孩儿得理不饶人："为什么要帮你？野蛮人！"

男孩儿悄悄对她递眼色，低声道："玲，别说了。"

"为什么不说？明明是他……"

吴劫一手捂住她的嘴，目不斜视，直盯着男孩儿的眼睛："1386……"

不知道为什么，那双冷漠的眼神中似乎有一股让人不可抗拒的魔力，男孩儿解锁屏幕，望向吴劫。

"刘静云，心粥馆，速来！"

男孩儿等了一会儿，见对方不再说话，疑惑道："就这个？"

"发！"

"谢谢。"

做完这一切，吴劫重新回到自己的座位上，观望着街对面的情况。七分钟后，疯狗一手牵着刘静云从心粥馆里出来，左右观望一番，径直朝前走去。吴劫从超市里出来，隔着一条街远远跟在他们后面。

日头偏西，骄阳炙烤着大地，街道上人少了许多，稀稀落落。吴劫怕被对方发现，脚步不自觉又慢了一些。

穿过两条街，繁华的市中心已在脑后，前面出现了一栋栋规划整齐的住宅楼区。

疯狗牵着刘静云在前面街口拐弯，后面二十多米远的地方，吴劫小步快跑过来，在拐角小心翼翼地探出脑袋，这边却已杳无人影！

人呢？

吴劫仔细环顾四周，确定无人后，这才从拐角出来，一边向前踱着步子，一边左右仔细搜索。

咚咚——疯狗从一个楼栋里出来，冷眼望着前面几米外的尾随者："为什么一直跟着我？"

吴劫一怔，自己居然被疯狗发现了！他舒了一口气，既然这样，也不必再躲躲藏藏的了。他慢慢回过头来，四目相对的瞬间，疯狗迟疑片刻，竟然哈哈大笑起来！

"你笑什么？"

"雪狐果然没猜错，你还需要一个过渡期。"

吴劫一愣，吃惊道："她猜到我要放走那些孩子？"

"废话！要不是她故意放水，你真的以为自己可以从冰火逃出来？你太高看自己了！"

"她为什么要这么做？"

"她很看好你，所以向虎鲨求情，希望你不要害了她！"

"虎鲨？"

疯狗用一种怪异的眼神盯着他，仿佛在看一个怪物："你该不会以为黑火真的被消灭了吧？虎鲨这号人物怎么可能轻易死掉！黑火灭亡只不过是他掩人耳目的金蝉脱壳之计，在几乎没有任何阻挠的情况下，他创造了生命力更加顽强的冰火！"

三年前那场惊心动魄的大围剿，每每想起，吴劫还是记忆犹新，让人意料不到的是，它居然是一个局，蓝剑消灭的只是幕后黑手虎鲨的一副臭皮囊而已！

心粥馆半条街外，一辆深蓝色的特警车嘎吱一声稳稳停下。凌峰、龙靓一前一后下车，径直朝几十米外的心粥馆奔去。午餐时间已过，心粥馆里满满的人流已散去大半，一眼望去，零零落落的几个人尽收眼底。

几个服务员正在店里收拾桌子，凌峰几步过去出示了警官证："你好，我是警察，请问你们刚才有没有看见一个小女孩儿？大概十一二岁的模样。"

"中午来这里吃饭的小女孩儿很多啊，不知道你说的是哪一个？"

"刚才人太多了，没怎么留意。"

"有没有孩子照片？我帮你留意一下。"

几个店员七嘴八舌地议论起来，都是些闲聊之类的废话，没有提供有价值的线索。

"咱们来晚了一步，人已经走了。"

"消息可信吗？"

"不知道，不过根据我的直觉，应该是真的。"

"谁发的短信？"

"一个陌生人，我回过电话，对方说是代别人发的，那人已经走了，好像在跟踪什么人。"

"会是谁呢？"龙靓疑惑道。

"我有一种感觉，短信是吴劫发的。"

"吴劫？他不是跌下悬崖死了吗？"

"他只是跌下悬崖，没人确定他已经死了，甚至连搜索队也没有找到尸体。"

"瀑布水流太急，也许早已给冲到下游去了。"

"我不知道，就是一种奇怪的感觉。"

凌峰留下一个电话，正准备离开，身后突然传来一个柔柔的声音："请问，你们找的小女孩儿，是不是刘静云？"

凌峰转身，只见一位娇小玲珑的女店员站在身后，正怯怯地望着他。

"你见过她？"

"刚才有一位外国男人带她来吃过饭，我觉得奇怪，想问几句，可是生意太忙了没顾得上。一忙活起来就把这事给忘了，刚才听你一说我才想起来！"

"你认识她？"

女店员浅浅一笑："我怎么可能认识她这样的富家千金！刘先生是本市经济人物，我在电视里经常看到刘小姐，自然不会认错！当时我就奇怪，刘小姐身边应该有贴身保镖保护才对，怎么会跟着一个流里流气的外国人！她是不是遇到了什么危险？都怪我，那个时候过去问一下就好了！"

"没事，她只是走丢了，我们正在寻找。"凌峰轻描淡写地道，"你看到他们往哪里去了吗？"

女店员秀眉紧蹙："当时人太多了，没太留意，好像是……那边！"

"谢了！再看到他们，打这个电话！"凌峰"唰唰"地写下一串数字留在桌上，"疯狗对这里不熟悉，应该还没走远，追！"

静悄悄的大街上看不到半个人影，天气闷热干燥，茂盛的树冠里知了一声一声聒噪地叫着，此起彼伏，连续不断。

　　刘静云被疯狗挡在身后，只露出半个侧脸，胆怯地说道："叔叔，救我。"

　　"你千里迢迢跑到新区市来，就是为了一个小姑娘？"

　　疯狗露出他特有的阴笑："她可不是普通的小女孩儿，她可是刘云的女儿！"

　　"既然知道，你就更不应该招惹他，以他的势力，你不怕引火烧身吗？"

　　"NO！NO！NO！这样才更好玩儿！你不觉得把一个弱不禁风的温室里的花朵变成经历严寒磨砺的雪莲，是一件很艺术的事吗？"

　　"丧失人性，狗屁不通！"

　　和这种疯子多说无益，吴劫反手拔出了藏在后腰的野战刀，一步步向前逼近过去。纵使天气炎热，野战刀闪出的寒光亦让人遍体生寒！

　　"上次在基地里让雪狐搅了局，这次一定要和你分出高下！"

　　疯狗在刘静云后颈部来了一下，小姑娘立刻昏倒在地。他显露出兴奋而狰狞的笑容，拔出一把军刺，迎着吴劫直冲了上去！

　　两个人都是有丰富实战经验、近身厮杀的好手，在毫无约束之下的搏杀，更是异常激烈！

　　刺、削、剥、掠，刀刀见血；劈、斩、扫、突，直逼要害！

　　这时候，附近几栋楼上有人发现角落里有两个人在打斗，纷纷站在阳台上观望起来。

　　距离不太远，两人手中锋利的匕首清晰可见，一个年轻女人吓得花容失色："有人在打架，快拨110报警！"

　　她的男朋友轻轻给了她一拳，鄙视道："傻帽儿，瞎掺和什么你！你见过有人这么打架？人家肯定是在拍电影！"

　　听他这么说，年轻女人稍稍放松下来，她环顾周围，却发现不是那么回事："不对，如果是拍电影，怎么只有两个人，摄制人员呢？"

　　"你懂什么，人家肯定是在直播，低成本，高收益，现在最火的就是这个！"

　　叮叮叮，锋利的野战刀和军刺你来我往，各不相让，几个回合下来，两个人各为攻守，不相上下。

疯狗一个冷笑："刀玩得不错，试试拳脚如何？"

"没工夫和你闲扯，放人！"

唰，吴劫踢飞地上一块巴掌大的石头，野战刀紧随其后，直朝对方心口扎过来！疯狗连闪两次，避开飞石和刀口，左手一划，锐利的军刺横扫过来，将吴劫逼了回去！

这时，附近居民楼阳台上观望的人渐渐多了起来，有好奇心重的人甚至下楼，过去看看到底发生了什么。他们一手拿着手机，若是情况不对，随时准备报警。

吴劫、疯狗各自飞起一脚，正中对方胸口，砰，砰，两人退了回来。

疯狗眼睛一瞄，眼睛余光里多了几个模糊的人影："喂，有人过来了，再纠缠下去，咱们谁也走不了！"

"怕了？放人！我可以放你一马。"

"哼，笑话，我在这边又没有案底，怕什么？顶多就是拐卖儿童，倒是你……"疯狗脸上露出一丝狞，"别忘了，你杀了一名特警，你现在是逃犯！"

"就算是死，我也要把你送进监狱！"吴劫咬牙切齿地说道。

"谋杀特警、袭警、勾结境外势力，这些罪名，足够把你枪决！我呢？只不过拐卖儿童未遂，以虎鲨的势力，不到一个月就能把我弄出来！可惜了吴影，这辈子都要背负罪名！"

吴劫眼中快要喷出火来："闭嘴，你不配提我女儿的名字！"

"她可是虎鲨精心培训出来的杀手，也算是我的半个学生，只可惜，第一次执行任务不利，就被你们的特警击毙了。"

"浑蛋，我杀了你！"吴劫被疯狗的话彻底激怒，不顾眼前处境，拔出手枪就向疯狗连开两枪！

疯狗是职业佣兵，大小战役参加了几十场，吴劫拔枪时他便已洞察先机，"唰"地一下闪身到楼道内隐藏了起来。枪声一响，原本想过来凑热闹的人立刻傻了眼，掉过头去拔腿便跑！

机不可失！吴劫收起野战刀，几个快步朝躺在地上的刘静云跑过去。这时，疯狗从楼道里出来，拔出手枪"啪啪啪"连续几个速射，吴劫迅速闪到一棵树干后躲藏起来。

啪啪啪，两个人各自藏在掩体后面，不断向对方射击，刘静云就躺在他们几米远外的地方，可就是没人能靠过去！突然，街道拐角蹿出一辆蓝色特警车，直朝着这边驶来！

"喂，警察来了，你还要再纠缠下去吗？"

"你跑不了！"

疯狗冷冷一笑："别意气用事，别忘了，还有更重要的事情等着你去做！"

一阵沉默，疯狗早已将吴劫的心理洞察了八九分，他从掩体里出来，径直朝昏迷的刘静云走去。黑洞洞的枪口一直瞄准着他，吴劫心如弓弦，却始终没有扣下扳机。看着疯狗抱起刘静云继续跑路，吴劫心一狠，循着他的身影追了过去。

蓝色特警车由街道尽头缓缓驶来，即将进入这片安静的住宅区时，几十米开外的地方，两个人影倏忽一闪，就不见了踪影。

龙靓惊异道："快看，前面那两个人！"

凌峰面色凝重，眉宇紧蹙，望着一闪即逝的模糊影子："那两个人的背影……有几分眼熟。"

"大热的天，居然还戴着一顶帽子？"龙靓不解道。

"他旁边的那个人，感觉很怪。"凌峰幽幽道。

"你认识？"

"有几分像……吴劫。"凌峰缓缓道。

在两栋楼之间的开阔草坪上，蓝色特警车猛地掉过头来，沿着来路朝警局急速驰去。凌峰紧蹙的眉头舒展开来，目光愈发坚定。

七八个小时后，两人已身在云南边境的茫茫热带丛林深处。

轰隆隆的流水飞溅声不绝于耳，几米外就是几十米高的飞湍瀑布以千斤之势飞坠而下，飞瀑之下，是十多米深的深绿色水潭！置身这片生机盎然的茫茫丛林，才会顿觉人的渺小无助。

"吴劫就是跌进了这个深潭？"

"嗯。"凌峰望着前面一汪幽绿的水潭，那无尽绿色仿佛瞬间能将人吞噬，他的眼眸流露出一丝感伤，"几个小时后，我们的人下来搜索，可是并没有找到尸体。当时给出的结论是：水流太急，给冲到下游去了。现在看来，未必是这样，也许还有另外一种可能。"

"你的意思是？"

"吴劫掉下悬崖瀑布之后，可能被守候在下面的人救走了。"

龙靓内心陡然浮起一丝不安："那他去了哪里？"

"他去了哪里不重要，我担心的是，救他的人居心叵测。如果整个事件是一场阴谋，吴劫的处境将会非常危险！当务之急，就是尽快找到他的下落，在事件还没发展到无可挽回的局势前，让他看清真相。"

一眼望去，杳无尽头的深林大树，绿荫层生，遮天蔽日；树冠之下，荆棘丛生，藤萝密布，根本没有路可走！亏得进入丛林前，两人做了简单准备，沿着瀑布往下游走，锋利的开山刀左劈右砍，硬生生在荆棘丛中杀出一条路来！不多时，原本高耸的地势缓和下来，急湍的瀑布流水也随之变缓，哗哗啦啦，渐行渐远。

凌峰、龙靓跟着河流在丛林中走了几十分钟，茂盛的树冠之下，荆棘渐疏，藤蔓横生。几十厘米高的杂草丛中，一条不起眼儿的窄道藏匿其中。凌峰知道，那是大批人马从上面经过，践踏草丛后留下的痕迹。几天之后，茂盛的野草会将其覆盖，只留下一些极不起眼的蛛丝马迹，若不留心，绝难发现！

踏进这条隐蔽的林间小道，循着前人的脚步在林子里穿梭，淅淅沥沥的流水声渐渐远去。

隐蔽的林间小道越来越宽阔，头顶上郁郁葱葱的树林也逐渐稀疏，几十米外的缓坡上，一栋"庞大"的木质阁楼赫然出现在眼前。

龙靓惊喜道："看，那里有人！想不到这阴森的丛林边缘居然会有人家！"

凌峰没有回应，犀利的鹰眼快速地在周围环顾一圈，确定没有危险后，这才收起开山刀，朝那栋阁楼走去，一双耳朵顺着风声，仔细聆听着其中细微的风吹草动。

他们走到近处才发现，这是一家小旅馆。虽然阁楼外表看上去斑驳灰暗，但结构依然坚固，饱经风雨，却屹立不倒。周围静悄悄的一片，和林子里的死气沉沉一个模样。

凌峰踏上楼梯，低沉的脚步声清晰无比，根本不用通报。

"小心埋伏！"龙靓低声道。

凌峰右手靠后，轻触到隐藏在后腰的手枪，一手推门进去。吱——木门发出一个木然悠长的颤音，一个趴在桌上打瞌睡的男人抬起头，睡眼惺忪。一个四十多岁、皮肤黝黑的胖女人笑着迎上来："请问你们是？"

"路过。"凌峰淡淡道。

胖女人眼睛一扫，面色不定。这茫茫大山、丛林绵延几十公里，连个鸟影子都看不到，路过这里？鬼才相信！不光是她，连龙靓也觉得凌峰的回答有失水准！

龙靓脑筋一转，解释道："别听他瞎说，我们是来这里旅游的，跟其他人走散了，顺着瀑布一直走，就到这里了。"

"旅游？来这里？"一直趴在桌上打瞌睡的黑瘦男人插嘴进来，一边揉着眼睛，一边颤颤悠悠地晃过来，懒散中隐藏着几分防备。

凌峰眼睛一斜，这男人个子很矮，黑瘦黑瘦的，像一只小黑猴子，眼珠子骨碌碌地转动着，一脸的贼相。

"我们是驴友，喜欢在深山老林里钻来钻去！这一次，和其他人走散了。"

"哦！"黑瘦男人才不管这些，伸手朝窗外一指，"看见没有？顺着这条路一直走，大概四五个小时吧，就到镇子上了。"

"赶紧回去吧，别在这林子里乱转悠，这里不安全，小心丢了性命！"胖女人好心提醒，似乎话里有话，黑瘦男人瞪她一眼，她立刻闭嘴，闪到一边忙去了。

"我们想在这里住一晚，等等朋友，可以吗？"

"不行，客满了！"黑瘦男人推托道。

"我们给钱。"龙靓朝周围打量一番，"我们在这里站了半天也没瞧见一个人影，怎么会客满？老板，您别开玩笑了！"

"谁跟你们开玩笑，没地方就是没地方！"黑瘦男人忽然火了，"劝你们趁着白天赶紧走！天色一晚，狼啊，狐狸啊，蛇啊都出来了，我也没地方给你们住！"

凌峰不愿再浪费时间，掏出一直珍藏的蓝剑臂章在黑瘦男人面前一晃："中国陆军蓝剑特种部队，你胆敢有一句谎话，决不轻饶！"

听凌峰这么一说，黑瘦男人的脸色"唰"一下就变了，贼溜溜的小眼睛躲躲闪闪："我……我什么……什么也没做。"

"问你什么，你就说什么，不要多嘴！"

"是！是！"

"几天前，是不是从瀑布上掉下一个人来？被人救走了？"

"不……不知道，我怎么会知道！"

"还敢狡辩！没有证据，我们能找到这里吗？有一句谎话，枪毙！"

龙靓在一旁看着两人怪异的表情，觉得好笑，稍有常识的人都知道，这种事情哪里轮到军方过问？也就吓唬一下这些法盲。

这时候，那个胖胖的女人悄悄凑到黑瘦男人身旁，两人一起小声嘀咕着什么。黑瘦男人面色深沉，似乎在做艰难的抉择。

凌峰眼毒，看出他有所动摇后，继续威逼利诱道："你们知道被绑走的那个人是谁吗？蓝剑特种部队吴中队，军部已经来了命令，凡是参与本次绑架活动的人，一律严惩！"

没几分钟，黑瘦男人的额头上就大汗淋漓，一颗颗豆大的汗珠顺着侧脸流下来，眼神之中尽是恐惧："我们只是传递消息，什么害人的事都没做！"

"琼没有说谎，我们没有伤害任何人。"胖女人也过来帮腔。

凌峰盯着黑瘦男人混浊的眸子，在脑海中分析着其中内幕："你只是负责传递消息？"

"是的。"

"然后会有人来把人带走？"

"是这么回事。"

凌峰环顾阁楼内的摆设，一楼只有简单的几张木桌木椅，柜台里零散地摆放着一些粗糙的日常用品和不知名的酒水，一条一米多宽的木楼梯通到二楼上。阁楼位于缓坡上的树荫下，虽然气温很高，但并不干燥，边边角角有很多巴掌大小的蜘蛛网。

和外面的世界比起来，阁楼内提供的条件确实糟糕，但对于在丛林里穿梭的人来说，这已经是极难得的奢望！

"在这么荒凉的地方开一家旅馆，必然不是什么正经买卖，说吧，你们暗地里还干哪些勾当？"

"没……真的没有什么，就是一点儿……小……小生意。"黑瘦男人闪烁其词，额头上豆大的汗珠直往下淌。龙靓一个眼神瞪过去，对方立刻吓破了胆。

"我们就是放放风，这里是边境地区，哪边有违禁货物要出手，我通知对方来人拿货，赚点儿辛苦钱养家糊口。"

"绑走吴中队的是什么人？"

话说到这里，黑瘦男人神色一变，小心谨慎道："这伙人不一般，装备精良！领头的是两男一女，长相凶悍，身上都刺着文身！对了，他们好像叫什么胡狼。"

"胡狼国际雇佣兵团！"

"对，对，就是这个名字！"黑瘦男人情绪高亢，"他们接到人就走了，前后不过几十分钟，时间上拿捏得很准！"

"你能联系到他们吗？"

"能！"黑瘦男人肯定道，"不过时间上要长一些，可能要十几个小时。"

凌峰附在他耳边，轻声低语道："明天日出的时候，你通知人来拿货，然后……"

听到胡狼雇佣兵团也参与了上次活动，凌峰将最近发生的事件联系起来，猜测出整件事情的大致脉络。他心底已经有了一个计划，不但能搞清吴劫的下落，而且能打入敌人内部，为日后的反击搜集情报。

第三章　冰原危机

————— ★★★★★ —————

漫漫的西伯利亚冰原，永远是一片寒冷的冰雪世界；太阳当空，地下却依旧是寒冰世界，真正的冰与火之歌。

与此间的寒冷相比，基地西面的针叶林却是另一番热火朝天的残酷世界！

低缓的群山之中，白雪皑皑，许多小小的身影穿梭在其中，飘忽不定。

哗！几簇堆叠在一起的松枝忽然被撞开，厚厚的积雪哗啦啦从枝干上坠落下来。一个小巧的身影从几米高的树干上一跃而下，在雪地里留下一双深深的脚印，噔噔噔，又顺着陡势急速往山下跑，冷冽的山风吹乱了桐谷千代柔顺的长发。

这时，有几个黑影从不远处的树林深处蹿了出来，循着前面瘦削的影子直追上去。14岁的笛卡尔手里握着一把开了刃的唐刀，全力追赶，锋利的刀口闪着阴冷寒光！另外两个男孩儿不断从雪地里捡起散碎的石块，朝着前面猛掷过去。

嗖——嗖——嗖——疾飞而来的石块不断从桐谷千代身边飞过，她稍一侧脸，几个黑影已经从两侧包抄过来。速度上的劣势，是技巧弥补不了的。

眨眼间的功夫，三个男孩儿已经追了上来。笛卡尔一手持刀横在前面，其他两人一左一右将桐谷千代团团围住，手里各拿着一截几十厘米长的木棍，眼神冷漠，杀机暗藏！

桐谷千代拉开防御架势，眼睛盯着前面的笛卡尔，余光洞察着旁边两人，谨防他们突然偷袭。她的脚踏上埋在积雪下的一根枯松枝，翻脚一抬，一米多长的松枝已然在手！

"桐谷，你打不过我们三个人的，投降吧！"

桐谷千代眼睛一扫，冷笑道："就凭你们三个？"

"桐谷，别以为你是疯狗教官一手带出来的，就可以不把我放在眼里！别忘了，我比你来冰火要早得多，是你的学长！"

"哼，可笑！在冰火没有资历，谁的实力够强，谁就是王者！你们三个废物一起来吧！"

"臭丫头，让你尝尝被刀砍的滋味！"

笛卡尔被桐谷千代激怒，挥舞着唐刀，直朝着她冲过来！桐谷千代向后闪退几步，避免被三人围攻，长棍一挥，摆开架势。

只见细长锋利的唐刀左劈右砍、横削直刺，所掠之处，寒光熠熠，刀风凛冽！桐谷千代左右闪躲，被逼得连连后退，只能仓皇招架。

"干得好，笛卡尔！"

"笛卡尔，干掉她！"

几个回合下来，笛卡尔连连得势，不免有些得意起来，更加肆无忌惮地挥起唐刀疯狂进攻起来，一时间，就乱了步子。桐谷千代看准时机，身子一缩，长棍横扫过去，砰，正中笛卡尔胸口！

这一击截住了笛卡尔的攻势，桐谷千代变守为攻，以棍子长度优势展开反击。

当！当！当！别看桐谷千代身形单薄，舞起长棍来却得心应手！横扫、回旋、直挑，让笛卡尔近身不得，冰冷的唐刀和长棍撞击在一起，直震得笛卡尔虎口一阵麻木。没几个回合下来，桐谷千代就扳回局势，以绝对的优势把笛卡尔压着打！

呼——桐谷千代又一个飞棍扫过来，正打中笛卡尔的手腕！他脸上的表情痛楚万分，唐刀骤然脱手，"噗"的一声淹没在积雪中。

"你们两个还愣着干什么？打她！"笛卡尔一声咆哮，完全没有了刚才的意气风发。

直到这时，站在一旁观战的两个少年才幡然清醒过来，从雪地里捡起两块巴掌大的石头，杀气腾腾地就从缓坡上冲下来！

桐谷千代眼角余光一瞄，右手拎住长棍一端，俯下身子，一个360度回旋扫荡过来，正中两人的脚踝！他们双双栽倒，一头扎进雪堆里，叫声惨厉、哀号连连。

见两个伙伴瞬间被打倒，笛卡尔愤怒不已，才捡起积雪里的唐刀，还未站起身来，长长的松枝已经抵住他的喉头！桐谷千代眼神依旧冷漠："别动，不然挑断你的喉咙！记住，以后不要再招惹我！"

桐谷千代扔掉长松枝，信步朝山下跑去。

一棵棵针叶松挺拔高耸，直入云霄。偌大的树林里，不断有孩子穿来穿去，手持刀、枪、棍、棒，以命搏杀！

"哈哈哈……"一个高亢响亮的呐喊声震慑山林，久久回荡着。冰火少年组最年长的16岁少年斯诺正在刻苦训练，直径一米的参天大树，他的拳头一次又一次飞快地击打到上面，粗糙的树皮被打掉，露出里面云纹状的纹路，带着一道道醒目的血丝。凛冽的寒风、刺骨的低温，他的浑身却热得发烫，后脊背全给汗水打湿，湿嗒嗒地贴在身上。

他是冰火培训出的为数不多的少年杀手，而他前面始终有一个无法超越的存在——桐谷千代。天赋上的缺陷，是后天的努力弥补不了的。

山下的雪地里，寒风更厉，气温更低。桐谷千代轻轻一跃，跳下80厘米深的竖坑，吸一口气再跳上来，如此反复，每天早晚500次，最基本的体能训练项目之一。

远处基地上空，一架深绿色阿帕奇武装直升机顶着寒风，向遥远的东方地平线飞驰而去。强劲气流卷起的片片飞雪缓缓落下，一个魁梧的身影径直朝银装素裹的针叶松走来，雪地上留下两排深深的军靴印，旁边是浅浅的一双小脚印。

嘎吱，嘎吱，疯狗深一脚浅一脚跋涉过来，在桐谷千代身后两米远的地方悄然站住，而后者依旧在"跳坑"，浑然不觉。

"桐谷，才几天不见，你的警觉性大不如前啊！"

"那可未必，疯狗教官，看看你身后。"桐谷千代头也不回道。

疯狗回过头，只见深深的大脚印中有一截细小的松枝被踩断。松枝太细，如小孩子的手指一般，竟让警觉的他也未曾觉察！这时，桐谷千代的眼睛一斜，冷冷道："她就是你亲自挑选的人？"

"没错，她的天赋不在你之下，以后将会是你的小师妹。"

"实在没看出她有什么过人之处。"

无论疯狗、桐谷千代，还是茫茫冰原，对于刘静云来说，都是陌生而充满恐惧的。红色的小羽绒服下，她缩着脖子，身体在瑟瑟发抖，不知是因为外界的寒冷，还是内心的恐惧。

"唉，几天没有活动筋骨，感觉好累。好了，她现在交给你，尽快让她适应冰火，然后教会她一些生存技能，我可不想像当初教你那么费劲儿！"

疯狗打着哈欠，转头要走，却忽然定住身子，一记后旋踢直朝着桐谷千代侧脸甩过来！两人距离太近，桐谷千代来不及闪避，双手交叠硬接下这一脚。砰！力量太大，她单薄的身躯还无法承受得住，向后一翻，"扑通"一声摔在雪地里。

疯狗一个冷冷的侧眼："在你能杀死我之前，别忘了，我还是你的教官！"

"是，教官！"桐谷千代冷冷地回应，用一双怨毒的眼神盯着疯狗的背影。

嗒嗒嗒——刘静云小跑过来，向趴在雪地里的桐谷千代伸出手。天太冷，她的小手冻得通红一片。啪，桐谷千代甩开她的手："闪开，我不需要！"

"哈哈，看来你的这位小师妹还没明白冰火的生存之道。桐谷，让她真正体会到生存的残酷！"

"是，教官！"

远远地，疯狗独自回到基地，雪地里只剩下桐谷千代和刘静云。两个年龄相仿的小女孩儿，所经受的遭遇却是截然不同。原本毫不相干的两条生命轨迹，因为冰火，碰撞到了一起。

比起野蛮邋遢的疯狗，刘静云更愿意接近和自己年龄相仿的女孩儿。她望着比自己高出七八厘米的"大姐姐"，怯怯地走过去，再次颤颤巍巍地伸出小手："你好，我叫刘静云。"

啪！没有迟疑，桐谷千代第二次毫不犹豫地打掉对方的手："谁让你开口说话的？记住，在这里，除了疯狗，你只听命于我！"

"嗯。"刘静云默默点头，晶莹的大眼睛满含泪水。

"把衣服脱下来！"

"嗯？"天寒地冻，冰冷彻骨，刘静云不明白她的意图，正要询问却惊愕地发现，如此严寒之下，桐谷千代居然只穿了一件薄薄的单衣！

刘静云迟疑片刻，还是顺从地脱下红色羽绒服。尽管冻得瑟瑟发抖，她还是强撑着将衣服递过去："你冷吗？给……"

"滚开！"桐谷千代不留情面地一把将衣服打落到地上，红色羽绒服内的余温很快散尽，落寞地躺在雪地里。友好的善意被人无情践踏，刘静云觉得委屈，泪水夺眶而出，通红的小脸上流下冰冷的泪痕。

"省省吧，这里没有怜悯！不想被冻死的话，跟着我跑起来！"桐谷丢下一句话，转身逆着地势朝山上的针叶林跑去。

太冷了！刘静云柔弱的四肢冻得失去了知觉，不受控制颤抖地离开。脑海中，爸爸爱妈妈慈祥的面孔在对着她笑，亲切而温暖。她的身体猛地一颤，凭着意念，跌跌撞撞，艰难地朝桐谷千代追去。

两个十几岁的小女孩儿一前一后在山林里飞快地跑着，山风吹乱了她们轻柔的长发，肆意飘舞。

咚咚，斯诺的重拳不断打在树干上，看到桐谷从不远处跑过，一抹幽冷的眼神飘过去，只在刘静云身上停留片刻。在整个冰火，只有桐谷是他的劲敌！

桐谷千代跑得飞快，把刘静云远远地甩在了身后。她对这片针叶林太熟悉了，除了外出执行任务，早晚一圈，已经成了她的必修课！

一公里下来，刘静云落后一大截，已快要看不到桐谷的影子。这时候，她骨子里的执拗显现出来，调整呼吸，咬紧牙关，继续奋力朝前跑去。

天色渐晚，茫茫的针叶林被抛在身后，逐渐融入苍茫夜色中。漫天繁星点点闪烁，点缀其中，前路一片漆黑，能见度不足一米，早已看不见桐谷千代的影子，刘静云只凭借着意念向前跑着。要跑到什么时候，跑到哪里，她没有概念，只是机械性地在跑。

突然，刘静云脚下一绊，整个人脸面朝下直直地栽在雪地里。死寂的半分钟，她的头深埋在雪堆里，一直到憋得喘不过气来，这才本能地挣扎几下，翻过身大口地喘着粗气。

迷迷糊糊中，桐谷千代那张毫无生气的死人脸出现在眼前。刘静云脸色惨白，像一张纸，她勉强露出一个笑容，嘴唇一抖："……是……是你？"

"我小瞧你了，还以为你会冻死。"桐谷仍旧一副死人脸地说道，"起来，跟我走。"

桐谷千代旋即转身离开,并没有因为刘静云的极度虚弱做任何停留。

寒冷、体力透支,让刘静云的肢体失去感觉,完全是意志力在操纵身体,只有眼角边不断向后闪退的静物说明她还在向前走。过度疲劳后,反倒没有了劳累的感觉,只是跌跌撞撞机械性地向前迈着步子。

冷冷的冰窖里,两盏白炽灯闪着幽幽的光。十多个孩子分列铁门两侧,手里都端着一个空餐盘,疲乏劳累写在每一个人的脸上,与他们稚嫩的面孔很不相称。

没有理会任何人,桐谷在众人的注视下径直上了楼梯。

在一双双惊愕的眼神中,刘静云踏着风雪从门外进来,当她看到屋内十多个和她年龄相仿的孩子后,不禁一阵愕然。原来,在这冰天雪地的冰原,还有这么多和她相同遭遇的人!

见她愣在门口,桐谷脚步慢了一拍,眉宇间露出不悦:"忘了我跟你说的话吗,跟着我!"

在十几双羡慕眼光的注视下,刘静云步履蹒跚地上楼。二楼的人明显少了许多,他们看刘静云的表情都很怪异,先是惊异,很快变成羡慕、敌对。初来冰火,跳过一二楼,直接住进三楼,她是破天荒的第一人!

三楼,只寥寥的几个人影,看到桐谷上来,两个人进了房间。长长的走廊上,灯光昏暗,只剩斯诺一人在吃着东西。

冷漠、妒忌的两双目光碰撞到一起,擦出灼热的火花。这时候,刘静云从楼梯拐角艰难地出来。斯诺眼睛一瞟:"喂,这里不是你该来的地方!"

刘静云不知如何回应,只能用求助的眼神看向桐谷千代。斯诺明白过来:"桐谷,她是你带来的。"

"是的,有问题吗?"

"你不知道这里……"

"她是疯狗教官亲自带来的,以后跟着我,有问题吗?"

刘静云又上前几步,勉强在疲惫的脸上挤出一丝笑容:"你好,我叫刘……"

"看好她,别让她进我的房间,不然她死定了!"

斯诺根本没在听刘静云讲话,恶狠狠地丢下一句话,"砰"的一声重重甩门进屋。

"收起你的那一套，这里不需要！不要对任何人表现出友好，包括我和疯狗！记住，冰火是强者的世界，只要你足够强大，这里就是你的天下！"桐谷身子一闪，"进去吧。"

房间很大，也很空、很暗，只在右边地上铺了一条薄毯，角落里胡乱堆着一些杂物。劳累、疲乏、饥饿，刘静云百感交集，对地上的薄毯有一种莫名的亲切感，正要扑上去美美地睡一觉，却忽然止住了脚步。

冰火，是强者的世界。桐谷的话一直萦绕在刘静云的脑海中，她犹豫一下，蜷缩到角落的杂物堆中。原本只想眯眼休息一下，但她实在太累，很快就睡着了。

温暖的阳光透过巨大的落地窗照进屋子，温馨而明媚；香喷喷的热牛奶、面包片、新鲜的蔬菜沙拉，她坐在爸爸妈妈中间，惬意地享受着甜美的早餐……

"喂，醒醒！"一个粗暴的声音将刘静云从睡梦中惊醒，她慢慢睁开眼，映入眼帘的是黑森森、冰冷的小黑屋，桐谷已经转身回到毯子上躺下了。

一股浓郁的饭香飘过来，刘静云低头，脚边不知何时多了一只餐盘，里面随便放了三个面包片、一条煮熟的小金枪鱼和几个小番茄。在它们的旁边是她那件红色的小羽绒服，两只袖子早已被雪水打湿。

近十个小时没吃东西，加上体能消耗，她早已饿得饥肠辘辘、前胸贴后背了，羽绒服胡乱往身上一裹，她抓过面包片和番茄就往嘴里塞！

面包片一到嘴里就咽了下去，却夹杂着发霉的味道；番茄有些酸涩，颜色也不对；金枪鱼才七八分熟，连盐巴也没有，腥味刺鼻，然而刘静云无视所有，狼吞虎咽，仿佛它们是难得的山珍海味！不到两分钟，餐盘内能吃的食物被一扫而空，虽然还是饿，但肚子里总算有了垫底的食物。

裹上羽绒服，刘静云蜷成一团缩在角落里，一阵困意袭来，她闭上眼睛沉沉睡去，在梦里不知还能不能见到那两张亲切的面孔。

茫茫的热带丛林迎来了初晨的第一缕曙光，金色阳光播撒在几十公里翠绿之上，温暖而富有生机。

生机盎然的绿荫之下，闷热潮湿，流动性非常有限，淡淡的草腥味之中，弥漫着浓重刺鼻的腐烂气息。啾啾的虫鸣声在杂草丛生间悄然而起，为这冷清的丛林增添了几分凄诡。

凌峰静卧在一处半人高的草丛间，95式突击步枪露出几厘米。两米外的树冠里，龙靓倚在一棵树干上，右手持着92式9毫米手枪，跟凌峰一齐瞄准了十米外的小道。

山路和土路不同，特别是大山里杂草丛生的林路，更是难寻，必须是有经验的人才能识得，普通人非得困死在这杳无人迹的热带丛林中。

这是违禁品出入境的必经之路，只要守住它，就不用担心敌人溜走！

在黑瘦男人的阁楼里休息了四个小时后，凌峰、龙靓一直潜伏在小道附近，又在闷热、潮湿、蚊虫叮咬等各种恶劣条件下煎熬了几个钟头，直到彤彤红日爬上遥远的东方天际。一阵林风吹来，让浑身潮气的龙靓稍稍清爽了片刻。她踮脚眺望前路，灰蒙蒙的一片，连个人影也看不见！

"已经九个多小时了，他们怎么还没来？"龙靓拨开面前的树枝，疑惑道，"那个男人不会在骗我们吧？"

"不会，他还没这个胆子！"凌峰伏在草丛中，纹丝不动，"再耐心等一下。"

一阵山风吹来，林间啾啾的虫鸣声戛然而止，闷热的空气中陡然飘来一丝不安的气息。龙靓扶着树干踮起脚尖向小道远处眺望，树木横生的林间小道里，几个模糊的黑影在晃动。

"来了！"龙靓一声轻唤，抓住一根长树枝从三米多高的树干上一跃而下，轻盈敏捷，落地无声。

凌峰向她做了一个手势，后者心领神会，默然点头，在十多米外茂盛的灌草丛中隐藏起来，和凌峰所在位置形成45度火力夹角。以他们两人的枪法，小股人马绝对有来无回！

清脆响亮的马蹄声愈来愈近，愈来愈响，随之而来的还有马匹的嘶鸣声。这里多是崎岖颠簸的山林带，加之林木横生，车辆根本无法出入，想要从这片丛林进出货物，必须要用最原始的畜力驮运。

不多时，一队浩浩荡荡的马帮出现在林间小道上，六匹马、七个人，清一色古铜深色皮肤。最前面骑在马上的是马帮头人，络腮胡子，粗布衫敞着怀，露出两块结实的胸肌，一头卷曲的黑色长发披散在肩头，脖子上戴着一块银饰。后面的汉子牵着马在草丛间慢慢地走着，一手轻摇着蒲扇，额头、裸露的胸脯上渗出一层晶莹的汗水。一行人从容淡定地走在林间小道上，对于这里的潮湿闷热早已司空见惯。

林老头嘴里叼着一根烟，狡猾的黑眼珠骨碌碌打着转儿。一上路的时候他的心里就有些不安，总感觉哪里不对劲儿："头人，最近货一直不多，为什么这次催得这么急？"

"可能事出突然吧。"马帮头人懒散地骑在马背上，即使经常在山林里窜，这样闷热潮湿的鬼天气也不免让人疲乏，"琼说这次有一大批货，把它们运出去，够咱们安安稳稳吃上几年的！"

"还可以讨个老婆！"年轻的古纳说笑着道。

"滚，没出息的家伙！"林老头骂他几句，深沉道，"从早上出发，我的心里就一直没踏实下来，总感觉有什么事情要发生！"

"林老头，你是不是年纪大了，胆子也变小了？这条路咱们来来回回走了几十遭，哪次不是顺顺利利的？我看你纯粹是瞎操劳的命！"古纳打趣道。

"臭小子，没大没小！我在这里走货的时候，你爸还没学会骑马呢！"

林老头有几分怒了，冲他一通怒骂。古纳自知无趣，悻悻地抽起烟来，不吱声了。林老头还是心有不甘："头人，要我看，咱们还是折回去，这趟货咱们缓缓再走！"

马帮头人眺望一眼前路："老林头，折返回去是不可能了，大家小心一点儿，打起精神来！"

几十米外茂盛的草丛不自然地随风一倒，95式突击步枪锁定了马背上的头人。砰，一声枪响，马帮头人应声倒地，从马背上一头栽倒下来，额头上多了一个醒目的血窟窿！

嗒嗒嗒——趁着敌人还没来得及做出反应，凌峰伏在草丛里，补上几个速射，又一名走在前面的汉子从马背上摔下来。

"有埋伏！"不知谁喊了一声，五个人就地隐藏起来，拔枪还击。林老头躲在一匹马屁股后面，一只手还在打着战："我就说，这趟不该来的，出事了吧！"

"闭上你的嘴，给我打回去！"古纳从草丛里探出身子，AK-47旋即疯扫回去！

　　能在这人迹罕至的丛林里讨生活的人决非善茬，被打了个措手不及，他们才慌了阵脚。很快，他们镇定下来，各自在掩体里还击，强大的火力优势，打得对面凌峰抬不起头来！

　　这一边，龙靓轻轻拨开草丛。从凌峰的角度，敌人全都是射击死角，然而在她的角度，一览无遗，避无可避！她的嘴角一扬，二十米速射，小儿科！

　　当，当当，又两个汉子应声倒地！

　　"操，他们有埋伏，撤！"

　　古纳叫骂一声，趴在地上匍匐后退，扭头一看，林老头早已先他一步逃走了！

　　"死老头，溜得比谁都快！"

　　让人奇怪的是，整个马队几分钟内被打得七七八八，只剩下两个老将残兵，对面的人却并没有乘胜追击扑上来，反而偃旗息鼓，只稀稀落落地又响了两声，再无动静。虽然心中多有疑问，但古纳没时间多想，趁着空隙，迅速回撤。

　　飕——突然间，身后一阵猛烈的风声传来，古纳还没转过头去，前面二十多米远的草丛就被炸成一片废墟！

　　细碎的泥土、杂草哗啦啦地乱砸过来，落了一地。古纳大吃一惊，身后不知何时冒出来几个厉害的狠角色——胡狼来了！

　　副攻阿奇尔·韦伯肩头的火箭筒余温未尽；主攻巨石班·汉森手持 MP5 冲锋枪，大步跨进；狙击手凤蝶玛姬·劳伦斯手持 PSG-1 在队伍最末，总揽全局。

　　嗒嗒嗒，趁着场面混乱，凌峰快速窜到龙靓附近的一棵大树后面，向她打一个手势："他们来了！"

　　"真的要这样做吗？太危险了！"看到胡狼雇佣兵团来势汹汹、杀气腾腾的阵势，龙靓不免有些担忧。凌峰从树干后面探出半个脑袋，低声道："我们没有选择，只有这样，才能知道他们的位置和目的。"

　　"我觉得还是先和林大队或者周局长商量一下，出了意外，我们担不起。"

　　"来不及了，按照我们之前的计划做！"凌峰决绝道，"你掩护我一分钟，然后尽快撤出去！"

　　话刚落音，凌峰已经从树干后撤出来，借助草丛、树木等掩护，迂回进攻。

砰！凤蝶玛姬一个单射回敬过去，子弹射进凌峰前面十几厘米的位置，把他逼回到树干后面，距离和速度把握得恰到好处！玛姬收起 PSG-1，从身后取出一把精致的手枪，跟在阿奇尔后面追上去。

"接触！"巨石大吼一声，MP5 瞄准过去，嗒嗒嗒，嗒嗒嗒，密集的子弹在粗壮的树干上打出一排弹孔！阿奇尔扛起火箭筒，轰，一枚火箭弹飞射过去，强大的火力压得凌峰毫无招架之力！

古纳被眼前的一幕惊呆了，暗自发愣道："好……好强！"

龙靓换上新弹夹，当当当，朝着巨石连开三枪，然后迅速回撤，边打边退。果然，她的佯攻吸引了巨石的注意，MP5 冲锋枪旋即扫射过去！

这时，凌峰一跃而起，从掩体后窜出来，嗒嗒，两个速射擦着巨石的肩头飞过。

"Fuck！"阿奇尔低吼一声，不等火箭筒掉转过头，玛姬半蹲下来，PSG-1 瞄准过去，两个精准的连射，分别命中凌峰左右两旁。后者大为震颤，收起步枪，迅速后撤，一边向龙靓打出手势。

虽然心中万般不舍，龙靓还是一咬牙，狠心而去，矫捷的身影快速消失在丛林深处。

"想跑？没那么容易！"

阿奇尔扛起火箭筒，在巨石的掩护下，大跨步斜向往前冲。但他还没跑出几米，嗖，对面一颗子弹就飞了过来，狠狠咬住了他的肩膀！

"妈的！"阿奇尔叫骂一身，栽倒在草丛里。

巨石咔地换上弹夹，密集的子弹横扫过去，把凌峰封死在树干后面。玛姬停下脚步，环顾周围环境，收起 PSG-1，30 度方向包抄过去。

凌峰被堵在树干后面，面对敌人强大的火力围攻，心静如水。敌人攻势虽猛，但很有分寸，点到为止。以胡狼的盛名，如若他们拿出全力，以他们的火力装备，他和龙靓只有一分胜算！从这方面判断，他猜对了。

阿奇尔·韦伯从地上爬起来，火箭筒再次瞄准凌峰隐藏的大树！轰的一声巨响，凌峰只感觉后背剧烈震颤着，两只耳朵嗡嗡乱响，眼前一片眩晕，简直是要死的感觉！没等他后撤，一个婀娜的身影从横向闪出来，噗，一个麻醉针扎进他的左肩头。强烈的爆炸冲击，加上药剂的麻醉作用，凌峰眼前一片迷离，"扑通"

栽倒在地上，昏死过去。

不一会儿，阿奇尔·韦伯、巨石班和玛姬小心翼翼地围上来，看到凌峰脸面朝下躺在地上一动不动，这才放心。巨石拿脚踢了他一下："我们这么着急地赶过来，就是为了这小子？"

玛姬望着丛林深处："逃了一个。"

"我去追！"

"算了，这里是蓝剑的地盘，咱们见好就收吧，中国陆军不是好惹的。"

玛姬眼神一瞟，不远处的草丛里还胡乱地躺着几具尸体："他们怎么办？"

"那不是咱们该管的事，班，带上他，咱们回去！"

巨石班·汉森收起 MP5，一手拎起昏迷的凌峰扛在肩头，依旧大步流星，稳健如飞。

"班，小心点儿，要是给他逃脱，想再抓住他可就难了！"

玛姬嘴角一勾，胸有成竹道："放心吧，阿奇尔，我的麻醉弹足够他睡上一天的！"

《*One Day In Spring*》婉转细腻的钢琴声响起，伴随着优美的笛声，如同春日里推开窗棂，暖暖的轻风扑面而来，满园碧草散发出青草的芬芳，黄莺鸟清脆婉转的鸣叫声萦绕在耳畔。

花园的秋千上，刘静云笑脸如花，爸爸妈妈站在一旁，轻轻推动着绳索。春日里暖洋洋的晨光，照射在一家三口幸福的笑脸上。

沙沙——沙沙沙——一阵窸窸窣窣细微的声音悄然响起，美好的画面突然消失不见，刘静云眉头紧蹙，木然睁开眼，映入眼帘的是灰暗冷清的墙壁。

眼角的余光里，她瞥见桐谷千代的身影朝门口走去。刘静云猛地坐起来："你去哪里？"

"训练。"

"这么早？还没……"刘静云把到了嘴边的话咽回去。

"既然醒了，走吧。早起的鸟儿有虫吃，有一大帮人想要踩着你的头皮往上爬，你唯一能做的，就是不断让自己变得更强！"

看到桐谷身上仍是那件薄薄的单衣，刘静云迟疑片刻，把羽绒服叠好放在角落里，跟着她一起出门。还没到门口，一股冷风灌进来，刘静云不由得一阵哆嗦。

铁门开了，还有谁更勤奋？

灰暗的天空中只在遥远的东方地平线上有一抹浅显的鱼肚白，皑皑白雪覆盖了周围的一切，这里是永远寒冷的冰雪世界。

基地北面的针叶林边缘，一个小小的黑影在低矮的缓山间时隐时现。

刘静云小脸儿冻得发青，眉头一皱，是他？那个不友好的、高高的金发大男生？

嗒嗒嗒——没有打招呼，桐谷千代在雪地里迈开步子，朝远处的针叶林跑去。刘静云朝掌心哈一口气，使劲搓了几下，跟着跑了起来。

基地并不很大，刘静云跑了不到二十分钟，已经绕了它半圈。这种程度的训练，对桐谷千代而言只是热热身，她从刘静云身旁绕过去，已经拉下她半圈！

此时，已经有不少孩子从冰窖里出来，稀稀落落地往针叶林里跑突然，桐谷千代停了下来，呆呆地站在雪地里，一动不动。刘静云觉得奇怪，气喘吁吁地从后面追上来，大口喘着粗气："怎……怎么了？"

"看，那是什么？"

"哪里？"刘静云好奇地凑上来，正在左右张望，桐谷眼神一冷，一个后旋踢过来，正中刘静云胸口，将她一脚踢翻在地！

桐谷居高临下，冷冷地俯视着她："这是我给你上的第一课，记住，永远不要相信任何人！尤其是你'认为'亲近的人！"

不断有人从刘静云身边跑过，但让人心寒的是，竟没有一个人向她伸出援助之手，甚至连一个善意的眼神也没有！从他们眼中看出的只有对桐谷的羡慕和崇敬。

寒风中，刘静云单薄的身体瑟瑟发着抖，眼神落寞而孤独，她无声地抽泣着："这不是我想要的！"

"别再这么天真了，没有你想要的，只有你需要的！"桐谷转过身，朝冰原北方结冰的冻湖走去，"走吧，去找些吃的，死人是最无力的。"

偌大的湖泊全被厚厚的冰层封死，一脚踏上去，"咚咚咚"的沉闷的声音直传至湖底。

每隔数米都有三四个少年聚集在一起，铁镐、铁锹、斧头一齐挥动，震耳欲聋的撞击声不断传来，周围一片碎冰飞溅！

斯诺和几个年龄相仿的少年正在凿冰，他们在人群中央最显眼儿的位置，几个才凿了几厘米深浅的窟窿周围却空无一人。

刘静云正疑惑间，桐谷千代所过之处，原本在凿冰的少年纷纷退到一边，待她走过，才重新回到坑洞边继续凿洞。

最后，桐谷千代在一处已经凿了七八厘米深浅的坑洞前停下。让刘静云不敢相信的是，看到自己的劳动成果被别人窃取，站在一旁的四个少年竟没有半点儿怨言！其中两个人战战兢兢地过来，将凿冰用的铁镐和斧头留下，又毕恭毕敬地退了回去。

桐谷拿起铁镐开始在坑洞里继续凿冰："冰火，是强者的世界！只要你足够强大，就可以得到一切！如果你输了，就必须和更多人分享所剩不多的资源。"

"可以得到一切吗？"

"是的，包括你想要的自由。"

"那你为什么还要待在这里？"

"比起外面的道貌岸然、阳奉阴违，我更喜欢这里，平等、简单而直接，公平的竞争，强者的世界。"见刘静云还呆呆地站在一旁，桐谷不禁生气道，"劝你在我没有改变主意前过来帮忙，一旦我离开，他们会立刻把这个洞抢回去，你很快就会被饿死、冻死！弱肉强食，适者生存，这个世界不变的法则！"

冰层很厚，尖利的斧头和铁镐用了几分钟才将它凿透，顿时，一股冰凉的水流漫上冰层。十多分钟后，一个60厘米宽的不规则的冰窟窿出现在冰层上，冰冷的水面上漂浮着一层细碎的冰疙瘩。

桐谷千代从口袋里取出几块干燥的面包屑丢入冰水中，静静的水面上泛起一丝涟漪，很快消失不见。没多久，平静的水面有了小小的骚动，几个小小的波纹发散开来。桐谷千代单腿跪在冰层上，扬起右手，眼睛一动不动地盯着水面。

突然，平静的水面出现了一圈细小的水纹，只见桐谷一只手"啪"地探入水下，一勾、一扬，一条十多厘米长的贝加尔雅罗鱼就被抛到冰层上，活蹦乱跳。

没几分钟，水面渐稳，一个小小的水纹又出现了，桐谷再度出手，电光火石间，一条鲜活的"小白鱼"又被抛上来。

"你的，自己动手。"

桐谷抓起冰层上乱蹦的两条小白鱼，又在破碎的冰碴儿中找出一把豁口锋利的"冰刀"，自顾自地在一旁将小白鱼切头、剖膛、开肚、去鳞，然后将整条新鲜的小白鱼塞入口中，鲜活筋道，口感十足。

刘静云学着桐谷的样子在冰洞边跪下，举起右手，眼睛直直地盯着水面。

几分钟过去，刘静云跪在冰上的膝盖有些冷得麻木了，但水面上还是静悄悄的，没有一点儿动静。她有些急了，看看旁边的桐谷千代，一条小白鱼已经下肚！

哗！平静的水面上泛起一朵小小的水花，一条白色鱼尾在水面一晃而过。刘静云笑逐颜开，右手一扎，啪，冰冷的水面立刻溅起一朵水花！

好冷！刘静云浑身一哆嗦，抄到岸上的却只有一堆冰碴儿。半条手臂上湿嗒嗒的，满是冰水，寒风一吹，很快凝结成冰，冷得她直打战。

水波渐稳的水面下白影一晃，又一条！刘静云眉上一喜，立刻抬手朝那道白影扎了下去。

这一次她出手极快，一探、一舀，已然收手。哗啦啦，一片冰水和几个冰块一起落到岸上，却仍不见半条鱼影！

桐谷吮尽指尖的最后一片鱼肉，站起身来，嘴角一笑："走了，你的时间到了。"

"不行，我一定要抓住一条！"刘静云固执道，眼睛仍盯着静悄悄的水面。

"随你了。"桐谷千代没有催促，只一个人转身离去。

她一走，旁边立刻十几双眼睛齐刷刷地看过来，面色不善，他们放下手中的活计，蠢蠢欲动。

这一来，刘静云更着急了。微风中，水面一抖，她的右手闪电般扎进刺骨冰水中！只可惜，她的心乱了，出手太急，力道太大，膝下一滑，整个人"扑通"一声就扎进了冰窟窿里！

巨大的落水声惊呆了每一个人，原本打算过来"抢地盘"的几个少年全部停了下来，各自对望一眼，转身离去。桐谷千代训练有素，身后的落水声自然没能逃过她的耳朵，但她只是面无表情地在一旁观望，并没有出手救人的意图。

冰层下的湖水冰冷刺骨，等刘静云从水下浮上来，头顶正撞上坚硬的冰层，再也找不到被砸碎的洞口!

平静的水面不断泛起一层层激荡的水波,冰洞西面一米多远的冰层下,刘静云扭曲的脸庞贴在冰层上,一只手无力地捶打着冰层,只是那只手越来越轻,越来越慢……

桐谷千代驻足在一旁,冷冷地观望着水面上渐小的波纹。不杀她,不代表会救她;在一起,只是一种存在的形式。

"闪开!"桐谷千代被人猛地推开,紧接着,一个黑影一闪而过,扑通一声钻入水下,动作快得没人能看清他的模样!

咚咚咚,局长办公室的门突然响了。周伯萧陡然惊醒,习惯性地点上一根烟抽起来:"进来。"

刘秘书轻轻推开房门,一进到办公室,立刻一股呛人刺鼻的烟味扑面而来。

办公桌上的烟灰缸里零零散散的堆满了烟蒂,三个空烟盒胡乱摆在一边,烟灰缸里的灰烬溢出来,撒了一片。周伯萧坐在桌前,电脑屏幕上还显示着案件报告,他深邃的眼睛里布满血丝,满面愁容。

"局长,刘先生和罗太太来了。"

"就说我在开会,让他们先回去。"

刘秘书拿着档案夹,欲言又止,一副为难的样子。过了半分钟,周伯萧抬头见他还站着没走,面色不悦道:"怎么了?"

"刘先生他……"

周伯萧压抑着怒火:"说!"

"刘先生说您要是再不见他,他就带着本市十几家电台报社的记者一起来采访您!"

"添乱!"周伯萧大喘几口气,极力平静内心急躁的情绪,过了一分钟,情绪渐稳,这才一摆手,"让他们带进来吧。"

砰!办公室的门被人不客气地推开了,一个身量清瘦笔直的男人大步进来,步伐稳健。周伯萧掐灭烟头,迎上来准备和他握手:"你好,刘先生。"

刘云身子一闪,避开了周伯萧,和他对面而立:"想见你一面真不容易,周局长。"

周伯萧表情一僵，现场的气氛有些沉重："最近突发的案件有些棘手，还请您见谅，刘先生。"

"养兵千日，用兵一时嘛！不然要你们干吗？"刘云面色凝重，话里带刺，"云华集团为本市经济发展做出了卓越贡献，可是我和我的家人得到了怎样的回报？接二连三的恐怖袭击事件，这一次，连我的女儿也给绑架了！"

接连几个棘手的案件一直压着，迟迟没有线索，周伯萧原本就心绪杂乱，给刘云这么一激，更是心烦意乱。如若换成别人，他早已一腔怒火发泄出去，只是碍于对方身份，只能暗自压住火气。

两个男人都心里有火，谁也不愿先开口，气氛陷入一阵让人窒息的压抑中。忽然，一阵急促细碎的轻细脚步声从走廊里传来，越来越近，不多时，一个身姿俏丽的年轻女人出现在门口。

此时的罗静神色略有几分疲惫，眼神涣散，眼圈也黑了，和经常在电视荧幕上露面的那个容光焕发、青春靓丽的 office lady 简直判若两人！

"您好，周局长！"

"你好，罗女士。"

罗静爱女心切，直奔主题道："周局长，我女儿已经失踪两天了。我想知道，对于这起入室绑架案您是如何处理的？"

"犯罪嫌疑人手段很精明，没有在现场留下任何指纹；连杀三个训练有素的职业保镖，并且全身而退，嫌疑人身手了得，不排除退役军人的可能！"

刘云铁青着脸色道："我对嫌疑人没有任何兴趣，也不是来听你们办案难度有多大，我只想知道我女儿的安危！"

"从调取的监控视频看，嫌疑人毫不避讳他的存在，几次正面出现在监控镜头下。我们已经把嫌疑人的相貌截图发送到本市和周围市区警局的刑侦档案室，可惜的是，没有嫌疑人的任何犯罪记录！我们又把影像截图递交给国际刑警组织，才查到他的资料。"

刘云一怔，他没想到对方的身份背景这么复杂，追问道："他是什么人？"

"疯狗，Y 国人，国际刑警红色通缉令通缉人员，在逃。曾是欧洲某国际雇佣兵军团成员，职业雇佣兵，后加入黑火跨国犯罪组织，主要在东南亚活动，未曾涉足中国大陆。三年前，黑火被国际刑警组织联合中国蓝剑特种部队消灭，自此他生死未卜，下落不明。想不到，这么一位国际逃犯居然会出现在新区市内！"

罗静面如土色道："他想要多少钱？我们都给，只求他们不要伤害小云！"

"他此次活动的目标还不确定，但可以肯定，这么一位国际逃犯甘愿冒险踏入中国大陆，绑架刘小姐绝不是他的目的，这只是一个开始！"

听罢，罗静一时间乱了方向："那我们该怎么办？"

"相信近期连续发生的几宗绑架案是有关联的，目前我们掌握的线索非常少。一方面，我们在积极从国际刑警组织那里挖取有用资料；另一方面，我们必须做好准备，在他们下次行动时顺藤摸瓜，将隐藏的黑幕一举瓦解！"

"我的女儿被人绑架了，生死未卜，你却要我在这里一直等？"

"刘先生，请相信我，绑架刘小姐不是他们的目的！在他们没有达成目标前，刘小姐是安全的！"

罗静再也承受不住内心的惊恐和压力，"扑通"一声瘫在地上，泪水止不住流下来，花容失色："求求你，救救我的女儿！"

这时，办公室的门又被人敲响。屋里的氛围压抑到了极点，没有人回应。房门再次被叩响时，声音更急，更加粗暴。周伯萧低沉一声道："进来！"

刘秘书行色匆匆地进门，看了一眼旁边黯然神伤的刘云和罗静，凑到周伯萧跟前正要耳语，却被他吼开了："直接说！"

"局长，刚接到益阳县赵局长电话，县××银行发生持枪抢劫事件，请求警力支援！"

"蓝盾在吗？"

"龙中队也在，随时待命！"

"蓝盾出击！"

三分钟后，三辆深蓝色特警车飞驰在街道上，警笛长鸣，路人纷纷闪退。车队后面，刘云的私家车紧随其后跟了上来。

第二辆警车上，警员严厉正襟危坐，双手紧握着95式突击步枪，目不斜视。一旁的狙击手龙靓正在调试88式狙击步枪，瞄了他一眼，微笑道："怎么了，小严，很紧张吗？"

"没……没有。"

"也难怪，凌峰不在，你第一次带队。不要担心，我们只是外援，听从调遣就是了。"

"知道了！"

十分钟后，周伯萧等人已来到益阳县××银行。

附近所有出入口已全部被封死，人员疏散完毕，十米外拉上了警戒线。四辆警车分散停泊，十几名身穿防弹衣的特警把守银行正门，侧门和后门各由数名特警包围，将出入的要道完全封死！

周伯萧拨开人群，径直走到警戒线外，严厉、龙靓立刻跟上去，贴身保卫。

"我是周伯萧局长，现场情况怎么样了？"

"16分钟前，6名持枪劫匪进入银行实施抢劫。银行内一共有13人，包括6名顾客、5名职员和两名保安。"

"有没有人员伤亡？"

"起初场面混乱，有劫匪开枪，两名保安被打伤。目前，谈判专家正在和他们交涉。"

"想办法让我们的人进去。"

这时，大队长张扬拿着对讲机匆匆赶过来："周局长，绑匪要两百万现金和两辆车。"

"给他们！但是必须要让我们的医务人员进去，以确保受伤人质的安全！"

"我去！"龙靓当机立断道，"我进行过医护培训，由我伪装成护士进去，不会引起他们的怀疑。"

"不行，不能让你犯险！"严厉反对道，"凌队长不在，应该由我顶替！龙队，你负责周局长的安全。"

"我是女人，不容易引起他们的怀疑！你……"

嗒嗒——清脆的枪声划破现场的寂静，警笛长鸣，刺痛了每一个人的耳膜！

"怎么回事？"

这时，一名警员匆匆跑来："报告局长，银行后门有可疑车辆冲击警队，与守卫警员展开枪战！后方警卫人员不够，需要支援！"

"龙队，你带四名警员过去支援。"

"周局长！"

"这是命令！"

"是！"

龙靓收起 88 式狙击步枪，和四名警员驾车前去支援。严厉脱下警服，换上一身白色隔离衣、口罩，拎起急救箱急匆匆进了银行。

"举起手来！"

严厉才进了银行大门，背后就立刻贴上来一个蒙面绑匪，黑洞洞的枪口抵在他的后脑勺上。

严厉举起左手："伤员在哪里？"

一个领头的绑匪用枪一指，大厅西面的角落里，穿着工作服的职员和顾客抱头趴在地上，两个保安躺在大厅中央的长椅上，浑身是血。严厉正要过去救人，却被劫匪用枪拦下："等一下！"

又一个蒙面劫匪过来，空手在严厉身上仔细拍打一番，确定身上没有藏武器，这才放他过去。

两个年轻的保安躺在长椅两端，尽管室内空气并不热，他们的额头上还是冒出一层细汗。浅黄色地板上流了两摊血，鲜红的颜色，尤其醒目。

年轻的保安肩膀被子弹打穿了，左肩头一个黑乎乎的血窟窿，不断往外冒着血；年龄大一点儿的，伤口在右腿，深色裤子给血液一染，呈现出瘆人的深紫色，湿嗒嗒地贴在身上。

严厉眉头一皱，这么严重的枪伤肯定要清创、取弹、缝合，现场肯定完成不了，只能用酒精棉球简单地消毒，绷带包扎止血。

一番处理后，严厉身上的衣服也给汗水打透，他摘下口罩，径直朝劫匪头目走过去："我只能暂时帮他们止血，必须要尽快送到医院去，把子弹取出来，缝合伤口。"

"不行！"劫匪头目断然拒绝道。

"我只能暂时减缓伤口出血，时间一长，他们还是会因失血过多死亡的！一旦有人质死亡，性质就变了！"

这时，银行正门前停下两辆银色昌河车。两个蒙面劫匪凑到一起低声耳语，片刻后，头目似乎拿定了主意："可以。"

谈判专家正要向外面传话，严厉忽然凑上来，向对讲机里面讲道："里面有两名伤员，我已经做好'准备'，派四名医生送两个担架进来！"

"收到，两分钟！"

大厅里，一名劫匪拎起两个背包从角落里出来，背包里鼓鼓囊囊地塞满了东西，沉甸甸的。

严厉在那个受伤的年龄稍大的保安身边又蹲下来，打开急救箱，拿出里面的纱布再次帮他擦去身上的血。白色的纱布团下，92 式手枪若隐若现。一个劫匪发现严厉一直鬼鬼祟祟缩地躲在一旁背对着他们，不禁大吼道："喂，你在干什么？"

严厉一惊，连忙将 92 式手枪重新放回去，用纱布团压好。

嗒嗒嗒——急促沉重的脚步声从身后传来，越来越近。严厉额头上汗如雨下，脑海中一片空白，右手不自觉地伸到纱布团下握住手枪！

"喂，你在干什么？"一个巴掌重重地拍在了严厉的肩膀上！

就在这时，玻璃门开了，两名女护士踏着碎步急匆匆进来。白色护士服下，她们年轻的脸庞一片绯红，恐惧，抑或紧张。她们身后，两名戴着浅蓝色口罩的男医生进来，和她们紧张的神情完全不同，犀利的眼眸沉稳有神。

劫匪的手从严厉肩头拿开，一边走向两名女护士："动作快点儿！"

放下担架时，两个年轻的男医生和严厉彼此对望一眼，默契地点头，心领神会。

一……二……三！

严厉拔出手枪，猛然一个转身，砰砰砰——朝大厅中央的三名劫匪连续射击，直到弹夹打空！

一名伪装成医生的特警拔出藏在担架下的手枪，砰砰砰，又朝三名劫匪补上几枪！

这时，站在他们身边的蒙面劫匪大为惊慌，抓过一名女护士做挡箭牌，一手拿起 AK-47 本能地向后退。不等他站稳，另一名伪装成医生的特警战士一脚飞来，AK-47 应声落地；不等敌人还手，特警一个扫堂腿把对方撂倒，一记锁喉将他擒住！

哐当一声，蓝盾特别行动小组破门而入，将几名受伤劫匪全部制服！

　　突袭非常成功，只不过七十多秒钟的时间，一名劫匪被生擒，其他三人枪伤被擒，再无其他人员伤亡！

　　严厉呆呆地站在原地，刚才惊险的一幕快速在脑海中一一闪过。这时，周伯萧大步流星地走进银行大厅，挥起一拳轻轻打在严厉肩头："干得漂亮！"

　　严厉如梦方醒，凌峰执行任务时从容镇定的形象出现在他脑海中，他第一次感觉到了职责的神圣。

　　一辆辆疾驰的车辆迎面而来，街道上人流攒动，惊慌逃命。

　　视野尽头，一辆深绿色敞篷吉普车左冲右撞，将周围围观的人群和车辆驱散开来。三名枪手手持 AK-47 疯狂扫射，将两名守卫警察封锁在警车后面，根本抬不起头来！

　　龙靓轻拍开车警员肩膀，指一下手中的 88 式狙击步枪，后者心领神会，点头减速，车身慢慢平稳下来。龙靓半个身子探出窗外，88 式狙击步枪架在车窗上瞄了过去。

　　瞄准镜圆形的视野里，吉普车冲破警戒线，径直朝银行后门驰去。龙靓屏息凝神，枪口随着目标一齐移动。迟了两秒钟，她的食指一勾，砰！吉普车司机脑洞大开，一头栽在方向盘上，整个车身一头撞上停车位里的一辆白色别克轿车。

　　后座上的一个枪手脚下不稳，直接从座位上飞了出去！另一个枪手身手敏捷，一把扶住车座稳下身子，一瞄，看见五十米外正飞驰赶来救援的特警车！

　　龙靓秀眉一皱，瞄准镜里这枪手的模样有几分熟悉，棱角分明的消瘦脸庞、麦色肌肤、黑色卷发紧贴在头皮上，眉宇间奸诈的笑意愈发让人胆战心惊！

　　坠到车外的劫匪伤势不轻，左腿摔在楼梯上折了，呈现出不自然的扭曲，他咬紧牙关，艰难地伸出一只手："阿奈……"

　　望着急速驶来的特警车，阿奈·明脸上露出狰狞的笑容，完全无视同伴的求助！他扔掉手里的 AK-47，直接跳到驾驶座，掉转车头，连着撞上公路上的三辆车，沿着来路迅速撤退！

　　"追！"龙靓斩钉截铁道。

　　车水马龙的公路上上演了一幕惊心动魄的亡命追击！深绿色吉普车超速飞驰，一路上连着闯了几个红绿灯，畅通无阻；特警车跟在后面，始终与之保持着十几米的距离，公路上行驶的车辆和行人太多，他们不敢逼得太近。

龙靓将身子探出车外，88式狙击步枪几次瞄准了吉普车后胎，却没敢开枪。以目前的车速，一旦吉普车冲撞到路边，会造成巨大的交通事故和人员伤亡！二十多分钟过去了，狭窄的公路逐渐变得宽阔，喧闹的市中心被抛到身后，改装吉普和特警车已追逐到市区郊外。

阿奈·明拿起手机，熟练地拨通号码："喂，我们来了，准备！"

反光镜里，蓝色特警车不断加速追赶过来。龙靓再次探出车外，88式狙击步枪旋即瞄了上去。

砰！一道响彻的枪声划破天际，在旷野里扩散开来。

吉普车的反光镜里，深蓝色特警车失控冲出公路，转了两圈后直接撞上路边的绿化草坪，整辆车蹿了一米多高，轰的一声翻了车，把碧绿的草坪啃出几厘米深浅的长长的一道土坑！

百米开外，一座废弃工厂直立的烟囱上闪烁出一道耀眼的光斑，一名潜伏在上面的狙击手顺着烟囱趴下来，很快不见了踪迹。

滴答——滴答——热烘烘的火炉旁边，吴劫身上的衣服还在往下滴水，头发上的冰冻还没完全化开。他将刘静云身上的湿衣服脱下来，裹上干燥的毯子，一遍又一遍摩擦着她快要冻僵的身体。

"咳咳……"吴劫浑身颤抖得厉害，剧烈活动之下，竟然咳嗽起来。

莫洛在一旁悠闲地喷云吐雾，见他如此拼命，不禁提醒道："你也冻得不轻，赶快处理一下，不然会留下后遗症的。"

"没……没事！"吴劫淡淡一句，又忍不住咳嗽起来。

擦了十多分钟后，刘静云冻僵的身体逐渐有了温度，苍白的小脸儿也恢复了一些血色。长长的睫毛一眨，她慢慢苏醒过来。

"你醒了。"

"你是……"刘静云盯着眼前这张清瘦刚毅的面孔，晶莹的大眼睛一瞬间明亮起来，"吴叔叔？"

再次从别人嘴里听到这个称呼，吴劫的意识里竟然有了些陌生。他望着那双清澈的眼睛："你认识我？"

"嗯。"刘静云微笑着点头，"在我爸爸的活动现场，见过你。"

吴劫这才记起来，云华集团几次重要的商业会议，他们作为安保外援，的确和这位商界精英有过照面，刘静云能叫出自己的名字，也就不足奇怪了。

"哟，这真是他乡遇故知，可喜可贺啊！"雪狐冷笑道。

完全是本能反应，刘静云一下抓住了吴劫的手，来冰火这么久，她第一次感觉到身边有了可以信赖的人！一股暖流从吴劫心间流过，那种职责的神圣感让他重新有了方向，虽然那仅仅是短暂的一瞬："别怕，有我在，没人能伤害你。"

啪！啪！雪狐冷笑着鼓起掌来："真是让人感动，我差点儿都当真了！"

"她也是少年杀手的候选之一？"

"这个自然，冰火里的孩子都是。"

"为什么选她？"

雪狐无奈地耸耸肩："这个你得问疯狗，人是他带来的。"

"为什么要选她？你们知道她父亲的背景吗？"

"这个你得问疯狗了！我对她没兴趣，不过，疯狗好像对她情有独钟！"

想起冰窖里那几十个冷血的、毫无感情的少年，吴劫真的不愿看到刘静云也变成一具行尸走肉，几下为她穿上衣服，又在外面裹上一层军衣："我带你回家。"

刘静云清澈的大眼睛闪烁出耀眼的光芒，一双小手死死抓住吴劫的胳膊，再不愿松开！

雪狐冷漠地掐灭烟蒂："吴劫，看在你曾经救我一命的份儿上，再奉劝你一句，不要给自己找麻烦，虎鲨不会一直纵容你的。"

"谢了。"吴劫抱起裹着军衣的刘静云，将一把92式手枪暗藏到腰间。

砰！一个响亮的撞击声迎面而来，吴劫的眼睛碰上另一双阴险狡诈的目光！瞬间，吴劫单手拔出92式手枪指着疯狗的脑袋，另一只手把刘静云藏到了身后。

仿佛早已习惯被人用枪指着头，面对黑洞洞的枪口，疯狗竟然面不改色、从容镇定！疯狗轻笑着，一根指头拨开枪口："这么对待老朋友，不好吧？"

"我们不是朋友，从来都不是！"

"说不定待会儿你就不这么说了。"

吴劫慢慢收起 92 式手枪，抓紧刘静云的手："她，我要带走。"

疯狗随意地耸耸肩："随便。"

疯狗的这种态度让一旁的吴劫和雪狐都有些诧异不解。以他的禀性，肯定会立刻冲过来和吴劫拼个你死我活，他这样平淡，反而让人觉得不安！吴劫立刻警惕起来，将刘静云挡在身后："你肯定让我把她带走？"

"你不会的，除非你想眼睁睁地看着你兄弟死在你面前！"

吴劫心中一惊："什么意思？"

啪，疯狗从口袋里掏出一张照片扔到桌上。

清新的照片上，几道深深的褶皱尤其醒目；郁郁葱葱的树林里，碧绿的草丛淹没了人的小腿。

草绿色迷彩 T 恤和周围环境相互映衬，一个女人背着一把 PSG-1 军用狙击步枪，显眼的凤尾蝶刺青一直文到左侧脸；旁边一位高出她二十多厘米的大块头，左手拎一把冲锋枪，右肩头上挂着一个人！

等一下，瞧那人匀称的体型、棱角分明的侧脸，最重要的是那种亲切的感觉！吴劫心里"咯噔"一下，脸上的肌肉僵住了，那人是凌峰！他怎么会？

照片的边角部分，一个中年男人模糊的侧脸隐约显现。这张面孔声名在外，他就是鼎鼎大名的阿奇尔·韦伯！而照片上正面显示的那一男一女，便是臭名昭著的胡狼国际雇佣兵集团的巨石班·汉森和凤蝶玛姬·劳伦斯！

"你们把他怎么了？"

"他很好，只是长途颠簸，还在睡觉。但是，他能不能醒，就看你的选择了。"

"什么意思？"

"是救云华集团总裁的这位掌上明珠，还是救曾经一起出生入死的兄弟？他们两个人，你只能救一个！"疯狗不以为然道，"如果是我的话，肯定救这位总裁的千金，随随便便几个亿，这辈子吃喝不愁！不过，兄弟的生死也不能不管！哎呀，这个问题太伤脑筋了，还是留给你头疼吧！"

吴劫脑海中思绪飞快地跳跃着，茫茫无尽的亚热带原始森林、杳无边际的苍茫沙漠、武装毒贩的枪林弹雨，一幕幕惊心动魄的画面在他头脑中闪过，那些曾经闪亮的光辉岁月在他记忆里挥之不去。

"让他回去。"吴劫的眼睛一瞬间黯淡下来。

"这个自然。"

抓住刘静云的手忽然松了，吴劫转过头去，决绝离去，不忍再去看那双可怜无助的眼睛。刘静云似乎猜到了她的结局，没有祈求，望着吴劫的背影消失在门口，泪水在她的眼眶里打转，樱红色的嘴唇都快要被咬出血来！

冰冷彻骨的房间里空落落的，边缘一架吊起的铁床上，凌峰安静地躺在上面，一动不动。

麻醉弹的药效逐渐散去，他隐隐约约恢复了意识，慢慢睁开了眼睛，发现自己置身在一个完全陌生的环境里。房间不大，除了一张架在墙上的铁床、一条铁链、一扇铁门和一扇给冰封住的小窗子，再无其他。他的手腕被铁链连着的手铐锁住，活动范围不过一米多。

脑海中的最后一段记忆是在丛林里和胡狼雇佣兵团激战，被一颗麻醉弹打中后便失去了意识，难道这里就是胡狼的秘密据点？

凌峰从衣领下摸出一个几厘米长短的细铁丝，在手铐锁眼里一探一钩，"啪"的一声，手铐打开了。

铁门上的窗子很小，昏暗的灯光下，狭长的走廊一眼望不到尽头，空落落的，看不见半个人影。透过厚厚的墙壁，凌峰能感觉到钢筋混凝土后面的严寒。他慢慢在房间里踱着步子，犀利的目光审视着每一个细小的角落。

突然，一股隐隐的窥视感从背后传来，凌峰转过头，墙顶的夹角里有一个红色斑点正瞄着这边，观望着房间内的一举一动。他知道，电子眼的另一边，有人在盯着他。

咚——嘎吱——咚咚咚——走廊上传来一阵刺耳尖锐的摩擦声，夹杂着层次不清的几个不同的脚步声，慢慢悠悠、晃晃荡荡地朝凌峰所在的房间走来。他一个箭步躺回到铁床上，手铐虚合上。

吱——一个刺耳的摩擦声，铁门开了，两个粗犷的 E 国人推着手推车进来，上面胡乱地摆着面包片、鱼干、伏特加和几片咸牛肉。看到凌峰还躺在铁床上，毛脸汉子一脸的不爽："Fuck，居然还没醒？早知道就不来了，白浪费时间！"

"上面交代下来的，你敢不来？"光头男一边说着，一边小心地走到铁床边上，仔细地打量一番，确定凌峰仍在昏迷中后，这才壮着胆子走上前去，抬脚在凌峰侧脸踢了两脚："喂，醒醒！"

"胡狼的人说他得睡上一天一夜，没那么快醒的！"

"这些东西怎么办？"

"要不咱们就地解决吧，推回去也是浪费！"光头男提议道。

两人一拍即合，把面包片当作盘子铺在地上，鱼干和咸牛肉做下酒菜，一人一口伏特加干了起来！

浓郁的酒味在房间里飘散开来，凌峰微睁开眼斜视着他们。深绿色军衣裹在身上，两人肩头还有薄薄的落雪未融尽，看来外面真的很冷！凌峰一边在脑海里计划着如何脱身，一边观察着两人的动静。

大半瓶伏特加下肚，毛脸汉子和光头男都感觉内火上涌，浑身燥热，一把扯下身上的军衣扔到一边，大嚼起风干牛肉。

恶劣低温的环境，基地里的酒都是度数极高的烈酒，有驱寒的作用，类似东北的烧刀子酒。咣当，伏特加酒瓶歪倒在地上，房间里充斥着酒精的味道。

凌峰微微侧过脸来，仔细地观察着他们，毛脸男人和光头男腰里都别着一把PSS微声手枪，他开始在脑海中盘算着如何实施这次的"越狱"计划。

两个粗犷的E国男人坐在地上，将最后几片风干的咸牛肉和鱼干塞到嘴里。凌峰左手一翻，手腕上的手铐无声滑落，他悄然起身，慢慢向两人身后摸去。

带来的食物被毛脸汉子和光头男人一阵风卷残云，消灭干净，他们抹抹嘴正要起身，猛然瞥见一旁的铁床上空了！

一道黑影飘忽而至，光头男人听见背后传来微弱风声，还没来得及转过身，凌峰已然到了他身后，一个扫堂腿过来，光头男咣当一声摔得四仰八叉！

毛脸汉子见势不妙，一边后退，一边拔出腰里的PSS微声手枪当当连开两枪。他刚喝了酒，眼睛飘得厉害，手还在打战，根本就是在胡乱射击！

凌峰左闪右闪，等他晃到毛脸汉子身边时，一记高鞭腿啪地把毛脸汉子手中的手枪就踢掉了！毛脸汉子大吃一惊，仗着体格强健，挥起双拳左右开攻，把凌峰逼得连连后退。

这时，摔在地上的光头男人头脑清醒了大半儿，他从地上爬起来，闪到一边去想要放暗枪！这种小伎俩，凌峰当然不会让他得逞，他从衣领下摸出尖细的小铁条奋力一甩。嗖，光头男还没开枪，锋利的铁条旋即穿透了他的手背，微声手枪当地坠到地上。

呼——呼——两个颈拳从凌峰背后奔袭而来，他就势向前一滚，捡起地上的微声手枪，反身一个精准的速射，毛脸汉子"扑通"一声单腿跪在地上，大腿外侧鲜血直流！亏得凌峰手下留情，不然他就没机会再喘气了！

"别动！"两把微声手枪都到了凌峰手里，现场形势发生了颠覆性逆转，凌峰面色依旧沉稳，淡如秋水，"这里是什么地方？"

粗犷的毛脸汉子一手捂着大腿外侧的伤口，眼神中流露着疑惑，明明就是一个身形单薄的小个子，却在不到两分钟时间内撂倒了强壮他数倍的两个人！

见没人吱声，凌峰剑眉一皱，不快道："嗯？这里是什么地方？"

"冰……冰火基地。"

哐，凌峰轻轻关上门，身形一晃，闪进昏暗狭长的走廊，房间里只剩下两个昏迷不醒的人被铁链锁在了铁床上。

监控录像上，整个房间尽收眼底，一览无遗。

啪啪，疯狗轻轻鼓起掌来："不愧是蓝剑的凌中队，这么快就脱身了！"

雪狐艾瑞卡·莫洛站在一旁，冷漠地看着凌峰消失在监控镜头里。看到凌峰逃走，疯狗脸上露出一个隐隐的笑意："告诉他们，可以开始了。"

"要不要告诉吴劫？"

"暂时不用，我另有打算。"

二十多米长的走廊很快走了一半，楼梯口有上下两个方向。上面几个折返后隐隐有光线照射下来，伴随着丝丝冷风；往下一层有两扇厚重的铁闸门，里面还有带密码锁的防弹门，钢筋铁骨，牢不可摧！

"告诉他们，下手掌握点儿分寸，别坏了我的事。"

"是，疯狗教官！"

监控镜头下，凌峰的一举一动全部都在他们的掌控之中，一览无遗。

迟疑片刻，凌峰毅然朝楼下走去。在楼梯拐角里，巨大的铁闸门横亘在前面，挡住了去路。他旧计重施，不消两分钟，坚固的铁闸门缓缓打开。但很快，眼前又出现了两条路：正前面是一道带密码锁的防弹门；楼梯继续向下，通往光线暗淡的未知深处。密码键盘上的红色指示灯不断闪烁，在暗淡的环境下尤其醒目，仿佛那道铁门之后隐藏了巨大的秘密！

显示器前，疯狗脸色逐渐阴沉下来："这些小儿科难不住他的，不能让他进入储备库，把他逼出来！"

15秒钟后，响彻的警笛长鸣，在呼啸的寒风中尤显凄厉悠长，穿透了一层层坚实冰冷的墙壁！凌峰心里"咯噔"一下，糟糕，被发现了！来不及多想，他转身跳出铁闸门，拔出PSS微声手枪冲上楼梯。

很奇怪，尽管楼梯迂回曲折，几个转折间他竟没有撞见一个警卫枪手，一楼大厅角落里，一张基地主建筑结构图嵌在墙体里，只几个简单的瞥眼，凌峰就将它们全部记在了脑海里。

一个转弯后，一架宽5米、高7米的大铁门陡然出现在眼前，只留有一条几十厘米宽的窄窄的缝隙。明媚清冷的阳光透过它照射在阴暗的地面上，冷冽的寒风直灌进来！凌峰稍稍慢了步子，身子一闪，从缝隙里蹿了出来。

汪汪汪——基地两侧的避风犬舍里，几十条壮硕的阿拉斯加雪橇犬在铁网后一阵狂吠，吼声震天！和它们一墙之隔的是一间巨大的仓库，如果基地结构图准确的话，那里有改装过的越野、吉普和雪地车，适应严寒。

吱——沉重的铁门在轨道里摩擦出尖锐刺耳的噪声，两个持枪巡逻的警卫立刻举起枪朝这边靠过来："什么人？"

"是我！"凌峰应付道。

偌大的车库里只有几盏灯，大铁门只敞开一米宽，光线黯淡，十几米外模糊一片，根本看不清模样，枪手不敢贸然开枪。

对方都是有经验的职业枪手，听到陌生的声音，立刻停了下来，警惕地端起枪瞄过去："谁？名字！"

"是我，詹姆斯·沃顿。"凌峰随口编出一个名字，趁着两人思索迟疑的瞬间，拔出PSS微声手枪，砰、砰，两个稳准的速射，两个枪手应声倒地！

凌峰几下卸了他们的装备，找到钥匙，把枪放到停在门口的一辆雪地车上。

雪地车擦着铁门直蹿了出去！才踏上雪地，身后立即传来一阵杂乱沉重的脚步声，6名手持AK-47的枪手杀气腾腾地追了上来！与此同时，犬舍和车库的大铁门也被几个人一起拉开！

改装越野第一个蹿出来，朝着几十米外的凌峰开的雪地车追去；紧随其后，三辆雪地车飞驰而出；十几条阿拉斯加犬从犬舍里被放出来，套上雪橇绳，跟在队伍最末，狂躁的犬吠声撕破严寒，直冲天际！

改装越野在颠簸的雪地上飞驰，一个白人枪手站在车子后座，寒风像刀子一样刮在他脸上，AK-47大致锁定目标，嗒嗒嗒——一阵连射横扫过去！

在他的带领下，两辆雪地车、四架雪橇车上的枪手一齐瞄准了前方的凌峰，密集的子弹像暴雨一般扑来！凌峰耳边不断有呼啸的劲风吹过，他也分辨不出是凌厉的寒风，还是疯狂的子弹扫过，脑海中只一个念头：逃！

改装越野风驰电掣，霸气十足，不断拉近两者之间的距离。眼看就要被追上，凌峰方向一转，雪地车直朝着低缓山丘上的针叶林飞驰过去！

瞭望塔上寒风呼啸，疯狗裹着一件厚军衣，手里的望远镜随着目标慢慢移动，看到凌峰被逼向山林，冷笑道："让追兵放慢脚步，派冰火少年上场！妈的，这天真冷，我们回去！"

飞驰的越野、雪地车、雪橇车一齐慢了下来，不紧不慢地在后面追着。凌峰从白色雪地车上跳下来，一头扎进茫茫山林。萧瑟的寒风中，针叶林里万籁俱寂，只有嘎吱嘎吱的踏雪声。凌峰轻装上阵，在林子间隙快速穿梭，后面的追兵被越甩越远。按照常理，这种情况之下可以松一口气，不知为何，凌峰心底反而有一种焦灼感，愈发强烈！

哗哗哗，突然，从高处的山坡上冒出数个直径几十厘米的大雪球，朝着凌峰的方向滚压过来！

这点小儿科，自然对凌峰构不成威胁，他连着几个闪躲，轻易跳出雪球的滑落轨迹。可他刚刚躲开，就又有数十个直径超过一米的超大雪球从山坡上冒出来，一波又一波，连续碾压过来。

雪球太大，滚得太急、太快，一个跟着一个；无论逃到哪个方向，都会有雪球从山坡上滚下来，避无可避，敌人根本就是早有准备！

几个大雪球以迅雷之势滚过来，眼看就要从凌峰身上碾压过去。唰，他拔出三棱军刺向上一跃，咚，军刺稳稳扎进了树干里。

瞬间，三个大雪球相继撞到树干上，巨大的冲击力让整棵大树为之一颤，树上的积雪哗哗哗坠下来。凌峰拔出军刺，轻盈落地。

沙——沙沙——高大的松枝上飘下片片落雪，凌峰听见动静，慌忙闪避，噗噗，两颗子弹射进了雪地里！

这时，两个少年从挺拔的针叶松上滑下来，跳过地上摔碎的雪球，直朝着前面的凌峰追过去。虽然只有十多岁的模样，但两个少年动起手来毫不含糊，对着凌峰就是几个连射过去！

两只耳边子弹嗖嗖地飞过，但他们枪法未稳，凌峰又行动飞快，让他们根本抓不住目标。陡然间，凌峰单腿跪倒在雪地里，迅速回身啪啪两个点射，正射中两个少年的小腿，"扑通"两声，他们双双扎进了雪堆里。

既然有埋伏，怎么可能只有两个人？没有片刻迟疑，凌峰回身起跳，闪进旁边的树干后面。几乎瞬间，砰砰，两颗子弹在树干上打出了窟窿。凌峰这才幡然醒悟，为什么越野、雪地车上的敌人没有追来，不是他们跟不上，他们打一开始就准备在这片针叶林里打伏击！

飕飕飕——又几股尖细的风声从侧面传来，不是子弹，比它们慢，但更细密且凌厉！

噌——凌峰只感觉到侧脸一麻，一条鲜红色的细血丝从伤口里渗出来，居然是飞针！这时候，他眼角的余光里看到左前侧的树干后面忽然蹿出一个小巧灵敏的身影，那尖细的风声就是从那边传来的。

飕飕飕，又是同样的声音！凌峰顺势在雪地里一滚，噗噗噗，三枚飞针全部没进雪里。等一下，这个身影？一个个记忆片段在凌峰脑海中飞快闪过，最后定格在一幅监控画面上，居然是她，那个多次出现在绑架现场的R国小女孩儿！

半个月前电玩城的绑架案、吴劫失踪、刘静云的神秘失踪（性质未明），以及新区市近日来的多起犯罪案件，如果这些事件背后有千丝万缕的关系，经幕后人精心策划，那他的目的真的让人捉摸不透！

噌噌噌——敏捷小巧的身影越来越近，桐谷千代拔出一把精致的小手枪。纵使她的身手再好，在凌峰面前也不过是个摆设，啪啪，凌峰两个点射，将她逼回到树干后躲藏了起来。

绝不恋战，凌峰一边填满弹夹，一边继续往针叶林深处撤退。山路狭窄，暗处藏有伏兵，凌峰始终保持着高度警觉，雪地里留下两排凌乱浅显的脚印。

前面山路忽然变得开阔，中央区略有膨起，几簇微小的、尖尖的松枝从落雪里露了出来。凌峰迟疑片刻，踏向路边的雪沟，深一脚前一脚地绕了过去。

"浑蛋，居然被他发现了！"斯诺暗骂一声，拨开面前的松枝，把枪口探出去，却发现凌峰早已跑出去十多米远！他收起 AK-47，抱住树干哧溜地滑下来。这时，桐谷千代也追过来，斜他一眼："就你这点儿伎俩也想瞒过他？别忘了，他可是蓝剑精英！"

斯诺吃了哑炮，心里憋火："哼，号称是疯狗教官最得意的门生，你还不是一样失手了！"

"最起码，我伤了他，你呢？毫发无损！"

"你……"斯诺被呛得哑口无言。

"别争了，赶紧去抓人，让他跑了，谁都没法儿跟疯狗交代！"

斯诺团起一个雪球朝前面一丢，"哗"的一声，开阔地中央立刻陷了下去，露出一米多宽、两米深的坑，坑底埋藏了十多根尖利的木刺："要你有个屁用！"

窄窄的山路上不断有吊在树上的木槌砸下来，埋在雪地里的暗锁、丛林中横射过来的枪刺，一波波，接踵而至。

在那暗器之后，一个个单薄瘦小的身影从林子深处冲出来，向凌峰举起了手枪，原本稚嫩的脸庞上却显露出与他们年龄不相称的冷漠和歹毒！

砰！砰砰！寂静的丛林被一阵杂乱无章的枪声打破，尽管准确度不高，但密度之大足够对普通人在心理上造成巨大压力！精致小巧的 DAN WESSON——"女武神"手枪在他们的小手中倒也般配。

面对数十倍的火力优势，凌峰只能伺机闪到树干后举枪还击，每一枪，便有一个少年腿部中弹倒在雪地里。十多分钟后，二十多名冰火"少年团"被放倒了大半儿，只剩不到十人还在后面紧追不舍，只可惜，凌峰手里的最后一个弹夹也打空了。

嗖！急速回旋的手枪在空中凌厉飞来，咚的一声打中一个少年心口，后者应声倒地。

"他没子弹了，快，追上去！"

"哦！冲啊！"

"宰了那个浑蛋！"

疯狂的叫嚣一声赛过一声，七八个少年热血沸腾，喊声震天，一路直冲上去！

凭着风声，凌峰左右闪躲，避开了背后射来的暗枪。他身形一晃，闪到一棵松树后面，等他从树干后出来时，几枚碎石已然暗藏于掌心。突然，他一个转身，两枚飞石疾射而出，嗖——嗖——在空中凌厉飞过，两名少年旋即栽倒在雪堆里。他的身后，只剩孤单的五个人！

隐藏在丛林深处的电子监控将目前形势全部展现在屏幕上，直到这时候，疯狗才意识到，凌峰仅凭一己之力，已逐渐扳回了局势！疯狗不由得感慨道："凌中队，我还是低估你了！"

"要不要通知他们进山营救？"

"不用，虽然他有些能耐，但局势还在我的预料中。"疯狗眼神中闪过一丝不快，"通知雪狐，远程支援。"

"是！"

斯诺不想头功被桐谷千代抢去，手持步枪一路狂奔，嗒嗒嗒，嗒嗒嗒，子弹雨点一般射过去！趁着躲避的工夫，凌峰故技重演，用松树做掩体，跳到后面从积雪下掏出三块碎石，一晃又闪了出去。

凌峰正要转身甩出飞石，左耳边"嗖"地响起一道风声，脚下几寸远的地方多了一个鸡蛋大小的黑窟窿。

几百米外的瞭望高塔上，白光一闪。凌峰大吃一惊，他知道那是狙击步枪瞄准镜的反光，对方手下留情，不然以他们之间的距离和角度，他早已毙命！

正疑惑间，噗，又是一颗子弹射来，在他右脚侧几寸远的地方多了一个黑窟窿！见好就收，凌峰不再逗留，沿着缓坡走势，朝山下的冻湖跑去。

噗噗噗，不断有子弹飞过来，而且位置不偏不正都在他身旁十厘米左右的地方。是逼迫，也是警告，凌峰只能按照高塔上狙击手"设定"的路线去逃！

陡然间，他感觉到脚下一空，整个人直直地坠了下去。等他醒觉过来，已经跌至洞底，四周冰冷的寒气立刻侵入体内。陷阱直上直下三米多深、一米多宽，四周如镜面一般光滑，手脚根本使不上力气。

百米外的瞭望塔上，雪狐艾瑞卡·莫洛从冰冷的铁板上爬起身，收起R93狙击步枪，面无表情地转身而去。

噔噔噔——一阵嘈杂的脚步声从洞顶传来，凌峰一抬头，洞口多了两张冷漠、得意的面孔。

斯诺脸上得意的冷笑很快变成愤怒，二十多个训练有素的冰火少年种子杀手，在人数、武器的绝对优势下，一路追逐下来，竟然只剩下区区三个人！若不是关键时刻外援开挂，只怕他们很可能会全军覆没！

咔，斯诺端起步枪，子弹上膛："我杀了你！"

啪，桐谷千代甩手将AK-47推开，冷静道："杀了他，怎么向疯狗交代？"

愤怒的斯诺慢慢冷静下来，但一双喷火的眼睛仍旧恶狠狠地瞪着洞底的凌峰。

虽然在监控录像里多次见过这个身形娇小、外貌清秀的R国女孩儿，但如此近距离地面对面还是第一次，凌峰望着她，平静地问道："你是桐谷千代？"

听到这个熟悉而又陌生的名字，桐谷千代内心不由得一颤，但她很快稳定下心绪，面不改色道："你怎么知道我的名字？"

凌峰淡淡一笑，毫无惧色："你给我制造了这么多麻烦，虽然咱们之前没有正面交过手，但也算是老朋友了吧？"

"疯狗多次提醒我，你不是一般角色，我从未放在心上，现在看来，他并没有夸大。"

"想必新区市近来发生的几宗绑架案件，均是出自你之手？"

"没错，是我。"

"我想知道，幕后的策划人是谁？不可能是你。"

"你现在还没有必要知道。"

"带我去见吴劫，我能感觉到，他在这里。"

"你的话太多了。"桐谷千代将一枚特制的麻醉弹装进弹夹，瞄准了洞底的凌峰。坑洞里空间狭小，他根本避无可避，右肩头一麻，几秒钟之后头就晕得厉害，瞬间他顺着岩壁滑了下去，昏迷不醒。

第四章　死亡暗影
★★★★★

夜风微凉，繁华喧闹的市区逐渐远去，市外郊区一片静谧和谐，星星点点的灯火点缀其中，温馨惬意。陈旧的滨海花园老住宅区内黑灯瞎火的一片，一眼望去，整栋楼看不见几点光亮。

位于小区偏僻角落的6号楼3层西户里，昏黄的灯光透过老窗洒出来，像萤火虫为黑暗增添了一份微不足道的光源。

"哎呀，老爸，你快点儿啊，我都要困死了！"

"再等一下，马上就好了。"

16岁的唐卿仰躺在沙发上，可爱的娃娃装愈发突显她的年轻靓丽，一条浅白色破洞牛仔裤显得她的腿纤细而修长，她的眼睛一刻也不曾离开平板电脑屏幕，细长的手指快速在上面戳着、画着。

一眼望去，屋子里尽是各种书籍杂志，一种是少女们爱看的女性杂志、漫画、轻小说，桌上、地上、沙发、身子下面，扔得到处都是；另一种是厚厚的学术书籍、研究笔记，摆在桌边、茶几上，看似随意，却并不凌乱。

四十多岁的唐俊教授在书橱、书桌上翻找着什么，不时将一两本厚厚的研究笔记装进手里的背包中。中学生用的黑色背包里已经塞了十多本笔记，沉甸甸地坠在地上。他将最后一本关于细胞分子的笔记硬塞进去，拉上拉链，这才心满意足地微微一笑。大热的天，他的额头上早已挂满汗珠，衬衫也给汗水打透，大汗淋漓，汗流浃背。

咕咚咕咚灌下几口水，唐俊抹了一把额头上的汗水："走吧，小卿。"

"磨磨叽叽的，真慢！"唐卿嘟囔一句，收起平板电脑从沙发上跳下来，没有帮父亲拎包，自顾自走出门了去。唐俊早已习惯了女儿的傲慢和目中无人，砰的一声锁上房门。噔噔噔，伴随着沉闷的脚步声，瘦削的背影消失在走廊深处，整栋楼又陷入一片死寂。

一辆白色大众缓缓驶出滨海花园，皎洁月色下，整座小区一片冷凄，似月下的乱葬岗子，死气沉沉。

啪，走廊上的感应灯亮了，黑森森的楼房内出现了一点荧荧之光。

咚，3楼的房门被轻轻地关上，才熄灭不久的灯又亮了起来。

一个年轻男人站在屋子中央，一双老鼠眼贼溜溜地在屋内扫了一圈，似乎在找什么东西。旁边，一个20岁出头的年轻女人左顾右盼，神情有些紧张，白皙的面孔渗出一层细汗。

"阿……阿龙，我们还是走吧，我……我怕。"小丽不安地说道。

"怕什么，人都走远了！"

"万一他们又回来了呢？"

"放心吧，我都摸清楚了！这个姓唐的就是个书呆子，每周只回家两次，除了周末和女儿在家待一天外，其他时间都泡在实验室里。"

阿龙见她仍旧心有余悸的样子，劝慰道："小丽，难道你不想和我好好在一起生活吗？只干这一次，我们以后就能安稳的生活了！"

小丽笑逐颜开，明亮的眼睛里充满了对未来的憧憬："嗯，我听你的，阿龙哥！"

一番心理动员后，小丽总算摆脱了内心的不安。两人旋即分散开来，在客厅内每个角落里细细找寻。但让人遗憾的是，整个客厅几乎都被翻遍了，除了唐卿爱看的美妆杂志、少女期刊、漫画书外，就是一本本几厘米厚的学术课本、书籍，其中不乏近十厘米厚的外文细胞学专业书。

小丽学历低，读完初中就到外面辍学打工，当她看到那一本本厚厚的大书，心中不免感慨道："真想不到，这里竟然住着一位学识渊博的人！"顿了片刻，她心中泛起狐疑，"阿龙，他只是一个读书人，怎么会有钱？"

"我妈的一个朋友在这附近做保姆，她说这个书呆子前不久拿了一个什么奖，还获得了专利，有很多钱！"

嘟——嘟嘟——楼外安静的夜色里忽然传来一阵喇叭声，吓得小丽浑身一个哆嗦，一下子瘫在地上。啪，阿龙机灵地关上灯，几步蹿到窗前，小心地拨开窗帘。

楼房下的空地上不知何时停了一辆车，明亮的车灯在黑暗中打出两束强光，一直照到小区尽头的矮墙上，阿龙心头"咯噔"一下，一丝冷汗从侧脸悄然滑落。只是那辆车停留片刻后，又缓缓发动起来，两束强光慢慢消失在黑暗尽头。阿龙这才缓了一口气，心头的包袱放下，重新回到屋内打开灯："没事了，小丽，是别家有人出去。"

"阿龙，我们回去吧，我真的害怕。"小丽的声音带了哭腔，在瑟瑟发抖。

"来都来了，怕什么？"见她犹犹豫豫的样子，阿龙不禁有些恼火，"你要是不想和我一起，滚！"

被训斥一番，小丽这才消停下来，收起满心愧疚，来到角落里的一个小立柜前仔细翻找。

与此同时，漆黑的楼道里，一个身形魁梧、头发精短的男人倚靠在墙壁上，嘴里燃着的香烟一明一暗，徐徐轻烟消散在无尽的黑暗中。

啪，虎鲨食指一弹，快要燃尽的烟蒂在黑暗中画出一道浅显的弧度，最后撞到冷冰冰的墙壁上，火星四溅，很快又消失殆尽。他将一顶黑色礼帽戴在头顶，一步步踏上楼梯。

咚咚咚，低沉的脚步声在漆黑寂静的夜里略显颇为沉重，楼梯拐角的感应灯亮了，很快又熄灭。

客厅、卧室、书房被翻了个底儿朝天，阿龙却只在卧室的床头柜里翻出三十块钱，除此之外，再无其他。小丽有些心灰意冷："会不会是你妈妈听错了？或者他把钱存进了银行？"

"不可能！"阿龙气急败坏道，"他这种书呆子，连回家的时间都没有，怎么可能有时间去存钱？一定是藏到别处了！餐厅和洗手间找了没有？这些假正经做学问的人都有怪癖，一定是藏到洗手间里去了，快，我们去找！"

咔，一个清脆的金属撞击声响了，在空落落的房间里尤显清脆。小丽浑身一颤，脸色"唰"地一下变得惨白："什么声音？"

"嘘——"阿龙冲她做了一个不要出声的手势，从口袋里摸出一把弹簧刀啪地打开，蹑手蹑脚地向房门小步挪了过去，锋利的刀口在灯光下反射出银色白光，让人不由得心生寒意。

两米长的走道里空空如也，不见半个人影。阿龙这才松了一口气，一边收起弹簧刀，一边转过身来："哪有什么人，是咱们听错了。"

听罢，小丽心头的一块石头总算放下了，从她踏进这个房间的那一刻起，心里就没踏实过，她已经下定决心，无论如何都要劝阿龙离开。就在她暗自庆幸时，脸上的表情却一瞬间僵住了。

阿龙背后的洗手间里，一个高大的人影静悄悄地走到了他的身后，黑色礼帽遮住了大半张脸，小丽看不清这个人的模样，但这个人足足比阿龙高出十几厘米！

阿龙到底在社会上历练了几年，见小丽突然脸色难看，心中已猜到了七八分，一边放慢脚步，一边用右手把弹簧刀攥紧。

噌，锋利的刀刃一下就弹了出来，阿龙心下一狠，正准备转身一刀捅过去，脖子上却突然一凉，一把更加阴寒锋利的格斗刀已经抵在了他的喉咙上！

阿龙哪里见过这阵势，一下就没了底气，喉结咕噜上下一滑，咽下一口唾沫，锋利的格斗刀立刻在他喉头撕开一条细小的刀口。

"你是……什么人？"

"你们好像不是这个房间的主人吧？"

"我们当然是！"阿龙硬撑道，"你……到我们家干吗？"

虎鲨没搭理他，眼睛在屋子里扫视一圈："你们大半夜地不睡觉，在自己家里翻箱倒柜地找东西？"

"这……"

看到阿龙受伤，小丽不知哪里来了勇气，瞪着至少比她高出 20 厘米的虎鲨："快点儿放开阿龙，这里是我们家，我们想怎么样就怎么样，你管不着！"

连小丽也不敢相信，在她这番话之后，虎鲨竟然慢慢松开了手！阿龙立刻跑过来，拉着她向后退了几步。当他看到对方居然是一个魁梧强壮的外国男人后，惊愕得半天没有反应。

虎鲨没有理会他们，捡起扔在地上的一本笔记随手翻阅起来。泛黄的白纸上密密麻麻地写满了钢笔小字，全都是关于细胞学的心得记录。随意看了几眼，这样的笔记本在地上、桌子上竟有十几本之多，学识之渊博，治学之严谨，让人肃然起敬！

虎鲨用手轻轻拂去笔记本扉页上沾染的尘土："你们不该这样对待它们，对于学问，每个人都应该怀有崇敬之心。"

良心未泯的小丽被他说中心事，不免有些伤感："我们……"

对于虎鲨的突然出现，阿龙原本就心存芥蒂，又被他莫名其妙地吓个半死，不禁恼火至极："关你什么事？马上出去，不然我报警了！"

虎鲨对他的话充耳不闻，更无所畏惧，将几本笔记整齐地码在桌上。突然，他转过头，用死灰般的眼神盯着他们："唐教授在哪里？千万别说你们不知道！"

被戳到痛点，阿龙无名火起："什么唐教授，我不知道，你快滚出去！"

虎鲨的耐心一点点被耗尽，他的脑袋一歪，收起格斗刀，从怀里摸出一把PSS微声手枪瞄准了小丽："不要让我再问一次，唐俊在哪里？"

见虎鲨手里拿着把黑色的小玩意儿，阿龙愣了一下，旋即大笑起来："哈哈，你当我们是傻子吗？"

噗，一个低沉的闷响，阿龙脸上的讪笑还没散去，只感觉到侧脸一热，身旁的小丽"扑通"一声睡在地上，再没有动静。阿龙脑袋"嗡"的一声响，脑海中一片空白。顿了几秒，他用手在脸上一抹，掌心是一片刺眼的鲜红色。

对于虎鲨这种刀口舔血的职业佣兵，杀人不过是家常便饭。他沉默着转过身去，竟然也在那些杂乱的、扔得满地都是的书籍中翻找起来。

地上绽放出一朵绚丽的血花，还在不断向外蔓延，小丽瞪大了眼珠，黑色的眸子迅速涣散开来。阿龙的身体开始颤抖，心中泛起一股从未有过的绝望。他攥紧了弹簧刀，从背后对准虎鲨的心脏直捅了过去："浑蛋，我杀了你！"

虎鲨头也没回，右手向后一扬，噗，又一个低沉的闷响。阿龙"扑通"一声跪倒在地上，左手捂住胸口，艰难地向前爬了几步，和小丽安静地睡在了一起。

终于，在大厅沙发下，虎鲨找到了一张褶皱的名片。他的中文并不很好，磕磕巴巴地读到："唐俊，生物×× 学教授，××× 临西路 ×× 生物研究院。"

空旷的实验室里黑漆漆的，只有狭长的走廊上亮着一排白炽灯。

七拐八拐之后，才到了唐俊所在的细胞分子实验室。偌大的房间里安置着十几张大实验桌，每张桌面上都摆着漏斗、鹅颈、U 形的各种玻璃器皿，最角落的玻璃柜里摆放着各种人体组织标本，浸泡在浅黄色刺鼻味道的防腐液里。

唐俊将一张桌子上大堆的文案材料往边儿上一推，从带来的背包里取出全部笔记，一屁股坐下来，全神贯注投入其中。他对于实验室的熟悉程度，要远远超过家的感觉。

唐卿随意惯了，到哪里都一样，把书包往地上一扔，掏出平板电脑睡在躺椅上又开始打游戏。这张简便的躺椅，成了他们父女俩睡觉的最佳场所。

没过多久，玩儿兴正浓的唐卿忽然蹙起眉头，在电脑上飞速滑动的纤细手指也停下来，一手轻揉着太阳穴，脑袋疼得厉害。她从沙发上爬起来，迷迷糊糊地朝正在聚精会神做研究的唐俊走过去："爸，我头疼。"

唐俊头也没抬，随口应付道："等一下，马上就好了。"

这句简单的话，唐卿不知道听了几百遍，他口中所谓的"马上"，是要三五个小时，运气差一点儿可能要等到明天！

砰！唐卿气鼓鼓地把电脑摔到实验桌上："我真怀疑我到底是不是你亲生的？我头都疼死了，你居然对我不管不问，还在做你的破实验！"

思路给打断了，唐俊这才打住，摘下眼镜轻揉着风池穴："整天除了泡吧，就是打游戏，饭也不好好吃，低血糖，不头疼才怪！等一下，爸这里有葡萄糖，喝一点儿就好了。"

作为一名敬职的工作狂，唐俊经常搞起研究来就忘了时间，一天吃一顿饭的时候太多太多了，葡萄糖注射液就成了他办公桌里的常客。只可惜储备都被用完了，翻箱倒柜也没找出一瓶来。

"小卿，葡萄糖都让爸喝完了。我这里还有一些巧克力、糖果，你吃不吃？"

唐卿原本脑袋就晕晕沉沉的，听他这么一说，更是气血上涌，气鼓鼓道："不吃！"

冰箱里胡乱地塞满了各种罐装、压缩食物，一些低温保存的实验药剂，甚至还有半瓶五粮液！但仍旧没有他想要的东西。就在他准备关门的时候，忽然看见了位于最底层角落的一个合金矩形盒子，透过上层的玻璃封口，能看见里面有两只封闭的真空玻璃管，分别装着草绿色和淡蓝色的液体——ADS、TAS。

类别：生物分子

稳定性：ADS（极不稳定）、TAS（稳定）

备注：未公开、机密

这两瓶小小的液体，就是唐俊教授近几年的心血之作，如果 ADS 研制成功，将会是整个生物细胞学的一大飞跃，乃至人类基因工程的一个里程碑！

"爸，好了没？我都快要疼死了！"

"来了！来了！"

唐俊找到一个注射器，将淡蓝色的 TAS 液体全部吸进管内。做这一切的时候，他的手在颤抖，尽管实验室里开了冷气，他的额头上还是渗出一层晶莹的细汗。

尽管嘴里一直嚷嚷着头疼得厉害，唐卿的手却一刻也没放下手机，还在和闺蜜发着无聊的语音聊天儿。唐俊气急败坏，上前不由分说地抢过她的手机。

"嗨！爸，你干什么？快还给我！"唐卿从沙发上跳起来，正要夺回手机，忽然看到唐俊手里拿着一针管蓝色的不明液体，咂舌道："爸，你手里拿的是什么？看上去好恶心！"

"别胡说！"唐俊一下火了，"这是爸的最新研究成果！"

注射器细长锐利的针头在白炽灯下尤其瘆人，唐卿有几分胆怯："爸，你该不会要给我注射这个吧？"

"是谁一直在嚷嚷着头疼？"

柔和的灯光下，淡蓝色的 TAS 有点儿像电视广告里的葡萄糖酸钙口服溶液。唐卿嬉笑着打哈哈："爸，能不能直接喝？您又不是不知道，我害怕打针。"

"别废话，我说不行就不行！我耗费几年的心血就研究出这么一点儿，你要是敢浪费半滴，我打断你的腿！"

平日里唐卿刁蛮任性惯了，唐俊一心扑在实验室里，也都随她去了。长这么大，唐卿还是第一次看到父亲莫名地发这么大的火，不敢再胡搅蛮缠，乖乖地卷起了袖子，露出纤细白嫩的胳膊。

淡蓝色的 TAS 通过血管一点点输入到唐卿体内，等到针头全拔出来，唐卿只感觉头疼明显减轻，但是眼前一片模糊迷离，脑袋晕沉得厉害："爸……我困……"

唐俊将手机轻轻塞到唐卿手里，拿手背在她额头上试了一下，微凉："没事，这是自然反应，你到爸的办公室里睡一觉，一会儿就感觉不到了。"

"嗯。"

唐卿只感觉眼皮都快要睁不开了，两只脚像是踩在棉花上，软绵绵、轻飘飘的，站也站不稳，手机"扑通"一声掉在地上也没有觉察到。她跌跌撞撞地出了实验室，径直朝斜对面的教授办公室走去，连灯也没开，迷迷糊糊地就摸着黑进去，还没走几步，"扑通"一声瘫在地上，沉沉睡去。

唐俊长长地嘘了一口气，压在心头的包袱终于卸去，如释重负。然而，冷冰冰的冰箱底层，草绿色的ADS还安静地放置在角落里。比起TAS，它才是最棘手的，连续实验几十次均以失败告终，它还需要一个新的稳定的分子形态。

整个楼层有 6 间实验室，加上各自的办公室，一共有十几个房间之多，全部都上了锁，里面黑森森的一片，唯独位置最偏僻的这间实验室灯火通明。

吱吱，吱吱，走廊里的一盏白炽灯线路接触不良，忽明忽暗地闪着，更为这漆黑的夜晚增添了几分凄冷。

咚——咚——咚——咚——

突然，走廊尽头一个高大的人影慢慢地朝灯火通明的生物分子实验室走去，他的步子很慢、很沉、很稳，挺拔魁梧的身躯在地上映出巨大的倒影，仿佛泰山压顶般岿然不动，黑色礼帽压得很低，只露出下巴上钢针一般的胡楂儿。

尽管虎鲨步履沉重，但唐俊完全沉浸在自己的思维中，对外面的声音一直未曾觉察。即使虎鲨开门进来，他仍旧醉心于研究。终于，迟钝的唐俊还是听到了身后沉重的脚步声，但他仍旧没回头，只淡淡问道："不是让你好好睡觉吗，怎么又来了？"

巨大的阴影慢慢靠拢过来，将唐俊单薄瘦弱的身躯完全笼罩在黑影之中。直到这时候他才察觉到异样，他愣愣地抬起头，只见黑色的礼帽下，一张魁梧刚毅的面孔正对着他。

"你……你是谁？"唐俊惊异道。

虎鲨摘下了礼帽，彬彬有礼道："你好，唐教授，打搅了。"

"这里是生物实验室，外人不可以随便进来，你赶快出去。"

"早就听说唐教授是生物分子学领域的权威，深夜前来拜访，太唐突了！实在是要事在身，不得已为之。"

虎鲨虽然穿着西装革履，但却像很久没有洗过，皱巴巴的，脏污不堪，像是漂泊在街头的流浪汉。面对这位陌生的异国男人，唐俊竟然莫名地害怕起来："请你赶快离开，不然我报警了！"

任何事情都是相对的，虎鲨拿出了内心的虔诚，尽自己所能的客气和礼貌，岂料却一再碰壁，不免让他无名火起。

"唐教授，我有非常紧急重要的事情需要你的帮助，请您跟我走一趟！"

"滚开，浑蛋！"

让虎鲨吃惊的是，这一次唐俊居然对他咆哮起来，甚至把桌上几个玻璃器皿朝他扔了过来！

以虎鲨孤傲歹毒的个性，忍耐到这种地步，已是极致。他怕自己再待下去，会失控杀了唐俊，于是抓过桌上的纸笔，"唰唰"写下一个电话："唐教授，既然你现在不愿合作，我也不再强求。这是我的临时号码，如果可能，请联系我。"

见虎鲨要走，唐俊充满敌意的警觉这才稍稍放松下来。为了让这个陌生人尽快离开，他随便应付一句就去接纸条。然而就在这时，虎鲨的眼神骤然阴冷下来，他猛然举起右手，瞬间化作掌刀朝唐俊后颈削砍下去！

咚，唐俊单薄的身子瞬间酥软下来，瘫在他面前，再无知觉。

灰蒙蒙的天，白皑皑的雪，北风呼啸，雪飘万里，整个茫茫的西伯利亚冰原还沉浸在黎明前的万籁俱寂之中。

厚厚的雪地里，两排浅显的小脚印自冰窖出来，一直向远处延伸，一个单薄的身影顶着厉风踽踽独行，瘦弱的身躯在千里飘雪中尤显渺小，微不足道。

巨大的钢铁穹隆隐匿在冰雪之下，穹隆之内，温暖的空气让人仿佛沐浴在北温带和煦的日光之中，和外面的冰天雪地完全是截然不同的两个世界！

炽热的高温炙烤着滚滚黄沙，三匹骆驼在沙漠中肆意狂奔，厚厚的脚掌踏起片片飞沙。

砰砰砰——密集的子弹在空中乱飞，艾瑞卡·莫洛倒坐在驼背上，轻便短小的乌兹冲锋枪正以它强大的爆炸性疯狂扫射，虽然精确性大打折扣，但 600 发每分的射速也极具震慑力。虎鲨在另一匹骆驼上以精准的点射，将冲锋在前的敌人全部干掉，职业佣兵的绝妙搭配，足以让人望而却步！

两辆吉普车在后面紧追不舍，高速旋转的车轮卷起阵阵沙尘。然而，在队伍最末，一架威风凛凛的虎式攻击武直杀气腾腾地飞来，以更强的机枪做火力覆盖，并以航炮做远程打击！

过于悬殊的火力对比，让雪狐等人迅速陷入劣势，被压着打，只能仓皇而逃。真的就像一只冰原雪狐被扔到沙漠里，被人穷追猛打！

轰！轰！轰！突然，三枚炮弹在空中划出闪亮的火弧，直奔着雪狐、虎鲨等人飞来，只要片刻，他们就会被炸成飞灰！

腾——艾瑞卡·莫洛猛然从床上坐起来，大口地喘着粗气。她的脸上和身上都大汗淋漓，胸口在剧烈起伏着。这已经是她第三次梦见这个可怕的场景，黑火在中东被伏击的那一场战斗实在太悲壮了！一行十多个兄弟被包围在沙漠里，以硬碰硬的方式杀出封锁线，最后只剩下四个人，其余全部战死！这场战斗牢牢印刻在她的脑海里，此生难忘。

雪狐擦去额头的汗水，一声苦笑，习惯性地点上烟，抓过一件外套披在身上向门口走去。才开门，雪狐差点儿将门口的人撞倒，居然是刘静云！不知她在这里站了多久了。

"你来这里干什么？"雪狐不以为然道。

"怎样才能变得更强？"

能从她口中说出这番话，让雪狐多少有些意外。不过，她对这个身子单薄、柔柔弱弱的富家千金并没有过多在意："去找疯狗吧，你是他挑中的。"

"我恨他，是他毁了我，我想亲手杀了他！"刘静云直言不讳道。

"不错，符合疯狗的风格，不愧是他看中的人！"雪狐脸上露出一丝诡异的笑容，"他一定会把你培训成最厉害的少年杀手！"

"不，我只想亲手杀了他！"刘静云固执地道。

"让桐谷千代教你吧，她是疯狗最得意的门生。"

"她不会诚心教我的。"

"你倒是分析得很透彻。"望着面前的这个小姑娘，雪狐从她死灰般的眼神中感觉到无尽的绝望，和之前的她简直判若两人！

"给我一个理由。"

"如果你能帮我离开这里，我指的是杀死疯狗之后，我会以云华集团的名义兑现你的一个要求，任何条件的要求！"

对于刘静云的家庭背景，雪狐是有所了解的，如果能让云华集团欠下她一个人情，不失为一笔合算的交易。

"成交！"

雪狐回到房间里，拨通电话简单地讲了几句，拿了一件外套带着刘静云就出去了。

飘雪的初晨，一个成熟女人和一个涉世未深的女孩儿行走在雪地里，她们单薄的身子已经适应了严寒。厚厚的雪地里，留下一深一浅两排脚印。没一会儿，她们开始沿着基地外围奔跑。

直到这时候，天地间仍是灰蒙蒙的一片混沌，遥远的冰原深处，似有一个模糊的人影一闪即过。

茫茫的针叶林带万籁俱寂，就连飞鸟也畏惧了夜的寒冷，缩在窝巢里迟迟不肯出来。

"你要带我去哪里？"

"到了就知道了，怎么，害怕？"雪狐冷笑道。

"还有比绝望更可怕的吗？"

看似几句平常的话语，却暗藏着极微妙的情感，雪狐能领略到，人只有在希望彻底破灭后，才会有这种生无可恋的绝望。

冰窖外面，已经断断续续有人出来，开始了新的一天地狱般的磨炼。桐谷千代娇小的身影很快淹没在漫天飞雪中，浅显的脚印没几分钟便被掩盖。不一会儿，斯诺也跟着从冰窖里出来，朝掌心哈几口气，跨着大步朝远处的环山跑去。

很快，落满积雪的针叶林被抛到身后，前面就是茫茫千里的冰原，白雪皑皑的冰雪世界，一眼望不到尽头。

在前面六七米远的地上，一个黑森森的洞穴很是显眼，是有人故意布下的陷阱。

"咪嗷——咪嗷——"凛冽寒风中，一种奇怪的动物叫声随风飘过来，很像家猫的叫声，却更低沉，像夏日里的闷雷。

两人静默着走过去，洞口并不很大，只有150厘米左右，深度在两米以上，由于天气的寒冷，坑洞四周内壁坚硬而光滑，让落入陷阱的猎物无法逃脱。

坑底静卧着一只体型中等的动物，听到有人过来，立刻警惕地站起身来，焦灼地转来转去，用惊恐而充满敌意的眼睛瞪着洞口的刘静云和雪狐，在嗓子里发出一阵低沉威胁的吼叫。

"这是什么动物？看着好凶！"刘静云是生在富豪之家的千金，养尊处优，自然对这种少见的野生动物感到陌生。

"猞猁，生性机警而狡猾，耐性极强。"

任何生物都具有灵性，猞猁仿佛觉察到即将到来的危机，不安地在坑底窜来窜去，不断用尖锐的獠牙向人类做出警告。坑洞内壁上划着无数道毫无规律的、细小狭长的爪痕，它被困住的整个夜晚，一刻也不曾放弃逃生的欲望，这就是生命的顽强。

"它和我怎样变得强大有关系吗？"刘静云不解地问道。

雪狐从身上取出一把PSS微声手枪递到刘静云面前："杀了它。"

"咪嗷——咪嗷——"

"这……"刘静云犹豫起来。

猞猁仿佛嗅到了危险，变得更加狂躁不安，一次又一次地向洞口跳跃，坑洞内壁上留下更深、更醒目的抓痕！

"对于一名职业杀手而言，最需要培训的便是杀心。人一旦有了杀心，便无所畏惧！"

刘静云颤颤巍巍地从雪狐手中接过 PSS 微声手枪，两只手抖得厉害，纵使和目标只有几米距离，却始终没有瞄准。她的脸色煞白，清澈的眸子里尽是满满的恐惧！

"如果不能越过这道坎儿，你将无法变得强大，你永远不会是桐谷千代的对手，永远也杀不了疯狗！"

"我一定要打败她，一定要亲手杀了疯狗！"刘静云用稚嫩的声音吼叫道。

"不要只在嘴上说说而已，用你的行动去证明！杀了它！"

但是刘静云依旧下不了手。

"想想你的父母，你在这里被人任意欺侮、挨冷受冻的时候，他们在哪里？你连饭也没得吃，他们又在哪里？口口声声地说爱你，你被抓到这里，他们又为你做了什么？什么都没有！想想你敬爱的吴劫叔叔，在你孤单无助的时候，他又是怎样离你而去？想想疯狗毁了你的生活，你能原谅他吗？一切都是假的，唯有生存最重要！把这条猞猁想象成他们，杀了它！杀了他们！"

仇恨的火焰一点点充斥了刘静云水灵灵的眼睛。不幸，让她陷入无尽的绝望，不再相信一切！

"我要变得更强，没有人能再欺负我！"此刻的刘静云完全被怒火侵袭了心灵，丧失了理智，她果断扣下扳机，"我杀了你们！"

砰！砰砰！

近距离之下，PSS 手枪的威力着实很大，光滑的洞壁被子弹"啃"出几个黑乎乎的小孔。猞猁原本就机灵狡猾，枪声一响，它立刻变得躁动不安，不住地向洞口跳起，一次又一次，洞壁上留下一道道十几厘米长的细窄爪痕。

"没错，就是这样，杀了它，你会变得更强！没有人敢再欺负你！"雪狐握住了刘静云冰凉的小手，枪口循着坑底直转圈的猞猁一齐转动。

砰！只一枪，刚才还生龙活虎的猞猁就躺在了地上，三角形的小脑袋上多了一个黑乎乎的血窟窿，鲜血如注；两条后腿不受控制地颤抖了几下，不再动弹。

雪狐能感觉到刘静云的两只手抖如筛糠。她惊异地望着被枪打死的猞猁，眼睛里的惊恐逐渐消失，稚气未脱的脸庞上爬上一丝欣喜："我……我杀了它！"

"不错，一旦你的双手沾上鲜血，便有了杀心；人一旦有了杀心，便无所畏惧，从而成为真正的强者！"

"我……我成……成功了！"

"还没有。"见刘静云有些沉醉迷失，雪狐不合时宜地给她浇上一盆凉水，"这才刚刚开始，下一个生灵，你必须亲手杀了它！"

刘静云木然地跟着雪狐往前走，眼睛直直地盯着手里的枪，脑海中一片空荡荡的。有那么一瞬间，她想杀了雪狐，她仇视所有人，然而那只是一闪即过的念头，她心里清楚，只有雪狐，才能让自己变得更强。

走了二十几米远，雪狐忽然停下来。前面不远的地方出现了一个隆起的雪堆，薄薄的积雪下面青色的针叶松隐约可见，连刘静云也看得出来那是一个伪装的陷阱，一米多宽的样子。只是在陷阱周围有明显的拖痕，即使被不断飘落的飞雪盖住，也依旧能一眼看出来。

雪狐指着隆起的雪堆："下面的陷阱里有一匹北极狼，杀了它，这次必须你亲自动手！"

冷冽的寒风中，断断续续、隐隐约约地夹杂了细微的杂音，似从松枝下的陷阱里传来的。

有了之前的经历，再次举起手枪就不再那么难了。刘静云走到隆起雪堆的边缘，将枪口缓缓瞄了过去，然而扳机却迟迟没有扣下。

你还在犹豫什么？在等爸爸妈妈来救你吗？别做梦了，他们早就把你忘得一干二净！不然为什么这么久还不来找你？说不定他们已经有了新的孩子！还有在她心中一直正正可敬的吴劫叔叔，又是怎样抛弃了自己！

怒火，不由得从心底暗暗升起，染红了她的双眼，燃烧了她的血液！

"我杀了你们！"刘静云歇斯底里地吼叫着，手枪对准隆起的雪堆连开几枪，直到弹夹全部打完。

很安静、很空灵，没有欣喜、没有兴奋，甚至连一点儿感觉也没有！

雪狐嘴角闪过一丝狞笑："好了，把上面的松枝掀开。"

刘静云的脑袋里还是昏昏沉沉的，身体完全是自主性地去拖拽松枝，没有经过大脑的控制。哗哗哗，松枝一动，盖在上面的薄薄的积雪纷纷向下滑落，坑底很快飘满了白白的一层雪。松枝并不重，没几下就被她拖到一边去了。等到洞口完全暴露出来，刘静云才依稀看清下面的东西。

薄薄的落雪零零散散地飘了一地，洞底凹凸不平，时起时缓，就像一个人斜倚在洞壁上。

等一下，刘静云混沌的思维猛然清醒过来，定睛一看，那起伏错落的坑底不是像人，根本就是一个人！一股股殷红的血色从雪下渗出来，慢慢向周围扩散，将大片积雪染红！

寒风一吹，薄薄的积雪随风卷起，下面的人这才显露出来！

当！PSS微声手枪从刘静云手里坠落下去，她整个人双腿一软瘫在地上，浑身打战，抖如筛糠。那薄薄的落雪下面，分明是一个小男孩儿！他被人捆住了手脚，口中也塞着布条，眼睛瞪得滚圆，写满恐惧。他的心口、右腹和小腿各中了一枪，温热的血液将落雪融化，将周围的雪染成红褐色的一片。

"呵呵，不错，第一次开枪，居然就成功了……"

"啊——"一个歇斯底里的尖叫声在空旷的冰原上空响彻，很快便随风而逝。

"你已经尝试了杀人的滋味，以后便会无所畏惧！杀一个人和杀十个人没有什么区别，你会变得比桐谷还要强大，当你有能力离开冰火，就可以做一切你想做的事，包括复仇！好了，现在还不是感伤的时候，你必须要将这种杀戮的感觉牢牢记在心里！"

"跟我走！"雪狐一把抓过刘静云，不由分说拽着她的一只胳膊就走，冰冷的雪地上留下一条深深的拖痕。

十多米远的冻湖边上，又出现了一个不足一米宽的陷阱，深不足一米。坑洞底部，一只雪白的、肥硕的雪兔缩在一旁，一只眼睛斜望着洞口，听到有人过来，立刻弹跳几下，在坑底狂奔起来，却始终在转圈逃不出陷阱。

"既然你已经杀过人了，一只兔子应该不算什么了吧？杀了它。"

两行热泪从刘静云的眼角溢出，却瞬间变得冰冷，从她的脸庞悄然滑落。望着那只可爱的、无辜的雪兔，刘静云缓缓举起手枪。

"对于一名杀手而言，你不可能在任何场合下都用枪去执行任务。"雪狐素手一扬，PSS微声手枪已经落到她手里，她将一把精致小巧的弯刀递到刘静云手中，"匕首，是杀手必不可少的武器之一。"

刘静云还沉浸在无尽的愧疚之中，眼睛里的恐惧还未散去。这让一旁的雪狐颇为恼火，冲着她的后背飞起一脚："别让我看到你怯弱的样子，你不是要变强吗？下去，杀了它！"

扑通，刘静云重重地摔到坑底。突如其来的庞然大物让雪兔感觉受到了巨大的威胁，它立刻上蹿下跳，强健而敏捷的后腿几次踏到她的背上。

几分钟过去，受惊的雪兔才逐渐安静下来，它小心地向前挪了几小步，用鼻子轻轻地嗅着。一丝温暖的气流在刘静云的手背上飘过，让她僵化的思维慢慢恢复。她缓缓抬起头，立刻看见雪兔那双惊魂未定的红眼，而她的左手中正握着雪狐的弯刀。

典雅别致的海滨别墅、可爱的公主闺房、漂亮的星海卡利西亚钢琴、疼爱她的爸爸妈妈、敬爱的吴劫叔叔，一幅幅画面在她脑海中远去，渐渐消逝。愤怒，充斥了她的思维，淹没了她的理智！

刘静云猛地揪起雪兔的双耳，锋利的弯刀对准它柔软的脖子狠狠地扎了下去！

吱——门轻轻地开了，桐谷千代瞄了一眼，一个模糊的人影已消失在黯淡的视野里，而房间角落里的刘静云亦不见了踪影。

这已经是第十六天了，也不知刘静云是哪根筋不对，仿佛换了一个人，每天只有超强度的训练。天还没亮就不见人影，直到半夜才披星戴月地回来，没了以前的表情，没了痛楚，完全脱胎换骨了！

暴雪小了，凌厉的寒风还在呼啸，天地间还是昏昏沉沉的一片。一双浅显的脚印出现在冰窖门前，一直向远处的针叶林延伸。没几分钟，脚印被不断飘落的雪花覆盖，杳无痕迹。

呼——呼——呼——一张稚嫩的脸庞憋得通红，喘息也在不断加重，刘静云有节律地控制着呼吸节奏，一次又一次地从 70 厘米深的冰坑里跳上来。纤细的胳膊上不断散发出热气，后背上大汗淋漓，单薄的衣衫早已被汗水打透，湿嗒嗒地贴在脊背上。

"498……499……500！"最后一个坑跳完毕，刘静云双脚沉沉地落在地上。

短暂的歇息之后，她又朝针叶林外面的冻湖跑去。

这时候，昏昏沉沉的天空才逐渐有了光亮。基地外面，三三两两的冰火少年开始顶着寒风在跑，而她已经绕基地跑了两圈，70厘米深的坑跳了500次！

咚咚——沉重的撞击声在很远的地方就能听到，伴随着声音的飞荡，无数片晶莹细小的冰晶迸发而起，溅到一张张十多岁年轻的面孔上，瞬间化作一粒粒冰凉的水滴。

偌大的湖面上有十几个少年分成五六个小组在凿冰，他们三三两两地聚在一起，破旧的铁锹、斧头一齐开动；每隔十多米便有一个小组，他们在各自的领域内分工合作，互不侵犯。

忽然，一阵急促细碎的脚步声急速而来。一个11岁少年还在用钝斧凿冰，冷不丁一个人影蹿过来，他直接被踢飞了出去，在光滑的冰面上滑出两米多远。

"你想干吗？"巴布挥舞铁锹，把刘静云逼退回去，警惕十足地瞪着她。

80厘米宽的冰水上漂了一层细碎的冰碴儿，"哗"的一声水响，一条10厘米长的柳叶鱼蹿出水面透气，溅起一朵小小的水花，旋即潜回到水下，冰冷的水面旋即恢复了平静。

"这个冰洞现在属于我了。"

"凭什么？"巴布晃晃手里的铁锹。

巴布、甘，还有被踢倒的瑞秋，都是和刘静云差不多时间被抓来冰火的，虽然他们对直接住到冰窖三楼的刘静云有些忌讳，但人数上的优势，让他们有恃无恐。

瑞秋摔得有些重，忍着疼痛从冰面上爬起来，却不敢再靠过来。

甘和巴布站到一起，挥舞斧头拉开架势："这个冰洞是我们挖的，我们不想伤害别人，你快点儿走开！"

刘静云的面孔和寒风一样冰冷，从后腰里拔出雪狐赠她的弯刀，低声道："和它说吧！"

不远处，其他几个小组冷冷地朝这边望了几眼，又继续自己的活计，没有人打算插手，这样的场面对于他们来说已经是司空见惯的了。

嗖——银光一闪，锋利的弯刀在空中横向一划，朝巴布、甘就撕咬了过去！

两个少年没料到刘静云会真的动手，反应上略迟了一步，等到弯刀划过来时，两人才仓皇后退。刀锋锋利，在巴布的前臂上划出一道细长的刀口。

　　看到巴布手臂上流下的鲜血，甘吃惊道："你疯了吗？我们不是敌人！"

　　哗，又一条柳叶鱼蹿出水面换气，泛白的鱼肚和阳光下松枝上的积雪一样耀眼。

　　"和我抢这个冰洞的都是敌人！"

　　"你胡说，这个冰洞分明是我们挖的！"

　　巴布靠上来，朝他递了一个眼色："别跟她说这些，没用的，她下定决心了。"

　　这一次轮到两个冰火少年动手了，他们慢慢分开，一把斧头、一把铁锹，一齐向刘静云袭击过去！

　　面对体型上的劣势，刘静云并未胆怯，她左闪右躲，避开攻击。等到两人的攻势渐弱，锋利的弯刀才迎头直上，以速度和敏捷性的优势逼得两人连连后退！几个回合下来，主动权逐渐落回到刘静云的手中，短小精悍的弯刀在她手中犹如一条灵活多诡的毒蛇，对着目标一阵扑咬，巴布和甘的脸上都挂了彩。

　　"死丫头，我杀了你！"一直被压着打的甘突然爆发出来，钝刀的斧头嗖地一下就朝她的侧脸削砍过去！几回合走下来，机灵聪明的刘静云早已摸清他的路数，灵活一闪，避开斧头，左手反握弯刀一个回刺，锐利的刀锋直接把他单薄的肩膀捅穿了！

　　刘静云收刀，细长的刀口顿时喷出一股鲜血来！她又一记摆腿正中甘的胸口，他应声倒地，伤口一挣，便血如泉涌，喷射而出，染红了周围的冰面。

　　"啊——"甘疼得嗷嗷乱叫，一手捂住刀口，但鲜血还是止不住地从指缝里涌出来。

　　"你！"巴布狠狠地瞪了刘静云一眼，却又无可奈何，动不了她，只能和瑞秋一起扶着甘狼狈离开。

　　冰水上微微泛起一道水波，柳叶鱼蹿出水面换气的一瞬间，刘静云右手以迅雷之势探入水下，向上一舀，十厘米长的银白色柳叶鱼就被抄到冰面上，活蹦乱跳的。

　　水面才静息不久，不足一米的狭小空间里又泛起两圈水纹，由小渐大。刘静云举起右手，在它们露出水面的瞬间，整个手掌探到水下，用力一拨，两条柳叶鱼随着冰冷的冻水一齐溅到冰面上。

锋利的弯刀轻易剖开鱼腹，拇指一挤，全部内脏齐刷刷地淌出来，在冰水里涮了一下，然后切成片，柳叶鱼片就弄好了——肉质鲜嫩而且富含高蛋白质。

不消两分钟，三条柳叶鱼只剩下白惨惨的鱼骨。刘静云转身向起伏的针叶林中走去，一天的高强度训练才刚刚开始！

放眼望去，茂密的针叶林里，直径一米以上的高大挺拔的松树随处可见。平坦的丛林腹地，几棵挺拔的松树傲立群峰，比周围其他松树足足高出两三米之多！粗糙壮实的树干上缠绕着手腕粗细的麻绳，一圈又一圈，密密麻麻。暗褐色的麻绳缝隙里，隐隐有红褐色的血渍。它粗糙的纹理间，不知道浸润了多少冰火少年拳头上的鲜血，若不是冰雪雨水的冲刷，只怕它们早已被染成恐怖的血红色！

砰！砰砰！刘静云的拳脚不断击在树干上，似暴雨一般，愈来愈重！

几个少年围绕基地跑了一圈后，来到针叶林深处，却发现地盘被别人占了，不由得感到一阵恼火。

"这个疯丫头！"

一个少年正想上去教训刘静云，却被同伴一把拽住，这让他更加窝火："我们三个人还怕她一个？让她滚出我们的地盘！"

"等一下，看，她的眼睛。"

很难想象，一个十几岁的少女会有如此阴冷晦暗的眸子，不带任何感情，如狼一般的野兽之瞳！

三个人在旁边愣愣地站了几分钟，最后悻悻而去，任谁也不想去招惹一头逮到谁就咬谁的发疯的野兽！

忽然，几道凌厉的劲风从侧面吹来，刘静云听见风声忙向旁边一闪。砰砰砰，三枚铁皮制作的简易飞镖依次射过来，尖锐的刃口没进树干三四厘米之深。

"谁？"刘静云恶狠狠地瞪过去，几个少年从五米外的缓坡上滑雪过来，为首的是斯诺，他俊朗的面孔上挂着一丝狞笑。

"你们想干什么？"刘静云后退一步，拉开距离摆出防御架势。这时，有两个少年几个快步赶上来，和斯诺并列一排，对刘静云形成压迫之势。

"笑话，你抢了别人的地盘，还问我想干什么？"

刘静云对他不屑一顾："这好像也不是你的地盘吧！"

"死丫头！"一个少年举起半截木棍想要动手，被斯诺冷笑着拦了下来："好，先不说这个。你捅伤了我的人，这笔账又怎么算？"

"你的人？"

"他们是我的朋友。"

"朋友？笑话！在冰火，有朋友这一说吗？"

"小丫头，既然你知道这里是冰火，就应该知道什么叫作见好就收！"

"我只记得桐谷教过我，冰火是强者的世界，只要你够强，就可以拿到任何你想要的资源！或者说，掠夺。"

"不要拿桐谷来压我！"

听到"桐谷"这个名字，沉着冷静的斯诺立刻暴跳如雷，挥舞着开山刀朝着刘静云直冲了过来！另外两个少年也没怠慢，两根80厘米长短的木棍招呼了过来。

"这些浑蛋，居然没完没了！"刘静云眼神一冷，拔出弯刀，迎着三个比她高大许多的少年冲了上去。斯诺来势汹汹，锋利的开山刀左劈右砍，士气逼人。

叮！叮叮！短小的弯刀犹如一条狡猾的毒蛇，游走得飞快，将开山刀全部隔挡住。斯诺嫌不过瘾，又加快了攻势，直刺、斜挑，刀刀直逼要害。刘静云明显处于劣势，只能仓皇闪避，勉强招架。

这时，斯诺的两个同伴也围上来加入战斗，两截木棍一左一右夹攻过来！

斯诺本来就比刘静云强出许多，她只是占了敏捷性的优势，这一下她更是吃力，只能不断后退避开围攻。

几个回合下来，她的肩膀、手背上已经挨了几棍子，整条手臂都在打战！呼——又是一闷棍直朝着她的头顶劈下来，刘静云连忙闪身避开，冷不丁，斯诺一步追上来，飞起一脚直踢中她的心口！

扑通，刘静云仰面朝天地摔在雪地里，手里的弯刀也被一脚踢飞。斯诺和两个少年围了上来，俯视着被他们打败的敌人，脸上都是同样狰狞的笑容。

刘静云冷冷地瞪着他们："卑鄙！"

斯诺可不会理会这些，对准她暴露的脖子缓缓举起了开山刀："再见了，小妞！"

开山刀斜劈了下去！

当！一个清脆的金属撞击声，开山刀坠落在距离刘静云地脸庞几寸远的地方，她的眼角余光里出现了一个人影。

"桐谷！"

"桐……谷！"

桐谷千代从缓坡上跳下来，左手中还有两枚指腹大小的石头："三个打一个，不好吧。"

斯诺用开山刀指着她："不关你的事，走开！"

"我要是不呢？"

斯诺向两个同伴悄悄递过眼色，三个人不动声色地把桐谷千代围在中央。斯诺揣度一下形势："你是想保下她喽？"

"保她？没兴趣！"

斯诺一愣："那你刚才为什么要阻拦我？"

"我刚刚救了你一命，你不谢我，反倒恩将仇报？"

斯诺一摆手，两个同伴止下脚步。他不明白桐谷千代的意思，追问道："你什么意思？"

桐谷千代用鄙夷的眼神瞧了他们三人一眼："你也不想想，她可是疯狗亲自到中国境内抓来的人，你私自杀了她，疯狗会放过你？"

细细一想，斯诺真的有些后怕，疯狗这个人着实可怕，翻脸比翻书还快，手段毒辣，不留情面，杀人像喝酒一样简单！即使这样，斯诺仍旧不愿承认："不会吧，不过一个毛丫头，疯狗会为了她严惩我们？"

"她可不是一般人，中国蓝剑的吴劫难缠吧？疯狗之所以费尽心思把他弄来，很大程度上是因为这个丫头。"

这些情况是他毫不知情的，斯诺不禁有些后怕："不会吧？"

"不相信的话，你可以砍她两刀试试，看疯狗会不会放过你。"

眼看着到了嘴边的肥鸭子又飞走了，斯诺心有不甘，恶狠狠地盯着坐在雪地里的刘静云，恨得手心发痒，却又奈何她不得，只得收刀，蓦然转身一挥手："我们走！"

望着三个人的背影逐渐消失在针叶林深处，刘静云捡起一旁的弯刀，默默地从雪地里爬起来，拍掉沾在身上的雪，一转身走了。

看她这般举动，桐谷千代不禁冷笑一声："怎么，我救了你，连一声谢谢也没有吗？"

刘静云停下脚步，略一侧脸："若不是疯狗那边没法儿交差，你会救我？"

"哈哈，你倒是学得挺快，不愧是疯狗亲自挑选的种子杀手！"

从了解到真相的那一刻起，刘静云对这个年龄相仿的女孩儿就再无好感。她没有再理会桐谷千代，回到挺拔粗壮的松树前，继续用缠在树干上的粗糙的麻绳来磨砺拳头和力量。

和她一样，桐谷千代对刘静云也绝无半点儿好感，正欲转身离开，忽然看见她后腰间那银白色精致的弯刀，不禁蹙起眉头，那不是雪狐教官的贴身刀具吗？怎么会在这里？桐谷千代心思缜密，绝顶聪明，联想到这半个月来刘静云性情大变，身手突飞猛进，不难猜到是有人在给她开小灶。

这么想着，一股浓浓的妒意浮上心头，桐谷不由得攥紧了拳头。

一整天，太阳都不见了踪影，只有漫天雪花在飘。暮色低垂，天地间即将再次陷入黑幕，朦胧而混沌。飘落的大雪间，还有一个模糊的、娇小的身影在夜色中若隐若现。这已经是围绕基地跑的第五圈，桐谷千代脸色通红，大口喘着粗气，胸口在剧烈起伏，她的体能早已经到了极限，完全是意志力在支撑着她。

体力耗尽，心里的怒气也消散殆尽，不自觉间放慢了脚步，最后，桐谷千代只在雪地里慢慢地走着。

漆黑的夜幕降临，一颗颗闪烁的星辰点缀其中，仿佛棋盘上无数的棋子。她拖着疲惫的身躯，深一脚浅一脚地慢慢朝冰窖走去。

寂静的冰窖里冰冷依旧，整栋楼都是静悄悄的，狭长的走廊上偶尔才会出现一个人影，很快又回到各自的房间里。外面太冷，凑在一起可以相互取暖。

桐谷千代拖着沉重的步子上了三楼。斯诺正在走廊上吃东西，听见她上来，脑袋微微一侧，并未言语，淡蓝色的眸子深处隐藏着深深的妒意。桐谷浑身疲乏，没有心思去理会他，脚步一转，直接开门进了房间。

才进门，桐谷千代的两条柳叶眉立刻紧蹙起来，她的睡榻上有一个人，居然是刘静云！柔软暖和的羊毛毯里，她微闭着双眼，呼吸轻细而均匀，显然已经安然入睡。

想起疯狗和雪狐对刘静云的种种关照，抢夺别人的冰洞、和斯诺叫板，刘静云最近几日胆大嚣张的画面不断地在她脑海中闪过。桐谷突然一股无名火起，阴沉着脸，快步朝熟睡的刘静云走去。

飕——一道凌厉的风声疾驰而过！刘静云猛然睁开眼，身体一侧，连着向旁边翻滚两次。砰！桐谷一脚踢在她刚刚睡过的地方。

"你干什么？"刘静云瞪着她。

"你说呢！"

"不过一条旧毛毯，至于吗？"

"哼，说得轻巧，你还不够资格碰它！"

"你教我的，在冰火，只要够强，就可以得到想要的一切。"

桐谷千代望着她，轻蔑一笑："你觉得，你能胜过我？"

"这要比试过才知道。"

刘静云一边说着，已经从后腰际拔出锋利的弯刀，拉开架势，两腿慢慢蹬着步子。看她这般表现，桐谷才恍然大悟，原来她早有预谋，一直以来真是小看了她！

那精致的刀身仿佛一束强激光，刺痛了桐谷的眼睛，让她掩盖在冷漠下的怒火愈发燃烧！这无关乎刀具的好坏，而是一种荣誉，来自于强者的馈赠。她拔出贴身的格斗刀，双脚在地上有节律地划着步子，和刘静云对峙。

"打败你，我就是最强的！"

"那要看你有没有这个本事了！"

叮叮叮！短小精悍的格斗刀和弯刀你来我往，坚硬锋利的刀刃不断碰撞，迸发出一簇簇亮眼的火星。

借着逼人的气势，刘静云发起了一次又一次的进攻，直刺、斜刺、劈砍、下划、横挑，刀刀直逼要害！桐谷到底是经过系统训练的老手，反应极其敏捷，见招拆招，将刘静云的所有进攻全部化解于无形。

刘静云的攻势虽猛，却多了几分花哨，并不适用于实战。一番强攻下来，她的防御渐渐跟不上节奏，露出了破绽。

唰，雪亮的弯刀向桐谷左肩斜挑上去，她身子一闪，格斗刀一个反刺，直朝着刘静云右胸口刺去！

吓！刘静云暗暗惊叹一声，慌忙缩身躲避。这时，一记后旋踢自她身后飞来，"哐"的一声，正踢中她的后颈，她一个踉跄摔在地上。还没等她爬起来，锋利的格斗刀已经抵在了她的喉咙上。

"还等什么？动手啊！"

"别以为我不敢杀你！"

桐谷千代眼神阴冷得可怕，那是一种彻骨的寒冷，让人根本不敢与之对视。刘静云和她同样冷笑着，冷漠的眼神如同死灰一般毫无生气。

刘静云轻叹一声，不客气地把格斗刀推开："别装模作样了，如果你敢杀我，我能活到现在？以你现在的本事，还不敢公开违抗疯狗的命令。"

"你……"

刘静云无视她怨毒的眼睛，踉踉跄跄地回到属于自己的冰冷角落里，只有在睡梦中，她才能暂时忘却该死的现实！

桐谷冷冷地瞪着蜷缩在墙角的瘦弱身影，几欲动手，却终于浇熄了怒火。的确，在没有实力与疯狗抗衡前，她只能忍着。

想想还要在飞机上颠簸七八个小时，然后再大干一场，桐谷千代突然有种莫名的兴奋，暂时忘却了仇恨，转身下楼，踏着夜色朝机场走去。

咚咚咚，一阵沉稳急促的脚步声从楼下传来。不多时，体形魁梧、面容刚毅的周伯萧匆匆上楼，他混浊的眸子里布满血丝，鬓角又多了几许白发，他手里拿着一份《新区经济报》，面色阴郁。

近期，由于高层领导的决策失误，云华集团几笔海外投资全部亏本，导致股票指数持续下跌。这则消息不仅对刘云有很大的冲击力，对他亦是一股无形的压力。

还未到三楼的局长办公室，顺着窗子隐约有烟味飘过来，他的心里一沉，隐隐有一种不好的预感。果然，才进走廊，隔着十多米距离，周伯萧便望见了三个熟悉的身影。满面的愁容、焦灼的目光，更让他压抑的心头增添了一层包袱。

一阵刺鼻的烟味迎面而来，他的目光略略一扫，刘云脚下已经扔了十多个烟头，几天不见，他又沧桑了许多。罗静立在一旁，纵使化了妆，疲惫的脸上依旧掩饰不住憔悴，双目无光，才刚刚三十岁出头、意气风发的她，此刻却黯然神伤。

听见脚步声过来，刘云掐灭了烟头，一脸严肃地迎上来："周局长！"

周伯萧勉强在脸上挤出一丝笑容："刘先生，好久不见！"

刘云一摆手，依旧不苟言笑："周局长，客套的话就不必了，我来这里的目的你很清楚。我只想知道，有静云的消息没有？"

周伯萧收起笑容，面容沉重："刘兄，这个案件相当复杂，牵涉到境外势力。以我们目前掌握的资料，尚不足以采取主动措施，必须……"

刘云不耐烦地打断他："周局长，我不是来听你诉苦的。我只想问你，这个案件你能不能办得了？我女儿现在下落不明，生死未知，我没那么多耐心陪你耗着！"

这时，刘秘书匆匆上楼，看到周伯萧、刘云和罗静沉默地站着，面色不善，便不敢多嘴，悄悄移到周伯萧身边站着。

"如果你办不了，恕我无礼，我要动用关系，把案件报到省局去。"

"刘兄，千万不要！"周伯萧面露难色，语调低了下来，"再有几个月，PONAIT 会议就要在新区召开，这可是我们费劲心血几年才争取来的，它会推动本市经济飞速发展！如果会议取消，我们所有的努力就功亏一篑了！不能因为我一个人的失误，让整个新区市受到牵连，让全市人民受累！"

一边是大义，一边是亲情，面对艰难的抉择，两个坚强的男人一齐沉默了。

一想到刘静云生死未卜，善良的罗静伤心欲绝，潸然泪下："周局长，求你一定救回小云，我们只有这一个女儿！"

"罗女士，您别担心，事情还没有您想得那么糟糕。到目前为止，我们还没有收到任何绑匪的消息，也没有发现刘静云的……"说到这里，周伯萧忽然顿住，望着面前这位可怜的母亲，不禁宽慰道，"绑架刘小姐无非是为了钱，只要我们还没收到消息，刘小姐就是安全的！"

"一路从泥泞走到了美景，习惯在彼此眼中找勇气……"清新悦耳的音乐铃声打破了压抑的氛围，在悠长空旷的走廊上尤其清晰，只可惜没人有心情去欣赏。刘云拿出手机，稍微向后退了两步："喂，我是刘云。"

"……嗯嗯，好的……我可以体谅，只是……那好，我再等等。"

尽管刘云故意压低了讲话声音，但在如此压抑死寂的环境下，还是能够依稀听到他的只言片语。他们才讲了几分钟，刘云忽然转过身，信步朝周伯萧走来，将电话递到他面前。

周伯萧疑惑不解，犹豫着接过电话："喂，我是周伯萧。"

"老周啊，好久不见。"

周伯萧浑身一怔，居然是省厅的赵局长，这个刘云真是手眼通天！他连忙问候道："赵局长，您好！"

"老周，咱们俩是老相识，我也就不跟你客套了。小刘是市里互联网经济领袖，年轻有为，近年来为推动新区的经济发展做出了卓越贡献，咱们可不能辜负了人家的一番心血啊！"

"赵局长，我明白！只是……"

"老周，你的为人和工作能力我深信不疑！为了PONAIT会议的顺利召开，一定要解除小刘的后顾之忧，尽快解决绑架事件！"

"是，赵局长！"

挂断电话，周伯萧长长地舒了一口气，额头上已渗出一层细汗。肩膀上这副担子沉甸甸的，不过，也只有他能担得起来！

"周局长，这是我能做出的最后让步，还希望你能给我一个圆满的结局！"

刘云和罗静的身影消失在走廊尽头，周伯萧将他们那两双落寞的眼神牢牢地印记在心头，时刻松懈不得。刘秘书朝走廊拐角白了一眼："真是的，好像我们整天无所事事一样！居然捅到赵局长那里去了，分明是不信任我们！"

周伯萧把手里的《新区经济报》递给他，苦苦一笑："人家年纪轻轻就把全部精力投入到新区的经济发展中，咱们倒好，把人家的孩子弄丢了，他已经算客气的了。"

"可是……"

"好了，别再抱怨了，都相互体谅一下。"周伯萧拍拍小刘秘书的肩膀，语重心长道，"去把龙队和小严叫来，我有事情交代他们。"

正午已过，骄阳下，毒辣的阳光炙烤着大地，长长的市中心大街犹如一口大热锅，人们好似渺小的蚂蚁，匆匆而过。路边的公交亭里，几个年轻人正在广告栏上察看招聘信息。看了半天，却只在边边角角里发现了几则简短的信息，最佳的广告位置全部贴满了醒目的红色消息：寻人启事。

"帮帮忙，看一下吧！"

"先生，您见没见过这个女孩儿？"

公交亭附近，两个女大学生正在为路过的行人派发寻人启事。蓝色棒球帽下，她们年轻的脸庞满是焦躁，手里拿着厚厚一沓传单，站了将近一个多小时，才发了二十张不到。

"天这么热，人们都不愿意出门，谁会看这些东西啊！"

"别抱怨了，小琪，看看寻人启事上的这个孩子，才那么小就被拐走了，太可怜了，我们能帮一点儿是一点儿吧！"

小琪一边往脸上扇风，一边不耐烦地道："要是真的有用，我站上一天也没关系！咱们发出去的这些传单，人们接到手里，一拐弯儿就扔了，谁看啊？再说了，你看看这条街上，走不到十步就会有同样的启事贴在广告栏上，咱们发的这点儿有什么用？受累，还一丁点儿作用没有！"

阿敏舔舔干燥的嘴唇，抬头望望火辣辣的天空："也是……"

叫小琪的女生凑到阿敏耳边，低声耳语了几句，后者立刻蹙起眉头，两人在小声争论着什么。阿敏还在犹豫："这样……不太好吧？"

"大热的天，你看看这条街上有几个人？"小琪不以为然道，"也就咱们俩傻子似的站在这里！把这些传单找地方一藏，咱们去书店凉快去，顺便看会儿书，多好！"

"这……"

虽然还在推脱，但小琪能听得出，阿敏已经动摇了，连忙劝慰道："咱们两个人站了大半天，一点儿效果没有！与其在这里浪费时间，还不如去看书！"

见阿敏不吱声，小琪连忙夺下她手里剩下的一沓传单，一边拖着她走。阿敏脸上火辣辣的烫，像做了什么亏心事一样，不敢抬头，低埋着头被前面的小琪拖着走。路过一个垃圾桶时，小琪身子一斜，顺手将厚厚的几百份传单塞到里面，脸不红心不跳，若无其事地走开了。

几米外的花池边上，一位五十多岁、穿着橙色工作服的环卫工将两个女孩儿的所作所为全部看在了眼里，他没有出声制止，只收起笤帚，骑着破旧的三轮垃圾车晃晃悠悠地过去。

没有嫌弃，老环卫工把手伸进垃圾桶里，颤颤巍巍地掏出才扔进去没几分钟的几百份寻人启事传单，轻叹一声："唉，现在的人啊，连学生也这样。"

没有吆喝，没有硬塞，老环卫工安静地坐在花池边上歇息，有路过的行人，他会慈祥地递上一张。接，他会向对方淡淡一笑；不接，他也会用和善的目光送对方远去。

几个年轻人出于礼貌，接过了老人递来的传单，但是没走多远便随手丢弃在地上。老环卫工沉默着扭过头去，静静地等待着下一位路人。风风雨雨几十年，他早已习惯了生活。

哗啦啦——一辆深蓝色运钞车经过，卷起了街道上人们随手丢弃的传单。

市区的几条主干道上，宽阔的沥青马路上空落落的，看不见几个人影，车辆飞驰，川流不息。然而，运钞车在一个十字路口转弯驶入京华路后，才行驶了没多远，前面道路上居然熙熙攘攘地挤满了人。纵使烈日当空，人们的热情依旧不减，愈拥愈挤，愈挤愈拥，他们的心情和天气一样，一片热忱！

看前面糟糕的情况，肯定又发生了交通事故。还未驶近，运钞车司机张立连着按了半天喇叭，拥挤的人流热情高涨，还在往中间挤，根本没人理会。张立瞄了一眼："车长，看这情况，没一两个小时这路通不了，怎么办？"

车长丁磊五十岁出头，略微发福，面容沉稳。他沉思了几秒钟，当机立断道："绕道。"

还是后面的老司机们有先见之明，看到前面的人群黑压压的一片，也不抱什么疏通的希望，齐刷刷地掉头绕道，运钞车跟在长龙最末，慢慢向前行驶。

不知什么原因，从早上发车的时候开始，丁磊的心就一直沉着，像压了一块石头。直到中午，一切如旧，他紧张的心弦才稍稍松下。然而，刚才的交通事故让他敏感的神经再度绷紧，像是有一群蚂蚁在心头上爬，躁动不已。

丁磊取出钱包里可爱的小孙女的照片，一双水灵灵的大眼睛清澈如水，长长的睫毛犹如一弯弧月，胖胖的面颊粉嘟嘟的，他刚毅的面孔流露出些许微笑。

旁边的张立瞄了一眼，痴痴地笑："小婷儿今年三岁了吧？"

丁磊嘴角流露出一个幸福的笑容："四岁。"

"真不明白，天天都要见面，有这么想念吗？"

丁磊沧桑的脸庞上始终洋溢着幸福的笑容："等你当了爷爷，就明白什么叫'隔辈亲'了。"

张立伸过一只手："我看看。"

"好好开你的车！"

"唉，小孙女是爷爷的贴心小棉袄啊！"

嘎吱，张立正说话的时候，前面的宝马车突然紧急停了下来，要不是他反应快，一个急刹车，恐怕早就追尾了！丁磊收起了钱包，向前面眺望："怎么回事儿？"

前面排起了长长的汽车长龙，等了几分钟，拥堵的车流纹丝不动，不断有捺不住性子的司机下车往前面凑，只见前方黑压压的一片，人挤人，车堵车。

车前窗上方的天空上，依稀有绯红色的漫天火光！

"好像又发生了交通事故，看样子，动静还不小！"张立不由得叹息道。

丁磊眉头紧锁，深虑道："两起车祸，太巧了吧？"

"要不要向总部报告？"

"暂时不用，还没有什么特别状况，再等等看。"

尽管已经是下午，但太阳依旧毒辣，阳光依旧刺眼，车里的人和外面的气温一样，躁动不安。

嘀嘀嘀——燥热的天气里，人们都像吃了火药，还不到十分钟，都已失去了耐心，聒噪的蝉鸣声早已被刺耳的鸣笛声盖过，响彻天空，此起彼伏，一波盖过一波！不多时，几名穿着浅绿色制服的交警赶来，在拥堵的车间空隙直朝着事故发生地而去，连警车也没法儿开进去！

"唉……"张立轻叹一声，"交警来了这么多，看样子真的动静不小，车长，我们怎么办？"

丁磊看看时间，沉默了片刻，毅然道："绕道，走外环。"

张立提醒道："这个点儿，外环应该可以，但是太绕远了！"

"这里人多手杂，太混乱了！提高警惕，掉头！"

这时，排在队伍末尾的一些司机终于失去了耐心，开始掉头绕行，张立也随他们一起掉头，缓缓驶出拥堵路段，最后直接上了外环。果然，这个时段外环上的车辆并不很多，每隔几分钟才会有一辆汽车嗖地飞驰过去。

这时，一辆银色昌河车也上了外环路，隔着一辆白色别克，远远地跟在运钞车后面。

不多时，彤彤红日快要落到遥远的群山之巅，炽热的温度也消散了许多，只有些许余热还飘浮在空气中。

宽阔的外环上鲜有车辆，运钞车一路飞驰。这时，白色别克驶入东兴路，跟在后面的银色昌河缓缓驶近，隔着十多米距离，匀速前行。反光镜里，那一抹银白色竟是如此刺眼，丁磊不由得心头一震："那辆昌河车看着好熟悉，好像从刚才的事故现场就一直跟着我们！"

张立瞄了一眼，不以为然道："有吗？"

"不确定，只是有些眼熟。"丁磊面色凝重，右手不自觉地触碰到腰间的五四手枪。他这个小举动，让开车的张立也有些不自然起来："不是吧，车长，你这么一搞，连我都紧张了！下了外环，再过五个路段就进入市中心，也就十来分钟的事儿。现在都什么时代了，还有人这么强悍敢抢运钞车？那些都是电影里的特效镜头！"

"希望如此吧。"

没几分钟，运钞车一拐，驶进了云华路。突然，一个滑板样的小东西从路边横窜进路中央钻到了运钞车底下，"咚"的一声就吸附到了汽车底盘上。

丁磊警觉道："什么东西？"

"好像是小孩子的滑板，给咱轧碎了！要不要停下来看看？"

这时，银白色昌河车驶进运钞车反光镜的视野，丁磊心里"咯噔"一下，突然跳得厉害："不停！加速，快！"

他的话音刚落，突然"咣当"一声，运钞车下面爆发出一个强烈的巨响！整个车身向上蹿了几十厘米，又咣当一声坠下地，车子立刻失去控制直撞上路边的花坛，熄了火。

猛烈的爆炸让车内一阵剧烈的颠簸震荡，尽管两人都戴了钢盔，但紧急刹车还是让他们的脑袋震荡得厉害，两人眼前一片眩晕。霎时间，从运钞车下冒出浓烈刺鼻的烧焦味道，还有电线短路在吱吱冒着火花！

这时候，一直尾随的银色昌河车在事故点后几米远的地方停下。副驾和后面的车门一齐打开，四个年轻人跳下车一齐向熄火的运钞车走去。前面三个人面相凶恶，手里拿着撬棍、断线钳，腰里藏着手枪，队伍最末的是一位戴眼镜的斯文人，肩上挎着一个背包。

猛烈颠簸后，丁磊晕沉沉的脑袋这才逐渐清醒过来。旁边，张立正趴在方向盘上，表情痛苦，一道血流从钢盔里流出来。丁磊拍拍他的肩膀："小张，醒醒！"

咣当！一个沉沉的闷响从后面传来，车身又是微微一颤。丁磊脑袋一个激灵，顿时清醒了：出事了！

一张滚圆的大脸忽然贴到车窗上，一手遮住阳光冲里面张望。丁磊立刻拔出五四手枪对准了窗边的大脸，然而，他却很快退了回去。危机时刻，丁磊很快镇定下来，取出手机熟练地拨通号码："喂，110吗？云华路与外环交界运钞车遭遇持枪劫匪，速来支援！"

大圆脸的猫头缩回到车尾，向其中一个精瘦的男人说道："野鸡，里面的两个家伙好像还活着，要不要做掉他们？"

"别多事，拿钱要紧！"野鸡镇定自若道，"你和猴子去前面看着，只要他们不下车就别开枪；他们要来硬的，崩了他们！"

猫头和猴子接到命令，手持QSZ92式手枪，一左一右守住了运钞车两个前门，要是里面的人开门出来，他们会立刻用子弹招呼上去！

野鸡拿过撬棍朝车后门狠狠砸上去，哐哐——几个闷响过去，钢板铁门纹丝未动！火爆脾气的野鸡有些急了，随手将撬棍扔在地上，往旁边一闪："眼镜，上家伙！"

见野鸡有些动怒，眼镜不敢怠慢，放下背包，从里面取出一个带吸盘的、小巧的电子炸弹。千万别小看这个小玩意儿，它的威力可是普通炸弹的好几倍！

眼镜将电子炸弹小心地贴附在押运车后门上，一个招呼，四个人自觉地向后退去，猫头和猴子手里的92式手枪仍旧没有从前门上挪开。

"咳咳……"一直昏昏沉沉的张立猛地咳嗽几声，清醒过来，看到外面的情形，立刻要冲下车。车门才打开，猴子立刻用92式手枪招呼上来。

丁磊斜过身子，一把将车门关上："你疯了吗，出去送死？"

张立义正词严道："保护国家财产不受侵犯，是我的责任！"

"保住性命，你才能尽到自己的职责！"

丁磊一番教训，让年轻的张立沉默了，哑口无言。丁磊拍拍他的肩膀："别自责了，这种情况我们也无能为力。放心吧，我已经报警了，过不了多长时间蓝盾就会赶来，我们能做的就是拖住他们！"

轰！一声巨响响彻天际！熄火的运钞车被强劲的气流一掀，又擦着花坛向前走了一米多远！等到硝烟散去，押运车后面就出现了一个大窟窿，钢板铁门被炸飞了出去，里面的两名押运员和财务会计被强气浪撞到车厢上，已昏迷了过去，庆幸的是几个银合金运钞箱完好无损。

银合金运钞箱内装满了百元大钞，死沉死沉的，想要一手拎一箱快速逃跑是不可能的。野鸡憋足了力气也只是勉强拖下车，急得他大吼："猴子、猫头，过来拿钱！"

猴子果断退回来，守住副驾的猫头后撤的同时，92式手枪仍瞄准着侧门，担心道："里面的人怎么办？"

"谁会为了公款豁出自己的性命，傻瓜啊？别管他们，拿了钱赶紧撤，估计过不了多久警察就来了！快！"

"是！"

看着国家财产被抢，而自己却躲在车里不敢动一刀一枪，血气方刚的张立终于按捺不住："车长，我要下去，国家财产绝不能让他们这么任意取舍！"

一只坚强有力的手牢牢地按在他的肩膀上，张立想要争辩，却触上丁磊沉稳决绝的目光："你不能带枪，让我去吧！万一他们从我手里逃了，记住方向，蓝盾不会放过他们的！"

模糊的视野里，丁磊那慈祥和善的笑容印刻在张立的脑海中。

"嘿，小子们，都给我站住！"

哐，丁磊才下车，立刻瞄准一名劫匪的腿部射击。

噗，跑在最后的猴子感觉大腿一麻，一个趔趄没站稳，就和运钞箱一起摔在了地上。猫头回头看见躲在押运车后面的丁磊，不禁一阵恼火："妈的，早知道刚才就宰了你！"

猴子和猫头缩在银合金运钞箱后面，隔着十几米远的距离互相射击。

砰砰砰——疯狂的子弹不断射向运钞车，丁磊的子弹有限，不敢盲目射击，一直缩在车后吸引火力。

"浑蛋，我们是来练枪的吗？拿上钱，快走！"猫头这才醒悟过来，对着运钞车连开几枪，拎起两只运钞箱，朝猴子吼了一声，"猴子，撑得住吗？"

"这点儿小伤不算什么，走！"猴子将92手枪掖回腰里，咬紧牙关拎起笨重的运钞箱，一瘸一拐地往回跑，血液混合着汗水一直流到地上，形成一条醒目的拖痕。

眼看劫匪就要逃走，丁磊只能从押运车后面闪身出来，一边追一边举枪射击。

砰！猴子只感觉到腰间一阵麻木，顿时失去重心栽在地上，他几次咬紧牙关，却再也没有爬起来："野鸡、猫头，帮我一把！"

野鸡看到他的惨状，不禁蹙起眉头。迟疑片刻，他和猫头一起跳车下来："快，把钱拿到车上。"

噔噔噔——丁磊奋起狂追，当当当，几个连射，已将五四手枪弹夹全部打空。劫匪头目野鸡左肩膀挨了一枪，血水从他的指缝里流出来："浑蛋，我宰了你！"

此时他和丁磊之间只有七八米的距离，空荡荡的街道上再没有任何掩体，丁磊完全暴露在危险区域内。猫头举枪还击，一枪打中了丁磊的右胸口，另一枪打中了他的右前臂。顿时，丁磊倒在血泊里，左手颤颤巍巍地摸到钱包里的孙女的照片，脸上闪过一丝笑容。

就在这时，公路的另一头，一辆印着盾牌图案的深蓝色特警车飞驰而来，警灯闪烁，警笛长鸣，一路畅通无阻，将后面几辆警车甩了半条街！车上的眼镜有些慌了手脚："警……警察来了！"

"还有一条街呢，慌什么！"野鸡朝猫头递了一个眼色，"拿钱，快！"

两人拎起运钞箱扔到车上，然而，野鸡却紧跟着上了车："上车！"

猫头一愣："猴子呢？"

野鸡眼神一冷："来不及了，上车！"

猴子身下淌了一摊血，虽然疼痛难忍，但脑袋还是清醒的。看到其他人都上车，只剩下猫头还在犹豫不决，大概猜到了其中缘由，连忙往前爬几步抱住他的腿："猫头，别走，救我！"

"你想死吗？"野鸡拔枪瞄准了猫头，"要么留下陪他，要么马上给我滚上车！"

猫头心里"咯噔"一下，不忍再去看猴子，硬生生地掰开他抱紧自己腿的手："猴子，对不起了，别怪我。"

猫头抽出腿，扭头上了车，留下猴子泪眼滂沱地在地上爬，身下画出一道醒目的血痕，他苦苦哀求道："野鸡、猫头，求求你们别丢下我！"

隔着大半条街，龙靓早已洞穿了野鸡一伙丢车保帅的企图，自然不会让他们得逞，抱着88式狙击步枪从天窗出来。

银色昌河车还没跑出几米，后胎"砰"的一声被打爆，整个车身咣当地猛晃了一下，刚上车的人摔了一地。

"妈的，怎么回事？"

"后胎给人打爆了！"司机小胖一下慌了手脚，"野鸡，怎么办？"

"妈的，都到这步田地了，还能怎么办，跑！"

小胖掉过车头，猛踩油门儿，车子颠簸着一路飞驰，大有亡命赌徒不怕死的架势！

"想跑？太迟了！"

88式狙击步枪微微挪了一点儿，飕，一道凌厉的劲风呼啸而过。砰！银色昌河车又是一颤，整个车身顿时失去控制，直接飞驰着撞上路边的水泥花坛，车前盖直接翻了起来，引擎爆裂，刺鼻的青烟不断往外冒！

司机小胖一头撞在方向盘上，额头上磕出了血。野鸡脸上也挂了彩，大发雷霆道："妈的，又怎么了？"

"另……另一个后胎也被打爆了！"

"操，谁这么狠？"野鸡骂了一句，一手拿着手枪，从后玻璃上望了一眼，顿时脸色就变了，"蓝……是蓝盾，来得真快！"

等他转过头，见小胖还傻傻地坐着，不由得怒从心起，大吼道："你还傻愣着干什么？跑啊！"

小胖紧张得舌头都打了结："打……打不着火了！"

"废物！"野鸡骂了一声，眼看着蓝盾特警车马上就要追到眼前，他不甘心到了嘴边的熟鸭子就这样飞走，一把拉开车门，"猫头，拿上钱，走！"

司机小胖看到形势不好，命都快没了还要钱干什么？打开车门跳下车，直接往外环路跑。野鸡没心思管他，和猫头一人拎了一个银合金运钞箱，在地上拖着拼命跑。这时，蓝盾特警车已经到了运钞车跟前，一个急刹车在撞坏的运钞车前停下。龙靓放下88狙击步枪，只带了一把92式手枪跳下车，吩咐严厉道："快拨打120，在这里守着他们，我去追人！"

只见龙靓一手持枪，身手敏捷，步履矫健，循着劫匪的身影单枪匹马直追了上去！

猫头一转头正看见龙靓那双阴冷的眼眸，不禁吓出一身冷汗："野鸡，扔了钱逃吧，还能留一条命，有特警追上来了！"

"不行！"野鸡毫不犹豫，斩钉截铁地回绝道。

不到半分钟，龙靓一手托着92式手枪追上来："站住，再跑我就开枪了！"

"去你的！"野鸡猛地回过身，砰砰砰，对着龙靓连开数枪！

龙靓早就料到他会狗急跳墙，顺势向路边一滚，躲到近一米高的花坛后面隐藏了起来。

虽然只是短暂的一瞬，但眼尖的猫头还是看到了龙靓肩膀上那枚醒目的蓝盾臂章。他一下子没了底气："野鸡，投降吧，她是蓝……蓝盾的人！"

"闭嘴，再多说一个字，老子现在就毙了你！"走投无路的野鸡气急败坏，手枪一下抵在猫头的太阳穴上，"拿上钱，走！"

猫头对野鸡的为人再清楚不过，绝对是要钱不要命的主儿！见他来真的，也不敢再推脱，硬着头皮拎起运钞箱就开跑。但他早已在心里做好了打算，眼下的形势，逃跑是不可能了，他只想保住一条性命，只要有机会他就投降！

成簇的小叶冬青微微一抖，龙靓才探出小半个脑袋，砰砰，野鸡立刻几枪招呼过来！

龙靓从地上捡起一块拇指大小的石块，朝前面的绿植丛中一投，正打中小叶冬青的枝干，小叶冬青立刻"哗啦啦"地晃起来。野鸡精神高度紧张，草木皆兵，听见风吹草动立刻"砰砰砰砰"连开四枪！

嗖，龙靓从绿植丛中飞身出来，脚跟才着地，立刻左手托枪一个精准的速射。砰！野鸡的小臂被打中，手枪"当"的一声滑到地上。

在这危急关头，野鸡侧面一米远的绿植丛中忽然哗哗地晃了起来，他一瞄眼，只见一个肥硕的大屁股正藏在冬青丛中。原来，小胖没跑多远就听到后面的枪声，他自知跑不掉，干脆赌运气躲到花池里，不曾想正撞到枪口上！

野鸡脸上露出一个狞笑，他一脚踢翻运钞箱，一步蹿到花池边上，一伸手把小胖拎出来，另一只手竟从口袋里摸出一个手雷！

"来啊，开枪啊！就算死，老子也要拉上一个垫背的！"

小胖吓破了胆，眼泪"唰"地一下就冒出来，苦苦哀求道："野鸡哥，求求你放过我！"

野鸡一吼："闭嘴，没用的家伙！老子最看不起你这种人！"

给他这么一吼，小胖吓得面如土色，再看看他手里的手雷，小胖差点儿没尿了裤子，哭喊着求救道："警察，救救我，我可不想死啊！"

龙靓一手托枪，隔着七八米和野鸡对峙："放开他，你逃不了的！"

"哼！"野鸡一声冷笑，"从决定抢劫运钞车的时候起，老子就做好了最坏的打算！只不过死在一个女人手里，亏了！"

龙靓义正词严道："放了他，他是无辜的！"

"这种忘恩负义的败类，留着也是个祸害！老子临死前也算做了件好事，为这个社会解决一个人渣！"

就在双方剑拔弩张、拼死对峙时，急救车及时赶到，将中枪的丁磊和押运员、财务会计一齐带上救护车抢救。严厉重新回到特警车上，火速赶来支援！

"倒霉，看来真的逃不掉了，老子认栽了！"野鸡一边说着，一边缓缓举起了手雷，瘦骨嶙峋的脸庞上露出一个狰狞的笑容。

就在这千钧一发之际，一个人影忽然从野鸡背后蹿上来，在他的右肩猛地一撞！手雷从野鸡手中悄然滑落，噗，那人蹲下身子，在手雷坠地的一瞬间接住了它。

砰！一个清脆的枪声响彻天际，野鸡眉心多了一个黑乎乎的血洞，他的身子一颤，仰面朝天地直直地倒在了地上！

"啊——"小胖尖叫一声，双手抱头蹲在地上。

"我投降！别开枪，我只是从犯！"

从蓝盾出现的那一刻起，猫头就看透了形势，凭他们几个人根本无法从蓝盾手中逃脱，而野鸡又是个硬碰硬的亡命徒！一旦交火，他们几个人必死无疑！与其这样，还不如戴罪立功，从犯顶多判个几年就出来了，何必在这里丢了性命？

龙靓枪口一瞄，对准了猫头："把手雷扔了！"

"别开枪，我扔！我扔！"

猫头一手举过头顶，慢慢俯下身子将手雷放到地上。这时，特警车"嘎吱"一声急停下来，严厉从车上下来，几个跨步上去，把小胖和猫头铐在了一起。

"运钞车上的人员都没事吧？"龙靓关切地问道。

"司机一直在车里，没受伤；两个押运员和财务会计都是被爆炸震晕的，休息下，醒来就没事了，只有车长中了一枪。"

龙靓心里一悬："没有生命危险吧？"

"还好没打中要害，不过恐怕要在 ICU 待上一阵子了。"

捡回了一条命，猫头万分庆幸，但一回想起刚才惊险的一幕，还是不免心有余悸。小胖更是给吓破了胆，面如土色，手铐链子一直叮叮叮地响着，抖如筛糠！

看到他们这般模样，严厉不禁嘲讽道："就你们这副尿样子也敢来抢劫运钞车？先回去好好练练胆子再说！"

龙靓坐在车里，微凉的晚风吹乱了她鬓角的几缕长发，然而，她的内心不仅没有放松，反而愈加沉重！这已经是新区市近段时间来第三起持枪抢劫案件，看似毫无关联，实则有千丝万缕的细节隐藏在其中。

她隐隐感觉到，在这三起案件背后，有同一双黑手在操纵。它们，只不过是故事的开端。

第五章　战地厮杀

★★★★★

　　茫茫的北西伯利亚冰原向北一直延伸到冰冷的北冰洋内，在经历寒冷的北风后，又遭遇了环绕北半球的冷流，使这片寒冷的冰雪之城变得更加苍茫，只有耐寒的极地生物才能适应这恶劣的环境，真正的不毛之地！

　　LOY 半岛就是西伯利亚冰原向北冰洋内的延伸，冰冷的海水和大陆形成了近二十米高的断崖。陆地断崖呈 U 形，遮挡住呼啸寒冷的北风，形成了天然的避风港湾。纵使外面一片冰天雪地，这里也只结出了薄薄的蝉翼之冰。

　　距离海面八米高的断崖面上有一块横亘而出的巨大岩石，经过人工开凿，变成一个平整巨大的起降点。任谁也不会想到，在这天寒地冻的冰雪大陆之下，隐藏了冰火的秘密实验室。岩石平台后巨大的洞穴就是它的入口，一扇厚重的铁门将它完全封死，形成了近乎封闭的幽禁空间。

　　铁门另一侧，两个身材魁梧强壮、裹着黑色厚风衣、手持 AK-47 的 E 国枪手在来回巡逻。黑森森的洞穴一直向深处延伸，只有洞顶的灯盏闪着幽幽的光亮。百米之后，洞穴内出现了左右横向的岔口。各个岔口似蛛网一般向里纵伸，星罗棋布，四通八达。

　　沿着斜 40 度继续前行，没多久，洞穴内明亮起来。岩洞内壁粗糙的纹理清晰可见，一块块棱角分明的石头横突出来，似参差交错的犬牙。

一道防弹玻璃门挡住了去路，透过薄薄的防弹门可以看见内部空间如棋局般分布，各种实验器材尤其醒目。

略显憔悴的唐俊教授正躺在办公室的沙发上，喘息声轻细而均匀，一番完全投入的科学研究后，他总会睡得很沉。突然，他全身一颤，仿佛做了可怕的噩梦，表情痛苦不堪，唐俊猛然坐起身来，胸口剧烈起伏着，喘息也乱了节奏。他惊慌失措地向四周张望，满眼尽是焦灼、急躁："唐卿，唐卿，你在哪里？"

空荡荡的实验室里再无半个人影，只有低沉的回音在头顶萦绕。

唐俊生性随和，不拘泥于小节，对生活琐事无所关注，但对朝夕相处的实验室和办公室却非常在意，任何小小的变动都瞒不过他的眼睛。眼下这间办公室和隔壁的实验室，虽然有几分眼熟，但绝不是他埋头研究二十多年的熟悉环境，根本不用看，那熟悉亲切的随和敢荡然无存！

唐俊失魂落魄地出了办公室，直冲进实验室里，东张西望道："唐卿，别玩儿了，快出来！"

唐卿小的时候，她的母亲就因难产去世了，刚出生的婴儿也没有保住，唐俊又是个敬职的工作狂，所以女儿的童年有大部分时间是在新区市的生物学研究室里度过的，经常会因为贪玩儿躲在角落里睡着。唐俊希望这次能和以前一样，在某个不起眼儿的角落里，她正安然熟睡。

"唐卿，醒醒，跟爸爸回家了！"

"唐卿，别睡了！"

"小卿……"

唐俊感到莫名的恐惧，竟然一下瘫软在地上。虽然他一直沉醉于科学研究，但家人在他心目中的地位还是无可替代的！就在他六神无主的时候，眼前突然出现了一个巨大的黑影，将他单薄的身躯完全笼罩在阴影之中。

他木然地抬头，眼镜下还有晶莹的泪花在闪动。一个头发精短、体格健壮的陌生男人出现在视野中，完全是本能的反应，唐俊脱口而出问道："你是谁？"

虎鲨恭敬地鞠了一躬："唐教授，我是您的一名虔诚的崇拜者。"

唐俊一脸茫然，他是一位甚为低调的学术研究者，除了学术领域，外人很少知道他的名字。然而，突然有一位金发碧眼的外国人自称是他的崇拜者，让他顿觉无措："是你把我弄到这里来的？"

"我想请您来做一些专业学术上的指导，因为事出紧急，所以采取了一些非常手段，还请您不要见怪！"

唐俊忽然想起什么，蹒跚着爬起来，急急地追问道："小卿呢？你把她怎么样了？

虎鲨一愣："抱歉，唐教授，我去邀请您的时候，只有您一个人在实验室里，并没有看见其他人。"

唐俊平稳心绪，仔细回忆之前的情形。他在为唐卿注射了 TAS 后，她就独自去办公室睡觉了。如此看来，这个外国人确实没有说谎。

了却了心事，唐俊内心的警戒也放松了许多，用好奇的眼光盯着面前这位未曾谋面过的"粉丝"："你……让我来做一些学术指导？你知道我是干什么的吗？"

"当然，唐教授是细胞分子学领域的权威，我读过您《论细胞分子的突变与稳定》的论文，非常大胆的构想！而且，您正逐步实现自己的这一伟大构想，但是由于经费、法律等方面的原因，试验一直进展缓慢。我邀请您来的目的，就是想与您一起攻破这道生物分子领域的难题！"

对于虎鲨的这番言论，唐俊出奇地惊讶，很难想象，一位毫不相关的业外人士，居然对他的研究有如此见解！

"能有人欣赏而且肯定我的研究，这让我非常欣慰！"

虎鲨一脸的兴奋："这么说，您答应啦？"

"但是，正如你所说，这项研究进展得非常缓慢，不光是由于经费问题，它涉及一些法律以及道德伦理，从某些方面讲，它很危险！最近我一直在考虑是否要放弃这个研究项目？"

"千万不要！"虎鲨的反常表现让人惊讶，"您应该比谁都清楚，这个项目一旦研究成功，对医学界，乃至整个人类社会文明都是一个跨越性的突破！目前医学上面临的种种难题，比如癌症、HIV 都将迎刃而解！无论任何时代，进步都是需要付出代价的。比如你们中国古代历史最繁盛的大唐王朝，也是在经历了血腥的玄武门之变，才最终实现大唐王朝近三百年的强盛！唐教授，请您仔细想一想，您真的愿意让自己半生的心血付诸东流？"

明亮的灯光下，唐俊微微低着头，面色凝重，静若磐石。

虎鲨心里明白，在这看似平静的面孔之下，其实他正在进行激烈的思想斗争。他正要开口，却发现唐俊单薄的身躯正在微微颤抖，尽管这里温度很低，但他的额头上还是渗出了一层细细的汗水。终于，他的肩头一松，长长地吐了一口气："在这里做研究，我不想被任何人打扰，也不需要任何助手，除非我主动要求。"

"没问题！"虎鲨斩钉截铁道。

"我的办公室和实验室里不能安装任何电子监控设备。"

"听你的！"

"所有研究项目由我做决定，任何人不能进行指挥和干涉。"

虎鲨的眉头一皱，这句话似乎触到了他的痛点。他俯视着比自己矮了将近20厘米的唐俊，两束坚定而执着的目光碰撞到一起，擦出了耀眼的火花，谁也不肯退让。僵持了十多秒钟，虎鲨原本坚定的目光终于弱了下来，淡淡道："好吧。"

唐俊扶了一下厚厚的眼镜："还有最后一个要求，我绝不会用人来做实验！"

对于这个问题，虎鲨倒是没有任何压力："这个自然，别看这里环境恶劣，试验品还是有的。从南部运来的小白鼠、雪兔、北极狐、白狼，随便你用！"

两个执着而各怀心意的男人终于达成了一致，现场的气氛暂时缓和下来。就在这个时候，一阵手机铃声打破了肃静的氛围，在空旷幽邃的山洞里久久回荡。

唐俊自顾自来到实验桌前，开始整理上面的各种仪器。虽然类似的器材他已经用了十九年，但对于这些新伙伴，他还需要花一点儿时间来磨合一下，找找感觉。

虎鲨向后退了几步，尽量压低了声音："喂，我是虎鲨……他醒了？让疯狗先招呼一下，我随后就到。"

不知他是习惯简单明了，还是要刻意避开唐俊，几句简短交流后，虎鲨挂了电话，匆匆向唐俊告别道："唐教授，我有要紧事急需处理，先走一步。实验室里一共有四名保镖负责你的安全，如果你有什么需要，随时让他们通知我！"

唐俊已经进入状态，一摆手，头也不回道："你忙你的去，不用管我。"

冷冰冰的墙壁、冷冰冰的床板，连呼进嘴里的空气都是凉丝丝的。房间内的陈设摆放依旧，因为根本就没什么东西。

凌峰静坐在床前，眼神呆愣愣的，空洞无物。他一直在猜测这座隐藏在冰原的基地到底因何而建？主人是谁？目的又是为了什么？吴劫是否和它也有牵连？一个接一个的问题一直在他的脑海中徘徊，挥之不去。

　　咔，一声清脆的响动传来，铁门开了。一个胡子邋遢的外国汉子进来，扫了他一眼："跟我出来！"

　　凌峰双手被反铐着别在背后，外国汉子在他身后隔着一米多远走着，腰里的手枪，子弹已经上膛，随时准备一枪崩了他！

　　狭长的走廊里阴暗而冰冷，只有头顶上的灯泡忽明忽暗地闪着。此时的凌峰内心非常平静，他没有再次逃走的打算，他感觉吴劫就在这个隐秘的基地里，在某个暗淡的角落里窥视着他的一举一动。七拐八拐之后，凌峰忽然停下脚步，前面是黑森森的墙壁，没有路了。

　　一扇和墙壁同样暗淡的铁门出现在凌峰左手边儿上，他向后回望一眼，向押送他来这里的枪手征询意见，后者一努嘴："进去。"

　　吱，铁门一推就开了，凌峰才踏进去没几步，左右两侧立刻闪出两个强壮高大的外国佬，为他打开手铐，将他绑到房间正中的铁架上。两根手腕粗细的铁链从屋顶垂下来，悬空将他吊起来。

　　这时，凌峰才注意到，房间内摆满了各种刑具，皮鞭、铁棍、钢针、电椅、电钻、电锯、剜刀，桌面还有早已干涸的血渍，房间角落里还隐隐散发出一股血腥味，这分明就是一间严刑逼供的刑讯室！

　　扫了一眼各种让人发怵的刑具，凌峰丝毫不为所惧，朝押他过来的打手吹一个呼哨："喂，有话就说！带我来这里，总不是看我玩儿吊环吧！"

　　打手上前一步，斑蝰蛇手枪顶住凌峰的额头："你到底是什么人？来冰火有什么目的？"

　　"你搞错了吧？是你们把我抓来的。"凌峰耸耸肩，无奈道，"算了，跟你说了也是白说，让你们管事的出来，我直接和他面对面聊。"

　　满脸胡楂儿的打手顿时恼羞成怒，枪把直接砸在凌峰的侧脸："浑蛋，回答我的问题！"

　　邋遢打手生得五大三粗，浑身蛮力，暴怒之下更是力气惊人，只一下，凌峰左侧眼角上就裂开一道几厘米长的细口子，鲜血直流！

"哈哈哈！"凌峰大笑起来，鲜血顺着侧脸流下来，染红了半张脸，加上他狰狞的笑容，更是诡异万分！他的反常表现，不禁让打手看得发毛，心里一阵胆寒："你……你笑什么？"

凌峰眼神一冷，坚毅的目光绕过他，直接望向冰冷的铁门："我笑躲在门后的那个人，两次费尽周折地把我抓来，却又不敢现身，只躲在暗处，通过你们这些家伙想从我口中套出点儿消息，实在可笑至极！哈哈哈，这就是你们所谓的'冰火'吗？"

"住口！"听到自己奉为至上的冰火被敌人贬低，邋遢打手立刻暴跳如雷，他收起斑蝰蛇手枪，从桌子上拿起一条长鞭用力地向凌峰身上挥舞过去。

啪啪，韧性十足的长鞭不断抽打在凌峰身上，没一会儿，他身上薄薄的衬衫就被打破，一道道红色鞭痕煞是醒目！几分钟后，单薄的衬衫已经被抽得稀巴烂，裸露的肌肤皮开肉绽，鲜血将破烂的衣衫浸透！

"哈哈哈！"尽管凌峰浑身是伤、鲜血直流，但他依旧张狂地大笑，面目狰狞，"喂，你还躲在外面偷听吗？有什么想知道的亲自来问我，你这个手下很不长进！"

"你……"一番剧烈运动后，打手竟有些气喘，脸上也冒出一层细汗，听到凌峰口出狂言，额头上立刻青筋暴起，长长的皮鞭再度挥起。喱——这时候，铁门被人重重地踹开，一个穿着黑色风衣、身姿挺拔的男人进来。凌峰微微抬起头，在看到来人的面孔时，脸上的表情瞬间凝固了："你……你是疯……疯狗？"

"凌中队，真想不到，我们会以这种方式再次见面！"

凌峰惊讶地望着他："你……你没死？"

"哈哈！"疯狗大笑，"我又不像大笨象和狂狮，我可是顽强的疯狗，哪有这么容易死掉！"

"黑火不是早就被消灭了吗？"

"那是你们认为的。"疯狗冷漠地一笑，"现在我好端端地站在这里，就说明你们太高看自己了，包括蓝剑！"

凌峰斩钉截铁地道："这不可能！"

"我就在你面前，还有比这更有力的证据吗？"疯狗不屑道。

从吴劫叛逃的那一刻起，凌峰就隐隐觉得这件事不那么简单，似乎有一股隐秘的力量在幕后操纵，现在看来，他的猜想是正确的。回忆近几个月来发生的事情，他心里忽然有一种恐惧："冰火……是你创建的？"

"不，我怎么可能有这个本事！打打杀杀的事情我在行，这种费脑筋的事可真是会要了我的命！"

"难道……"一个更可怕的念头出现在凌峰脑海里，"虎鲨也活着？"

"无可奉告！"

"你们组建冰火，有什么目的？"

"还记得黑火在 M 国的最后一役吗？"提及往事，疯狗一向冷漠的眼神中闪过一丝悲凉，"十几个人，被 M 国特遣队，加上作为外援的蓝剑特种部队围在原始森林打了半个月！半个月啊，你知道我们是怎么熬过来的？弹尽粮绝，沼泽毒瘴、野兽横行，又被你们所谓的特战精英死死咬住，我们是吃着同伴的血肉挺过来的！十几个精英战士，浴血中东，亡命北非，喋血南美，激战大洋，我们一起出生入死，却被你们像狗一样堵在原始森林里，关门打狗，围追堵截，他们全都葬身在那荒凉的鸟不拉屎的森林！这血海深仇，你觉得我会忘记吗？"

凌峰一脸鄙夷道："人可以无能、无知，但是绝不能无耻！把你们罪恶累累的犯罪史说得好像英雄史一般，也抹杀不了你们的弥天大罪！贩毒、走私军火、绑架撕票、敲诈，哪一个不是恶果累累？你们风光的背后，知不知道有多少幸福的家庭因此妻离子散、家破人亡？如果你们这些人没有被消灭，那这个世界真的没有天理了！"

凌峰的话像一把尖刀刺到疯狗的心头，他的眼神瞬间阴冷下来，连笑容都是冷冰冰的："看来你还没为自己的行为感到悔悟，真是无可救药。"

"后悔？我当然后悔，而且是痛彻心扉的后悔！"

"哈哈，如果你代表蓝剑跪下，向我祈求原谅的话，说不定我会饶你一命！"

凌峰盯着疯狗不带任何感情的冰冷眼眸，一字一顿地说道："我唯一后悔的是，没有把你们这帮罪恶之徒消灭干净，让你们这些漏网之鱼重新组建了冰火，危害社会！"

"死不悔改，浑蛋，我杀了你！"疯狗挥起双拳，不断打在凌峰柔软的腹部。

他的体形健壮，又经受过专业训练，动起手来毫不含糊，暴雨梨花般，拳拳打到肉！

一番拳脚下来，尽管凌峰咬紧牙关、紧闭口唇，但暗红色的血液还是顺着嘴角流出来，侧鬓上一道道青筋暴起。

疯狗收手，用食指抹去凌峰嘴角的血丝，冷笑道："怎么了，这就挨不住了？我才刚热身呢！"

"不愧曾经是黑火的人，下手够阴狠！哪像你手下那帮家伙，白亏了一身的块头！"

"哼，多谢夸奖。"疯狗走上前去，右手在他右腹部猛地一按，凌峰脸上的肌肉一抽，顿时一股股红色的血丝从他嘴角流了出来。

"内出血了吗？撑不住就向我求饶，看在你很可怜的份儿上，我会手下留情的！"

"求饶？你觉得我会吗？我又不是大笨熊或者狂狮，给自己的搭档做了口粮！"

"浑蛋，住嘴！你不配提他们的名字！"疯狗被戳中痛点，情绪顿时失控，右手化作爪状在凌峰内伤的肝区狠狠一抓，后者"哇"地一口喷出血水来！

砰砰砰，一个个沉闷坚实的闷响，坚硬的铁拳不断击打在凌峰柔软的腹部！没一会儿，凌峰刚毅的脸庞已是汗水淋漓，黑色头发湿嗒嗒地贴在额头，脸色也变得灰暗，难看得厉害。突然，疯狗揪起他的头发，将他的脖子完全暴露出来，随后疯狗缓缓举起右手，只要这一掌削下去，就能轻易地将他的颈椎骨打断！

凌峰浑身是伤，被抽得皮开肉绽，肝肺也受到不同程度的损伤，毫无招架之力。疯狗流露出一丝狞笑，对准他的喉结，一个刀掌直直地削砍下去！

手起刀落的瞬间，疯狗陡然收住力气，只在凌峰的脖子上点了一下。他狡猾地一笑："这么简单就杀死你，真是太便宜你了，没有什么比心死更绝望的了，我要让你在绝望中痛苦地死去！"

"你们两个弄辆车，把他拖到外面去！"

被拳脚打到神经麻木了，尽管外面天寒地冻，凌峰也只感觉到微微的凉意。

疯狗架着雪地车，浑身是伤的凌峰被扔在后面跟着的雪橇车上。车子在雪地里飞驰，起伏不平的颠簸让他的头脑愈加清醒。他静静地观望着厚厚积雪之下的钢铁巨龙，这座隐藏在冰原里的军事基地到底隐藏着怎样的阴谋？

不断有冰火少年的身影从眼角闪过，徒步穿越冰原、双人对练、抗击打训练、射击，年龄被忽略，他们经受着专业杀手残酷的重重磨砺！

嘎吱，雪地车在前面一个急转弯儿处刹车，车子在雪上漂了两米多远才慢慢停下来。

"给我起来！"一个身体强壮的打手不客气地把凌峰拎起来，完全无视他浑身是伤。阿拉斯加雪橇犬闻到鲜血的味道，刺激了它们骨子里野兽的本能，冲着凌峰兴奋地狂吠着！

看到疯狗出现，周围的冰火少年不自觉地向这边注目。疯狗眼神一扫，对这稀稀落落的关注度不甚满意，拔出斑蝰蛇手枪冲着天空"当当当"连开三枪！霎时间，所有冰火少年的眼光全部向这边望过来，并不约而同地靠拢过来。

看到那一双双清澈却冰冷的、毫无感情的眼眸，一种不好的预感从凌峰心中悄然升起。疯狗洞穿了他内心的恐惧，冷冷笑道："你可是蓝剑精英，怎么会害怕一群小孩子？"

"你到底在耍什么花招？"

"怎么，这就害怕了？我还没开始玩儿呢！"

"有什么就冲着我来，不要为难这些孩子！"

"为难他们？当然不会，他们可是冰火精心培训出来的种子杀手！"疯狗一脸狰狞的笑容，"还是多担心担心你自己吧！"

疯狗转过头，以领导者的高姿态俯视着面前的十多个冰火少年："你们一直暗地里说几位教官不公正，偷偷给桐谷、斯诺和刘静云开小灶。今天，我就给你们一次机会，只要你们能够杀了这个人，不论是谁，我和雪狐教官都会亲自锻炼你们，把你们培训成冰火最强的少年杀手！记住，我的要求只有一个：不能用枪直接打死他！"

"刀呢？"斯诺对疯狗的这个承诺很感兴趣。

"随便！"

在那一瞬间，十多双眼睛闪出让人胆战心惊的异样光芒，他们望着凌峰的眼神中充满了贪婪和私欲，仿佛他是一种极具诱惑力的力量，谁都想将他占为己有！

几乎同时，几个野心强的少年已经慢慢向凌峰围拢过来，斯诺手中不知何时多了一把锋利的匕首。

凌峰心中无名火起，愤怒地瞪着疯狗："你真是个不折不扣的疯子，你是在抹灭这些孩子的人性！"

"如果我是你，现在应该关心如何让自己活下去。千万别小看了他们，虽然还不成才，但是对付一个浑身是伤的人还是绰绰有余的！"疯狗嘴角露出一个狡猾的笑容，"凌中队，我知道你不会对这些可怜的孩子下毒手的，不是吗？哈哈哈！"

"浑蛋！"

"如果我是你的话，现在应该逃命了。"

疯狗说得对，对于一群被洗脑的人，语言是苍白无力的，凌峰绕过前面两个枪手，跌跌撞撞地向远处环绕的针叶林跑去。茫茫的西伯利亚冰原低缓起伏，能够藏身的冰山高地少之又少，茂密的针叶林是最佳的逃生选择。

凌峰还没跑出去几米远，斯诺就捺不住性子，反握着尖刀要去追。疯狗一个横身将他拦下，冰冷的眼神中隐有不快："你们十几个人追一个浑身是伤、手无寸铁的半个废人，还逼得这么急，真是一点儿绅士风度都没有！斯诺，想成为一名真正的杀手，必须首先成长为一个真正的男人，否则，你永远都只是一个二流货色！"

"是，疯狗教官！"

尽管凌峰浑身伤口无数，内脏也受到不同程度的损害，但坚强的体魄和坚韧的毅力还在，他的行动依旧迅速。

看到他的身影渐渐远去，疯狗退下来，嘴角勾出一抹弧度："好了，是你们上场的时候了，千万别丢了冰火的脸面！"

十多个少年早就摩拳擦掌、跃跃欲试，听到疯狗下了命令，立刻蜂拥而上，一把把阴寒的匕首反握在手心。斯诺冲在最前面，不时俯身从雪下捡起几枚石块揣在口袋里。这头受伤的猎豹，他志在必得！

望着一行人渐行渐远，疯狗不禁皱起眉头，自言自语道："这么精彩的捕猎，怎么没看到桐谷和那个中国丫头？"

枪手威廉踮起脚尖瞄了一眼，也跟着疑惑道："好像是没看见她们，可能是跑得太远了，看不清楚！"

"不会。"疯狗细思片刻，紧皱的眉头舒散开来，"也对，她们都是我精心挑选出来的苗子，要是和这些二三流的小鬼混在一起，反倒浪费我的心血！走吧，没咱们的事儿了，回去等她们的好消息！"

冷风不时而起，灰暗的天空又零零散散地飘下了雪花。几公里下来，凌峰身上才止住血的伤口因剧烈的奔跑再次裂开，又开始流血，肝肺区在颠簸之下也隐隐作痛，他的速度明显慢了下来。

紧追不舍的冰火少年犹如一匹匹嗜血野狼，被血腥味儿惹红了眼，一个个亡命狂追！他们的距离在不断拉近！

迎面吹来的冷风灌进肺里，冷丝丝的感觉袭遍全身，凌峰只感觉到嗓子眼儿里一甜，哇地一口血水喷出来，莹白的雪地上就是一片鲜红！

斯诺眼尖，看凌峰步履蹒跚完全乱了节奏，猜到他身受重伤，猛挥右手，锋利的尖刀嗖的一声疾飞出去，擦着凌峰的肩膀直飞过去，撕出一道几寸深的刀口！

凌峰暗骂一声，若不是腹部的疼痛牵涉了他的注意力，这小小的飞刀岂能伤得了他？

在斯诺的提点下，紧追不舍的少年们恍然大悟，纷纷将身上带的匕首甩飞出去。一时间，七八把飞刀沿着不同的轨迹向凌峰飞刺过去！

这一次，凌峰有了戒备，根本不用回头，单凭耳边疾驰而来的凌厉风声就能判断出它们的方向。他腾身而起，不断变换着位置，在雪地里忽跳忽闪，噗噗——锋利的匕首全部没入积雪中。

斯诺一边追，一边俯身从雪堆里摸出自己的匕首。这次他没有盲目攻击，收好匕首，将三枚拇指大小的石块夹在指间，看准时机陡然出手，嗖嗖嗖——急速飞行的石块虽比不上子弹，但力道亦不容忽视！只可惜还是被凌峰躲了过去。

可就在这时，十几枚飞石从不同方向出手，以凌厉的气势直直地飞旋过来！彻骨的寒风中夹杂了许多更加凌厉的杂音，乱了它的节奏，毫无轨迹可循，让人难以琢磨！凌峰再无力避开这么多的飞石，满是血迹的后背不断被疾飞过来的飞石打中。

斯诺看准时机，猛地拔出匕首飞掷出去。它悄无声息地混迹在飞石之中，骗过了凌峰的双耳，吱——匕首就在他的肩头撕开一道口子！

眼看着冰火少年们就要围上来，凌峰几个快步，闪身钻入茂密的针叶林。

蓝剑营地就在中国西南部的山林里，凌峰打交道最多的就是山地丛林，想要在崎岖不平的丛林里甩掉一帮十几岁的小孩儿还不是手到擒来？

几天前他曾经来过这片针叶林一次，对它的地形状况还颇有些印象。哪里的小道比较平坦，哪里的积雪之下被人布下陷阱，在他脑海中形成了大致的地形轮廓。避开崎岖不平的小道，凌峰像鬼影般在树林里穿梭，脚步轻盈，落地无声，只在雪地里留下两排浅显的脚印。

然而，凌峰很快就发现，事情并不是他想象的那么回事！虽然他对这片森林有印象，但这冰火少年每天都会在这里锻炼，他们对这茫茫无尽的寒带针叶林可谓了如指掌！几番穿梭之下，不仅没有甩掉他们，他们反而慢慢拉开战线，以弧形之势包围过来！

这时候，凌峰肝腹区的阵痛愈发强烈。在这种情况下一旦被追上来，以他对被洗脑的冰火少年的了解，他将必死无疑！

风更厉了，雪更大了，像是一首鬼哭狼嚎的挽歌。

左侧面的地势陡然变急，几乎与地面形成60度的夹角，而高坡的另一面肯定是更加险峻的崖层！后面追赶的脚步声愈加紧凑，凌峰一咬牙，只能赌运气了！拼尽最后一丝力气，凌峰艰难地爬到陡峭的高坡上去。他屹立在寒风料峭的山之巅，面对着下面几十米高的急坡，深吸一口气，纵身跳了下去！

这时，斯诺等人也追到高坡下，看着凌峰的身影消失在陡坡的另一侧，心有不甘，却没人敢追上去。

"浑蛋，还是给他逃了！"

几个动作稍慢的少年也跟上来，抬头看一眼上面的陡坡，大喘了几口气："斯诺，不追上去吗？"

"追上去？"对于这种白痴问题，斯诺立刻咆哮道，"山坡另一面有多陡峭你不知道吗？想死吗？"

被劈头盖脸地批了一顿，几个少年竟毫无怨言，纷纷羞愧地低着头，不再作声。

当然，斯诺也不甘心到了嘴边的猎物就这样从眼前溜走，掉过头来："走，绕过去，到那边看看去！"

噌噌噌，噌噌噌，两耳边尽是呼啸的风声，凌峰沿着陡坡急急地滑下来，身体不断撞进高大的雪丘，然后从另一边蹿出来，积雪从袖口、衣领灌到衣服里，冷冰冰的，快要把人冻僵了！

陡坡下是积淀已久的六七米深的大雪窟，一个猛子扎进去，只怕人还没钻出来，就冻死在里面了。然而，一个颠簸后凌峰感觉滑速慢了许多。突然，一只横伸出来的手抓住了他的胳膊，把他拖进了隐藏在雪峰下深凹的山洞中。

虚弱、疲乏、寒冷、剧烈的颠簸，让凌峰脑海中一片模糊混沌。迷迷糊糊中，他隐约感觉到有人在拖着他走，后背被地上凹凸不平的石块磕磨得厉害，疼痛难耐。如果这人想要他的性命，早就下手了。既然暂时生命无忧，凌峰干脆闭上眼，让精神和体力得以恢复，接下来会面对什么，谁也不知道。

啪啪，几个清脆的折断声后，幽暗的山洞里燃起了一堆火，祛除了周围的寒气，凌峰的身体也渐渐温暖过来。没一会儿，一股幽幽的香味飘过来，清香过后，又一股浓郁的肉香飞过来。凌峰紧闭着眼，轻轻一嗅，连续十多个小时滴水未进，他早已饿得前胸贴后背了。求生的本能让他忍不住咽下一口唾液。

"既然醒了，就过来吃点儿东西吧。"一个轻细稚嫩的声音幽幽地传过来，凌峰一怔，居然是个女人！

暖暖的篝火堆前，一个娇小的身影正侧对着他，一边烤火取暖，一边翻动着木棍上的烤肉。凌峰缓缓坐起身来，定睛一看，这女人居然是桐谷千代！

"是你救了我？"

"这里还有别人吗？"

依旧是冷冰冰的音调，她甚至都没向这边看一眼。凌峰活动活动筋骨，虽然浑身是伤，但经过短暂的休息，也只是在隐隐作痛，腹部的疼痛也减轻了许多。

凌峰在篝火一侧屈腿坐下，明亮的火光中，暖暖的热流包裹了他的全身，真暖和呀！

"为什么要救我？"凌峰直接问道，虽然他们不是朋友，但也算不上敌人，至少现在不是。

"哼！你就这么感谢你的救命恩人？"桐谷千代一声冷笑，"算了，也不是出自我的本意，我只是受人之托。"

凌峰浑身一个激灵，一个熟悉的身影出现在脑海中，他急切地追问道："是不是吴劫让你来救我的？他人在哪里？"

桐谷千代迎上他的目光，一冷一热，碰撞在一起："无可奉告。"

不管怎么说，桐谷千代的确救了他一命，既然她不想说，他也没有刨根问底的理由。这时，他的肚子又咕噜咕噜地叫了起来，眼睛直直地盯着火堆上香气扑鼻的烤肉。

桐谷也不做作，将木棍递给他："刚才无聊抓来两只蝙蝠烤了，我没尝过，不知道好不好吃。如果你咽得下去，就吃了它。"

作为蓝剑精英，野外生存是必修课，这种生活在极地严寒带的穴居蝙蝠一般都没有毒素。

"谢了。"凌峰接过木棍，并没有将这难得的营养佳品狼吞虎咽下去，他先用匕首切去头、爪，这才开始慢慢咀嚼。肉质略酸，并不苦涩，凌峰吃得津津有味。

桐谷千代看了，不免有些反胃。她看看时间，将身旁的一个背包扔到凌峰脚下，猛地站起身来："这里面的压缩干粮够你吃两天，其他的自己想办法解决。好了，我的任务完成了，再见！"

"帮我转告他，就算他藏起来，我也一定会找到他的！"

"你先活着离开这里再说吧。"

桐谷千代单薄的身影站在洞口的明暗交界处，突然，她停下来，稍稍侧过脸："对了，他还要我告诉你，如果想活命，别往南走。这里是冰火的地盘，你穿不过去。"

她的身子一晃，消失在外面的白昼中，洞口处只残留着落寞的雪英。

没几分钟，两只蝙蝠全部被吃干净，凌峰从背包里取出一包压缩饼干，就着冰凉的积雪咽了下去。他将山洞内零零散散地朽木堆到一起，将火堆挪了过去，然后躺在烤热的地面上。

凌峰慢慢地闭上眼，冰火的人随时都有可能出现，他必须要有周全的逃脱计划。而且，这茫茫冰原绵延数千公里，没有充足的体能是走不出去的，他还需要在这里待上一两天。

新区市公安局值班室，中午十二点一刻。

严厉和同事小云换完班，顶着火辣辣的太阳，一溜小跑回到更衣室，站在空调下对着冷风吹，那叫一个惬意。这样他还嫌不过瘾，脱下警服露出一身方方正正的腱子肉，给空调一吹，彻骨的凉！

嗖，一个东西从背后飞来，严厉听见风声，身子一侧，反手接住，是一罐可乐。哗，又一条毛巾飞过来，这一次他没反应过来，给毛巾遮住了脸。

"赶紧穿上衣服，就你那小身板也好意思拿出来晒？当自己是施瓦辛格、史泰龙啊？"

这么刺耳的话，不用眼睛看，严厉也猜得出是谁来了。他一把扯下盖在头上的毛巾："龙队，这不太好吧，这里可是男更衣室！"

"少废话，部队体检的时候我什么没见过，本姑娘对你没兴趣！"龙靓把警服丢给他，顺手将肩上的背包放在长凳上。严厉一边套上警服，一边斜眼瞄着桌上的黑色背包，里面鼓鼓囊囊地塞满了东西，都是德芙、可比克、果肉布丁等零食。

看着那一大包零食，严厉眼睛直放光："龙队，给我带这么多好吃的，你人真好！"

"想什么呢？你来孝敬我还差不多！别废话了，我交代你的事情办得怎么样了？"

"真抠。"严厉一边小声嘀咕，一边打开可乐喝了起来，"忙活了半天，就给一罐可乐，还不是冰的。"

龙靓听力奇好，尽管严厉刚才说话的声音已经很小，还是被她听得清清楚楚。她的两道秀眉一蹙，拳头攥得咯咯响，俊美的脸庞露出一个冷笑："哟，凌队长几天不在，咱们小严长本事了啊，小酸话一套一套的！我作为他的老战友，得帮他好好调教调教！"

"龙队息怒，龙队息怒！"

他这个特警队小队长还是个临时代理，在人家蓝剑特种部队精英面前，根本就是小孩子过家家，不是一个级别的。严厉见她要动手，后脊背不禁一阵发凉："正事要紧！你交代的事情都办妥了，妥妥的！"

龙靓眼睛一斜，素手一指："这里面还有特色牛肉干，要不要尝尝？"

严厉暗暗咽下一口唾沫："不敢。"

严厉回到衣柜前，开始在里面翻腾，疑惑地问道："龙队，真不明白你为什么会对一个混街头的少女这么感兴趣？"

龙靓一愣："混街头的少女？"

"是啊，她整天和西华桥下的那帮小流氓混在一起，街舞、混夜场，玩儿一些闹哄哄的音乐，流里流气的，简直就是一个女混混儿！"

"女混混儿？这怎么可能！"龙靓更吃惊了，"你……你知道她是谁吗？"

"怎么，她还有背景？"

龙靓认真地说道："她是唐俊的女儿！"

严厉的表情呆愣愣的，足足傻愣了半分钟才缓过神儿来："唐俊？咱们市里那个著名的生物学家？"

"没错，就是他！而且是他的独女！"

"乖乖！"严厉给惊得目瞪口呆。

在他的意识里，这些做学问的名家的孩子，肯定都是乖巧懂事，戴着小巧的水晶眼镜，端庄文静。女混混儿和小才女之间能够画上等号？

严厉从衣柜里找出一沓照片："瞧瞧，这些是我拍的照片。"

龙靓一张一张仔细地看起来，没一会儿，两条清秀的柳叶眉紧蹙起来。

七八张照片拍得有些随意，人影攒动，画面乱糟糟的，但如果仔细看，不难发现，在这些照片中始终有一个娇小的身影徘徊在左右。破破烂烂的破洞牛仔裤，一撮一撮红绿相间的怪头发；厚厚的眼影、浓艳的口红，完全一副小太妹的模样，谁也不会把她和治学严谨的教授联系到一起！

"据我在她老师那里了解到的，这个小丫头原本就隔三岔五地逃学，唐教授一失踪，更如了她的愿，学校里已经一个星期没看见她的影子了。"

听罢，龙靓的表情愈发凝重，收了照片，拎起背包急急地往外走去。严厉还没搞明白怎么回事："龙队，着急着去哪儿啊？下午还上班呢！"

日头偏西，遥远的天际飘来片片云朵，阵阵微风吹来，为这炎炎夏日带来一丝凉意。

远远地，地段稍偏的西华桥下，一群年轻男女簇拥在桥下，不时爆发出一阵欢呼雀跃的叫好声：一来，这里凉风阵阵、阴凉遍布，是闷热路段的绝好乘凉地；二来，经常有市里的街舞高手在这里斗舞。

　　还未走进，劲爆的街舞音乐阵阵传来，热烈的鼓掌声一浪赛过一浪。龙靓身形娇小，几下便插到人群前面。站在最前面的都是一些态度傲慢的年轻人，眉宇上扬，嘴巴快要翘到了天上。

　　人群正中央，一个染了黄毛的男孩儿左闪右闪地晃着步子，忽跑忽停，上蹿下跳，引来人群中一阵阵欢呼。然而，对面另一伙年轻人却对他不屑一顾，根本没拿正眼瞧他一眼，甚至嗤之以鼻。龙靓注意到，唐卿正盘腿坐在地上，倒竖着大拇指，忙着喝倒彩。

　　一曲完毕，黄毛小子撤回来，和下一个准备上场的伙伴击掌打气。这时，对面另一伙人中一个歪戴着棒球帽的小子蹦蹦跳跳地上来，摘下帽子漂亮地甩飞出去，唐卿等几个年轻人爆发出一阵兴高采烈的欢呼。

　　这个棒球帽小子好像真的跳得不错的样子，一上场，头、颈、肩、腿甩过来甩过去，整个身体转动、摆振、倒摆、回旋，引爆了现场一轮又一轮的喝彩。就连龙靓这样对街舞一窍不通的人也看得出来，这个棒球帽的舞技明显盖过了黄毛小子，抢了他的风头。

　　龙靓原本想直接过去喊唐卿，可是看看周围的环境气氛，实在不适合，说不定还会激起她的反感，这么想着还是忍住了，装作一名普通的观众，在一旁静静地欣赏。

　　不一会儿，又轮到对方上场，这次出场的是一个耳朵上戴着三枚银耳环的女生，原本清秀的脸上画着浓重的烟熏妆，像是黑帮电影里走出来的女头目！她的舞技主要以下肢和腹部的波浪形扭动为主，充分展示着她身体的柔韧和敏捷性。这种程度的表演，就连龙靓也没有十分的把握，不禁让她看得瞠目结舌，对眼前这帮流里流气的街头少男少女刮目相看！

　　一阵热血沸腾的劲舞后，人群中爆发出雷鸣般的掌声，此起彼伏。轮到另一伙人，龙靓斜了一眼，大吃一惊，竟然是唐卿上场！

　　十五六岁的小丫头，在近百人的围观中镇定自若、神采飞扬，几个简单的回旋步后，开始玩儿高难度的动作。风车、抱手风车、无手风车、托马斯全旋、UFO等，博得了全场的欢呼声，尖锐嘹亮的口哨声频频响起，惹得周围的人驻足观望，指指点点。

两局落定，胜负已分。唐卿兴奋地和队友们击掌欢呼，输掉比赛的一方个个垂头丧气，像是泄了气的皮球，自顾自地拿了自己的衣物，灰溜溜地闪了。

围观的人们似乎还没尽兴，但一方比赛选手都已经闪人，没得看了，他们也只好慢慢散去。几个十多岁的小孩子还在恋恋不舍，一步三回头。

唐卿和伙伴们一一告别后，拎起背包，耳朵里塞上耳机，哼着歌曲兴致不错地走了。

这小丫头虽然性格有几分顽劣，但禀性并不坏，从她和伙伴们拥抱告别就可以略窥一二。

根据严厉的调查，唐卿所在的学校是全日制学校，她经常逃课，肯定不会住在学校，唐俊教授又失踪了，她会住在哪里呢？龙靓没惊扰她，隔着三五米的距离，轻手轻脚地跟了上去。

天上飘着的云朵遮住了太阳，并不是很热。唐卿一番劲舞后，浑身汗流浃背，而她竟然一路轻快地走了两条街，并没有打车的迹象，嘴里轻快的歌曲一直没断掉，看来她今天的心情很不错！龙靓几个快步追上去，在她的肩膀轻轻一拍："等一下，唐卿！"

唐卿回过头，望着面前陌生的面孔，摘下耳机，疑惑道："在叫我吗？你是谁？"

龙靓爽朗一笑："我叫龙靓，是你爸爸的朋友。"

唐卿皱着眉头，眼中充满了警惕："我爸爸没有女朋友。"

"女朋友？"龙靓听罢，竟然咯咯地笑出声来，"看不出来，你年纪小小，警惕性倒是很高！你爸爸叫唐俊，是生物细胞学教授，没错吧？"

唐卿满是惊奇地问道："你怎么会知道？"

龙靓轻笑："我都说了，我是你爸爸的好朋友，不然怎么会知道这些？"

"我爸虽然是个书呆子，但是在市里却是数一数二的细胞生物学家，挖出这些资料没什么了不起的。"

说实话，唐卿的警惕性之高，让龙靓也暗感吃惊。不光是她的言语，她双那澄澈的眸子里也充满了一种深深的排斥，任谁也很难介入！

龙靓无奈，只能掏出证件递给这个小她近十岁的小丫头："好吧，我坦白。这是我的证件，我是蓝剑特种部队龙靓中队长，目前是市蓝盾特别行动小组临时成员。我这次主要是来看看你，顺便了解一下你爸爸失踪前的情况。"

换作其他男生，听到蓝剑特种部队如此响亮的名号，定会钦佩不已，但唐卿对这并不感冒，只简单地瞥她一眼："真不明白你们警察到底是干吗的，不就是一个星期没露面吗，至于大惊小怪吗？居然断定他失踪！"

对唐卿这番话，龙靓颇感意外："你好像对你爸的失踪并不感到意外？"

"什么失踪啊，他经常会消失三四天，然后又突然冒出来的好不好，肯定是又躲到哪里搞他的破研究去了，我早就习惯了。"

"可是他已经八天没有消息了！我调过生物研究院的监控录像，晚上 10 点多钟的时候，曾经有一个可疑的人进入过实验室。我问过其他教授，他们都对录像里的那人的身影感觉陌生，表示并不认识这个人！"

"那又怎样？谁会绑架一个只知道搞研究的穷教授？"

几句对话下来，龙靓发现这个小女生不仅仅是叛逆这么简单，她思维活络，对父亲持冷淡态度，只对和自己有关的事情感兴趣。

只简短的几分钟，龙靓发现自己还挺喜欢这个高傲倔强的小女生："能和你认真谈谈吗？"

"不正在谈吗？"

现在是午饭时间，龙靓估计她跳完舞之后，肚子肯定饿了，于是邀请道："我请你吃午饭吧，顺便聊聊。"

"如果你想了解我爸，对不起你找错人了，我从来不过问他的事情。"

"和他无关，只是随便聊聊，你想吃什么？"

"KFC 吧！"唐卿也不客气，坦白道。

现在是午餐时间，KFC 餐厅里人流爆满，一桌一桌的都是年轻人。龙靓环顾周围，整个大厅里竟没有一个空桌："好像没有空桌，我们去吃点儿别的吧？"

"走了这么久，累死了，不换了，就在这里！"唐卿在周围张望了几眼，看到隔壁有一张桌上只坐了两个大男孩儿，嘴角一扬，微笑着过去，"hello，不介意拼桌吧？"

两个男孩儿二十岁出头的模样，见来搭讪的是两个美女，乐呵呵地往旁边挪了挪："欢迎！"

龙靓礼貌性地朝那两个大男生笑笑，向唐卿问道："想吃点儿什么？"

"来份新奥尔良烤鸡腿堡套餐吧！"

排队的时候，龙靓特别留意了唐卿，没想到她是个自来熟，没几分钟就和同桌的两个男孩儿热聊了起来！看来自己的担心完全是多余的，这个叛逆女生只是对长辈才会有代沟，和同龄人没有任何沟通障碍！

就在龙靓暗自苦笑的时候，一个似曾相识的娇小身影在她眼角的余光里一闪而过，等她回过神再去寻找，早已不见人影。可能是自己太敏感了，她心里这么想着。

等到龙靓转过头去，不禁被眼睛看到的一幕惊呆了，才见面不到几分钟的三个年轻人早已打成一片，一个刺头男生甚至将手搭在唐卿的肩膀上，想要揩油。龙靓一下子就火大了，两个新奥尔良烤鸡腿堡套餐"砰"地一下放在桌上："把你的手拿开！"

对于男生的无礼，唐卿似乎没放在心上，龙靓这一下，把三个年轻人吓了一跳，都用一种奇怪的表情盯着她，仿佛在看一个怪物。

"你的新奥尔良烤鸡腿堡套餐，赶快吃吧！"龙靓余怒未消。

唐卿根本没把这事放在心上，一边吃着薯条，一边还在和两个男生闲聊："刚才说到哪儿了？你们学校也有街舞社团？改天带我去见识一下吧？"

"好啊，正好我们最近和另一伙叫 street boy 的社团有一场比赛，你也来参加吧，为我们加油！"

"好啊，好啊，我最喜欢街舞比赛了！"唐卿很兴奋的样子。

一个男生拿出手机，熟练地解锁："哎，把你电话给我吧，过几天我联系你！"

唐卿笑逐颜开："好啊，一定记得叫上我啊，你记一下，155××××××××。"

"打住！你们两个男生，才第一次见面就要女生的电话号码，什么企图啊？"龙靓实在看不下去了，打断了他们的谈话，先训斥了两个男生，然后用苛责的眼光瞪着唐卿，"还有你，你们才认识几分钟啊，知道他们的底细吗？随随便便就把电话给他们，万一遇到坏人怎么办？你怎么不知道保护自己呢？"

三个年轻人一愣神儿，旋即"扑哧"一声笑出声。唐卿不屑地望着她："你是我什么人啊？凭什么管我啊？"

一个男生帮腔道："闹了半天，你们俩也不熟啊？我还以为她是你姐呢，大妈一样啰唆！"

"你们两个小子，跟姐姐说话的时候注意点儿！"龙靓强压住怒火，这要是在蓝剑，哪个皮痒痒的敢跟她这么说话，她早就两脚伺候上去了！

"好啦！"唐卿有些不耐烦道，"你不就是想打听我爸的事情吗，赶紧问吧。问完了赶紧走，别再缠着我！"

"大姐，听到没有，人家不耐烦的是你！"

龙靓被这两个不知道天高地厚的小子彻底惹毛了，眼神霎时冷了下来："我是市公安局的龙队长，在调查一件拐卖未成年人的案件，你们两个马上走开！"

一个男生向上卷了卷 T 恤，露出上臂的青色文身，冷笑道："大姐，你警匪片看多了吧？小心我告你冒充警察！"

龙靓多次协助警方为围剿贩毒、黑帮势力，什么惊险场面没见过？飞扬跋扈的人没见识过？会被这个嚣张的小青年唬住？她的眼神更加冷漠，向前一凑，隔着几厘米和他对视："要不要我带你去局里走一趟？滚开！"

"你……"文身男生还想纠缠，却被同伴拽住。他觉得面前这个年龄稍大的女人不一般，没有化妆，面容清秀，身子坐得笔直，冷漠的眸子锐利有神，平和的话音中底气十足，和周围的人神态截然不同！

两个男生凑在一起低声耳语了几句，用敌视的眼光瞪着龙靓好半天，却也不敢对她怎么样，最后拎起挂在凳子上的背包，悻悻离开。

"喂，我经常去西华桥跳舞，比赛那天记得去找我！"唐卿还在对这件事耿耿于怀。

文身男生回过头，冷冷丢过来一句话："让你亲爱的大姐姐带你去吧，别走丢了！"

"哼，你满意啦？把他们全都吓唬走了！"唐卿憋了一肚子闷气，大口吃着汉堡、薯条，把头别到了一边去。

见她像小女孩儿一样使性子，龙靓的火气顿时消了大半，毕竟，她还只是个小女孩儿！

"怎么，生气了？一个女生别随便把电话给陌生人，不好。万一他们是坏人怎么办？"

"你又不认识他们，凭什么说他们是坏人？"

"好男生会随便搭女孩儿肩膀？连你的名字都不知道，直接要电话，会有什么好心思？"

唐卿虽然还在生气，却无力反驳，只能气呼呼地大口嚼汉堡、喝可乐。龙靓吸了一口可乐，轻声道："你好像并不喜欢聊你的父亲？"

"一个书呆子，整天就是和小白鼠打交道，有什么好聊的？"

果然，聊到唐俊，唐卿立刻开始走神儿，眼神轻飘飘地开始乱晃。龙靓猜测，如果这个话题再继续下去，只怕不到五分钟，这个小丫头就会找借口开溜。

"你妈妈呢？很少听到她的消息。"

"死了，在我很小的时候就死了。我妈去世的前一天，我爸还在他的实验室里搞小白鼠。"

"对不起，我不清楚你的情况。"

"没事，那都是很久以前的事情了。"唐卿看似随意地一笑，望着窗外呆呆地出神，清澈的眸子里闪过一丝哀伤。只有在这个时候，她才会安静下来，龙靓找到了她内心最柔软的部分。

一阵刺耳的鸣笛声打破了刚刚静谧下来的氛围，唐卿的眉头轻轻一皱，她回过头望着龙靓："想问什么就直接说吧，你不会无聊到找一个小女生聊天儿的地步。"

"其实，我是……"

唐卿忽地站起身来："我去一趟洗手间，你想好要问我什么，如果我回来还是这些无聊的话题，我就回去了。"

新奥尔良烤鸡腿堡套餐才吃了几口，薯片嚼了几根，可乐一口没动，这个小女生真的对她们的谈话没什么兴趣。龙靓原本还想从唐卿这里找到一些蛛丝马迹，现在看来是没戏了。

站在镜子面前，看着里面的自己，唐卿心里有一股隐隐的焦躁，还在为龙靓赶走那两个街舞男士生气？似乎并不是这样。难道……是在为唐俊担心？不，不，这怎么可能！唐卿暗暗在心中告诫自己绝不是这样，从母亲去世的那一刻起，她就告诉自己，绝不会为唐俊伤心！虽然血浓于水，但绝不会有父女亲情的存在！

唐卿用凉水使劲儿洗脸，让那个可怕的念头从脑海中消除，然后对着镜子，开始一点点补妆。吱，洗手间的门开了，唐卿在镜子里瞥了一眼，只见一个十三四岁的漂亮的小女孩儿慢慢走了进来。

长长的黑发披散在肩头，齐刘海儿稍稍遮住了眉梢，标致的鹅蛋脸，一个活脱脱的美人坯子！纵使唐卿是女生，也忍不住偷偷多瞥了两眼。

桐谷千代站在唐卿身旁，静静地低头洗手，稚气未脱的脸上没有任何表情，冷冰冰的。

"嗨，美瞳不错！"唐卿主动打招呼道。

桐谷千代站直身子，轻轻甩手，径直走到自感烘手机前吹手，完全无视她的存在。唐卿吃了一个小女生的闭门羹，心里很是不爽，原想和她理论几句，但见她娇小瘦弱的模样，也就忍住了。

唐卿正贴近镜子细细描眉，余光忽然瞥见镜子里多了一个模糊的人影。稍一侧眼，那个漂亮冷漠的小女生正在她身后蹑手蹑脚悄悄地靠过来。她这是？唐卿正疑惑间，猛然发现她手里有一个尖锐的针头！唐卿神经质地往旁边一跳，诧异地盯着她："你干什么？"

"哦，被发现了！"桐谷千代诡异一笑，"何必这么聪明？笨一点儿多好，你不会疼，我也节省时间。"

望着刚刚到她肩膀的小女生，唐卿有些生气了："别仗着自己是小孩子就乱来，再跟我恶作剧，我可不会对你客气的！"

桐谷冷冷一笑："怎么，想打我吗？"

"我不会打你，但我会告诉你妈妈的！"唐卿故意吓唬她道。

"哦，告诉我妈妈？那你可真不走运，她早就被人杀死了，你也想死吗？"

虽然对方是小孩子，但从她口中说出这些话来，还是不免招人厌烦。唐卿板起脸来正要训斥她，忽然发现有些不对劲儿，这孩子年龄虽小，但却给人一种说不出的"鬼"，加上她脸上那阴冷的笑容，让人心里直发毛！

"哼，懒得理你！"唐卿言罢，也不能拿她怎么样，径直朝门口走去。

"你走不掉的！"

嗖——地上的塑料垃圾桶忽然飞过来，直直地撞到墙上，挡住了唐卿的去路。这一下，她真的生气，愤怒地转过头来，却发现桐谷早已到了身后！不等她做出反应，桐谷飞起一脚踢在她的腹部，唐卿脚下不稳连连退却，"咣当"一声撞在墙上，身体软软地滑到了地上，一副痛苦的表情。

"早就告诉过你，老实一点儿就不会这么疼了！"桐谷俯下身来，将注射器针头扎进唐卿的脖子，透明的液体缓缓注射进她的体内。

隔了十几秒钟，唐卿只感觉身体一阵轻飘飘的，头脑中一片混沌，整个人仿佛被掏空了，注入了新的灵魂和肉体，意识还在，身体却不受思维控制。

桐谷从卫生间取出一个黑色背包，从里面掏出一件女士红色卫衣，"啪"的一下扔到唐卿身上："把它穿上。"

唐卿眼神呆滞、动作僵硬地将红色卫衣套在身上，帽子遮住了大半张脸，她跟在桐谷身后一步步出了 KFC 餐厅。

十多分钟过去，龙靓已经吃完午饭，几次朝洗手间方向张望，却都没有看到人，不禁有些着急起来。该不会出了什么事儿吧？龙靓心里陡然浮起一丝不安，站起身急急地朝洗手间走去。才进门，龙靓立刻就看见一个垃圾桶倒在地上，里面的擦手纸散了一地，白色的大理石洗手台上也洒满了水。

"唐卿，你在这里吗？"

洗手间里静悄悄的，除了门口偶尔经过的脚步声，一片死寂。

"唐卿，你还在吗？别玩儿了，快点儿出来！"

这时候，龙靓已经感觉到事情有些不妙，一边叫喊着，一边将卫生间挨个儿去察看。就在靠近卫生间洗手台的垃圾桶里，龙靓发现一支精致的微型注射器安静地躺在里面。

"糟糕！"龙靓暗叫一声，连忙转身急冲出去，差点儿和推门进来的女孩儿撞个满怀！

这时候已经是下午一点多，KFC 餐厅的人少了许多，几个瞥眼扫过去，根本不见唐卿的身影！难道是唐卿不辞而别？不会，她的性格虽然有些叛逆，但最起码的礼貌还是有的，不然自己也不会跟她耗这么久，而且，洗手间里的那个注射器分明来得蹊跷！

龙靓着急地左右张望，川流不息的人在眼前匆匆而过，却再也看不到那个熟悉的身影。她沉思片刻，毅然朝街尾跑去。换作她，如果抓到了人，肯定会尽快离开，而不是往市中心跑！

桐谷低头在前面慢慢地走着，迎面过来的人不时朝这边惊异地张望一番，指指点点，窃窃私语。不过，焦点不在她身上，而在后面跟着她的唐卿身上。九月的天依旧火热，唐卿却穿着火红色卫衣，散乱的头发快要盖住了眼睛，迈着僵硬的步子，像一个动作呆板的机器人。

街道上人多眼杂，桐谷步子一转，走进一条人流较少的小道，唐卿跟在后面，歪歪斜斜地跟着进来。

这时，龙靓从后面追了上来，看到刚拐进岔道的奇怪身影，觉得可疑，立刻跟了过去。

红色卫衣有些扎眼，但除了这，无论破洞牛仔裤、身高、体型都与唐卿极为相似。龙靓迟疑几秒钟，还是轻声试探道："唐卿？"

没有任何回应，裹着红色卫衣的唐卿还是步履僵硬地继续往前走着，甚至连停顿都没有。一丝温热的眼泪从眼角流下来，唐卿颤抖地张开嘴，喉咙里却喊不出声来，她机械地往前走，思维一半模糊一半清醒。这样一来，龙靓更觉得她形迹可疑，警告道："我是警察，前面的人，立刻停下来！"

"救……救我……"唐卿极力叫喊，声音却像蚊蚋一般，十分微弱。

"唉……"桐谷轻叹一声，"为什么每次都会遇到一些麻烦的家伙？"她掉头朝回走，和唐卿擦肩而过时，在唐卿的脸上轻轻拍了两下："没你的事，继续走。"

唐卿继续像个机器一样迈着僵硬的步子，眼泪也止不住地往下流。

桐谷面无表情地走过来，隔着三米多远的距离和龙靓对峙，冷眼问道："你是谁？"

被调到蓝盾的这段时间里，龙靓已经听说了那个多次出现在绑架现场的神秘

R 国女孩儿。再看看面前这个冷冰冰的小姑娘，八成就是她了。龙靓的眼睛跳过桐谷，还盯着那个背对着她穿着红色卫衣的奇怪女孩儿："喂，唐卿？快点儿回来！"

还是和之前一样，卫衣女孩儿没有任何反应。龙靓急了，径直朝前面跑过去。在和桐谷擦肩而过的瞬间，桐谷猛然出手，一个拳头就向龙靓的腹部打了过去！

噗，龙靓寻人心切，一不留心，就挨了她一拳，身体一晃，闪退回来。凌峰多次说过这个小女孩儿不一般，在一对一的情况下居然被她偷袭，确实是自己大意了。

"你就是桐谷千代？"

桐谷颇有些意外，重新扫视面前的这个女人："居然知道我的名字，你又是谁？"

"你还不配知道我的名字！"龙靓对她不屑一顾。

"哦！"桐谷沉思片刻，突然恍然大悟，"你就是那人的战友，蓝剑特种部队的中队长？啧啧，是比我料想的稍微漂亮了一点儿，怪不得他对你念念不忘。"

龙靓一愣："谁？"

"当然是你们的那个逃兵，不过，我们已经帮你们清理门户了！"

"我听你在胡扯！吴劫可不是你们这些人可以随便对付的！"

"唉，信不信随便你。今天我还有事，改天再来试试你的手段，再见！"

"想走？你把蓝盾当成什么啦？今天你不光带不走唐卿，连你也得跟我走一趟！"

桐谷稚嫩的脸庞露出一个阴险诡异的笑容："那就要看看你有没有这个本事了！"

这一次换作龙靓开始出手，一拳、一勾、一记飞脚，动作敏捷连贯、凌厉迅猛。桐谷连连却步，无力招架。接着，又是几记飞踢过来，龙靓的拳脚如行云流水般接连而至，根本不给桐谷喘息的机会。

就在龙靓一只脚刚刚落地的时候，桐谷猛一转头，黑色的长发如小瀑布一般甩飞过来，藏在发间的小刀片锋利无比！龙靓何等身手，岂会轻易着了她的道儿，虚影一晃，闪了过去。龙靓一声轻笑："你这点儿小伎俩，我五年前就用过了！"

"那你再试试这些如何？"桐谷千代左右一挥手，隐藏在袖中的六枚小刀片就"唰唰唰"地朝着龙靓一齐飞了过来！

小道太窄，刀片飞行轨迹太宽，根本无法瞬间闪出它的攻击范围！千钧一发之际，龙靓纵身而起，踏着墙壁猛一个 360 度后翻。

叮叮叮——六枚小刀片全部撞到坚硬的墙壁上，龙靓一个单膝着地，稳稳落下。

"真有你的。"桐谷脸上阴沉不定。

"我早就说了，你那些小伎俩对我不管用，别再浪费时间了，乖乖跟我回去。"

"现在说这些话，还嫌早了点儿！"

桐谷微微低下头，白眼珠里隐隐透着一股怨气，右手滑到后腰间拔出匕首，雪亮的刀锋反射出一道耀眼的白光。然而，就在这时，一个黑影出现在桐谷背后，将她娇小的身躯完全笼罩在阴影之中！她觉察到突如其来的危机，缓缓转过刀身，正要一刀刺过去，一道凌厉的风声倏忽而至！

砰，一个拳头毫无保留地砸在桐谷的后脑勺上。当，她手中的匕首悄然坠地，整个人也瞬间瘫软下来，昏迷的前一刻，她看到了唐卿疲惫却又欣喜的脸庞。

"唐卿，你还好吧？"龙靓惊喜道。

"还……还好。"才说完一句话，唐卿就身子一软，整个人四仰八叉地瘫在了地上，胸口剧烈起伏，大口地喘着粗气，大汗淋漓，褪去了浓妆艳抹，显现出她这个年龄段应有的清新秀气。

龙靓长长地嘘了一口气，不再顾及形象，随意在地上坐下，甜美的笑容映在脸上："这回，可以跟我回学校了吧？"

"嗯！"唐卿重重点头，晶莹的眼眸中仍有余悸。

明亮的荧光灯下，偌大的实验室沉浸在一片柔和的光源中。

才不过两天，几张大实验桌上就放满了各种器皿、试剂，凌乱的手写笔记堆叠在一起，放满了一张桌子。

又是一个通宵，唐俊忙碌的身影不断出现在各个实验器材前，他的眼中布满血丝，面容憔悴，但兴奋度不减，还沉浸在实验的高度亢奋中。

培养皿中的载玻片上有两滴颜色略有差别的绿色液滴，尽管周围一切平静，但液滴表面却呈现出只有在显微镜下才能发现的极其微小的震颤，他将两个试管中的液体标本放入 10 摄氏度的恒温箱，以加强它们的活性。

时间一分一秒地过去，唐俊在实验室里焦灼地踱着步子，来来回回，一趟又一趟。这十多分钟，真的像十几个小时一样漫长！

"10，9，8……3，2，1，OK！"

唐俊眼神一亮，迫不及待地从恒温箱中取出两只装着浅绿色液体的试管——ADS-3 和 ADS-4 号标本。他用注射器抽取了 3 号细胞标本，将温热的浅绿色液体注入准备好的实验体——小白鼠和雪兔体内。

小白鼠的体型太小，只不过停留了五秒钟，它便有了反应：全身颤抖，很快便躺在地上，身体抽搐，皮肤迅速干瘪下去，像是被饿了一个月，皮包着骨，已经死亡。

和小白鼠比起来，雪兔的情况要稳定得多，它只是在地上蹦了两下，很快就逃到角落里，静静地缩在那里。然而，它的稳定状况并没有持续太久，半分钟后，它开始出现和小白鼠同样的症状：全身颤抖，狂躁地乱跳，最后四肢抽搐地倒在了地上，皮肤和肌肉迅速干瘪，最终同样变成一具活骷髅，整个过程持续一分钟，死亡。

望着地上两具干瘪的动物尸体，唐俊布满血丝的眼睛里闪过一丝波澜。他用另一只注射器抽取了 4 号标本液体，由于激动，他的身体在不住地颤抖。

两天的心血，就堵在它们身上了！

30 秒钟……50 秒钟……90 秒钟，小白鼠整整存活了一分半钟！皮肤和肌肉干瘪的程度也减轻了许多。这对于唐俊来说，是一个巨大的进步！

就在死去的小白鼠身边，肥肥的雪兔仍旧蹦蹦跳跳的，健康状况稳定。

两分钟……三分钟……四分钟……五分钟过去了，雪兔仍旧在地面上蹦来跳去，状况稳定。

两道热流从眼角悄悄流下来，眼前的视线有些模糊，唐俊忍不住惊呼道："成功了！我终于突破了第一道难关！"

咣当！一个撞击声从唐俊身后响起，只见刚才还状况良好的雪兔，转眼间已经直挺挺地躺在地上，后腿还在止不住地颤抖，皮肤迅速干瘪下去，绷出一根根肋骨。

现实的残酷让情绪高涨、精神亢奋的唐俊很快冷静了下来，他蹲下来，仔细察看注射了 ADS-3 和 ADS-4 细胞溶液标本的小白鼠和雪兔。虽然两组实验均以失败告终，但 ADS-4 号细胞溶液标本的属性明显要稳定许多。

哗，唐俊脱下隔离衣，兴冲冲地出了实验室，指纹识别打开几道防护门后，径直朝洞穴出口奔去。除了隐藏在 U 形避风港内的天然洞穴出口，地下实验室还有一扇升降式防冻电梯通往地面，而出口藏在厚厚的冰雪之下。

看到唐俊从实验室出来，一个枪手立刻迎上来："唐教授，您有什么指示？"

唐俊面色黯淡，但眼睛仍旧放射出异样光彩："实验已经取得突破性进展，我需要新的实验体，一种比雪兔体型更硕大、强壮的活体动物！"

"好的，教授，我马上转告上级，会把您需要的试验品尽快运送到基地。"

"不！"唐俊将厚厚的风衣套在身上，手上也戴了保暖的羊绒手套，口罩、防风眼罩一应俱全，"我需要一种适应寒冷气候的鲜活实验体，我要亲自去捕捉，给我准备一辆雪地车！"

"好的，教授，您稍等，我去准备！"

枪手答应后，向同伴低声耳语几句，后者点头，匆匆向洞穴的一个岔口奔去。

啪，啪，篝火堆的最后一根木材燃尽，只剩一堆灰烬余温未尽。凌峰将最后一口压缩饼干塞到嘴里，将包装袋全部装进背包，扔到角落里。经过两天的休息，他的内伤已无大碍，皮肉伤也开始愈合，是时候动身出来了。

尽管天上没有太阳，但跨出洞口的瞬间，还是觉得外面的冰雪世界一片耀眼，两天的穴居生活，他已基本适应了洞穴的阴暗。

环顾四周，茫茫的针叶林就在身后，这里是森林的边缘带，顺着呼啸的风声，隐隐有冰火少年的叫喊声传来。不过，他并不担心，根据风速和叫喊声的余音判断，他们至少间隔了三四十米，而且隔着一道高耸的山峦。

根据桐谷千代临行前的叮咛，南面是万万不能走的，除了冰火少年团，一旦靠近基地，还有瞭望塔上的狙击手，他确实没有生还的可能，唯一的选择就是继续向北走。

记忆里，好像在西伯利亚冰原停留的这段时间里，天上一直在下雪，仿佛整个世界的雪花都被寒风吹到了这片冰雪大陆上，一直下个没完，暗无天日。

风继续吹着，雪继续飘着。

两排深深的脚印自南向北一直延伸，每走一步，后面便会有几个脚印被落雪盖住，长长的脚印痕迹在不断缩短。凌峰已连续走了十多个小时。抵御寒风也需要消耗一定量的体能，如果可以持续补充，这些消耗可以忽略不计，但如果只有消耗……视野里是白茫茫的一片，两条腿只是靠着意志力在机械性地走，一旦倒下，绝没有再站起来的可能！

凌峰也不知道自己还能坚持多久，或许一个小时，或许十分钟，或许下一秒钟就会倒下，谁知道呢。

才出了地下实验室，唐俊厚厚的眼镜片上立刻白花花的一片，结出一层白白的冷霜。

他的心情一片大好，拿手指随便在镜片上抹了抹，架着雪地车，疾驰如飞！

茫茫冰原，一眼千里，平坦无垠，除了雪还是雪。尽管视野不好，车技平平，但心情大好的唐俊竟把雪地车当成坦克一样来开！

眼前的世界一片模糊，不光是风雪太大，唐俊的眼镜上还挂着一层薄霜，天地间飘着一层雪雾。举目四望，白茫茫的雪地里有几个白色的小斑点在跳动，一连数日的大雪，藏在洞穴的雪兔也耐不住饥饿跑出来觅食，它们浅小的脚印很快就被雪花遮盖，杳无痕迹。

近百米远的地平线上，一个硕大滚圆的斑点在一点点挪动，唐俊定睛一看，居然是一头胖硕的北极熊！这么个大家伙，还是不要招惹它为妙，唐俊驾着雪地车，继续向冰原深处进发。

突然，一只毛色灰白的雪兔从一处雪丘后面跳了出来，飞也似的逃窜。正在唐俊疑惑的时候，高大的雪丘后面又窜出一只全身雪白的北极狐，三角形狡猾的小脑袋、蓬松的大尾巴，像一只在雪地里游荡的白幽灵，一闪即过！

就是它了！唐俊驾着雪地车跟在北极狐后面狂追不舍，一边将猎枪架了起来。

逆着寒风，飘浮在空气中的人类气息被吹散；寒冷的冰原上食物本来就少，又接连下了几天的大雪，冰封千里，北极狐可能是饿昏了头，一直跟在雪兔后面紧追不舍，居然没有察觉到尾随而来的"黄雀"！

尽管雪兔拼尽全力在奔跑，但还是被饿昏了头的北极狐慢慢追上来，它们之间的距离在不断拉近。颠簸不平的雪地渐趋平稳，唐俊手中的猎枪牢牢地锁定了前方的猎物，只等它停下的最佳时机。一只死的北极狐对他没有任何意义，他需要一只受了皮外伤的、活的猎物！

狡猾的北极狐摸清了雪兔逃跑的弧形轨迹，沿直线奋起直追，眼看肥硕的雪兔就要葬身在它的利爪之下！然而，它却猛然停下脚步，在原地徘徊几圈，恋恋不舍地向前眺望几眼，迎着风声低吟一声，掉转方向仓皇逃窜。

怎么回事？唐俊正疑惑的时候，在北极狐逃窜的侧面忽然出现了一个灰色的影子，像一匹苍劲的灰狼，弓着身子，随时准备奋力跳起扑向猎物！唐俊心下大喜，这不正是他梦寐以求的实验体吗？

雪地车的速度逐渐慢了下来，车身趋于平稳，唐俊取出猎枪，长长的枪管架在前面的挡风玻璃上，循着灰色的影子一齐移动。终于，灰色的影子在雪地里停下脚步，似乎在空气中嗅到了不安的气息。

就是现在！唐俊瞄准目标，果断扣下扳机。

砰！响彻的枪声飘向灰色的天空，顺着寒风传向远处。枪声响起的同时，"灰狼"被击中，无力逃跑，最终瘫倒在雪地上。唐俊欣喜万分，脸上挂着掩饰不住的灿烂笑容，猛一加油门儿，蓄势待发的雪地车疾驰如飞，呼啸而去！

远远地，唐俊看到一个中了枪的、体型硕大的"猎物"安静地躺在雪地里，无力逃窜。真想不到，几年没有碰过猎枪，他的枪法还是一如既往的准！唐俊不禁在心里暗暗窃喜。

为谨慎起见，在距离猎物六七米远的地方，唐俊就下了雪地车，端着猎枪，一步步靠近过去。

吓！到了猎物跟前，唐俊不禁傻了眼，这哪里是一匹灰狼，分明就是一个快要被冻僵的人躺在雪地里！

"喂，醒醒！喂，快点儿醒醒！"唐俊扔下猎枪，跪在雪地里要去把那个人搀扶起来。但在他的手碰到凌峰身体的一瞬间，不禁吓出一身冷汗。他的身体僵冷如冰，没有一点儿温度！

刚才看到他的时候还在活动，该不会是被我打死的吧？这么想着，唐俊开始检查凌峰冷冰冰的身体，虽然他浑身都是伤，却没有一处是枪伤，而且都已结痂！将食指伸到他的鼻下，有微弱的气流，他还活着！唐俊紧绷的心弦总算稍稍放松了一点儿，他慌忙脱下身上的风衣，将凌峰全身包裹起来，慢慢拖回到雪地车上。

雪地车慢慢掉过车头，朝北面的地下实验室飞驰而去，雪地上留下两道深深的压痕。

白皑皑的雪地呈十字形裂开，唐俊将雪地车开到中间的钢铁平台上，连人带车一齐慢慢下坠。随后，裂开的雪地重新合上，近一米厚的积雪融合在一起，了无痕迹。

巨大的电梯的厚封门缓缓打开，唐俊迫不及待地抱起凌峰直朝着实验室跑去。两个手持 AK-47 的枪手面面相觑，其中一人取出手机拨通了熟悉的号码。

"喂。"

"教授从外面带来一个人。"

"什么人？"

"不清楚，看他的体型、发色、肤色，应该是个中国人。"

"哦，怪不得冰火少年团一直搜不到人，原来跑到地下实验室去了。"

"要不要把他抓起来？"

"不！不要轻举妄动，别因为一个小卒子耽误了实验进程，不论唐教授提出什么要求，满足他！"

"是！"

"还有，秘密监视他们，一旦他们企图逃跑，立即向我报告，特别是那个中国人！"

"是！"

二十多分钟后，凌峰的身体终于渐渐恢复到正常体温，苍白的脸庞也有了血色。心神不安的唐俊一直在旁边来来回回地踱着步子，还在为之前自己的那一枪愧疚不已，虽然他没打中。

哗！盖在凌峰身上的风衣滑到了地上，他颤颤巍巍地坐起身来。看到凌峰没事，唐俊心里一块石头落地，满心欢喜地跑过来："你醒啦？实在是太好了，我一直在为你担心！"

凌峰茫然地环顾周围，头脑还有些晕沉："这里是什么地方？"

"别担心，这里是我的实验室，很安全的。"

这时候，凌峰才注意到身旁的人，他看了一眼，不禁疑惑道："您是……唐教授？"

这一次，轮到唐俊惊讶了。他瞪大眼睛直直地盯着凌峰，没想到在这茫茫的异国冰原上差一点儿被他打死、被他捡回实验室的人居然还认识自己！

唐俊搔搔头发，不解道："你是谁？你认识我？"

"唐教授，我是凌峰！"

"凌峰？"唐俊皱着眉头，小声地自言自语。

"蓝盾特别行动小组，队长凌峰！您参加过几次新区市科技成果展示会，我是现场的安全负责人，见过面的！"

"哦哦，蓝盾！是你们啊，我记起来了！"唐俊忽然很兴奋的样子，"你是……"

新区守护神蓝盾的名号，唐俊自然记得，但是面前这位年轻人……他真的没有印象，凌峰也不介意，轻笑道："我叫凌峰。"

他乡遇故知，自然分外亲切，一番寒暄之后，两人很快熟识了。从新区的经济、科技发展，聊到近期连续几宗犯罪案件，聊到蓝盾的职责，最后话题回归现实，谈到了他们目前的处境。

"唐教授，您知不知道我们现在的具体方位？"

唐俊扶了扶眼镜，表情有几分尴尬："这个，我只能大概猜测已经不在中国境内，具体的嘛……"

凌峰仔细回忆冰原上的景象，认真分析道："我曾经在外面待过一段时间，这里的森林是典型的耐寒性针叶林，应该是 E 国境内最北端靠近北冰洋的极寒地区。"

唐俊不由得咋舌："想不到居然这么远。"

听他这么一说，凌峰明显感觉到其中有隐情，连忙追问道："对了，唐教授，您为什么会在这里？"

唐俊无奈地耸耸肩："这个我也不清楚，只记得当时我正在实验室里做实验。一个陌生的外国人突然出现在我面前，把我迷晕了，等我醒来的时候，就已经在这里了。"

凌峰若有所思道："您果然是被绑架了！对方长什么样子？"

"身材挺高大的，体格健壮，嗯，还有一头精短的头发！"唐俊仔细回忆虎鲨的模样，"也说不上是绑架，只是换了一个地方做实验而已。"

"只是做实验？"凌峰蹙起眉头。

"嗯，他把我安置在这里之后就走了，还安排了四个人负责我的安全，我有什么要求随时都可以告诉他们。"

"他们肯定是窥伺你的研究成果，想要利用它牟取私利！"

"你的疑虑最初我也有考虑过，他们肯定不会大老远把我弄来做实验这么简单！"唐俊说出了内心实感，"但是后来我想明白了，我所研究的 ADS 强化吞噬细胞是为人类谋福利的，它们可以吞噬人体内的变异细胞，包括遗传、非遗传性突变细胞，癌变细胞等。一旦它们研究成功，将会是人类健康事业的跨越式飞进！当然，最坏的结果无非是 ADS 被某些人据为己有，牟取私利，这对人类本身而言，是利大于弊，何况，我们可以从他们手中买回血清，只不过价格的高低不同而已，我也是出于此种考虑，才会向他们妥协。"

"希望如此。"

凌峰沉重地闭上眼，摆在他面前的是一个巨大的问号，除了冰火这个名字和一座隐藏在冰雪之下的秘密军事基地外，他一无所知。组建冰火基地到底有何目的？仅仅是为了培养少年杀手？这座隐藏在极寒地区的地下秘密实验室又有着怎样的不可告人的邪恶企图？

他心底有一种不好的预感，这一切，仅仅是阴谋的开端。

冰火基地中心指挥室。

"借助新闻媒体向他们施加压力，务必让他们放人！"

啪，虎鲨挂断电话，重重地坐在躺椅上，面色深沉。桐谷的失败早就在他的意料之中，只是他没料到她人也会落到蓝盾手里。他原本只是想探探新区市的警备力量，顺便试试桐谷的能耐，却不曾想撞上了蓝剑精锐龙靓，把冰火最优秀的种子杀手搭了进去！

咚咚，房间的门响了虎鲨整理一下情绪，淡淡道："进来。"

吴劫面无表情地走进屋，木然地盯着他："好久不见。"

虎鲨怪异一笑："怎么，吴劫，你好像对我的突然出现并不感到意外？"

"没什么好意外的，能让疯狗和雪狐屈居之下的，还能有谁？"

"哈哈，不愧是吴劫，言语够犀利！"

"说吧，你找我来有什么事？"

"你是聪明人，我就不拐弯抹角了。"虎鲨直奔主题道，"桐谷千代被派去了新区市。"

"这与我无关。"

虎鲨的语调微微一变："可是，她落到蓝盾特别行动小组的手里。"

"这也与我无关。"吴劫木讷的脸上波澜不惊。

"话虽如此，你也知道，桐谷千代是疯狗最得意的门生，也是冰火少年团的种子杀手之一。"虎鲨说话的声音变得低沉，"为了不让冰火的秘密外泄，同时挽回我们丢失的颜面，我想要你去把她带回来。"

"没别的事，我先走了。"

吴劫淡淡丢下一句话，转身要走，虎鲨一招手："等一下！别忘了，你现在也是冰火的人。"

"我发过誓，不再踏足中国大陆！"

"你应该以大局为重，一旦冰火受损，你将无处可去，你也会再度成为中国警方在全世界通缉的对象！"

"我本来就是一个将死的人，葬身何处对我而言，没有什么区别。"

房间内陷入毫无生气的一片死寂之中，虎鲨脸上的肌肉一抽，虽然吴劫的固执早就在他的预料之中，但如此毫无顾忌地直白，不免让人心生厌恶。他的嘴角一勾，只能逼他就范了！

啪，虎鲨背后的电视荧幕忽然变亮，画面稍微模糊，定格在一个黑暗的监控截取的镜头上。

宽敞的房间四周摆满了巨大的实验桌，各种器材、玻璃器皿随处可见。在房间正中有两个人在交谈，模糊的画面只能依稀看出他们的背影轮廓。不过，这对于经过特别训练的特种精英来说，已经足够辨识身份。

那个戴眼镜的人是新区市的生物学教授唐俊，虽然只有几面之缘，但吴劫还是一眼就认出了他。只是……他旁边的人影似乎更加眼熟，只一眼，那尘封已久的亲切感便再度复苏。

吴劫浑身一怔，一言不发，掉头便走。看他的反应，虎鲨心里有了八分把握："你不管他的死活吗？"

吴劫顿住："你答应过，会放他走。"

"是的，我答应放他一马。可是你的这个生死兄弟很不识抬举，非但不离开，反而跑到我的机密地下实验室去窃取资料！是他坏了约定，你说，我还会再放过他吗？"

吴劫背对着他，驻足良久，平静的面容下，思维陷入激烈的斗争之中。吴劫闭上眼睛，曾经在蓝剑一起难以忘怀的艰难岁月一幕幕地浮现在他的脑海中。

"是不是我把桐谷带回冰火，你就可以放过他？"

"当然，我说话算话，只要他不再给我惹麻烦。"啪，虎鲨将一张照片扔给他，"把这个叫唐卿的女孩儿一起带回来。"

"什么时候回去？"

"你先回去，等我安排。"

新区市公安局审讯室。

严厉和龙靓并排而坐，同样刚毅的面孔，同样犀利的眼神，庄重的表情让人情绪压抑。

他们的对面，桐谷千代坐在一张宽大的安装了压板的审讯椅里。柔顺的长发披散在肩头，齐刘海儿刚刚压过眉梢，很清秀的模样，如果不知道她的底细，谁也不敢想象她是冰火里最心狠手辣的少年杀手！

龙靓和她对视良久，两束女人阴冷压抑的目光交叠在一起，比的就是心理素质。

严厉稍稍有些捺不住性子，靠过来低声道："龙队，怎么办？这个丫头嘴巴很严。"

龙靓略一点头，算是应了。她的目光柔和下来，缓缓道："怎么，你还不愿开口吗？"

桐谷冷冷道："我的身份底细你们不是很清楚吗！"

砰，严厉猛一拍桌子，想要吓唬吓唬她："我是问你这次来新区市的目的是什么？"

"当然是为了抓那个女的！"

"女的？你指的是唐卿？"

"当然，除了她还有谁？"

龙靓稍稍有些意外，想不到桐谷没有隐瞒，竟直接坦白，于是追问道："你们抓她有什么目的？"

"这个不清楚，我只是奉命行事而已。"

"疯狗派你来的？"

"没错，你很聪明。"

"唐俊教授是不是也被你们绑架了？"

"没有，最近一段时间冰火并没有出现什么陌生人。"桐谷一手托着下巴，做深思状，稚嫩的脸庞倒也有几分睿智，"不过，单纯绑架那个女的没有任何意义。按你的猜测，姓唐的应该也在疯狗手里，只是我没见过他。"

对于桐谷如此的配合，反倒让龙靓有些不适应起来，她原本料想会和这个心理阴暗的小女生做一番心理战，现在看来，完全多虑了。

咚咚咚，审讯室的门开了，龙靓一抬头，大为意外，周局长来了！

看到周伯萧进来，严厉"唰"地一下站起身来，周伯萧摆摆手示意他坐下，径直走到桐谷千代面前，没有言语，没有表情，就那么直直地盯着她。

一分钟，两分钟，三分钟过去了，桐谷终于承受不住那灼人的目光，翻白眼瞪着他："有什么想问的就说。"

"你有多久没回家乡了？"

"你说什么？"

"我说，你有多久没回家乡了？"

桐谷冷漠的眼神里写满了疑惑，在她的设想里，警方肯定会问她和冰火、唐俊、疯狗等有关的事情，这个葫芦里卖的到底是什么药？

"不想回去看看你的父母吗？"

"他们已经死了。"

"不回去祭奠一下他们吗？"

"人死如灯灭，没有什么好怀念的。"

一句话，桐谷表现出与她年龄不相称的成熟。

不光是桐谷，连龙靓和严厉也不明白周伯萧为什么要问这些奇怪的问题。她一如既往地继续"闲扯"道："在他们临死前没能见他们一面，不觉得遗憾吗？"

桐谷眼中的疑惑慢慢变为警惕，冷漠的表情有了些许愤怒："老头儿，你到底想说什么？"

"如果有机会，回故乡祭拜一下父母。无论你现在是什么身份，都是他们的牵挂。"周伯萧走到审讯椅旁边，替她打开手铐，"你走吧。"

霎时，屋子里彻底安静下来，龙靓和严厉惊讶地睁大了眼睛。不光是他们，就连桐谷也不敢相信她刚才听到的话。见她还呆呆地愣在原地，周伯萧微微一笑："怎么，喜欢上这里了？"

"局长，不可以！"严厉情绪激动道。

龙靓也不由得提点道："周局长，别看她年龄小，可是个危险人物！"

桐谷腾地一下站起来，绕过周伯萧的眼睛，瞄了龙靓和严厉一眼，径直从他们中间走过。

"不许走！"严厉一个箭步，上前拦住了她。桐谷千代停下来，一扭头，目光望向周伯萧。他还是淡定从容的表情，冲严厉一摆手，示意他让开。

若不是龙靓恰巧去看望唐卿，侥幸救了她一命，只怕她现在早已被桐谷带到境外，说不准已经落入疯狗的手里！眼睁睁地看着桐谷大摇大摆地从警察局离开，严厉心里一百个不乐意！

见严厉还拦在前面，周伯萧脸色一变，浓重的眉头皱成一条墨线，严厉不敢违抗命令，一闪身，让出了去路。桐谷慢慢走到门口，稍稍侧过脸来："真的要放我走吗？"

"走吧。"

她的背影很快消失在走廊尽头，房间里又陷入尴尬的静谧之中。

对于周伯萧这般反常举动，龙靓心里很是不解，几次想要开口问个究竟，但碍于自己"外来人"的身份，还是将到了嘴边的话咽了回去。严厉没有她的耐性，忍不住追问道："局长，为什么要放她走？她可是来抓唐教授的女儿的！"

"我知道。"

砰，房门再次打开，刘秘书气喘吁吁地小跑进来，上气不接下气。周伯萧轻轻拍拍他的后背："他们都散了？"

"嗯，都离开了。那个小姑娘也走了，我亲自送她上车的。"刘秘书点点头，如释重负道，"还好，没有造成什么负面影响。"

龙靓还没搞清楚状况："到底怎么回事？"

刘秘书解释道："外面有五个报刊记者、三个电台记者和两个网站记者，来采访本次的未成年人犯罪案件，我们怎么办？"

"这怎么可能？他们是如何知道的！"龙靓吃惊道。

周伯萧缓缓舒了口气："看来敌人在市内安插了大量眼线，以媒体舆论对外面施加压力。桐谷还未成年，与其顶着压力把她扣下，还不如直接放了，从她嘴里也得不到任何线索。"

"怪不得，原来是这样。"

龙靓也没料到对方的势力在市内也有分布，看来真的低估了他们。周伯萧沉思片刻："派人盯着桐谷，可能会有人和她联络。"

"已经派便衣跟踪了。"刘秘书回道。

"嗯，不错。"周伯萧旋即望向龙靓，"龙队，我猜测，桐谷可能还会对唐卿下手，这段时间你要贴身保护她的安全。"

"是！"

崎岖的山路坑坑洼洼，凹凸不平。

从车站下来没走多远，平坦的公路就到了尽头，一眼望去都是狭窄崎岖的山路，几经曲折，一直向大山深处蔓延，旁边几条分岔的小道盘旋着向山顶缠绕，布满荆棘。半山腰上，一群山羊零零散散地徘徊着，优哉游哉地吃着青草，不时向山下张望几眼。

一只黑色背包挂在肩头，吴劫驻足在山路上，上身是一件草灰色迷彩服，下面是一条发白的牛仔裤。头顶的太阳斜照下来，他的额头上满是晶莹的细汗，完全是一副打工归来的农民工打扮。

平静的面孔下，吴劫的心脏忽然加快了跳动，除了蓝剑以外，这个近乎与世隔绝的宁静小山村是他心中唯一的牵挂。然而，到了跟前，他却忽然有了几分犹豫。

终于，他迈开步子，向隐藏在大山深处的小山村走去。他的步子不大，但却很快、很稳，节律有致。

走了十多分钟，地势渐趋于平坦，一棵棵葱郁的青松出现在眼前。青松团簇的碧绿从中，一抹鲜艳的五星红旗迎风招展，煞是招眼，一个充满生机、活力的希望小学就坐落在这青松环绕的山腰上。

校园里很清净，只有孩子们朗朗的读书声偶尔传来，和这清幽的大山深林十分协调。到了学校门口，吴劫不自觉地放慢了步子，眼睛往教学楼上飘。门卫老大爷正坐在小木椅上读报纸，看见有人过来，将报纸放到一边："同志，你有什么事？"

吴劫望了他一眼，淡淡道："我找人。"

"老师？还是学生？"

吴劫的嘴唇一抖："孩子。"

"哦。"老大爷放下报纸，从门卫室里拿出一个旧的本子，"来登记一下。"

"不登记不行吗？"

老大爷顿了一下，看他一副农民工打扮，慈善一笑："哦，不会写字？好吧，东西放一下，进去吧。"

清脆的读书声不绝于耳，在这清幽的山林里尤其显得清澈、空灵，这一刻，吴劫卸去大人世界的冗杂事物，完全沉浸在这单纯的童声中。

"三年……二班。"吴劫小声地在口中念叨着，"不对，那是一年前，现在应该是四年二班。"

每个年级两个班，分列在楼梯两侧，吴劫轻轻踏上楼梯朝二楼走去。

近十米长的走廊静悄悄的，清新的山风不断透过窗子吹进教室，一张张稚气未脱的面孔、一双双清澈的充满希望的眼睛，人只有在这一刻，才会脱去尘世的俗物。

扑通，扑通，每向前迈进一步，吴劫都能清楚地感觉到自己的心跳在加快！

终于，他看到了那个熟悉的娇小身影，在教室中间的位置，一个穿着校服、扎着长马尾的小姑娘正专心致志地听着老师弹琴，她的侧脸甜美干净，闪亮的眸子清澈如水，像她的母亲一样美丽单纯。

让我们荡起双桨

小船儿推开波浪

海面倒映着美丽的白塔

四周环绕着绿树红墙

小船儿轻轻漂荡在水中

迎面吹来了凉爽的风

……

做完了一天的功课

我们来尽情欢乐

我问你亲爱的伙伴

谁给我们安排下幸福的生活

小船儿轻轻漂荡在水中

迎面吹来了凉爽的风

孩子们稚嫩甜美的声音在耳边萦绕，吴劫晶莹的目光一直定格在那个小女孩儿身上，久久地出神，不愿挪开。

咚咚——一阵轻细的脚步声从楼梯口传来，和着悦耳的歌声。吴劫望得真切，听得入神，竟没有觉察到身后有人过来。

"请问，你找谁？"一个甜美的女声从身后传来，吴劫这才从恍惚中清醒，整理下思绪，慢慢转过身来，才发现是一个面容清秀的姑娘站在自己的身后。

"请问，你找人吗？"姑娘又问了一声。

吴劫向教室内瞄了一眼，犹豫道："我……"

"哦，您是来看孩子的吧？"姑娘打量吴劫一眼，微笑着说道，"我是四年二班的班主任方小雨，您找谁？我可以让他出来。"

"不，不，不用了。"吴劫连连摆手。

方小雨是个聪明的姑娘，看吴劫痴迷的眼神，顺他眼神的方向望去，试探着问道："你是何晴的爸爸？"

吴劫一怔，这个词对于他已经很陌生，他的声音低下来："不，我是她爸爸的朋友。"

"何晴是个聪明的孩子，勤奋好学，和同学相处得也很好，只是不太爱说话。"

吴劫眼中闪过一丝晶莹，这可能是近一年来唯一让他感到欣慰的消息："她很安静。"

方小雨一直在旁边悄悄打量吴劫，这个男人给人一种说不出的感觉，不光话很少，连表情也极少，站在那里会让人觉得是一根木头。但在她的细心观察下，她发现这个男人的情感很细腻，完全隐藏在他冷漠的外表下。

"她很像你。"

"不，像她的母亲。"

这时，一个问号浮现在方小雨的脑海中："何晴是这所学校里唯一的寄宿学生，她很少谈论到自己的家人，我也是在档案上了解到，她的母亲去世了，只有一个在外地打工的父亲——何磊。"

吴劫的眼睛里有泪光在闪动："对不起。"

"见见她吧，虽然她从未跟任何人提起过你，但我知道她心里其实非常想念你。"

"对不起，帮我照顾好她。"

吴劫默默闭上眼转过身，决绝而去。

方小雨站在走廊上，目送着那个渺小落寞的身影出了校门，一直消失在通往山下的林间小路上。虽然这个寡言的男人沉默着离开了，但方小雨完全可以感受到，他那一个转身，到底有多难。

新区市第三高级中学。

太阳刚刚爬上东方天际，偌大的校园沐浴在一片金光之中，温馨而富有朝气。

三楼的一间教室里，黑板上端端正正地写着宋代词人柳永的《雨霖铃·寒蝉凄切》：

寒蝉凄切，对长亭晚，骤雨初歇。都门帐饮无绪，留恋处，兰舟催发。执手相看泪眼，竟无语凝噎。念去去，千里烟波，暮霭沉沉楚天阔。

多情自古伤离别，更那堪，冷落清秋节！今宵酒醒何处？杨柳岸，晓风残月。此去经年，应是良辰好景虚设。便纵有千种风情，更与何人说？

戴着厚厚眼镜、头发花白的男老师正拿着书本，专心致志地讲解着："柳永是北宋著名的婉约词派代表人物之一，他的词具有独特的艺术个性。其擅用慢词，多用平淡无华的白描、通俗的意象，表现自我独特的人生体验和心态，直接层层刻画抒情主人公丰富复杂的内心世界。"

男老师声情并茂，忘怀其中，完全进入柳永妙笔下羽化的艺术世界。

"唉……"坐在后排靠窗位置的唐卿轻叹一声，文言文课本端端正正地放在面前，一动未动。不是她故意开小差，有些人天生就对古文不感冒。

透明的玻璃窗里倒映着走廊尽头一个妙曼女人的身影，白色的运动服，修长的体型，柔顺的长发披散在肩头，金色阳光将她笼罩，宛若坠入凡尘的天使。龙靓脱去警服后，竟是一个青春靓丽的美女，只是她在唐卿眼里格外碍眼。

已经三天了，这个酷酷的女警察如影子一样地跟着她。除了上课外，十米之内，必有她的身影！唐卿几次尝试着甩开她，无奈龙靓的警觉性一流，任凭她使出浑身解数，还是徒劳！

嘀——窗外的操场上，一声尖锐嘹亮的哨子声打断了唐卿的思绪。她扭头，几个短跑运动员在做最后冲刺，矫健的身影在她的视野一闪而过。她的眼前一亮，有办法了！

她拿起圆珠笔在纸上"唰唰唰"地飞快地写了几行字，从作业本上撕下来，慢慢向后排传过去。

丁零零——清脆的铃声响起，打破了校园的静谧。

男老师的话音戛然而止，余兴未尽地合上书："今天的课就上到这里，下课！"

哗啦啦——安静几十分钟的教室终于骚动起来。坐在前排的几个小四眼摘下眼镜，轻揉着眼睛；中间的几个女生还是嬉笑着回头聊天儿；最后排的几个男生开始吵吵闹闹。

唐卿回过头，朝靠近后门的几个大男生挤眉弄眼，后者把脑袋探出去，向走廊尽头望了几眼，那个婀娜的身影还在。一番嘀咕耳语后，几个男生纷纷向唐卿抱拳告饶，一脸的难堪。唐卿可不吃他们这一套，把拳头握得咔咔响，朝他们做一个狠相。

几个男生对望几眼，一跺脚，齐刷刷地站起身出了后门，三五成群地簇拥着朝走廊尽头的小阳台走去。

"老师好！"

"秦老师好！"

龙靓正站在小阳台上看着操场上来来往往的学生，听见背后有人在叫喊，一回头，身后不知何时来了两个高大的男生，正笑嘻嘻地盯着她。

龙靓秀眉一皱，看看左右无人："你们是在叫我吗？"

"对啊，秦老师，下节是您的体育课，您不记得了吗？"

"你们搞错了吧，我不是这个学校的老师。"

"班主任告诉我们新来了一位年轻漂亮的体育老师，让我们带您过去，快点儿走吧！"

两个十七八岁的大男生长得白白净净的，阳光而帅气，微笑之下更是清新脱俗，纵使龙靓比他们大上八九岁，面对他们的夸赞，也不免一阵窃喜："虽然我很喜欢当老师，但很可惜，我真的不是，你们还是去别处找找吧！"

"不会错的，肯定是你！"两个大男生还在跟龙靓纠缠不清。他们两个人并排站在龙靓前面，几乎将整条走廊全部遮住了。

警觉的龙靓隐隐觉察到了什么，一边推开面前的男生，一边从小阳台往走廊上望去。长长的走廊上吵吵闹闹的，穿着校服的学生来来去去，乱哄哄的。

"秦老师，您……"

龙靓这才恍然明白过来这两个男生为什么一直缠着她不愿离开，当即脸色就变了，一把推开挡在前面的男生："闪开！"

"秦老师！"另一个男生不识趣地蹿过来，笑嘻嘻地挡在龙靓前面，只是这一次，呈现在他面前的是一张冷冰冰的美人脸："你们是想拖住我，让唐卿离开学校是不是？快给我让开！"

两个大男生故意装出一副委屈相，仍旧挡在前面："秦老师，哪有。"

"我是蓝盾特别行动小组龙队长，来你们学校是为了保护唐卿的安全！目前她牵涉一宗刑事案件，一旦离开我的保护范围，随时会有生命危险，你们让开！"

两个男生被龙靓的一席话震住了，面面相觑，不知该如何是好。龙靓没时间和他们磨蹭，上前一步，左脚掠过一个男生右腿，抬臂一扫，一记轻巧的四两拨千斤，咣当，两个高高的男生撞到一起，疼得他们龇牙咧嘴。等到他们反应过来，面前的漂亮姐姐从他们身边闪了过去。

看着她矫健的背影，一个男生咕噜地咽下一口唾沫："她说的不会是真的吧？唐卿不会有什么危险吧？"

"我们又不知情！"男生闷头说了一句，话音忽然低了下来，缺了几分底气，"看她刚才那么厉害，没事的！"

丁零零，清脆的上课铃声响起，走廊上的学生急急忙忙跑进教室，龙靓站在后门口向里面张望，果然，唐卿的位置上是空的。这时候，两个男生匆匆忙忙从龙靓身边绕进教室，他们压低了头，不敢去看她一眼，擦肩而过的瞬间，他们低声道："对不起。"

"唉……"龙靓轻叹一声，本想出手教训一下这两个莽莽撞撞的小子，可看到他们无辜、胆怯的脸庞后，火气就消了大半，一转身，急匆匆朝楼梯口跑去。

"我是龙靓，这里出现了一点儿状况，唐卿跟丢了。"

茫茫的丛林深处，吴劫正和赵正雄、林旭纠缠在一起，黑虎和灵狐的特战精英联手，逼得吴劫连连退却！然而，他却只是疲于招架，并没有败下阵来。

唰唰，这时候，从林子深处忽然蹿出一个敏捷、矫健的人影，一手持枪，瞄准了三人中那个最瘦削的身影。砰！一声枪响震彻山林，子弹正中吴劫心口，他仰面倒下去，直直的坠下瀑布深渊！

　　呼——凌峰猛然从沙发上坐起来，额头上满是豆大的汗珠，张开嘴大喘着粗气。自从吴劫坠下悬崖失踪之后，这个可怕的噩梦就一直在他的脑海中盘旋，挥之不去。

　　耀眼的日光灯将房间内照得灯火通明，凌峰穿上衣服从床上下来，根本不用看表，多年在部队早已养成了规律的生物钟。

　　隔着几个房间，不远处的实验室永远是白昼的世界，唐俊仿佛机器人一般，不知疲惫地、不分黑白地泡在里面。

　　凌峰轻轻推开门，果然，那个单薄的身影还在实验桌前忙碌着。他旁边的废物箱里扔了几只白鼠、雪兔的尸体，和之前一样，它们的肌肉、皮肤干瘪，水分大量流失，只剩下一张臭皮囊，唯有程度略微不同。

　　"教授，还在忙啊？"

　　"啊！"唐俊如梦方醒，回过头来，"你睡醒啦？"

　　"您的实验进展得怎么样了？"

　　"还好，一直在进步。"唐俊浅浅一笑，虽然疲惫的双眼中血丝满布，但精神很好，不断推进的成果便是他继续下去的动力，哪怕只有一点点，"在这里待得还习惯吗？身体恢复得怎么样了？"

　　"很好，多谢您的照顾！只是感觉有些沉闷，想出去透透气。"

　　"呵呵，年轻人觉得这里沉闷也算正常，出去转转也好。"

　　"外面的四个警卫？"

　　"没事。"唐俊轻轻一笑，"你来的时候我就和他们打过招呼了，你随便进出，他们不会打搅你的。"

　　雪地车稳稳地停在起降台上，等到它再度停下来，凌峰已经看到了外面的白色世界。

　　北风呼啸，尽管天上没有下雨，天地间仍旧灰蒙蒙的一片混沌。和冰火基地不同的是，这里虽然也是寒冷的冰雪世界，但开阔辽远，一眼千里，看不见半个人影。

裹着厚厚的风衣顺风而下，雪地车疾驰如飞，在地面上留下两条醒目的履带压痕。

连续几日的风雪骤停，隐藏在地下、洞穴的小生灵踏着积雪外出觅食，给这片死气沉沉的冰原增添了几分生气。

几只银白色的北极狐出没在冰原深处，踏着积雪，嗅着风声，不断朝着百米外的猎物气息靠近。突然，寒风中吹来了一丝异样的气息，北极狐立即停下脚步，抬起三角形的小脑袋四下张望。很快，它们发现了不远处正朝这边疾驰过来的大家伙，庞大的身躯和风一般的速度，让它们顿时警觉，唰唰唰，几番狂跳之下，就消失在起伏的雪丘之中。然而，它们并未走远，只是暂时隐藏了行迹。好不容易发现的猎物，岂能轻易拱手让人？

没有改变方向，没有绕远，凭借脑海中的记忆，凌峰驾着雪地车朝冰火基地北面的针叶林奔去。高耸的环山横挡在面前，将基地隔绝。凌峰掉转方向，沿着起伏的环山一直向西行驶。隔着一道山峦，隐隐有冰火少年狂热的呐喊声传来，愤怒、歇斯底里的咆哮。

十分钟后，坡度变缓，凌峰猛一加速，雪地车直接窜到山的另一侧。

突如其来的庞然大物把附近的两个少年吓了一跳，他们连连后退，惊恐地望过来。然而，两个少年只短暂惊恐了片刻，他们很快镇定下来，继续搏击训练。

和预料的一样，凌峰的装束很奏效，没有引起他们的警觉。这也从侧面说明了冰火基地和极北端的地下实验室是秘密相连的，同样的风衣，同一款的雪地车！

凌峰驾着雪地车从少年们身边穿过，他们也只是冷漠地一瞥，再不去过问。前几天还在追着他穷追猛打，如今近在咫尺却不识得，不过一点儿伪装，真是天壤之别！

出了丛林再向前行驶百余米，覆盖着厚厚积雪的巨大钢铁穹隆赫然出现在眼前。前两次都是来去匆匆，未窥其全貌，在这么近的距离之下，才能切身体会到它的震慑力！

虽然地表部分的建筑已是很大，但凌峰知道，地下的冻土层还有更大的空间，除了军火库、监控室、指挥室、储藏室等，还有其他未知的设施，加上极北端的地下实验室，冰火的规模恐怕要比他想象的大得多！

正在凌峰望着基地呆呆地出神时，一个两人持枪巡逻小队从他身边经过。一个高大的白人枪手上前在他的肩膀上一拍："嗨，哥们儿，看什么呢？"

凌峰稍稍侧过脸去，压低声音道："没事，歇歇脚。"

大个子白人枪手觉得他很是奇怪，一边向后退，一边警觉地端起步枪。这时候，另一个枪手上下打量了凌峰一番，看看他身上穿的风衣，再瞧瞧旁边的雪地车，悻悻道："算了，他是北边来的，咱们别多事了，走吧！"

两个枪手抱着步枪，顶着厉风，继续往东面巡逻。

这时，太阳逐渐爬上东方的天际，即使天空上飘了一层厚厚的云彩，但依旧掩饰不住它的热情，映红了彩云，红彤彤的一片。不断有正在训练的冰火少年从身旁经过，凌峰能清楚地感觉到他们异样的眼光。

凌峰在人群中发现了一个熟悉的身影，娇小、瘦弱，那么不起眼儿，却又强烈地吸引了他的目光，是刘静云！而在旁边教她射击的人，居然是雪狐艾瑞卡·莫洛！

突然，雪狐朝他这边看过来，隔着十多米距离，四目相对，但依旧擦出异样的火花。更让意想不到的是，她竟然独自驾着雪地车，朝这边飞奔过来！

凌峰心里暗暗一惊，难道被她发现了？怎么可能，他做了伪装，而且还隔着这么远的距离。看看周围，除了正在训练的冰火少年，就是巡逻的枪手，而且他还在瞭望高塔的射程范围内，一旦交火，必然难以脱身。这么一想，他不再犹豫，跳上雪地车，掉头往回走。

唰唰——身边的冰火少年和针叶松不断被抛到身后，凌峰驾车沿着环山向北面的地下实验室飞驰而去。不愧是雪狐，还是被她识出了破绽！

寒冷的冰原上出现了这样一幅画面，一人一车，隔着十米远的距离，急速向茫茫冰原深处驶去。然而，雪狐虽然紧咬着不放，却始终没有开过一枪！

眼看着地下秘密实验室就在前面几公里外，凌峰不想被雪狐知道自己藏身在这里，于是掉转车头，向东面起伏的大陆边缘环山驶去。

再向北几百米，就是冰冷的北冰洋，呼啸的风声隐隐传来，眼角的余光里，雪狐的身影紧随而至。真是个难缠的女人！这么想着，前面忽然出现了一道 70 度上下的陡坡。凌峰嘴角一笑，猛一加速，雪地车"噌"地一下就蹿到几米高的陡坡上！

咣当！雪地车直直地坠下陡坡后几十米深浅的沟壑之中，剧烈的颠簸、撞击让车身近乎报废，最后"轰"的一声蹿出一股火苗，将周围尽数吞噬在烈火焚烧之中！

一分钟后，火势达到极盛，迎着寒风，火苗一蹿两米多高！几十米外的高坡之上，忽然探出一个脑袋，向下面张望几眼，看着蔓延的火势，很快又退回了身子。不多时，上面传来了雪地车的引擎声，随着呼啸的风声，逐渐远去。

呼呼——陡坡旁边几米外的一处雪窟里猛地颤了几下，一个浑身银装素裹的"雪人"从里面钻了出来！他浑身一个抖擞，裹在风衣上的雪花纷纷滑落下来。

下面的火势依旧很大，凌峰苦笑一声，看来这剩下一公里的雪路，他只能徒步回去了。然而，就在他转身离开的瞬间，眼睛忽然瞄到了几十米深的沟壑里有一些异样。在熊熊大火的肆意燃烧之下，周围积雪慢慢融化，露出了它的本来面目。

乍一看，凌峰不禁感到一阵触目惊心，融化的积雪下竟然覆盖着厚厚的一堆动物尸体！细看之下，不禁让人咋舌，雪兔、北极狐、白狼，甚至还有一头北极熊！

为什么这里会有这么多的动物尸体呢？纵使天气寒冷，暴雪连日，也不至于全都被冻死在这深深的沟壑之中，肯定有什么特别的缘由！凌峰顺着陡坡向下滑了几米远，这时候，他忽然发现了一个奇怪的现象，所有的尸体全都瘦骨嶙峋，就连体型庞大的北极熊也只剩下一层皮包着骨头。

等一下！凌峰忽然想起，这些动物尸体和唐俊教授实验室里那些死去的实验品有些相似，但却比它们更加触目惊心，而且数量更为庞大，足足有几百具之多！

难道，这个地下实验室还有别的不可告人的秘密？或者唐俊教授对他有所隐瞒？

接连几个问题出现在凌峰脑海中，让他百思不得其解！

轰——一阵低沉的声音自深深的沟壑下传来，随之而来的还有整个山体的微微颤抖，凌峰看见斜坡一面的岩壁上缓缓开出一道"门"来！他连忙闪身躲在旁边的雪丘后面，悄悄在一旁观望。

等到那扇门打开后，凌峰发现竟然是掩藏在岩壁上的一个洞穴，瞧那洞壁四周的规整程度，分明是人工开凿出来的！一辆小型推土机缓缓出现在洞口，将一堆白色物体全部从洞穴里推出来，哗哗哗，成片成片的白色物体混合着积雪，一齐坠下深深的沟壑之中！

细看之下，凌峰不由得感到一阵怒火攻心，从洞穴内用推土机推到沟壑中的白色物体竟然是几十只北极狐、白狼的尸体，全部都是皮包着骨！如果扒去了皮，肯定只剩下一堆堆白骨了！

这些东西肯定不是唐俊教授搞出来的，这一点凌峰可以肯定，他今天才刚刚从唐教授的实验室里出来，除了几只雪兔，就是小白鼠，根本没有这些大家伙！

这些动物尸体到底从何而来？现在看来，这个地下实验室肯定不止唐教授一个人在做实验这么简单，虎鲨肯定对唐教授有所隐瞒，而唐教授一直蒙在鼓里，浑然不知。

等到那扇门关闭后，凌峰带着满心疑惑从雪丘后爬上来，沿着环山一直向西走去。

这座隐秘的地下实验室内部结构纵横交错、四通八达，唐俊教授所在的生物研究室只是其中很小的一部分。它的内部应该有各种实验室、起居室、军备室，以及一些被隐藏起来用途未知的空间，和冰火基地有某些千丝万缕的联系。

这么想着，不知不觉间就走了很远，待凌峰一抬头，已经到了实验室上面的隐蔽起落台。凌峰正要下去，忽然发现不远处一只白狼正在雪丘上晃荡。他的眼神一冷，抱歉了狼兄，心情压抑这么久，拿你出出气了。定住身，一个单臂掬枪精准射击，干净利落，白狼前腿被打断，应声倒地，从高高的雪丘上滚下来。

白狼生性凶残，尽管被打断一条腿，仍旧凶猛异常，不断在雪地里扑腾着。看到有人过来，它立刻龇出獠牙，喉咙里发出低沉的吼叫，那是它在警告敌人不要靠近。

狼是近身厮杀的好手，一人一狼近身博杀，野狼占有绝对优势！但，凌峰不是普通人，有丰富的丛林作战经验，也有与野兽近战的经验。他把脚尖探进雪里，向前一踢，哗哗哗——莹白冰冷的雪花飘泼一般倾撒下来，砸了它一头，模糊了它的视线。

砰的一声，凌峰手起刀落，92式手枪狠狠地砸在了白狼颈椎与头骨相连接处，它顿时身子一僵，瘫软在雪地里。

拖着昏迷的白狼，凌峰在两个枪手惊异的目光中向山洞深处走去。

听见冷冽的寒风，唐俊一抬头，正看到凌峰扛在肩头的大家伙，不禁吓得连连后退："这……这是白狼？"

"您不是一直要抓一只大点儿的动物做实验体吗？我刚好碰见它，就带回来了。"

看到白狼阴森森的獠牙和利爪，唐俊不禁暗暗咽下一口唾沫："这狼……还是活的？"

"当然，只是被我打昏了。"

"太好了！我正缺一只大型动物做细胞分型阶段的特性实验！"唐俊正高兴的时候，忽然看到白狼锋利的獠牙，不禁后怕道，"它不会伤人吧？"

"放心吧，我已经断了它的咬肌和前脚筋，它不能再伤人了。"

几句关怀之后，凌峰便从唐教授的生物实验室里出来，只是，这一次，他没有回自己的房间，而是向洞穴更深处摸索进去。

的确如唐俊所说，在这个地下实验室里他们是自由的，纵使有四个警卫枪手，但也不会干涉他们。但直到这时候，凌峰才发现其中蹊跷，这些自由仅仅局限于白天，夜晚呢？在他们休息的时候，四个枪手身在何处？在干吗？他和唐俊谁也不知道。

带着满心疑惑，凌峰走进那条很少涉足的隧洞岔口。没有任何装饰，隧洞内还保留着凿通后的原始状态，凹凸不平，棱角分明，角落里还散落着一堆细细的碎石。让人不解的是，脚下却是一片光整，没有任何尘埃。

越往里面走，灯光越发变得黯淡，每隔十多米才会有一盏灯。走着走着，凌峰明显感觉到方向变了，虽然隧洞还是绵延纵深，没有明显的拐角，但敏锐的直觉还是告诉他，前进的方向有了近60度掉转，之所以肉眼看不出，是因为设计者采取弧线前进，让人难以觉察。

一扇灰黑色的铁门横亘在前面，挡住了他的去路。凌峰小心翼翼地靠过去，一手打在铁门表面。除了冰冷的温度，还有平稳的触感，一丝不乱。铁门另一面，也没有任何声音，完全静悄悄的，一片死寂。

这小小的铁门自然挡不住凌峰，他从衣角里抽出一截细铁条，微微折出一点儿弯度伸进了锁孔里，一扎、一钩、一探，"啪"的一声，铁锁开了。

吱——凌峰缓缓推开铁门，映入眼帘的是一片黑暗，真正伸手不见五指的昏黑一片。纵使他的眼睛已适应了外面的暗淡，但乍一进入这幽闭的空间，还是感觉忽然陷入了无尽的黑渊之中。

借助手机显示屏微弱的光亮能依稀看清这个幽闭的空间，空旷而沉寂，除了黑暗什么也没有。然而让人意外的是，前面十几米远的地方又出现了同样的铁门，凌峰所在的只不过是两扇铁门之间的一段幽闭空间。

他将手心贴上铁门，同样的冰冷，同样平静的触感。他撬开铁锁，待到铁门徐徐打开，又进入另一个死寂的幽闭空间。在手机屏微弱的光亮下，十几米外又是一道灰黑色的铁门横挡在前面！

把山洞像火车一样一截一截地分开吗？这算什么？凌峰心中的疑惑愈发浓重。

咚咚——每一下脚步声在沉寂的黑暗中都尤其清晰、微茫。等到铁门近在咫尺时，凌峰却忽然停下脚步，依稀中，有隐隐的悲鸣声从铁门后传来，断断续续，时隐时现。难道铁门后面有人？一个奇怪而又大胆的念头出现在他的脑海中，他压低脚步声，把耳朵轻轻贴了上去。

"嗷……"一个微弱的声音自铁门后传来，声音很飘，似乎隔着很远的距离。凌峰轻轻打开第三道铁门，隐隐有光亮透了进来。

又是一条长长的隧洞，内壁粗糙，头顶的岩壁上吊着光线暗淡的灯盏，和前面的隧洞如出一辙。

借着灯光，能看到这条隧洞一直向前延伸五六十米，通透直达，再无岔口。

前面会是什么地方？刚才那奇怪的叫声又是从哪里来的？这么想着，凌峰已经踮起脚步，快速向前摸索，92式手枪紧握在手里。

明亮的光源越来越近，那奇怪的叫声也越来越清晰，是某种动物痛苦的哀号声！

一个硕大的空间出现在眼前，无论宽度和高度都比唐教授的实验室要大出数倍！比起另一端的冷清沉寂，这里要热闹得多，一个个铁笼堆砌在角落里，里面都是北极狐、白狼等耐寒性动物，更有一头体型庞大的北极熊被关在一个特制的大铁笼子里，那一根根钢筋足足有手腕粗细！

隔着近百米隧洞，中间又有三道厚实的铁门封锁，纵使这里的动物拼命哀号，传到另一边已是气若游丝，微乎其微，怪不得唐教授那边什么也听不见！

这是一间庞大的实验室，却更加混杂而脏乱。伴随着铁笼内动物恐惧的眼神和凄厉的哀号声，几个穿着隔离服的人还在不断地往它们体内注射试剂。

凌峰往这间大实验室里略略一扫，不禁被眼前的一幕惊呆了。铁笼右边的角落里堆放着许多已经死去的动物尸体，白色皮毛沾染了泥土、血水，灰乎乎的一片，脏污不堪！而那一具具尸体竟然骨瘦如柴，活脱脱一副干尸！

在那成堆的动物尸体中，一个硕大的头颅尤其醒目。凌峰仔细一看，居然是北极熊！灰白色皮毛被染成猩红一片，两百多公斤肥硕庞大的身躯只剩下一层皮包骨！让人顿觉触目惊心，它到底经受了怎样的虐待？

这时候，大实验室另一侧的一道防弹铁门缓缓打开，一个魁梧、面容刚毅的男人进来，走起路来沉稳老练，居然是虎鲨！

他一出现，立刻有两个枪手贴上来，附在他耳边轻声低语。言语完毕，虎鲨的面色凝重起来，他摆摆手让枪手退下，冲前面一个穿着隔离服的研究者招招手，示意他过去。

纵使隔着二十多米距离，凌峰还是能清楚地感觉到研究者厚厚的隔离服下一颗惊恐的心灵。他慢悠悠地走过去，始终不敢正视虎鲨那凌厉逼人的双眸！

研究者凑在虎鲨面前絮絮叨叨地说着，却不曾想他一个拳头打过来，研究者连连后退，最后"咣当"一声撞在铁笼上。巨大的撞击声之后，现场陷入一阵让人窒息的死寂。所有人都不敢吱声，连呼吸声也压低了，只有北极狐和白狼在铁笼里躁动不安地钻来钻去。

虎鲨忽然咆哮道："半个月了，你们就给我搞出这些东西来？"

几名研究者本来就是被他强行掳来的，被他狮吼一般的咆哮惊吓后，更是吓破了胆，缩在角落里，瑟瑟发抖。

虎鲨稍微稳定了自己的情绪："我提供了设备、血清样本和足够的实验体，你们几位所谓的细胞学精英联手搞了半个月，还是进展缓慢，没人能给我一个合理的解释吗？"

一阵压抑的沉寂后，一个五十多岁的老教授摘下口罩，战战兢兢地站出来："能做到这种程度已经相当不错了，你提供给我们的不是最初的细胞原液，而是它们几次分化后的变异体。你也看到了，变异体非常不稳定，具有极强的吞噬性，会疯狂吞噬生物本身的细胞和组织！我们只能从变异体慢慢恢复，意图得到最初性质平稳的原始吞噬细胞 ADS。"

虎鲨脸色阴沉道："不要用这些专业学术问题来敷衍我，我请你们来不是为了听你们的废话！我说过给你们一个月的时间，现在时间过去了一半，你们却毫无起色，不要让我给你们第二次提醒！"

"可是，这根本不可能完成！"老教授为自己和其他人辩解道。

一丝杀气从虎鲨眼中一闪而过，他忽地拔出手枪，一抬手，当，老教授身旁的一名年轻助手应声倒地，心口出现了一个血洞，将白色隔离服染成一片醒目的血红色！

"还有半个月，如果到时候还拿不出像样的血清样本，你们和他一个下场！"虎鲨眼神冰冷，面色阴郁，像一个嗜杀的修罗，对其他枪手吼道，"去检查所有出入口，如果让他们当中任何一个逃走，你们所有人在这里陪葬！"

"是！"

"是！"

一个个震耳欲聋的呐喊声响起，原本平静的实验室顿时陷入一阵躁动不安之中，带着浓重的火药硝烟的味道。

十多个枪手立刻分成几个小组，朝实验室正、侧门跑步过去。几个身材高大的枪手手持 AK-47，沿着实验室四周岩壁上的弧形铁梯跑过来，他们的目标正是连通地下实验室的隐蔽隧洞。

凌峰身子向后一闪，缩回到隧洞内的阴影里，一个转身，沿着来路疾速回撤。

第六章　新的战局

—————★★★★★—————

新区市公安局局长办公室里，周伯萧背着双手，面色沉重。严厉和刘秘书站在一旁，低埋着头，不敢吱声，房间里的气氛压抑到了极点。

龙靓迟疑片刻，还是决定站出来："对不起，周局长，是我一时疏忽，才会让唐卿溜走的。"

"唐教授在我们的眼皮下被人绑架走，现在我们连他的女儿也保护不了，我们作为新区守护者，如何向百姓交代？"

严厉觉得委屈，小声嘀咕道："不是我们保护不了她，而是她根本就不想让我们保护，故意开溜的。"

尽管他压低了声音，还是给周伯萧听见。他突然转过头，盯着严厉怒气冲冲道："一个是蓝剑中队长，一个是蓝盾代理队长，连一个初中生都看不住，真不知道该说你们什么才好！"

"对不起，周局长，我对不起您和林大队的栽培！"龙靓低下头，面色羞愧。

"你没有对不起我，也没有对不起林队长，你对不起的是唐教授，是新区人民对你的信任！"

"对不起，周局长，我一定把唐卿安全带回来！"

刘秘书悄悄给龙靓和严厉递了眼色，两人一个敬礼后，轻脚步地退了出来。

龙靓和严厉都心情沉重，一直闷着头飞快地走路，谁也没有说话。值班警卫看见他们过来，原本想打个招呼，可看到他们僵尸一般的面孔，顿时打住。他们开了一辆特警车，风风火火地杀到了街上。

这时候才刚刚早晨九点多钟，太阳已跳上云梢，上班的人流高潮已褪去，街上稀稀拉拉的人并不很多。特警车漫无目的地飞驰了两条街，看看前路，依旧一片渺茫。严厉给憋了一肚子火，口气生硬道："去哪里？"

"还能去哪里？去她学校看看，说不定她已经回去了。"

虽然龙靓心里很清楚，唐卿不可能回去，但除了学校，她想不到唐卿还会去哪里。虽然希望极其渺茫，但至少有一个目的地，总好过在街上乱窜碰运气。

至于唐卿会不会回家，那么一栋空落落、死气沉沉的房子，在街上乱逛碰见她的概率都比那里大得多！

严厉将警车在校门口停下，龙靓跳下车，径直朝教学楼奔去。

穿过狭长的走廊，龙靓直朝着尽头处的一间教室走去。她在后门口停下，悄悄往里面瞄了一眼，整间教室熙熙攘攘地坐满了穿着校服的学生，唯独唐卿的位子是空的，厚厚的一摞课本歪歪斜斜地堆在桌上，很长时间没有人整理过它们了。

金色阳光透过车窗照射在两张年轻的脸上，一张冷漠无比，一张紧绷着肌肉，余怒未消。

回想刚才被周伯萧训斥，严厉依旧觉得窝火："都怪姓唐的那个丫头，害的得我们被局长骂，现在还要没头苍蝇似的找她！"

比起他的浮躁，龙靓内心要平静得多："别啰唆了，赶紧找人吧，不然回去还得挨骂。"

金色阳光下，街道上车来车往，严厉的眼睛平视前方，却也有意无意地用余光瞄着街道两旁，希望能从那稀稀落落的人影中发现那个娇小的身影。

"接下来去哪里，总不能一直在大街上跑吧？"

龙靓蹙眉沉思片刻，轻声道："去西华桥看看吧，她以前经常去那里跳街舞。"

不管结果如何，眼下总算有了一个暂时的目标。严厉立刻掉转车头，朝繁华的市区中心驶去。

比起外街的人影稀疏，繁华的市区中心却热闹无比，到处人流涌动，车水马龙。

长长的步行街上年轻的俊男靓女挽手而行，很多外地来的游客也会在这里驻足，购买一些称心的小饰品。绕过繁华的街道，特警车直朝着步行街西面的西华桥飞驰过去。

隔着百十米远，西华桥下一片冷寂，没有了往日的热闹和喧嚣，只偶尔有几个人影晃过，冷凄而惨淡。

很奇怪，平日里，宽阔的桥洞下一直是年轻的街舞爱好者的聚集地，几个不同的街舞社团经常会因为争夺这块"风水宝地"而闹得不可开交，眼下却变得无人问津。

"怎么回事，没人？"

龙靓也不禁疑惑起来："是有些奇怪，即使 street boy 不来，应该还会有其他街舞团，怎么一个人也看不到？"

"street boy 是什么？"严厉不解地问道。

"唐卿所在的街舞团就是 street boy，一个风头正盛的街舞团。"

"哦。"严厉这才明白过来，看着桥洞下稀稀拉拉的人影，他提议道，"白跑一趟，要不要到别处看看？"

龙靓定睛一看，一个落寞的人影正坐在桥下："桥下有一个街头歌手，过去看看。"

严厉将特警车在公共停车位停下，和龙靓一齐朝西华桥下那个长发飘飘的街头歌手走去。

苦涩的沙

吹痛脸庞的感觉

像父亲的责骂

母亲的哭泣

永远难忘记

年少的我

喜欢一个人在海边

卷起裤管光着脚丫踩在沙滩上

总是幻想海洋的尽头有另一个世界

总是以为勇敢的水手是真正的男儿

总是一副弱不禁风孬种的样子

在受人欺负的时候总是听见水手说

他说风雨中这点痛算什么

擦干泪不要怕

至少我们还有梦

他说风雨中这点痛算什么

……

熟悉的旋律声迎风飘来，带着沧桑嘶哑的嗓音，落魄的流浪歌手披散着头发，神情专注地忘怀其中。凌乱的长发左右飘摇，遮住了他的脸庞，那具有顽强生命的水手背后又有怎样一段情怀，一看就是有故事的男人。

心浮气躁的严厉正心急如焚，哪里有耐心听他唱歌，几个快步走过去。严厉才刚伸出手，嘴巴张开还没来得及说出一个字，就被龙靓按下肩膀打住了，龙靓冲他轻轻摇头。虽然不明白其中缘由，但他还是耐着性子听流浪歌手把一首歌完整地唱完。

啪啪啪，龙靓轻笑着鼓掌，一边掏出 10 元钞票放在歌手摆在地上的帽子里，后者点头，回以善意的微笑。

"请问，一直在这里跳舞的 street boy，您见过他们吗？"

流浪歌手摇头："没有，我也好几天没见过他们了。"

"知道他们去了哪里吗？"

"抱歉，我也不知道他们去哪里了。"

"谢谢，打搅了。"

在街上转悠了半天，连唐卿的影子也没看到！刚刚龙靓又对那个邋里邋遢的流浪歌手毕恭毕敬，不禁让严厉觉得毫无存在感，没好气道："明明就是一个无业游民，真不知道你干吗对他那么客气！"

龙靓忽然停下，盯着严厉，认真地说道："他和其他人一样，也需要尊重。"

只一句话，让原本还在气头上的严厉哑口无言，乖乖闭了嘴。

这时候，一男一女两个年轻人从他们身旁急匆匆地小跑过去。女孩儿一身浅蓝色牛仔服，裤子上一个一个的窟窿，歪戴着棒球帽；男生一头黄色长发，耳朵上的银钉在阳光下闪得耀眼，宽松的黑色哈伦裤，一副朝气蓬勃、活力四射的模样。

龙靓眼前一亮，对严厉一努嘴，后者心领神会，两人默不作声地跟了上去。

一个是特种部队精英，一个是特警战士，对于跟踪这种小儿科的伎俩，自然轻车熟路，何况对方还是十六七岁的少男少女。龙靓和严厉跟在他们身后几米外的地方，能清楚地听到他们之间的对话。

"阿超，都怪你昨晚上玩游戏玩得太晚，害我一直睡不着，看吧，今天迟到了！"

"怎么怪我，分明是你一直在旁边打电话吵闹得厉害，我才打游戏的，我本来打算早点儿睡觉，今天参加比赛的！"

"你还说！"棒球帽女孩儿恶狠狠地瞪了黄毛小子一眼，"今天要是输给street boy那伙人，看我跟你没完！"

"呸呸呸，我听你在乱说！"黄毛小子一把捂住棒球帽女孩儿的嘴，"就street boy那几个家伙怎么可能赢得了我们black Friday？我们black Friday是最棒的！"

棒球帽女孩儿眼中大放异彩，虽然被捂住了嘴，但还是不由得猛点头，两个人甩开步子，飞快地向前跑去。

龙靓嘴角弯出一抹浅浅的弧度，看来今天的运气还不错，终于给他们抓到一点儿线索。唐卿是street boy街舞团的一员，前几天来找她的时候就听说他们和附近几个街舞团有一次非常重要的比赛。关系到street boy名誉的重要赛事，唐卿自然不会错过，只要跟着前面的棒球帽女孩儿和黄毛小子，肯定能够找到唐卿！

这么想着，龙靓和严厉简单地交代了几句，两个人一齐朝前面的鱼饵追上去。

两个年轻人跑得很急，一路上心急火燎的，连着闯了两个红灯。这种程度对于龙靓和严厉来说，自然不在话下，尽管前面的年轻人一直马不停蹄地跑着，却丝毫没有将他们甩下！

穿过三条街，跑在前面的棒球帽和黄毛小子径直朝着市中心的文化广场跑去。

这种群体性的街舞比赛，自然需要开阔的场地，居然把广场给忘了，龙靓懊悔不已。

果然，才过了中心街，老远就看到文化广场里聚集了一大群人，而且大多是十六七岁的少男少女。平日里，这里一直都是广场舞大妈的地盘，今天来了这么多年轻人，自然有热闹可看！

棒球帽女孩儿和黄毛小子还没跑到跟前，已经有几个人远远地跟他们打招呼，清脆的呼哨嘹亮而悠长。

龙靓犀利的眼神快速地在人群中扫过，一无所获："有没有看到唐卿？"

严厉东张西望道："没有啊，可能在人群里面吧！"

这时候，棒球帽女孩儿和黄毛小子已经到了伙伴们的跟前，和几个伙伴一一击掌后就钻进人群里去了。

"目前的比分，二比二，平！下面一个出场的是 black Friday 一方。"

"哦！哦！"

"加油，阿翔！"

"你是最棒的，干掉 street boy！"

"嘘——"

双方舞团成员都情绪高涨，black Friday 成员的打气言辞犀利，引来 street boy 们一阵喝倒彩！

现在的小孩吃得好干得少，一个个跟打了激素似的，个顶个的高！十六七岁的年龄，180 厘米以上的占了三分之一，其他也都在 175 厘米左右，比龙靓高出一大截！亏得严厉身强体壮，才没给这帮小子比下去！

最中央的比赛现场被这些年轻人围了个里三层外三层，龙靓被堵在人墙外面，根本看不见里面的情形。然而，这个时候，就在他们的另一面，一个身形瘦小的女孩儿出现在人群外面，乌黑顺长的齐刘海儿、冷冰冰的面孔，她弓着身子，从人群夹缝里钻了进去，毫不费力。

"进不去啊，怎么办？"严厉有些苦恼。

"只要你想进去，他们能拦得住？"龙靓一个怪笑。

严厉一愣神儿，顿了两三秒钟才醒悟过来，也跟着怪笑起来。他活动活动筋骨，一步跨上前去，一左一右按住前面两个大男生的肩膀，往两边一掰，声音里带着几分蛮横："让开！"

无端端地被人推到一边，两个穿着白色单肩 T 恤的大男生当然不乐意了，齐刷刷地回过头，瞪着比他们矮了几厘米的严厉，口气同样不客气："你干吗？"

严厉怪异一笑："想进去看看，你们挡着我了。"

"我们挡着你？嘿，前面的人还挡着我们了呢！"

"你们不让开？"

"不让！"两人异口同声道，非常坚决。

严厉不再多嘴，两手一挥，抓住两个大男生的手腕，猛地向后一拖，咣咣，两人一屁股摔在了地上！

"不好意思，下手重了点儿，没事吧？"严厉假惺惺地道。

不过眨眼瞬间，两个大男生就被比他们矮上四五厘米的严厉撂倒，两人仔细扫了他一眼，自知不是对手，自顾自地爬起来，灰溜溜地闪到一边，不敢再吱声。

越往里面越拥挤，简直到了水泄不通的程度，但在严厉眼中，这帮孩子无非是一群"乌合之众"，根本没什么抵抗力，他故技重演，不到几分钟，便从人群最末挤到了最前面，和 street boy、black Friday 等街舞团成员并排坐在最前列。

果然，在 street boy 的队伍里，龙靓一眼就看到穿着 T 恤和宽松哈伦裤的唐卿，她脚上穿一双红色运动鞋，正在为队友呐喊助威，完全投入其中，根本没有注意到斜对面的龙靓和严厉。严厉脸上狡猾地一笑，盯着唐卿低声道："原来躲在这里，害得我们好找，看我不抓住你！"

没想到，还没等他迈开腿去，龙靓一把将他按住，附在他耳边低声道："算了，等她比赛完再带她回去。"

严厉眉头一皱："这样不太好吧？"

"这个丫头这么痴迷街舞，在这种关键时刻把她强行带走，恐怕她会想尽办法再逃出来！而且，肯定还会记恨我们。"

严厉瞪着斜对面毫无察觉的唐卿，愤愤道："她敢！"

"算了，她还是个孩子，让她跳完吧，谁都会有特别执着的时候。"

为了不把唐卿吓跑，龙靓拖着严厉稍稍后退了几步，躲在第二排，这样一来，既避开了唐卿的视线，又能够一览全局。

轮到 street boy 上场了！

唐卿忽然从地上坐起来，和即将上场的伙伴一个热情拥抱，和其他同伴一起为他打气助威道："上啊，snake，你是最棒的！"

和其他高大的男生相比，snake 个子并不是很高，身材也比较单薄，上场的前一刻才将卫衣帽摘下，露出一头精短的头发——一个并不起眼儿的小个子男生。唯一比较炫的是，他左耳上有一枚亮得闪眼的银耳钉。

几个简单的起步之后，小耳钉男生的速度逐渐快了起来，开始调整步态，以便接下来的高难度动作。

接下来的表演只能用眼花缭乱来形容，在电视上看惯了各种高难度的动作表演，没感觉到如何，但是亲眼看过之后，才能切身感受到它的魅力。1990、2000、单手大回旋、单肘大回旋等一系列高难度动作不断呈现在眼前，真的让人眼花缭乱、目不暇接，就连对它不感冒的严厉，也不禁一阵咋舌，这些夸张的动作，即使他也未必能做到！

几分钟的表演很快过去，当小耳钉男生停下来的一瞬间，热烈的掌声如暴雨般响起，此起彼伏，接连不断！

"哇哦，snake 你太棒了！我们赢定了！"唐卿像个小孩子一般蹦蹦跳跳地上去，和叫 snake 的小个子男生热情拥抱，其他 street boy 的同伴也欢呼雀跃地围上来，将两个人一齐拥抱在中央。

"差不多是时候了吧？"

"嗯。"龙靓点头，"准备动手。"

突然，唐卿欣喜若狂的面孔僵住了，呆呆地望着前面人群中的一个人，眼神中写满恐惧："又……又是你？"

桐谷千代从人群里走出来，脸上的笑容有几分阴冷。

龙靓慧眼如炬，一眼就看出唐卿的异样，顺着她的眼神望过去，一眼就看到人群里那个娇小的身影。

"她居然还不死心？"

"谁？"严厉还不明就里。

龙靓伸手一指："看那里！"

严厉一打眼，立刻被吓了一跳："我去，这个小丫头片子竟然也跟来了！"

"快，千万别让她先得手！"

龙靓眼疾手快，一个闪身绕开前面挡路的家伙，径直朝唐卿奔过去；严厉紧随其后，跟了上来。然而，眼看着就要抓住唐卿，却忽然从旁边蹿出几个街舞小子拦住了龙靓和严厉的去路，她仔细一看，居然是 black Friday 舞团的人！

严厉一个冷眼瞪过去："闪开！"

让他们意想不到的事情发生了，拦在前面的两个小子不仅没有让开，其中一个人一个呼哨，周围五六个 black Friday 的人齐刷刷地围了上来！

桐谷千代冷笑着一步步靠过去："别再浪费力气了，你逃不掉的，乖乖跟我回去。"

见唐卿一脸恐惧，表情怪异，snake 和其他几个 street boy 的伙伴觉得奇怪："怎么了？"

"有……有人要抓我！"

唐卿盯着桐谷千代的眼睛，一步步向后退去。顺着她的眼神，几个伙伴一眼就看到了她正对面的桐谷，可是对方不过是一个十二三岁的小女孩儿，不禁让他们哈哈大笑："唐卿，你是不是在耍我们？她……"

桐谷千代根本无视他们的存在，径直从他们面前走过去。擦肩而过的瞬间，他们才从桐谷冷漠的表情和怪异的举止中觉得她不一般。一个留着贴头辫的小个子男生横身过来，一只手按在桐谷肩膀上："喂，小姑娘，这里不是你玩儿游戏的地方，赶快回……"

不等他的话说完，桐谷向后虚晃一步，甩开他的手，一脚踢在他的小腿上，对方立刻下盘不稳摔倒在地上。

她的动作太快，让几个长得高高大大的男生根本没反应过来！

顿了三秒钟，大家才缓过神儿来。这时候，他们才感受到唐卿眼中的恐惧到底是何含义。唐卿心里害怕，不敢再待下去，趁着伙伴帮她掩护，拔腿便跑。

桐谷依旧是目中无人的态度，径直朝前面追去。这时候，纵使 street boy 的男生一个个生得人高马大，但面对一个身高不过 150 厘米左右的小女生，竟然都面露怯色，一个个畏首畏尾地不敢出手阻拦。

"喂，站住！"一个低沉的嗓子从桐谷背后轻飘飘地传来，她的眼角处灰影一闪，一个人影已经晃到跟前，居然是几乎赢了比赛的snake！

"你和唐卿到底什么关系？为什么要抓她？"

桐谷幽幽地瞥了他一眼："我很佩服你的胆量，不过，杀人和跳舞是两回事，让开！"

此语一出，周围一片哗然，所有街舞团的人不由自主地向后退了几步。很难想象，从一个还未成年的小女生口中会说出如此沉重的话，毕竟，杀人和打架是完全不同的概念。

"你还没有回答我的问题。"snake固执道。

一个伙伴悄悄在旁边提醒他："喂，snake，快点儿回来，她不是普通人！"

"这种事情我们惹不起！"

桐谷没有表情，从snake身旁绕过去。然而，让人吃惊的一幕发生了，这个固执的男生竟然第二次拦了上来！他挪了几下步子，以托马斯回旋拦在了桐谷前面。

所有人不禁倒吸了一口凉气，暗自为snake捏了一把冷汗，谁也不知道接下来会发生什么事！

桐谷饶有兴致地瞧了他几秒钟，一个诡异的笑容挂在脸上："如果在冰火，你连一天也活不过！"

突然，她细手一扬，嗖嗖嗖——从她袖中射出六七根连一寸长短都没有的钢针，直直地朝着目标飞去！旁边几个伙伴大惊失色，正要围上来，桐谷猛一甩头，顺长的黑发疾飞而起，嗖嗖嗖，隐藏在发间的刀片在围上来的人的胳膊、腿上划出一道道细长的刀口！

不等这些傻大个子从惊恐中回过神，桐谷虚影一晃，就从他们眼前闪过，径直朝不远处的唐卿追去。

严厉和龙靓背靠着背，被六七个大个子街舞男生围堵在中间。严厉自然不会把这些人看在眼中，但想要脱身却着实需要费一番功夫。

"警察办案，快点儿让开！"严厉大声道。

几个男生非但没有让开，反而愈发把他们围得更紧了！龙靓叹一口气："还没看出来，他们都是桐谷安排的人！"

"啊？"严厉一怔，既然这样，那他也就没必要客气了，一个正踢将对着的男生踢出去两米多远！其他人自然不会袖手旁观，纷纷举起拳头来要打！这时，一把乌黑的 92 式手枪瞄准了最前面的一个人的脑袋。严厉一个冷笑："来啊，你动一个试试！"

"我不信你敢开枪！"

"哼哼，我是不敢开枪，但是有人袭警，会不会擦枪走火我就不敢保证了！"严厉不甘示弱，一把将前面的男生推开，"闪开！"

人群中自觉地让开一条道，龙靓和严厉谨慎地退出包围圈，不再纠缠，急急地朝唐卿和桐谷千代消失的方向追去。

"这里我熟悉，跟我走，抄近道！"

广场周围地形开阔，道路又宽，一目百米，根本没有可以藏身的地方。唐卿边跑边回头，那个娇小却令人恐怖的身影就在她身后不远的地方，如影随形，紧追不舍。她急中生智，一转身，朝环卫局旁边的家属院大楼跑去。

新家属院内的大楼一栋栋错落有致，有四五层高，采光很好，楼房之间半人高的绿植郁郁葱葱，一头扎进去，一时半会儿根本找不到！

门卫老大爷正戴着一副老花眼镜看报纸，唐卿暗中叫苦不迭，也没说什么，径直跑了进去。

此时正值上班时间，偌大的住宅区内根本看不见几个人影，只有一个老太太正抱着小孙子在水泥路上慢慢走着。人要是倒霉了，不论干什么都点儿背！唐卿马不停蹄，径直朝中央的大花园跑去。她的脑海中灵光一闪，连忙脱下一只鞋子丢在半人高的小叶冬青丛边上，自己光着脚继续往里面跑，躲进十多米外的芭蕉林里。

茂盛的芭蕉林才刚刚恢复平静，桐谷千代便从后面追了上来。她放满了步子，冰冷的眸子扫过花园中任何一处可疑的地方。很快，她的目光就落在小叶冬青丛边的那只鞋子上，它的鞋尖指向里面，桐谷拨开面前的冬青丛正要跨进去，抬起的脚却忽然停在半空中。她盯着地上的鞋子呆了两秒钟，阴冷的眸子里流露出一丝笑意。她向周围张望一番，目光最后定格在前面不远处的高大茂盛的芭蕉林里。

几片芭蕉叶低垂下来，将藏在下面的唐卿挡得严严实实。酷日当空，芭蕉林下杂草丛生，潮湿难耐，唐卿低伏着身子，脸上、脖子上已是大汗淋漓。外面静悄悄的，半天没有动静，难道她没找到人，已经走了？唐卿在心中暗自揣度着。

顺着徐徐而来的轻微风声，唐卿仔细聆听着外面的一举一动，确定除了啾啾虫鸣再无其他后，这才深深地喘了一口气，慢慢直起身子。

啪！面前的大芭蕉叶被什么东西打穿了！

唐卿心里"咯噔"一下，等她抬起头来，只见芭蕉树干上插着一根近十厘米长的钢针，锋利的针头射进去，足足有五六厘米之深，和她的脸庞只隔着半个拳头的距离！

"啊——"唐卿一声尖叫，从芭蕉林里惊慌失措地蹿了出来，脚下一滑，"扑通"一声摔在凹凸不平的鹅卵石小道上。

桐谷千代诡异一笑："我早就说过，你逃不掉的，不要再浪费力气了。"

唐卿被吓破了胆，瘫在地上向后爬，声音里带了哭腔："你到底是什么人？为什么要抓我？"

"要怪就怪你爸爸，是他太不配合，我们才会来抓你。放心吧，只要他配合，我们是不会为难你的！"

"我爸爸？"唐卿一愣，"是你抓了他？"

"不，不是我。不过也差不多，反正我们是一伙的。你一个人在这里多无聊，我带你去见他。"

"我不会让你拿我来要挟我爸爸的！"

"据我所知，你好像从不关心他，他也从未真正关心过你。既然这样，你又何苦自己遭罪来成全他？"

"这与你无关！"

"乖乖跟我走吧！"桐谷千代慢慢朝唐卿逼近，之前用过的微型麻醉剂不知何时已被她握在右手的掌心中。唐卿想要站起来逃跑，可是两条腿却抖得厉害，根本不听使唤，只能用手撑着地慢慢向后挪动！

桐谷俯身抓住她的脚腕，正要把手中的微型注射器扎进她的小腿，唐卿却猛地把脚从鞋子里抽出来，抓过旁边几块椭圆形鹅卵石就朝桐谷狠狠地投掷过去。

后者身子一翻，轻易避开。

桐谷脸上露出狰狞的笑容，再次朝待宰的羔羊扑了上去！

这时，从中央花园另一侧冲出两个人来！

龙靓稳稳定住身，拔出 92 式手枪，一个托举速射，当，子弹打在桐谷脚前一寸的地方！

严厉以百米冲刺的速度飞奔过去："站住，别动！"

桐谷闻声一惊，猛地回过头，只见严厉和龙靓已经一前一后地紧追上来！

垂死之际，忽然飘来一根救命稻草，唐卿立刻转身爬起来，拼尽全力逃命。

"又是你们！"桐谷用怨毒的眼神瞪着两次坏她好事的敌人，恨不得立刻就结果了他们两个！然而，她却咬紧牙关，一甩手打出几枚钢针就射向敌人，趁着机会向唐卿追去。

"想跑？这次你可没那么好的运气了！"严厉躲过飞来的钢针，和龙靓一起向桐谷千代追去。

住宅区内甚是开阔，虽然唐卿和桐谷对这个环境都很陌生，但后者的适应性明显远超前者，无论洞察力和敏捷性，两者的距离都在不断拉近。桐谷伸直左臂，隐藏在袖内的钢针已然滑到手心，细手一挥，嗖嗖嗖嗖，四枚飞针直朝着前面的目标射去！

全力奔跑之下，飞针的力量减了三分，全都从唐卿身旁射了过去。

这时候，龙靓和严厉慢慢追上来，情急之下，桐谷从身上取出精致的袖珍手枪，瞄准了她的小腿。

噗！一个低沉的闷响后，奔跑中的唐卿顿时栽倒在地。破洞牛仔裤上撕开一条长口子，里面的肌肉也被擦伤，鲜血直流。

桐谷的步子明显慢下来，瞪大眼睛惊恐地望着摔在地上的唐卿，因为，她还没来得及开枪！

那个低沉的声音虽小，顺着清风而逝，但桐谷听得真切，那分明是枪声！是谁？那两个中国警察？除了他们，桐谷想不到其他人，除非，还有人藏在暗处！

轻微的枪响没能瞒过桐谷的耳朵，自然也避不开龙靓和严厉。枪响的瞬间，他们顿时警觉起来，蓄意开枪杀人和意图绑架完全是两个概念！

"站住！"

"放下你的枪，不然我们开枪了！"

咔，咔，两个人同时拔出手枪，子弹上膛，随时准备应对潜在的危机。

这一下唐卿摔得很重，枪伤加上摔了膝盖，她挣扎几次竟没有爬起来。眼看着桐谷就要抓住她，迫不得已之下，当当，龙靓两个速射过去，把她逼停下来。

不等桐谷站稳脚跟，严厉快步飞奔过去，一个帅气的腾空前踢飞过去！

如此连贯默契的配合，根基尚浅的桐谷根本招架不住，只能连连退却，避开锋芒。

片刻后，龙靓也跟上来，又一记正踢直逼过来！想想被周伯萧批得狗血淋头、体无完肤，严厉顿觉委屈，再回想刚才这个 R 国小丫头出手的刁钻狠毒，顿时无名火起，动起手来毫不留情！

扫堂、回旋、侧摆、直击，严厉和龙靓的搭配虽称不上天衣无缝，却也凌厉异常，气势逼人。三四个回合下来，毫无招架之力的桐谷千代已吃了几个暗招。

嗖，严厉翻身，一记后鞭腿恰到好处，正踢到桐谷肩头。这一脚力量足够大，桐谷没挨住，一个趔趄摔在地上。看到桐谷狼狈的模样，严厉这才罢手，心中怒火稍稍平息。他从后腰取出一把手铐："给你机会不知道珍惜，再跟我们走一趟吧！"

啪，一颗子弹正打在严厉脚前一寸的地方，他本能地向后一个闪跳，循着子弹轨迹回望过去，同时提醒道："小心，还有人！"

龙靓拔枪回瞄，正对面的楼房窗子上却空空如也，没看到半个影子。在她的掩护下，严厉再次拿出手铐准备铐了桐谷。砰！又一颗子弹射过来，正打中严厉小腿，他一个踉跄倒在地上，鲜血洒了一地。

这一次，龙靓看得真切，正对面楼房三层和二层之间的楼梯拐角处闪过一个黑影，看他的模样是在下楼。龙靓单手持枪，向后退了两步，朝严厉伸出手："你怎么样了？"

"没事，擦破了点皮，不碍事！"

严厉握紧龙靓的手，挣扎一下从地上爬起来，一扭头，却发现桐谷也爬了起来，正一瘸一拐地继续往前跑，真是个不撞南墙心不死的家伙！严厉急了，捡起地上的手铐就要去追，被龙靓一把拦下来："不要命啦？对方手下留情，没一枪命中说明他不愿和我们为敌，不要死咬着不放！"

"那桐谷……"

"不要管她，去保护唐卿！"

龙靓一语中的，这才将严厉牵回正路。这时他们才发现，唐卿已经跑出去了很远，马上就要跑出北门了。

突然冒出一个身份未知的枪手，谁敢保证不会有第二个？龙靓压低着身子，一手持枪追上去："快，去保护唐卿，千万别让人抓住她！"

砰！砰！砰！还没等两人跑出多远，几颗子弹立刻疾飞过来，射在他们前面几寸远的鹅卵石小道上。龙靓转头钻到小叶冬青丛下，从枝叶间隙中看到一二楼楼梯拐角处的窗口前站着一个人。只可惜距离太远，他又戴了贝雷帽，看不清楚模样。

"可恶，这家伙居然阴魂不散！"严厉愤愤道，"真不明白，他们为什么要绑架一个小姑娘！"

"你别忘了，她可是唐教授的独女！"

"那又如何，一个教授能有多少钱？又不是什么富豪！"

"这些不是我们该关心的事，我掩护，你去救人！"

"收到！"

趁着枪声暂歇的空隙，严厉一转身从冬青丛中钻出来，直朝着住宅区北门跑去，唐卿的身影已经模糊成一个黑点。果然，窗口的人影晃动一下就不见了。不一会儿，一个黑影从楼道里出来，斜向冲前面的严厉追了上去。

龙靓将弹夹装满，陡然从冬青丛中跳出来，当当当，三个点射上去！听见风声，吴劫当下缩回身子，后退几步以茂盛的花丛做掩体，举枪还击。

很奇怪，虽然只是一个侧脸，但龙靓感觉那名枪手的背影非常熟悉，似乎在哪里见过他。就在她迟疑的时候，对方已经飞身出去，不等她出来，立刻"当当当"回身补上三枪，把龙靓面前的冬青打得一片枝叶残碎！

身后枪声骤起，严厉还没回过头，只感觉到左腿一麻，整个人就摔在地上！一个黑影飘忽而至，一脚踢飞了他的手枪。严厉恨得牙根儿痒痒，却又无可奈何，只能眼睁睁地看着对方离去。

桐谷追到门口，左右张望一番，人影匆匆，却看不到唐卿的身影。嗒嗒嗒——急促的脚步声越来越近，桐谷举枪回头，却看到了一张冷漠的面孔。

"是你？你怎么会来这里？"

"我答应虎鲨，把你安然无恙地带回去。"

"哼，不用！"

桐谷转身正欲离开，却被一只铁钳般的大手牢牢按住肩膀。吴劫嘴唇一抖，淡淡道："快走，警察马上就要来了。"

"不用你救我！"

"活着回去，这是虎鲨给你的命令！"

桐谷瞪着眼睛，毫不避讳地迎视着吴劫的目光，愤怒和冷漠的眼神碰撞在一起，擦出了异样的火花。终于，桐谷挪开眼睛，一个转身，朝对面人流攒动的商业街区走去。

十几米外，川香火锅店门前、高大茂盛的发财树后面，唐卿正蜷缩在角落里，瑟瑟发抖。她的脸色苍白如纸，腿上伤口的流血已经止住，刚才惊心动魄的一幕幕还在脑海中不断闪过。

死亡的恐惧远不止电影里枪林弹雨、血肉横飞，枪声响起的时候，她才第一次感觉到死亡的逼近，真正体会到与死神擦肩而过的感觉。

死亡并不可怕，真正让人煎熬的，是内心的恐惧和无助。

唰唰唰，明亮的灯光下，凌峰伏在实验桌上奋笔疾书，黑色的铅笔在白纸上快速滑动，勾勒出长短、曲折各不相同的线条。明暗不同的铅痕代表了物体颜色的浓重程度，在整体淡淡铅痕的轮廓之下，一个庞然大物赫然出现在里面，棱角分明，覆盖着一层厚厚的"外壳"；白纸的另一端却有不同的景象，浅灰色铅痕下，一个个矩形空间错落有致，由若干条直线相连接。

在两个物体之间还有一条狭长的带状物做间隔，将它们分隔在南北两端。这模糊的景象，竟有几分眼熟。

吱——办公室的门被人轻轻推开，一个瘦削的身影慢慢走进来，粗糙的面孔满是疲惫，厚厚的眼镜后的眼球布满血丝。他浅浅一笑，张开干燥的嘴唇："凌队长，在画什么？"

"哦，唐教授，没什么，闲得无聊，随手乱画。"凌峰一边说着，看似无意地拿过一本书，将快要完成的结构草图盖上。

唐俊经常和细胞分子打交道，虽然他只瞄了白纸上的图案一眼，但那圆润的线条、纵横交错的轮廓，分明就是一栋建筑物的结构草图。不过，既然对方不愿提及，他也不再多问。

"凌队长，在这里待了几天，身边恢复得差不多了吧？"

唐俊的客气的称呼让凌峰很不自在："唐教授，您还是叫我凌峰吧！承蒙您的关照，我的身体已经没问题了。"

"嗯嗯。"唐俊频频点头，疲惫的脸上始终挂着一丝笑意，"这段时间多亏有你在，这个冷冰冰的实验室除了我和这些动物，连个喘气的都没有！虽然外面有四名警卫，但他们，唉……"

"唐教授，您在这里过得不好吗？"

"谈不上什么好与不好，都是在搞研究，只是……"唐俊的神情忽然低落下来，脸上仅有的笑容也消失不见，几次张嘴望着凌峰，短暂的沉默后却又将到了嘴边的话咽了回去，欲言又止。

凌峰接受过心理战术培训，看到唐俊心事重重的为难模样，试探道："怎么，唐教授，实验不顺利吗？"

"不，很顺利！"

唐俊望着凌峰那双澄澈的眸子好久，终于做出了决定："正因为实验非常顺利，我才更加担心！"

果然，唐俊并非埋头搞研究的书呆子，在经历种种境况后，相信他也感觉到这一切的背后另有隐情。于是，他主动开口道："唐教授，您是不是知道一些内情？"

"我……"

试探到这里，凌峰心里已经有了八九分把握，猜到唐俊对他还有所怀疑。于是，他将白纸上面的书本拿开，将才画好的铅字图递到唐俊面前："唐教授，您看一下我的素描画，能不能联想到什么？"

唐俊盯着白纸上的草图看了好一会儿，加上这些天对实验室内部的了解，多多少少有了一些认识："背景的浅色铅痕应该是冰原上的白雪，这条长长的带状痕迹是地下实验室南面的针叶林。"

唐俊用手指指着白纸上的画细细描述起来，然而，他的食指跨过那条长带，看到那个巨大的棱角分明的景象时，却顿住了："这里又是什么地方？"

"冰火。"凌峰淡然道。

然而，唐俊只呆呆地望着他，混浊的眸子里充满疑惑。凌峰声音一低，问道："您没听过这个名字？"

"没有人跟我提起过。"

凌峰眼睛的余光朝房间外面一扫，确定周围没人后，这才压低声音道："冰火是 E 国境内一个专门培训少年杀手的犯罪组织，最近他在中国新区市内的活动尤其频繁。一号头目虎鲨、教官疯狗和他的得意门生桐谷千代均多次在新区市出现，意图未明，根据我的猜测，可能跟即将召开的 PONAIT 会议有关联。"

"环太平洋互联网科技交流会议？"听凌峰讲到这里，唐俊的心也跟着悬起来，他才意识到问题的严重性。如果凌峰猜测准确的话，一旦被敌人得手，将对新区市甚至中国的国际影响造成极其恶劣的影响！

"是的。"凌峰神情庄重，不敢有半点儿怠慢，"参加这个互联网科技交流会的都是世界互联网科技顶尖人才，一旦他们的安全受到威胁，将会冲击全世界的互联网体系！各种黑客、间谍组织绝不会错过这么好的机会，一旦他们联手，整个互联网体系很可能会垮掉！"

唐俊感到一种莫名的压抑，让他的喘息也变得沉重起来，他的后背早已渗出一层汗水。

这时，凌峰跳过长长的针叶林带，手指定格在一个个方方正正的小方格上："唐教授，相信您应该能猜到这是哪里。"

"我们所在的地下实验室？"

"嗯，没错。"凌峰默然点头，"它们出现在同一个地方，只间隔十几公里，相信绝非偶然，而是某人的精心安排。"

顺着思路细想下去，唐俊不禁感到一阵后怕，似乎他的新型吞噬细胞体 ADS

也成了敌人的阴谋之一，尽管他的初衷是利用它攻克白血病、癌症等人类健康顽疾。

"不，不会是这样！一旦研究成功，ADS能够识别本体，吞噬一切变异体，它只会对人类有益！"唐俊固执道。

"唐教授，事情远没有你想象的那么简单！"

唰唰唰，凌峰拿起铅笔在那一个个小方格上画出几条延长线，一直向外延伸，穿过三道隔挡后，连接到另一个巨大的空间。唰唰，凌峰在它里面标出一个星号："这里，才是最可疑的地方！"

唐俊仔细看着那奇怪的空间，还是觉得陌生："这里，我怎么从来没见过？"

"它藏得非常隐蔽，我也是在偶然的情况下才发现的。在这个地下实验室最深处有一条隐秘隧道，直达另一间更神秘恐怖的活体实验室。大概有近百米距离，中间有三道铁门封闭，所以您从未听到任何声音。"

就在这茫茫的西伯利亚冰原上，竟然隐藏着这么神秘而充满恐惧的阴谋，这让唐俊很难想象："你不过在这里几天，如何知道这些的？"

"唐教授，我是军人出身，警觉性和危机感远超过你。前两天趁着出去透气的机会，我仔细观察了周围的环境，在那间巨大的活体实验室外面有一个雪壑深沟，上面覆盖着厚厚的积雪。我驾驶的雪地车摔下去发生了爆炸，融化了上面的积雪，下面竟然是数不清的干瘪的动物尸体！北极狐、雪橇犬、白狼、北极熊……"

"真的不敢想象，他们到底在做什么可怕的实验！目的又是什么？"

"虽然不是很确定，但我感觉它可能和即将召开的PONAIT会议有关。"凌峰表情凝重地说，"唐教授，您愿意自己的研究成果被这些穷凶极恶的坏人利用，成为祸害人民的罪人吗？"

"当然不！我宁可毁了它！"唐俊斩钉截铁地道。

"太好了！"茫茫前景终于透来一线曙光，凌峰心头的重担总算稍稍轻了一些，"市公安局周局长早就接到命令，要一举端掉这个在中国境内异常活跃的跨国犯罪组织，我的任务就是摸清冰火基地的内部结构布局、防御设施等，并且收集他们的犯罪证据，将他们彻底瓦解！几年前蓝剑遗留下的祸害，今天蓝盾要替他们彻底解决！"

★ 213

唐俊情绪高亢，一扫脸上的疲惫："尽我所能，凌队长，你需要我如何帮你？"

"这所地下实验室和东面隐蔽的活体实验室的内部结构我已大致了解，唯一的难题就是冰火基地！它的封锁非常严密，除了几座洞穿全场的瞭望高塔、不定时的巡逻小队，还有一直在基地附近训练的、被洗脑的冰火少年团。这些只是它的外部防御措施，对于它的内部结构，我几乎一无所知。唐教授，我需要你帮我进去。"

"这个……"唐俊面露难色，尴尬道，"凌队长，不是我不愿意帮忙，实在是无能为力。别说进去，如果不是你告诉我，我甚至不知道它的存在！如果直接闯过去，势必会引起他们怀疑！"

"别急，唐教授，你只需要按照我说的去做就行。"

凌峰凑过来，在唐俊耳边轻声耳语。言毕，唐俊眉头深锁，表情沉重。他沉默良久，细细思索这件事的可行性。末了，他长长叹了一口气："虽然危险性很大，但也没有更好的办法，只能赌赌运气了！"

"去让警卫给他传话？"

"不，我直接给他打电话！"

唐俊转身回到写字桌前开始翻找，宽大的桌面上摆满了各种专业书籍，细胞学、分子学等厚厚的大书放了一摞又一摞，琳琅满目；在书籍之间，几个记录北极狐、白狼等实验体体征的笔记本随意地打开着，上面密密麻麻地写满了实验体的反应、特性，以及存活时间等，地上也零零散散地落了几张笔记残页。

唐俊将几本笔记随意推开，在冗杂的书页间翻找着。书堆下面、笔记夹页、抽屉里被他一一找了个遍，却仍旧不见踪影。看他心急火燎的样子，凌峰问道："唐教授，您在找什么？"

"等一下，我再找找。"唐俊将三个抽屉全部取下来，开始在杂物里细细翻找。

啪，桌上一个半成新的笔记本掉下来，在它中间有一道狭小的缝隙，一个纸页露出小小的边角。唐俊漫不经心地翻开书，就看到一个小小的便签安静地躺在书页里，上面写了一串数字。他的眼睛一亮，旋即拨通了号码。

清脆的手机铃声在幽静的房间里响了五次，唐俊耳边仍是"嘟嘟"的声音，就在他焦躁不安准备挂断的时候，啪，电话接通了。

"喂。"

"你是虎鲨？"电话那边忽然没了声音，唐俊焦急道，"我是唐俊，我找虎鲨。"

"……老板现在不方便接电话。"

"实验出现了紧急状况，我需要向虎鲨汇报，马上！"

电话另一头又没了声音，紧接着是一阵断断续续的杂音，像是有人拿着电话在奔跑。两分钟后，电话里突然传来一个低沉厚重的声音："喂，好久不见，唐教授，我是虎鲨。"

"实验出现了一些紧急状况！"

"怎么了？"

虎鲨的声音虽然依旧沉稳，却在不经意间提高了几个分贝。唐俊能听得出来，虎鲨虽然很少露面，但却非常关心实验的进程，于是开始按照凌峰的吩咐行事："实验发生了一些突发状况，我一个人应付不过来，需要一名帮手！"

"没问题，我马上送一名细胞学专家过去！"

"不，我只需要一名助手，必须是中国人，身高172厘米左右，体型中等，要多久？"

"两个小时，不，90分钟！只是……"电话里，虎鲨的声音忽然打住，似乎在犹豫着什么，"你的这些条件，和实验有关吗？"

唐俊一时语塞，不知该如何回答，凌峰突然向他一瞪眼，后者心领神会，口气顿时变了："如果你想尽快拿到血清样本，就按我说的去做！"

"……好吧，我尽快把人送过去。"

等待的时间总是非常漫长，这90分钟竟有两天那么煎熬！

一向忘情投入的唐俊不断徘徊在实验室和办公室之间，每十多分钟就过来一次，单薄的背影来去又匆匆。凌峰不知是真睡还是假睡，一直斜躺在沙发上，闭目养神。

咚咚咚——一阵轻微嘈杂的脚步声从外面传来，凌峰猛然睁开眼站起身，昏暗的隧洞里有人影在晃动，越来越近。

片刻后，一个高大的持枪警卫从隧洞里出来，后面跟着一个身量单薄的中国人。他的眼神有几分飘忽不定，怯怯地打量着周围的环境。

"唐教授，你要的人带来了！"持枪警卫一声吆喝，旋即，唐俊急匆匆地从实验室里跑出来，一边略带不满的埋怨道："怎么这么慢？我已经等了好久！"

"对不起，外面风大。"

凌峰从办公室里慢慢出来，犀利的眼睛在面前的这个年轻人身上略略一扫，无论身高和体型，确实都和自己有几分相像。能在这么短的时间找到合适的人，再送到茫茫的西伯利亚冰原深处，虎鲨的手腕确实不容小觑！

看到两张东方面孔，年轻人忽然有一种油然而生的亲昵感："你们好，我叫陈风。"

唐俊轻轻点头，闷不作声，悄悄望向旁边的凌峰，后者略一点头，唐俊心领神会，微微一笑："不错，还可以，你们先回去吧，有事我会再叫你们的！"

"好的，唐教授。"

等到人高马大的白人警卫一走，陈风脸上的紧张表情才稍微缓和下来，主动向凌峰和唐俊自我介绍道："我叫陈风，是 LKP 集团驻 E 国分公司的一名普通技术员工。一个多小时前忽然被领导叫去，之后就被带到这里，也不知道是什么原因。"

"哦哦，是我要求他们带你来的。"

"啊？"陈风愣了一下，受宠若惊道，"不知道我能为您做些什么？"

唐俊把他带到隔壁的实验室，才进到房间里，陈风立刻被里面的各种让人眼花缭乱的仪器震撼住了：高精度显微镜、高分子离心机、细胞分子模拟显像仪等，一应俱全，完全就像电视里的尖端科技研究所！

"我是细胞分子学教授，目前在进行一项细胞分子突变的研究项目，需要将一种强吞噬性的培养细胞进行基因变异实验，使之成为具有稳定性的异化识别吞噬细胞体。它是由传染性极强的新型病毒 ADS 进行基因突变培养出来的，简称 ADS-74，它继承了 ADS 的顽强生命力，能够识别人体癌变细胞……"提到细胞研究，唐俊立刻像换了一个人似的，长篇大论，滔滔不绝。

一连串的非常专业的研究术语顿时把完全外行的陈风震住了，惊得他目瞪口呆！凌峰悄悄向他递个眼色，唐俊这才打住："换句简单的话说，我让你做什么，你就做什么，OK？"

“OK！”

唐俊左右扫了一眼，忽然看到旁边关着三只雪兔的小铁笼，伸手一指："把它搬到那边去！"

“啊？就这么简单？”

一直在旁边沉默不语的凌峰忽然开口了："你照做就是！"

“好的！”

陈风才刚刚俯下身子，一个黑影立刻出现在他的眼前，将他完全笼罩在了阴影之中。他正疑惑间，凌峰手起刀落，一记掌刀狠狠地砍在他的后颈部！顿时，他的身体"咣当"一声摔在地上，昏死过去。

凌峰用胶带将他地手脚捆住，封了口，拖到角落里用白布盖住。仔细检查一番，确定没有留下任何蛛丝马迹，向唐俊一招手："走，我们出发！"

“等我一下！”唐俊一声招呼，飞快地向实验室最里面的隔离区跑去，没几分钟，他气喘吁吁地又跑出来，肩膀上扛来两件厚厚的白色衣服，"这是两件隔离服，穿上它，防风，而且更掩人耳目！"

在隔离服的掩护下，凌峰跟在唐俊身后大摇大摆地在四名警卫面前经过，而刚刚被带来的陈风，此刻正躺在实验室的角落里安静地熟睡。

唐俊说得没错，隔离服不仅防风，更重要的是将身体隐藏起来，只露出两只眼睛，任谁也无法识别身份。

外面一片冰天雪地，寒风凛冽，隔离服虽不像风衣一样保暖，但对凌峰来说已经足够了。

连日的暴雪终于止住，尽管天上仍飘着朵朵灰云，金色的太阳还是不断将阳光播洒到这片极寒之地。

雪地车拖着长长的车轨压痕，从遥远的北方向南驰骋。一路上两个人都没有交谈，凌峰专心地驾车，眼睛一直盯着渺茫的前方；唐俊始终深锁着眉头，一言不发，一副心事重重的样子。

几十分钟后，弧形的针叶林出现在他们的视野里，树干挺拔直立，苍翠耐寒，像坚毅的战士一般守护着这片茫茫冰原。茂密的林间，一个个模糊的人影时隐时现，不断穿梭在林子深处；针叶林外缘，三五个小小的人影正沿着弧形的林子向北方奔跑。

一旦踏入这片针叶林，就是进入冰火少年团的活动范围了，任何一个角落里都可能有他们的身影，他们像幽灵一样，无处不在。

雪地车继续向前飞驰，树林间的景物也不断清晰起来，冰火少年团也逐渐进入视野。

当看到那些身材瘦弱、衣衫单薄的少年时，唐俊紧蹙的眉头皱得更厉害了，原本平静的面孔多了几分怒色。凌峰跟唐俊提过这些少年，但当他亲眼看见时，却有一种难以言喻的心痛！这个年龄的孩子，该是在教室里学习的温室花朵，却经受这恶劣环境的摧残，除了虐待，他想不出其他更好的字眼儿！

唐俊有些愤怒道："怎么是这么小的孩子？"

"千万别小看了他们，他们可是冰火少年团！"

"再怎么样，也不能用小孩子做坏事！"

"所以我们要灭了冰火！"

茫茫的针叶林东西纵横十几里，绕过它必然会花费许多不必要的时间，想要直接从林子里穿过去，必须要经过冰火少年团的地盘。虽然凌峰知道他们不是对手，但如果这些少年硬纠缠起来，想要安然脱身只怕要费一些功夫。

思虑片刻，凌峰觉得值得冒一冒风险，于是驾着雪地车从一处缓坡钻进了林子。果然，从这个大家伙进来的那一刻起，便成了少年团的"眼中钉"。站在不同方向的四五个少年一齐向这边注视过来，冷漠的眼神里充满了敌意。

针叶林所在的环山地势起伏并不是很大，崎岖不平的小路全被厚厚的积雪盖住，加上挺拔的松树横七竖八地横亘出来，毫无规律，雪地车的行驶速度慢了一半。原本训练的少年纷纷停下来，驻足观望，甚至有几个紧追不舍的围了过来！

在周围这些单薄瘦小的身影之中，凌峰发现了一个熟悉的人，是刘静云！

才一段时间不见，这个身材单薄的小姑娘已经变了样子，原本稚嫩的面孔显露出不相称的老成，晶莹澄澈的眸子更加冷漠。在她身后有两个年龄稍大的女孩儿，在冰火，只有强者才会有人追随，不可否认，她的成长速度令人震惊！

围上来的少年越来越多，他们的胆子也打起来，开始默契配合，对闯入他们领地内的陌生人发起了围攻！

在这里，冰火少年是不能带枪的，但这越发磨砺了他们的韧性。

嗖嗖嗖——嗖嗖嗖——一块块巴掌大的石块从各个方向飞驰过来，雪地车体积庞大，速度又慢，咣当咣当，飞来的石头不断砸在车身上，唐俊甚至能清晰地听到石头在身边飞过带来的风声！

"他们太放肆了！"

凌峰轻轻一笑："他们因为摸不清我们的身份，才会手下留情，不然，这一块块石头砸中的就不是雪地车，而是我们的脑袋了！"

唐俊不由得暗自吃惊，这群少年在这茫茫冰原上竟是如此疯狂，而这一切的始作俑者就是冰火一号头目——虎鲨！看到少年们慢慢聚拢过来，唐俊顿时乱了手脚："他们过来了，我们该怎么办？"

"不管他们，继续走！"

面对一波又一波的恶意袭击，普通人早已吓破了胆，要么举枪还击，要么加速逃命，而这辆雪地车却一反常态，仍旧不紧不慢地在林子里钻来钻去，让人摸不清底细。

这时候，面前的针叶松慢慢变得稀疏，视野逐渐开阔，隐藏在厚厚积雪下的钢铁穹窿即在眼前。突然，咔嚓一声，一棵手腕粗细的青松被人砍断，扑通一声砸了下来，挡住了去路。凌峰奋力掉转车头，雪地车在雪地上画出一道弧形抛物线，稳稳停下。

一个人影从松树后面闪出来，紧跟着又过来两个人，将雪地车围在了中间。

这一个急刹车把唐俊从车上摔了下来，摔得他晕头转向，等他从雪地里爬起来，发现面前站着三个十五六岁的金发少年，刚才的事故就是他们搞出来的。唐俊穿着笨重的隔离服走过来，恼火道：你们想干什么？"

斯诺一下子跳过来，手里握着一把明晃晃的匕首："你们又是什么人？到这里来干什么？"

"跟你没关系，我赶时间，让开！"

刚才那棵倒下的松树分明是冲着他们来的，若不是凌峰反应快，只怕他们连人带车都要报废了！这个少年居然口气蛮横地质问他，唐俊不禁大为恼火，上前一把推开了他！

在冰火少年团里，斯诺的资历很高，除了教官和桐谷，都是别人害怕他的份儿，他又怎么会轻易地把唐俊放在眼里，脚下一扫，唐俊立刻摔倒在地。斯诺刀锋一转，对着他的心口就扎下了去！

凌峰眼疾手快，飞起一脚，一块石头嗖地疾飞过来，直直地打在斯诺的手腕上。噗，匕首直直地坠进了雪地里。

卡托和比尔靠过来，两人都亮出了尖刀，面色不善，谁也不敢轻举妄动。

这时候刘静云也来了，站在十几米处的雪丘上观望，似乎并未打算插手。她的追随者朗娜凑过来，低声道："云，我们不过去帮忙吗？"

"哼！"刘静云一声冷笑，"不着急，看看再说，他非常需要长长记性！"

斯诺瞪着凌峰，一边向前挪动脚步，想要把匕首捡回来。凌峰脚下一扎，一扬，哗的一声，一片飞雪溅到斯诺的脸上，模糊了他的视线。几乎瞬间，凌峰已冲过来，一记边腿踢中他的心口，直把他掀翻在地！

看到这情况，周围七八个少年纷纷围拢过来，将凌峰和唐俊团团围住！

唐俊一下子慌了神："你们想干什么？"

形势逆转，斯诺一下来了胆量，捡起匕首指着凌峰："你们想死吗？"

面对明晃晃的匕首，凌峰面不改色，轻声道："让开，我们找虎鲨。"

果然，听到虎鲨的名字，斯诺的神情立刻变了。虽然他故作镇定，但眼睛不经意间流露出来的迟疑却瞒不过凌峰。

"你们找虎鲨做什么？"

"我们是北方实验室的秘密工作者，负责一种万能药剂。实验遇到了一些状况，我们需要向虎鲨汇报。"

斯诺面色微微一怔，这个字眼对他而言非常陌生："我怎么从来没听说过什么北方实验室？"

"当然，我们所进行的是绝密研究，由虎鲨直接领导，恐怕你还不够资格知道内幕。"

"你……"斯诺被凌峰的话激怒了，紧握匕首的右手在微微颤抖，他恨不得立刻把匕首扎进对方的心口，却又奈何不得！最后只得退让道，"我是冰火少年团的首领，告诉我也一样，我会帮你传达。"

不远处，刘静云从雪丘上滑下来，径直朝这边走来："哈哈，你这个人真是愚笨得可以！人家已经说了，是绝密实验，会告诉你？"

弧形包围圈裂开一条缝隙，刘静云目不斜视，从少年们身旁穿过，加入到剑拔弩张的对峙中。斯诺本和桐谷千代是死对头，对刘静云自然也没有好感，见她过来，立刻警惕道："不关你的事，不要插手。"

"你以为我会掺和？"刘静云不屑地白他一眼，"我是怕你把冰火少年团的脸面丢尽了！"

"你说什么？"

"我是好心帮你，别等会儿被虎鲨教训了还蒙在鼓里，浑然不知。"听刘静云这么说，斯诺愤怒的神情才缓和一些，但仍旧没完全明白她的意思。

刘静云无奈，轻叹一声道："我真的对你很无语，看他们的雪地车就知道和基地是同一款！他们这一路赶来，瞭望台、观察台拉警报了吗？潜伏狙击手攻击了没有？拜托你要威风之前先动动脑子好不好？真不明白你是如何活到现在的！"

斯诺被刘静云一番刻薄的言语呛得哑口无言，只能干憋气瞪着她。

凌峰无心逗留，看到问题摆平，重新驾上雪地车缓缓离去。望着逐渐远去的背影，刘静云心头一颤，刚才四目相对的瞬间，那坚毅的目光有一种似曾相识的感觉，仿佛在哪里见过这个人。

凌峰的思绪像雪地车一般在飞驰，相隔不过一个月，刘静云正以让人吃惊的速度成长！只是，这段成长会不会让她走上截然不同的命运之路，还是一个未知的定数。他使劲儿摇摇头，现在还不是分心的时候，若是走不出这茫茫冰原，一切想法都是徒劳。

眼前的视野豁然变得明亮，阴郁的针叶林已被抛之脑后，又一片豁然开朗的冰原纵横眼前。这时，基地穹隆前的几个人影吸引了凌峰的注意力，说曹操曹操到，他定睛一看，居然是虎鲨！

明明见过几次面，可是再次面对这个面容刚毅的男人时，唐俊心里却忽然有一种异样的感觉，焦躁而不安，他的身体开始打怵。

唐俊以这种方式和打扮出现在冰火基地，多多少少让虎鲨感觉到有些意外，但他仍旧客气地笑着，沉稳而老成："唐教授，好久不见。"

心里有了杂念，唐俊连说话也开始不自然："好……好久不见。"

"实验出现了什么状况？电话里听你的声音好像很急。"

"没什么大事，一点儿小意外，已经搞定了。"

"哦，这样就好，有什么需要，随时告诉我。"

这时，虎鲨注意到站在一旁的凌峰，上下打量他一番："这就是你的助手？时间仓促，只能就近找来一个，我尽快给你安排一位专家助手！"

"不！"唐俊一下紧张起来，"他很好！"

唐俊毕竟只是一名普通的细胞学教授，在专业方面他是行家，但在这种紧张情况下他的心态早已失衡，凌峰怕再继续下去他会露出破绽，于是主动站了出来："我叫陈风，是唐教授的助手。我们打算出来抓一只北极狐做活体实验，但出了一点儿小状况。"

就在这个时候，一直心怀不轨、尾随而至的斯诺、卡托和比尔等人也慢慢靠过来。刘静云跟在最后，她对这两个外来者也颇有兴趣！

虎鲨心里一悬，无心理会冰火少年，紧张道："什么状况？"

见虎鲨上了道，凌峰正要继续下去，唐俊在白色隔离服下大喘了几口气，稳定下心绪："还是我来讲吧！新型病毒 ADS 异化识别细胞研究又前进了一步！我和小陈带着最新的血清样本准备到冰原上抓一个合适的实验体，必须要中等体型、尽量无外伤的动物！我们追逐一只北极狐到了身后的针叶林附近，却忽然从林子里冲出几个小孩子，打死了我们选中的北极狐实验体，还抢走了血清样本！我们原本打算要回血清样本，谁知又有七八个孩子从树林里出来，企图用匕首赶走我们！我们好不容易才甩掉他们闯过来的，正巧，遇到了您！"

虎鲨墨眉一皱："有这种事？"

"别听他们胡说，根本没有的事！"斯诺等人一直徘徊在周围，听见唐俊的话，立刻暴跳如雷，冲过来为自己辩解。看见这些心狠手辣的少年过来，唐俊立刻做胆怯状："就是他们，刚才就是他们袭击我们，还差一点儿就打伤我们！"

"胡说，分明就是你们先冲进树林里来的！我们根本就……"

啪，斯诺的话还没说完，虎鲨一甩手，一个巴掌甩到他脸上："刚刚你们袭击了唐教授？"

"我们正在树林里训练，忽然有一辆雪地车……"

"回答我，有，还是没有？"

"有。"斯诺觉得委屈，低声道，"他们突然闯入树林，我们只是想拦下他们，并没有恶意攻击，当时刘静云也在，她可以证明！"

刘静云聪慧过人，从刚才虎鲨的那一巴掌，她就能猜到面前的这两个身着隔离服的人身份不一般，她不想让自己也陷进去，于是推脱道："我过来的时候，只看见斯诺带着人在追他们，之后就动了手，至于内情，我并不了解。"

"你胡说，你一直在旁边看着的，怎么可能不知道！"

唐俊见缝插针，变守为攻："你的意思是，我在说谎吗？"

"斯诺，一个星期之内，你每天的训练量增加一倍，如果你偷懒，疯狗会招呼你，明白吗？"虎鲨只关心唐俊丢失的血清样本，至于谁对谁错，他根本不放在心上。对于他的惩罚，斯诺自然一百个不乐意，但碍于目前的形势，由不得他多嘴，只能点头应允。

见斯诺吃了哑炮，刘静云不由得一个冷笑，自从桐谷离开后，他一直骄横跋扈，不把任何人放在眼里，今天终于有人收拾他了！

"唐教授，重新研究血清样本，需要多久？"

"丢失的血清样本我用了十天时间，现在虽然有了分子方程式，但至少需要一周的细胞培养时间！不过，未必需要重新制作样本，血清放在特制的密封瓶里，那个孩子只是抢了它，样本不一定被破坏，只要取回它就好！"

"它在哪里？"

唐俊目视前方，伸手一指。顺着手指的方向，虎鲨回望一眼，不禁皱起眉头，是冰火基地："你是说，有人拿了样本跑到基地里去了？"

"我亲眼看见的！"唐俊肯定道，"只要我和助手进去找到那个孩子，一切问题都将迎刃而解！"

"可是，我才出来不久……"

"你不相信就算了！"唐俊气愤道，顿时转过身去准备离开，"我再花一周时间重新培养新的血清样本。"

虽然从未和唐俊有过冲突，但虎鲨分得清孰重孰轻："等一下，唐教授，我只想在最短时间内拿到 ADS-74 的血清样本，其他的由你决定，我的所有部门为你一路绿灯！"

得到了许可，凌峰立刻跨上雪地车，载着唐俊朝基地飞驰而去。望着他们渐渐远去的背影，拉卡有些疑惑不解："他们的话很可疑，漏洞百出，您为什么装作不知？"

"PONAIT 会议即将召开，我不想因为任何小事而坏了大事，只要他按时把 ADS-74 研究出来，其他的随便他们！"

果然，虎鲨的话非常奏效，雪地车一路飞驰而来，尽管路上遇到了两个巡逻小队，但他们也只是远远地望着他们驶近再离开，没有人再拦下他们。

七八分钟后，雪地车在基地外掉转方向，在侧门的避风车库停下。在四名枪手的注视下，凌峰和唐俊大摇大摆地踏进了基地正门。

没有想象当中的门庭若市、枪手林立，偌大的正厅里只随便停了几辆叉车、雪地车，角落里摆放着一些木材，几根手指粗细的铁链从顶层垂下来；基地顶层是闭合的钢结构，接缝严密；两名持枪警卫在二楼的圆形楼梯上巡逻，犀利的目光不断向他们投来。

置身巨大的空虚中，唐俊不禁有些茫然若失，低声道："凌队长，我们到底来这里干什么？"

"我在这里待过几天，不过一直在昏迷状态，只了解它很小的一部分内部结构，我需要了解它内部的全部结构。"

"我们该怎么办？"

"跟我走。"凌峰在大厅内环视一圈，没有发现想要的答案，又沿着右侧的内墙向里面慢慢走去。

内墙下摆放的杂物太多，除去各种器械、货物外，最多的就是冰火少年团训练时砍下的原木。一棵棵直挺挺的木材，被锯成一截一截地码在墙角里，用它们烧火取暖，也是枪手们的一种消遣。

虽然接到不予阻挠的命令，但看到两个陌生人在眼皮下走动，巡逻枪手还是不敢掉以轻心，每隔几分钟都会过来巡视一番，搞得唐俊一直战战兢兢、心神不宁。

终于，凌峰在一处木材堆得比人还要高的拐角处停下，脸庞贴着墙壁向里面瞄了几眼："找到了！"

"什么东西？"

唐俊站在他的角度仔细瞧了一番，但眼前除了乱脏脏的木材，别无他物。凌峰摊开手，示意唐俊退后，然后一个回旋踢飞了上去！尽管身上穿着隔离服多有不便，但踢翻这么一堆烂木头对他来说还是小事一桩！

轰！近两米高的木材堆轰然倒塌，滑溜溜的原木借着滑下来的惯性力量向前滚出五六米远，最后撞到笨重的叉车上才停下来。

这一下动静不小，二楼圆形铁梯上的四名枪手听见巨大的倒塌撞击声，急急忙忙就跑下楼来，在凌峰身后十多米远的地方端起 AK-47，咔咔咔咔，四个黑洞洞的枪口立刻瞄准了两人的脑袋！

"你们在干什么？"

唐俊第一次被人用枪指着头，顿时就吓破了胆，双腿一软瘫在地上："我……我们……"

"抱歉，我们在找东西，不小心把柴堆撞倒了。"凌峰倒不以为然，轻描淡写道。

"你们分明就是故意的！"

四个枪手可没有这么好骗，一边收拢包围圈，慢慢围了过来，一边讲手里的 AK-47 一直瞄准着凌峰和唐俊。

"把手举起来。"

"快！"

面对四个高头大马的凶悍枪手，凌峰无可奈何，只能按照他们的吩咐，慢慢举起手来。这时候，另外两个枪手悄悄来到墙下，在倒塌的原木堆前仔细地搜索起来。原木间的狭小缝隙、墙角的夹缝，他们在周围五米之内前前后后地搜索了一遍，确定没有丢失任何物品后，向同伴一声招呼，后者这才收起步枪，指着凌峰警告道："警告你们不要乱来，否则照样打死你们！"

等到枪手们走远，凌峰避开地上散乱的原木走到了墙下。唐俊随意扫了一眼，冰冷的钢铁墙上黑森森的一片，并没有什么有价值的东西："我们到底在找什么？"

凌峰沉默不语，伸手在墙壁上细细擦拭起来。不一会儿，一张基地内部结构图出现在墙上。清晰的条纹将整个基地布局一一展现出来，周边有简练的英文说明，一目了然。

整个冰火基地包括地上部分和地下三层，地表部分主要为交通工具、木材和各种器械储备库；地下一层主要是居住层，和冰火少年团住的冰窖分开，包括虎鲨、教官和枪手、警卫的住所，也都严格分开；地下二层主要是军备库、电力储备库、供暖房。

凌峰只简单地扫了一眼，再不去关注。当他的目光落在地下三层时，不禁愣住了。

很明显，地下三层的空间宽度远超上面两层，特别是高度，几乎是上两层之和！任谁都能看得出来，这里面肯定放着重要且体积庞大的物品。然而，就是这样一层巨大的空间，却没有做任何标注，只在构造图上刻画了它的存在，至于里面存放着什么，用途何在，恐怕只有虎鲨一个人才知道！

就连作为局外人的唐俊也看出其中蹊跷，略有担心地问道："凌队长，这里面放着什么？"

"不知道，这也是我最担心的。我怀疑除了冰火少年团之外，虎鲨还在冰火基地秘密隐藏了大规模杀伤性武器！"凌峰面色深沉，"不过，这些还需要进一步确定，我们走。"

根据结构图上的说明，在大厅最深处的走廊尽头有一间监控室。如果结构图无误，只要找到它，就能借助电子监控看到基地的各个角落，省去大部分的时间和脚力。

地表大厅真的非常空旷开阔，凌峰在各种器械堆前左穿右穿，大约五六分钟才走到末端，一条狭长黑暗的走廊出现在面前。这一点，倒是和结构图上的布局一致。

咚咚咚，凌峰叩响房门，安静地候在一旁，然而里面却静悄悄的，没有任何回应。

"没人？"唐俊疑惑道。

顿了十几秒钟，凌峰正要破门而入，暗色铁门忽然"咔"的一声开了，从里面走出一个人来，黑瘦黑瘦的，竟比凌峰高出十几厘米！

监控员疑惑道："你们是谁？"

"去问虎鲨吧！"

浪费了许多时间，凌峰有些心急了，上前一步将长得黑瘦的监控员顶开，径直走进监控室。看到这情形，黑瘦的监控员一下子慌了神："喂喂喂，我只接到拉卡的命令，不对你们进行任何阻挠，但是没人告诉我，你们要来这里查看监控录像！"

凌峰头也没回地道："去请示虎鲨吧，他给你的答案也一样！"

监控员迟疑片刻，还是拿起手机悄悄闪到里屋去了。

唐俊才跟着进门，立刻有一种眼花缭乱、头晕目眩的感觉！除了身后的铁门，整个屋子内部几乎360度全部安装了大屏幕显示器，几十个不同的电视画面在微微闪着雪花。

略略一看，基地大厅、工具库房、军备库、电力库房、储备库和基地周围十几米范围的景象全部一目了然，尽收眼底！

除去这些，监控室里还放了一张巨大的写字桌，上面也有两个大显示器，只是上面并不是电子监控画面，而是……限制级视频的暂停画面！

凌峰转身，朝向背后的几十个屏幕，眼睛一转，略略扫了几眼，不由得倒吸了一口凉气。不光是基地内部，甚至几百米外的瞭望高塔上也安装了电子眼，还有外面的针叶林，冰火少年团的身影也出现在监控里，不断地切换到各个屏幕上！

"嗷，外面有什么动静，根本瞒不过他们的眼睛啊！"唐俊万分感慨道。

凌峰对这些监控画面视若无睹，他面容平静，两只脚慢慢挪动着步子，犀利的目光快速地扫过面前的几十个监控显示器。不到三分钟，凌峰就将三十多个监控画面在脑海里一一过了一遍，却并没有找到他想要的东西。这么重要的证据，凌峰生怕有所遗漏，又回过头来开始从第一个监控画面找了起来。

这一次，他看得更慢，审度得更加仔细，碰到稍有可疑的监控画面，他都会停留半分钟去观察！然而，当最后一个显示器在他眼中掠过，却仍旧没有发现要找的东西。霎时间，白色隔离服下，凌峰的额头上冒出了一层细汗："不可能，肯定会有的！"

唐俊还是第一次看到凌峰这般心神不宁的模样，小心地问道："凌队长，怎么了？"

凌峰的精神有些慌乱："不，不可能，一定有！肯定是有人把它藏起来了！"

就在这个时候，监控员忽然从里面的房间出来："这里还有一些寝室层的监控镜头，你们要不要看一下？"

"哪里？"说话的工夫，凌峰已经从他旁边闪身进去。这是一间略小的密闭房间，七八个显示器上都是同样乱糟糟的画面，空酒瓶、吃了一半的牛肉罐头、裸女扑克等，胡乱地扔了一地。

只简单地扫了一眼，凌峰就知道他想找的东西不在这里。

"还有没有其他监控室？"

"没有，所有的监控全部集中在了这里。"

凌峰心急如焚，情急之下双手揪住黑大个监控员的衣服。尽管两人身高悬殊，但推搡之下，凌峰居然占尽优势！

咣当，黑大个监控员被推搡到写字桌边儿上，右手不经意间按下了键盘空格键。顿时，艳女郎粗重兴奋的淫靡之音充斥于耳，显示器上原本定格的限制级男女肉搏画面再次开动，情意绵绵，挥汗如雨。

在这一瞬间，情绪不安的凌峰忽然安静下来，松开手，眼睛直盯着写字桌上的两个显示器，显示器上的画面粗俗丑陋，不堪入目。

黑大个监控员被举止反常的凌峰搞得一头雾水，连忙闪到一边去，生怕他搞出什么意外。

简单的剧情几近高潮，艳女郎勾魂摄魄的粗重喘息声充斥在整个房间。现场的气氛极度尴尬，唐俊更是面红耳赤，低声提醒道："凌队长！"

凌峰按下鼠标，熟练地切换监控画面，下一秒钟，显示器上就出现了一条灰暗的长廊。凌峰转向另一台显示器，简单的操作之后，出现了同样阴森灰暗的长廊。

"哦！"黑大个监控员捶胸顿足道，"我居然把这两个镜头给忘了！"

唐俊还没搞清楚到底是怎么回事，连忙凑过来一看究竟。

两个显示器上，无论灰暗的墙壁和阴晦的光线，都毫无争议地显示出这里是同一条走廊，只是镜头安装在两个不同角度而已。盯着镜头里阴森灰晦暗的长廊看了半天，唐俊还是一头雾水，不禁向凌峰问了一句："你就是在找这个？"

等了半天，见他一直没有回应，唐俊转向旁边的黑大个监控员，继续追问道："这里面是什么地方？有什么东西？"

监控员脸上是同样迷茫的神情，他无奈地耸耸肩："我也不知道里面是什么东西。"

迫于心中的求知欲，唐俊威逼利诱道："这怎么可能，走廊尽头的铁门没打开过吗？你该不会想隐瞒吧？我要和虎鲨通话！"

"我说的是实话！"黑大个监控员突然认真起来，话音随之提高了几个分贝，"根据我这几年的观察，这扇铁门每隔一两个月才会由虎鲨头目亲自打开一次，而且，铁门打开的这段时间，监控镜头是关闭的！除了他之外，任何人不准进入，他还会亲自来检查监控录像！"

"上一位监控员就是因为打瞌睡忘了关闭监控，被虎鲨头目发现，连同和他关系亲密的几个警卫全部被打死了！所以，关于这两个监控镜头的事，谁也不敢多嘴过问。"回忆起那段往事，黑大个监控员仍旧一副心有余悸的样子，"要不是看你们得到虎鲨头目的特许，我才不会向你们说这些！"

凌峰没有被两人的对话所影响，一直沉浸在自己的思维中，回忆刚才结构图上标注的巨大的地下三层的未知空间。眼前两个隐蔽的监控镜头，更加证明了他的猜测，地下三层一定安置了体积巨大、高度机密的大型杀伤性武器！比如，可升降式隐蔽远程导弹设施。

就在唐俊茫然不知时，凌峰毅然转身，决绝而去："我们走。"

"不进去看看吗？"

"不必，我已经知道答案了。"

下午的阳光依旧炽热，远处的地平线上，尽管太阳已落下大半边，却依旧用它的余温炙烤着大地。

2路公交车沿着柏油马路缓慢行驶，这已经是最后一班，偌大的车上只稀稀落落地坐了七八个人。唐卿躺在最后排的座位上，蓝色棒球帽盖在脸上，看不清她脸上的表情，只依稀听见平稳缓和的呼吸声，她似乎睡着了。

自从和桐谷千代的两次遭遇后，她原本宁静的生活被彻底打破，一直在恐惧不安中游荡。她不敢回家，不敢回学校，更不敢去人太多的地方，不敢独自在黑暗里睡觉，仿佛人群中有人会冲出来用枪打死她。黑暗中，突然走出一个瘦小却让人恐怖的身影，将她抓住了！

突然，她的身体猛地一怔，反射般地坐起身来，盖在脸上的棒球帽悄然落到地上，粉嫩的脸庞上满是汗水，清澈的眸子里写满恐惧！

开车的中年司机在反光镜里瞥了她一眼，很快又将目光挪回去，他早已见怪不怪。

第一次见到这个女孩儿是四天前，她就穿着和今天同样的衣服（根本就是同一件），急匆匆上车投完硬币后就跑到最后排的座位上，蜷缩在角落里，不断地透过窗子向外张望，胆怯的眼神一直在前面的乘客身上游移，似乎在躲避什么人。

她花了一块钱，从下午一直坐到最末班车。

接下来的三天里，上午或者下午，这个女孩儿总会出现在 2 路公交车的最后一排座位上，静静地待上几个小时。从开始惊魂不定地张望，一直到现在的呼呼大睡，她似乎已经习惯了。

这女孩儿是离家出走，这是中年司机对她的第一直觉。

透过车窗，微凉的晚风将唐卿脸上的汗水吹干。她仰起头，将最后一口矿泉水一饮而尽，把空瓶子丢到窗外，然后将棒球帽向下一拉，闭上眼继续打盹儿。过了多久，公交车在最后站点缓缓停下。

中年司机熄了火，正准备下车，却忽然在反光镜里瞄到了那个熟悉的身影，还歪歪斜斜地斜倚在车身上，睡得正香。他一愣神儿，旋即慈善地笑了笑，信步朝车位走去，这姑娘和他女儿差不多年纪。

"喂，小姑娘，醒醒！"

唐卿从睡梦中惊醒，腾地一下坐起身来，惊慌地四下张望："怎么了？"

中年司机向她露出一个善意的笑容："到终点站了。"

"还有下一班车吗？"

"不好意思，小姑娘，看看外面天已经黑了，这是今天最后一班车，明天再来吧。"

透过车窗望向外面，果然灰蒙蒙的一片，太阳早已落下远处的地平线。

看着唐卿的打扮，中年司机能猜出这是个处在叛逆期的小姑娘，正要在她身边坐下闲聊几句，唐卿却忽然从座位上起来，急急忙忙地窜下车。中年司机把头探到窗外向唐卿招手道："赶快回家吧，孩子，你妈妈还在家里等着你呢！"

闹哄哄的街道上车水马龙，虽然这里是偏远的郊区，但正值人流高峰，街道上依旧人挤人，车来车往，川流不息。

站在乱糟糟的街头上茫然四顾，唐卿心里有一种难以言喻的感伤，熙熙攘攘的人流匆匆而过，竟没有一张脸是她熟悉的，更没有一个安静的可以容得下她的处所。

"唉……"她轻叹一口气，压低了棒球帽，沿着岔口小道向山林里走去，远处耀眼的灯光和喧闹让她烦躁不安。

不知走了多久，也不知现在是什么时间，天色已基本黑下来，放眼向前望去，尽是黑漆漆的夜幕，周围彻底安静下来，静得让人心慌。若在平时，唐卿早已吓得大叫起来，然而此刻她的内心却没有半分来自对外界的恐惧，只有内在的失望和空虚。

平坦的道路早已随太阳一起远去，脚下只有凹凸不平的山间小路。淡淡的残月爬上夜空，点缀点点星光，清幽而凄冷。唐卿有气无力地在山路上走着，干瘪的肚子早已咕咕噜噜地叫个不停。这几天她已经花光了身上的二百多块钱，今天她只在早上吃了两个包子，仅剩的矿泉水也刚刚被她喝完。

极寒难耐的煎熬感让她从悲愤的失望回到现实，茫然四顾，黑蒙蒙的一片，杳无人烟。唐卿心情极度低落，背靠着一棵大树蹲下，有气无力地抽泣起来。

"呜呜呜……妈妈……我……想你。"

"呜呜呜……爸爸，你在……哪儿？"

就算是哭，也只有自己这一个听众，一想到这里，唐卿更觉得心中悲凉，便没有顾忌地号啕大哭起来。

"唐俊，你到底去了哪里？你也像妈妈一样丢下我不管了吗？"

"我恨你，恨你们所有人！"

夜风凄凉，很快将她伤心欲绝的哭声吹散在山林里。没几分钟，凄惨的哭喊声渐渐低了下来。肚子饿得厉害，唐卿连哭喊也没了力气，她将脸庞深深地埋进双膝，难道我要在这里饿死、冻死吗？突然，一个明亮的光圈在她脚前一闪，让她心里一个激灵，腾地一下从地上滚爬起来，吓得脸色都变了，连连后退。然而，等她再去寻找时，那抹刺眼的光圈却又消失得无影无踪！

难道是自己饿昏了头，产生了幻觉？不可能！虽然刚才她紧闭着眼睛，但在黑暗中待久了，突然间有炫目光亮闪过的灼目感太真切了，绝不会错的！但它又在哪里？难道，这里有鬼？一个可怕的念头在她心底滋生，慢慢散布全身。

沙沙沙，一阵窸窸窣窣的摩擦声从不远处传来，唐卿身子一颤，什么东西？

只见有个一米多高的恐怖黑影，从那里突然闪出一道强光，直指天际，和刚才唐卿看到的一模一样！她心里一惊，正要转身逃跑，脑袋里却一个激灵，那是……手电光？

果然，那束强光摇摇晃晃了几下，陡然朝树林里照射过来，唐卿慌忙闪到一棵大树后面躲了起来。

"喂，外面是不是有人？"手电光在周围扫了几圈后，后面竟然有人在说话，"外面有人吗？"

那个声音很低很轻，像是一个女孩儿在说话。唐卿给自己壮了一下胆子，轻声回道："你是谁？"

"刚才是你在哭吗？"

"不是我！"唐卿断然否认道，"你又是谁，干吗躲在那里吓人？"

明晃晃的手电光圈摇晃了几下，又传来那个女孩儿轻柔的声音："你能过来吗？我出不去。"

虽然心中还有几分犹豫和恐惧，但它们终究没有战胜唐卿的好奇心，她还是慢慢走了过去。只见在她刚才哭泣的大树后面两米远的地方竟然有一堵矮墙，一个小姑娘正趴在墙头上和她说话，手里拿着一个明晃晃的手电。唐卿不禁皱起眉头，仰起头问她："你是谁？为什么被人关在里面？"

"被人关在里面？"小姑娘疑惑地眨巴着大眼睛，"没有啊，这是我的学校。刚才我去厕所，听见有人在哭，就爬上来看看。"

学校？唐卿正疑惑着，小姑娘把手电往侧面一照，果然光线从正面的门缝里照射出来，依稀能看到紧闭的大铁门。

"你又是谁？天这么晚了，为什么一个人在树林里哭？"

"我说了，我没哭！"唐卿立刻吼她一句，愤愤地转过身去，"不理你了，我走了！"

"喂，天这么晚了，你一个人在山里走，不害怕呀？"

之前一直光顾着伤心，浑然不觉周围的阴森恐怖，被她这么一说，唐卿隐隐感觉到树林深处的黑暗中似乎有好几双黑洞洞的眼睛在盯着自己。唐卿比趴在墙头上的小姑娘大了五六岁，自然不甘在她面前表现出胆怯，故作镇定道："哼，吓唬我？我才不怕呢！"

"没吓唬你，上个月我们学校有几个学生跑到树林里玩儿，结果走丢了一个，到现在也没回来！"

唐卿突然觉得后背凉飕飕的："真的假的？没报警吗？"

"哈哈，我逗你的啦！"小姑娘呵呵地笑道，"不过，这么晚了你一个人回去，真的很危险！要不你进来睡一晚上吧，反正我一个人无聊得很！"

唐卿早就这么想了，只是碍于面子没开口，现在小姑娘主动邀请她，自然求之不得："我叫唐卿，你呢？"

"我叫何晴！"小姑娘趴在墙头上，朝下面伸出手，"来吧，我拉你上来！"

唐卿狐疑道："为什么不走正门？"

"嘘……"何晴做了个小声点儿的手势，"门卫大叔睡得早，千万别把他吵醒了，会挨骂的！"

墙并不高，唐卿又身手灵活，拉着何晴的小手一下子就翻了进去。校园里黑森森、静悄悄的一片，教学楼像隐匿在黑暗中的庞然大物。何晴在前面打着手电，领着她向西面的宿舍区走去。

宿舍里空落落的，怪不得何晴会觉得无聊。说是宿舍，其实就是一间房子，里面放了两张上下铺的铁架床。她睡了靠里面的下铺，其余三张床位都空着。

"一直都是你一个人吗？"

"嗯，其他学生的家都在山下附近，他们不住校。"

简单的一句话，却透露出这个小姑娘的无奈和寂寞。

"会不会觉得无聊？"

"无聊的时候就看看书、听听广播，方老师有时候也会留下来陪我，但有时候还是会感觉到寂寞。"

"你爸妈呢？为什么要送你住校？"

"我爸爸在外面打工，一年才回家一次。"提及父母，何晴的声音忽然低了下去，"我妈妈……在我小时候就去世了。"

不经意的瞬间，唐卿看到从这个小姑娘眼中闪过一丝晶莹。居然和自己的遭遇有几分相似，唐卿对她有了几分亲切。看到这个乐观开朗的女孩儿忽然变得神色黯淡，她有些于心不忍，连忙岔开话题道："你这里有吃的吗？我一天没吃东西了，肚子快要饿扁了！"

"啊？刚才我把最后一个面包给吃了！"

"唉，算了，今晚只能硬撑过去了！"

唐卿一屁股坐在何晴的小床上，一仰身躺下去，再不愿起来。

好不容易多了个伙伴，何晴一直乐呵呵地拉着唐卿聊天儿，从学校里有趣的老师，聊到她爱吃的零食，又聊到喜欢的男明星，女生总是有着跨越年龄段的共同话题。尽管唐卿又累又困，但还是一直陪着这个和她有着相同遭遇的小妹妹聊天儿。

"对了，我想到了！"何晴冷不丁冒出一句不着边际的话，把昏昏欲睡的唐卿吓了一个激灵，困意全无："怎么啦？"

"我想到哪里有吃的啦，快，跟我走！"何晴笑意盈盈地把唐卿从床上拖起来，拿起桌上的手电急匆匆地就出了门。

外面黑漆漆的一片，强烈的手电光束照射出一道耀眼的光圈，一直照射到对面的一间屋子："那是我们的食堂，里面应该有剩下的馒头，你不介意吧？"

"当然！"唐卿暗暗咽下一口唾液，都快要饿扁了，哪儿还管得了这些，"只要能吃，什么都可以！"

何晴牵着唐卿的手，蹑手蹑脚地朝小食堂走去。门没锁，只虚掩着关上。何晴轻轻推开门，两个小女生贼溜溜地进去，还不忘把门带上。

才进门，立刻一股饭香味扑鼻而来，唐卿只觉得口水在哗哗地流，才咽下一口，很快又冒了出来。她饿得厉害，不用何晴翻找，自己顺着香味就动起手来！

手电光圈只照亮很小的范围，唐卿毛手毛脚地这里翻翻那里找找，一不小心打翻了锅，铁锅盖当的一声坠到地上，在寂静的夜里尤显尖锐！

"嘘，小心！"何晴立刻关上手电，摸到门口透过窗子向往张望。

幸亏刚才关了门，声音传到外面被夜风一吹，很快就散了。

何晴提心吊胆地等了一分多钟，外面仍旧静悄悄、黑漆漆的一片，她这才放心下来，长长地嘘了一口气："吓死我了，要是把门卫大叔吵醒了，会被他骂死的！"

唐卿怕给她惹麻烦，只得老老实实地待在一边，不再多事。何晴每天都在小食堂吃饭，对这里再熟悉不过，径直走到角落里打开冰箱。平日里在小食堂吃饭的人很少，除了她和门卫大叔，再就是偶尔会有老师留下来吃饭，所以饭菜一般不会隔夜。

最近方小雨给她买了很多零食，饭菜就吃得少了，没想到中午剩下的两个馒头现在居然派上了用场！何晴把馒头掰成两半，夹了一些咸菜和甜酱递给唐卿："喏，只剩下这些了，将就着吃吧！"

唐卿早就饿得前胸贴后背，哪里还挑什么嘴，接过馒头塞到嘴里，一口就咬去小半个！看到她狼吞虎咽的模样，何晴乐了："好吃吗？"

"嗯！"唐卿猛一点头，又一口咬了下去，不到十五秒钟一个馒头吃了四分之三！

"哎呀，我又不跟你抢，你慢点儿吃，还有一个呢！"

"快，再……再给我一………一个！"

回到宿舍里，唐卿往何晴的床铺上一躺，心满意足地抚摩着肚子："哇，吃得好饱！"

想起刚才她饿狼一般的模样，何晴还是忍不住笑出声来："真没见过女生像你这样吃饭地，跟饿死鬼似的！"

"唉，如果你两天没吃上一顿像样的饭，就不会这么说了，难看总比饿死好！"

何晴收起笑容，在她身边端端正正地坐好，一本正经地道："好了，吃也吃了，喝也喝了，现在跟我说说吧，大晚上的，你一个女生为什么会跑到山里来？"

酒足饭饱，烦恼都走。唐卿又恢复叛逆期少女的态度，无所谓道："还能因为什么，离家出走呗！"

"那你晚上住在哪里？"话才出口，何晴立刻意识到自己问了一句废话，如果她有地方住，也不会半夜跑到山里来了，于是改口道，"你还去学校念书吗？"

"不去，没意思！"

"那你明天要去哪里？"

"不知道，没地方可去。"

"要不这样吧，你明天可以在附近的山上转转，这里虽然不是什么旅游区，但是风景很好呢！晚上你可以到我这里来睡，反正我一个人也无聊得很！不过，你只能在这里玩儿几天，然后就乖乖回家，不然你爸会担心的！"

"他会担心我？才怪！"唐卿不屑一顾道，她斜躺在床上，瞟了何晴一眼，"好吧，看在小妹妹请我吃饭的份儿上，我就留下来陪你吧！"

"也要回学校好好读书哦！"

唐卿拿枕头蒙住头："你怎么跟我爸一样唠叨！"

"我可告诉你，就算你想赖在这里不走，我也会……"何晴还想和唐卿聊一会儿，当她拿下枕头的时候，却发现唐卿已经睡着了。

柔柔的灯光下，唐卿的呼吸轻细而均匀。尽管她脸上抹了腮红，嘴唇上涂了口红，眼睛上涂了眼影，但依旧掩饰不住她的青春活力、天真善良。

何晴生怕吵醒了她，轻手轻脚地在另一张空床上躺下，甜甜的笑容一直挂在脸上，安然入睡。

清晨第一缕阳光透过窗子照进了屋子，均匀地洒在唐卿身上。她年轻的脸庞在阳光下尤其显得青春靓丽，宛若童话世界里熟睡的公主，安详而恬静。

"Baffled me without any difficulty in the world can, it will only let me become more strong！"

遥远的东方天际，金色的太阳已经爬上树梢。学生们童稚而洪亮的晨读声响起，在空旷的山林里肆意飞扬！

唐卿迷迷糊糊地睁开眼，伸个懒腰从床上爬起来，四下环顾一圈，屋子里空空的，不见何晴的身影，应该是上课去了。她正要开门出去，忽然看到床头的小桌上放着一份非常熟悉的食物——馒头加咸菜、甜酱，旁边还放了一个煮熟的鸡蛋和一杯牛奶，她伸手一摸，杯子还是温热的。她已很久没有体会过这样的温情，想不到这个才认识一个晚上的小姑娘竟如此善良而体贴。友谊，是不需要用时间来衡量的。

吃过饭，唐卿信步朝后山走去。

何晴说得没错，这里虽不是什么旅游区，但自然风光却很美。一眼望去，满山的绿树郁郁葱葱，一条半米宽的山间小道自山下而来，曲曲折折地蔓延到山林深处。山路两旁开满了野花，微风吹来，清爽而略带香气，让人神清气爽、心旷神怡。

砰砰！突然，前面响起了尖锐刺耳的炸裂声，紧接着是孩子们此起彼伏的兴奋的尖叫声！还没走多远，唐卿就看见前面的林子里有几个小孩子站在那里。还没等她看仔细，耳边"嗖"的一道风声驰过，啪，一颗小石子打在她身后的树干上，劲道十足！

要不是她运气好，只怕现在她早就挂了彩！唐卿腾地一下火冒三丈，喇喇喇，直朝着前面几个淘气的小男孩儿跑过去。

啪！啪！又是两个尖锐的炸裂声，摆在前面的两个空酒瓶被小男孩儿的弹弓打碎了，瓶颈部锋利的碴口让人看了不由得心里一阵发毛！

还没停下，唐卿就气呼呼地问道："刚才是谁用弹弓打我？"

两个小男孩儿对视一眼，齐刷刷地伸手指着前面一个比他们高出半个脑袋的小胖墩儿："是他！"

唐卿冷冷地瞪着小胖墩儿，面色不善。面对比自己年龄大许多的大女生，小胖墩儿倒也不害怕，一副满不在乎的表情："我又不知道有人，还以为是大狼狗要跑来咬我呢！"

听他这么一说，唐卿气得更是气不打一处来，气呼呼地指着他："好你个小屁孩儿，犯了错不认账，居然还骂我！"

为表清白，小胖墩儿转过身露出小腿，只见白白胖胖的小腿肚子上果然有一块伤疤，才刚刚结痂的样子。

唐卿火气消了大半："你们刚才在玩儿什么？"

小胖墩儿指着前面说："我们在比赛，看谁弹弓打得准！"

果然，在前面七八米远的地方歪歪斜斜地摆了十几个空酒瓶，已经被他们打碎了一大半，周围散布着绿色的碎玻璃碴子，几个碎了瓶颈的空瓶子还直挺挺地立在那里。

"你们谁打得最准？"

"他！"

小胖墩儿和掉了门牙的小男孩儿一齐指向站在最后面的、黑黑瘦瘦的、流着鼻涕的小男孩儿。

"你真棒！"

唐卿过去摸摸小鼻涕滚圆的脑袋，一边掏出纸巾帮他抹去挂在嘴角的鼻涕。小鼻涕一仰头，一副扬扬自得的神气模样。

"你们把酒瓶在这里打碎了，万一有人踩在上面扎伤了脚怎么办？"

三个小男孩儿面色羞愧，唐卿无奈地叹了一口气："刚才姐姐上山的时候听到那边有狗叫，姐姐最怕狗了！你们有弹弓，帮姐姐把它打跑好不好？"

"好！"

三个小男孩儿一溜烟儿朝山的另一边跑去。

忽然，一阵轻微的脚步声从唐卿身后传来，她无奈地一撇嘴："不是让你们去帮姐姐把狗打跑吗，怎么又回来了？"当她转过身的一瞬间，脸上的笑容凝固了，身体不由自主地向后退却，"是……是你！"

"我说过，你逃不掉的。"桐谷千代浅浅一笑，原本稚嫩的脸庞阴森而诡异。她就像唐卿的影子，任她如何躲藏也摆脱不掉。

"你这个人怎么阴魂不散啊？我又不认识你，你为什么一定要抓我？"

"这是虎鲨头目的命令，我必须执行。"

"虎鲨又是谁？我根本就不认识。"

"等你见到他，自己去问吧。"

"想抓住我？下辈子吧！"

唐卿抬起脚向地上猛地一踢，顿时一片细碎的沙土朝桐谷飞了过去。在漫天尘土飞扬的掩护下，唐卿掉头便跑，才跑出没几步，却发现桐谷千代不知何时已经挡在自己前面！

"你……怎么？"

"你这些小伎俩，我早就不玩儿了。"

桐谷千代冷冷地盯着她，慢慢逼近过去。唐卿一步步向后挪着步子，脸上的汗水顺着侧脸流下来："别……别过来！"

眼看着就要被桐谷千代抓住，情急之下，唐卿陡然从地上捡起一片碎玻璃碴子抵在脖子上："站住，再往前走一步，我就自杀，让你交不了差！"

桐谷千代才抬起的脚又缓缓放下，轻笑一声："你有自杀的勇气吗？"

桐谷的话像一把尖刀直戳进唐卿的心口，她也是被逼急了，脑袋一热就想出这招，那锋利的玻璃碴子看着都瘆人，被它划一道口子得有多疼？

"怎么，被我说中了？"

"谁……谁说我不敢自杀？有种你就再往前走一步！"

嗒，桐谷果真向前迈了一步，冷笑地看着她："我已经走了一步，该你了。"

靠！唐卿没想到桐谷这么冷血，居然不吃她这一套！既然桐谷认定她不敢自杀，她也就没必要较真儿，改口道："哼，你让我死我就死，岂不是太便宜你了！"

"油嘴滑舌的，我就知道你没这个勇气！你们中国人都一样，只是嘴上功夫厉害，在死亡面前，你们都像老鼠一样胆小！"桐谷千代轻蔑一笑。

就是这一笑，极大地刺激了唐卿，这已经和自尊心没有关系，而是高度的爱国热情。她只觉得全身的血液都在往上涌，也不知哪里来的勇气，手腕一押，锋利的玻璃口在她脖子上就划出一道细长的口子。顿时，一股鲜红的血液流了下来。

桐谷千代微微一怔，她原以为唐卿只是吓唬吓唬她，却不曾想她居然来真的！唐卿这般举动，着实在她意料之外。不过，她仍旧不愿妥协认输。

"继续啊，别停下来，再往下一点儿就可以割破颈动脉，让我看看你到底有没有这个勇气！"

十几岁正是意气用事的时候，被桐谷千代这么一激，唐卿火气"噌"地一下蹿了上来，感觉整个身体的血液都在往头上涌！她握紧手里的碎玻璃片，一挥手，对着心口狠狠地划了下去！

瞧她那气势，分明就是在赌气！这一下，桐谷千代慌了手脚，一个箭步冲上去抓住了她的手腕："你干什么，疯了吗？"

然而，就在两个人四目相对的瞬间，唐卿原本怒气冲冲的脸庞忽然狡黠一笑，仗着身高和体力上的优势，一下从桐谷手里挣脱开来。她脚下一绊，用力向后一推，桐谷千代整个人后仰着直直地摔倒下去！

　　计划成功，唐卿迅速转过身一溜烟儿跑了。然而，她跑出去十多米远才发现有些不对劲儿。刚才那一下不过是她心急之下想出的缓兵之计，以桐谷千代的身手，顶多就是摔一跤，很快就会追上来，然而后面却是静悄悄的一片，没有任何动静！

　　唐卿疑惑地向后瞄了一眼，却没有看见人。她的步子慢了下来，缓缓扭过头去张望，却发现桐谷千代直挺挺地躺在地上，一动不动。

　　怎么回事？就在她疑惑不解的时候，一抹刺眼的红色映入她的眼睛。

　　难道？一个可怕的念头出现在她的脑海中，不可能，怎么可能这么巧？唐卿战战兢兢地停下来。桐谷千代确实没有再爬起来，只躺在原地挣扎了几下，她身下那一抹殷红甚是刺眼！

　　趁机逃走，还是回去看看？万一她是装出来的怎么办？犹豫再三，唐卿还是转过头小心地走了回去。

　　阳光透过树叶间隙均匀地洒在桐谷千代身上，她安静地躺在地上，不再挣扎，脸色苍白得厉害。刚才摔下去的瞬间，立在地上破了瓶颈的空酒瓶戳穿了她单薄的胸膛。她的右胸口和身子下面被鲜红的血液染红了！

　　看见唐卿回来，她微微地动了一下嘴唇，却再也说不出话来。

　　"喂，你没事吧？"由于恐惧，唐卿的话音低得几乎听不见。

　　桐谷千代颤巍巍地抬起手，还没有等她伸直又"噗"地坠下去，气若游丝。唐卿顿时吓得慌了神儿："你……你快起来啊！你不是要……要抓我吗？快点儿起来啊你！"

　　"别在那里装模作样的，我知道你没事的，快点儿起来！"唐卿已经带了哭腔，晶莹的泪珠在眼眶里打转，"我跟你走，快点儿起来！"

　　然而，桐谷千代直挺挺地躺在地上，澄澈的眸子慢慢涣散开来，身体下的鲜血像一朵绽放的娇艳欲滴的淬火玫瑰！

　　扑通，唐卿瘫倒在桐谷身边，泪如坠珠，泣不成声。她慢慢伸出手去，拉着桐谷娇小的手掌，它却僵硬地依偎在唐卿的掌心里，毫无生气。

山风拂来，干燥的长发披散下来遮住了她半张脸，混合着泪水，湿嗒嗒地粘在侧脸上。突然，唐卿猛地甩开桐谷的手，腾地一下站起来，连连退却："不，我没有要杀你，是你自己来抓我，摔倒在上面的，跟我没有关系！"

此刻，她的内心一片混乱，一个还处在学龄阶段的少女，当真切面对死亡的时候，唯一的解决方法，只有逃避。唐卿惊恐地四下张望，确定附近没有人后，她慌慌张张地朝山的另一边跑去，连学校也再不敢回去。

与此同时，一阵擦过树叶的窸窸窣窣的嘈杂声音时隐时现，渐渐传来。

在上山的小道上，一个人影朝这边走来，居然是吴劫，他是跟着桐谷一直找到这里来的。

山风吹来，树叶摩挲，一阵摇曳，吴劫陡然停下脚步，在这闷热的山中深处，他嗅到了一丝不安的死亡气息。

武装贩毒、绑架、恐怖袭击，在蓝剑那段与犯罪分子激战的岁月里，多次与死神擦肩而过，让他对死亡有了强烈的直觉。他循着空气中残存的死亡气息，慢慢向前搜索。

他看到了桐谷千代，她还是那么安静地躺在地上，仿佛在熟睡。即使死亡的前一刻，她稚嫩的面孔还是显露出与她年龄不相称的冷漠，看不出任何痛苦。不知是冰火的骄傲，还是她自己的悲哀。

周围静悄悄的，杳无人影，树上的鸟雀还在啾啾地低声吟唱，草丛里蟋蟀在吱吱地鸣叫，并没有任何不安的迹象。

无数次的出生入死，吴劫对死亡已没有太多感觉。他脱下衬衫，在桐谷身边单腿蹲下，将她瘦弱的身躯用衣服裹起来，轻轻地抱她起来，朝着下山的路慢慢走去。

风继续吹，树叶继续摇曳，藏在草丛里的蟋蟀还在继续它尖锐的低鸣，一切如旧，不会因为任何而改变。

第七章　地狱末路

———— ★★★★★ ————

茫茫的西伯利亚冰原迎来了难得的风和日丽，这里云层稀薄，一眼望去，整个天空一片碧蓝，太阳挂在遥远的南方天际。

尽管太阳当空，厚厚的积雪却并未融化，这里的冰雪层太厚了，这么点儿的阳光还不足以撼动它。

厚厚的积雪地上，阿拉斯加雪橇犬留下的浅浅的梅花脚印，一眨眼就被雪橇压平，形成一道深深的压痕，一直向远处延伸。

一头肩高 1.5 米左右的雄性北极熊正在雪地里四肢并用地急速狂奔，不时回过头向后面张望几眼。在它身后二十多米远的地方，十几条阿拉斯加犬拉着三架雪橇正在后面紧追不舍！这群耐寒的雪地精灵兴奋地撒着欢儿，响亮而亢奋的嗥叫声响彻天际。

疯狗驾着雪橇飞驰在队伍最前面，深蓝色的风衣迎风飘扬，呼啦啦地直响。他嘴里叼着一根烟，一手拿着 AK-47，飞扬跋扈，跟他的性格一样招摇。他身后不远的地方，拉卡和另一名枪手紧紧跟着。

噗，疯狗吐掉快要燃尽的香烟，一手持枪瞄向前面庞大的目标。

嗖嗖嗖——呼啸的子弹在冷冽的寒风中尤其清脆、响亮，雨点儿一般打在北极熊附近的雪地里。它受到惊吓，逃命的速度又快了几分。就是这样一只处在茫茫冰原食物链顶端的霸主，在疯狗眼里微小到不值得一提，任人宰割！

后面的拉卡也跟着开枪，子弹在空中划出一道道细长光亮的轨迹，可怜的冰原霸主变成了一个活靶子，被追着打！不知是阿拉斯加犬兴奋地加快了追速，还是北极熊疲惫地放慢了脚程，两者之间的距离在不断拉近。

这时候，北极熊后背上的灰色皮毛已出现了几块殷红色的斑点，随着肌肉的扭动，殷红色的斑点不断变大，慢慢地，它背部的三分之一几乎都变成了殷红色！

疯狗望着前面狼狈逃窜的北极熊，笑容很狰狞："冲啊，宝贝儿们，猎物就在前面！抓到它，让你们饱餐一顿！"

越靠近猎物，阿拉斯加雪橇犬就越兴奋地狂吠不止！如果你以为这种耐寒的、生活在野外的超大型犬真的像网络上那般憨厚呆萌那就大错特错了，特别是冰火基地的雪橇犬，它们的近身搏杀能力和灰狼不相上下！强有力的咬肌、坚硬的犬牙，一旦给它们咬住，不撕扯下一块血淋淋的鲜肉，决不罢休！

狂奔的北极熊当然觉察到了即将到来的灭顶之灾，它还在拼尽最后一丝力气逃跑。然而，它的速度却越来越慢，雪地上长长的、醒目的"红雪"已经将它糟糕的伤势状况暴露无遗！

"汪汪汪……"眼看六条处在狂躁状态的雪橇犬和受伤的北极熊只有七八米距离，疯狗冷冷一笑，抽出几十厘米长的厚背猎刀"唰"地一刀就砍断了缰绳！

霎时间，六条雪橇犬疯狂地蹿了出去，犹如紧贴着地面的几支灰箭，速度快了一半！

中了枪伤的北极熊行动缓慢，不到几分钟，六条阿拉斯加犬就追了上来，以圆形之势迅速将其包围！

"嗷……"北极熊从嗓子里发出一阵低沉的吼叫，音调沉闷，却极具震慑力！

倘若对方是一头毫发无损的、强壮的北极熊，阿拉斯加犬或许会警惕徘徊，不敢上前。但此刻的对手重伤在身，阿拉斯加犬有绝对机动性和灵活性的优势，浓郁刺鼻的血腥味更是刺激了它们骨子里的原始兽性，面对这头冰原霸主，它们龇牙咧嘴，跃跃欲试！

这时候，拉卡载着疯狗也赶上来，另一个枪手下了雪橇，立刻举枪瞄了过去！疯狗上前拦住他："急什么，让它们玩一会儿！"

不得不承认，大型犬类继承了野狼团队协作和果敢的强大基因！六条阿拉斯加犬默契地引诱、威胁、偷袭，每当北极熊愤怒地扑向一条阿拉斯加犬时，它背后的阿拉斯加犬便会一跃而起，用锋利的爪子和獠牙在它后背上撕开一道长长的口子！

受伤的北极熊愤怒狂奔，欲在阿拉斯加犬的包围圈中撕开一条豁口。可是，它的行动笨重，根本无法突破阿拉斯加犬的包围，而且，它每一次的强行冲撞，都以后背多出一道口子为代价！

"避实就虚，精明的抉择！"疯狗不由得称赞道。

随着伤势越来越严重，北极熊的脾气越来越急躁，左抓右咬。它的大半个身子都被血水染红了，已经没有力气再逃跑，只能徘徊在原地，不断用厚实的熊爪逼退阿拉斯加犬的进攻。

在一条体型壮硕的阿拉斯加犬的带领下，其他五条猛犬不断对北极熊发起进攻；另外两架雪橇上的十多条阿拉斯加犬也冲着它狂吠不止，北极熊徒力招架，颇有虎落平阳被犬欺的悲惨。

呼！北极熊对着冲上来的猛犬一个巴掌甩过去，只可惜晚了一步，还是扑了个空！就在这时，领头的阿拉斯加犬一跃而起，用它锋利的獠牙对准了猎物的后颈！阿拉斯加犬属于大型犬，狂暴状态之下咬力更是惊人，纵使北极熊皮糙肉厚，但被它咬上一口，也绝非皮外伤那么简单！

然而，就在这千钧一发之际，愤怒的北极熊听见背后的风声，回转过身的同时，挥起厚厚的熊掌直接拍了过来！砰！一个沉沉的闷响，飞跃在半空中的阿拉斯加犬被硬生生地拍了下来，头骨粉碎，脑浆迸裂！

"这帮愚蠢的家伙，居然以为自己已经赢了！是该好好学学什么叫不动声色了。"疯狗冷冷道，面容平静，好像一切都在他的预料之中。

只在瞬间，周围狂躁的犬吠声止住了大半，嗓子里发出咿咿呀呀的悲鸣，一个个退却下来，就连旁边十多条呐喊助威的雪橇犬也怔怔地看着躺在北极熊身边的同伴的尸体。

形势眨眼间发生了逆转性的改变，趁着对方还未缓过劲儿来，北极熊怒吼一声，起身逃窜，竟没有一条雪橇犬敢拦上去！

一旁的拉卡看得目瞪口呆，惋惜道："靠，该不会翻船吧？"

"还不至于，它们还需要一点儿时间来认清现实。"

拉卡载着疯狗驾起雪橇又追了上去，脱去枷锁的五条雪橇犬紧跟在北极熊身后，却再没有一个敢冲上去拦下它。

疯狗端起 AK-47，慢慢瞄准了前面的北极熊，食指一扣，枪声响彻天际。

"嗷！"北极熊发出一个类似狗打架的哀号声，笨重的身躯扑通一声就栽在雪地里，后腿外侧上的红斑很快弥散开来。

疯狗嘴角一个冷笑："看清楚，你们的对手并非不可战胜的神，只是一头受伤的笨熊！"

果然，北极熊凄惨的哀号声再度刺激了雪橇犬，它们骨子里厮杀的兽性再度复苏。很快，它们恢复了之前的凶猛，狂吠着再度围了上去！这一次，它们不只有凶悍和勇猛，更增添了几分谨慎！

"嗷嗷……嗷嗷……"北极熊再次对这群雪橇犬挥舞起厚厚的熊掌，却并没有将它们吓退。

唰，一条雪橇犬一跃而起，北极熊猛一个巴掌挥舞过去，可惜没有够着。唰，唰，又两条雪橇犬朝着目标一前一后地跳跃过去，北极熊粗壮的巴掌却在半空中乱挥，徒劳地白费力气。

"这群家伙居然会诈攻，真够狡猾的！"

不一会儿，北极熊也发觉上了当，不再盲目地浪费力气，低吼着和前面的几条雪橇犬对峙。

飕——又是一道劲风从背后倏然而起，北极熊料到又是一次诈攻，只晃动了一下肥硕的身体，并未转身迎敌。

疯狗眉头一皱："来了！"

然而，北极熊并未觉察到这条雪橇犬的进攻位置向前挪了一步，飞跃在空中的阿拉斯加雪橇犬张开大口，狠狠地就咬在了北极熊的后颈部，阴森尖锐的獠牙深深地嵌进它的皮肉！

"嗷……"北极熊一声惨叫，慌忙挥起熊掌去抓，张开大嘴去咬！但雪橇犬四肢踏在它宽厚的脊背上，强有力的大嘴死咬住不放，任凭北极熊拼尽力气，也奈何它不得！

"嗷……"狂暴的北极熊愤然站起身来，居然有 2.5 米之高！壮硕的身躯犹如一座白色小山，岿然不动。雪橇犬"瘦弱"的身躯被甩在半空中，但一张沁血的大嘴仍旧撕咬在北极熊的后颈部！

唰——唰唰——趁着北极熊拼死甩脱之际，又有两条雪橇犬后退两步纵身跃起，锋利的尖爪在它柔软的腹部撕开两道狭长的豁口。吱，顿时血流如注，喷涌而出！

北极熊这才发觉自己陷入了绝境，忍着颈部疼痛不去管它，向前面两条偷袭它的雪橇犬猛冲了上去！

疯狗脸上的笑容愈发狰狞，冷冷道："用自己的劣势去拼敌人的优势，愚蠢至极！"

果然，任凭北极熊拼命狂追，却始终比不上雪橇犬的灵活敏捷。这时候，它背上的雪橇犬四肢并用，蹬着它宽厚的脊背拼命撕扯，哧，尖锐的獠牙竟然硬生生地从北极熊的颈部撕下一块巴掌大的毛皮！

"嗷嗷……"北极熊发出一声凄惨的哀号，同时一个巴掌朝后背拍过去，只可惜敌人早已安然身退。

嗖嗖——一直窥伺在旁的两条雪橇犬趁机跳了过来，噌噌，锋利的尖爪在北极熊的侧腹撕开两道口子，和之前的豁口相连，裂成一条贯穿整个腹部的大豁口！

哗哗——北极熊的腹腔内白花花的肠子流了出来，混合着血液，将周围的雪地染红了一大片！北极熊惊恐万分，早已不见霸主风范，用爪子按住了腹部的豁口。这时，几条雪橇犬嗅到了血腥味，一齐跳了上来，拖着地上白花花的肠子就开跑！

内脏牵涉的疼痛让北极熊万分煎熬，发出一阵阵撕心裂肺、惨绝人寰的凄惨哀号。它拼尽最后一丝力气朝前面拖着肠子飞奔的雪橇犬追去，却被拉往另一个方向的肠子扯住！

看见眼前血腥悲惨的一幕，拉卡不禁感到后背一阵恶寒，好像有一双阴冷的眼睛在盯着他暴露的脊椎，随时会一口咬上去！

"真看不出，它们这么狠！"

"这就是最原始的兽性，即使被驯化，它们的骨子里还是嗜血猛兽，这一点是永远不会改变的！"

慢慢地，那个庞大的身躯晃动得越来越慢，最后直挺挺地趴在了雪地里，任由几条雪橇犬拖着它的肠子往不同的方向跑，再无知觉。

这时，疯狗风衣口袋里忽然颤了一下，他摸出手机，是熟悉的号码："喂，我是疯狗。"

疯狗脸上狰狞的笑容瞬间僵住了，冰冷的眼睛里闪过一丝杀气："什么？桐谷死了？"

"好了，知道了，我会让他们付出惨痛的代价！"

挂断电话的时候，疯狗的眼神阴郁得厉害，比以往更加阴冷，不带任何感情，仿佛正在啃食北极熊尸体的野兽！他把电话甩给枪手，和拉卡一起踏上雪橇："调人去北方的地下秘密实验室，我要他们知道动我的人会有什么下场！"

十二条阿拉斯加雪橇犬拉着两架雪橇继续踏上征程，向着北方的极寒地区飞驰而去。围在北极熊身旁啃尸的五条雪橇犬大口地吞下几段肠子后，带着满嘴的血腥，踏着同伴的脚印，向北方的目的地进发。

实验室内一片灯火通明，桌上的研究笔记更加繁多而凌乱，很多记录着实验进展数据的笔记本被随意扔在地上。

此刻，唐俊教授正耐心地观察着放置在恒温箱内试管里的血清样本，浅绿色的异化识别吞噬细胞体 ADS-74 静置在恒温环境下，表面泛起极其微小的波纹，它比前面几支失败的样本性质更加温和可控。

墙上的挂钟还有两分钟就是早上 8 点整了，又是一个不眠不休的通宵之夜，然而此刻唐俊却没有一丝疲惫，混浊的眸子放出异样的光芒，整个人也容光焕发！为了 ADS-74，他废寝忘食，整整钻研了几年，而一分钟后就是见证奇迹的时刻！

助手陈风一直不安地在实验室内踱着步子，虽然他是个外行，对细胞研究一窍不通，平日里只是简单地打打杂，但此刻却和唐俊一样着急，每十几秒钟就来回走一趟，不断看墙上的时间。和他们两人比起来，凌峰沉稳冷静得多，他斜倚在实验桌上，双手环抱，眼睛直直地盯着前方，不知道在想些什么。

"好了，时间到了！"陈风一声惊呼，连忙跑到恒温箱前，看唐俊小心翼翼地取出试管，用注射器吸了几毫升。

柔和的灯光下，透明的注射器针管内显现出苹果派样的浅绿色，和草绿色的ADS略有差异。

由于激动，唐俊的双手在微微地打着战，陈风机灵地把早就准备好的、关在铁笼里的一只雪兔抓来。这只雪兔的前肢受伤感染，伤口发炎溃烂；一只竖起的大耳朵上也被真菌感染，一个个小小的脓疱不断地往外冒浅黄色的脓液。

虽然是外行，但是这种简单的协助工作，陈风早已轻车熟路，一只手将雪兔轻轻地按住，以防注射血清的时候它会挣扎。

尖锐的针头缓缓刺入雪兔的颈部，它的身体抖了一下，很快又安静下来。几毫升的血清样本很快全部注入雪兔体内，它并没有什么特别的表现。

"好了，松手。"

陈风喉结上下一滑，艰难地吞下一口唾沫，慢慢松开手来。雪兔一边轻轻地在地上嗅着，蹦蹦跳跳地窜来窜去，很是活泼。

"成功啦！"陈风惊喜道。

"还早了点儿，只是性能平稳罢了，还没有真正发挥疗效。"

这时候，凌峰也凑了上来，看了一眼还在地上蹦跳的雪兔，平静道："还需要多久能见效？"

"正常的话，35分钟。"唐俊嘴唇一抖，面容严峻，看得出他的压力非常大，这么低的温度，他的额头上已经冒出一层细汗。

又是漫长而又煎熬的等待，简直比等死还要难受！

趁着等待时间，凌峰开始在心里盘算接下来的计划。他已经在这里逗留了近一个月，整个地下实验室和冰火基地的内部结构图已经牢牢地印刻在他的脑海中，他能把它们完整地描绘出来。

眼下，最紧迫的就是五天后即将在新区市召开的PONAIT会议，不知道周伯萧局长已经部署得如何了。无论试验成功与否，他都必须离开了。只是万一ADS-74研究失败，他该如何劝唐俊一起离开？唐俊对ADS-74花费的时间和耗费的心血绝非常人可以理解！他会轻易放弃吗？

扑通！一个沉沉的闷响打断了凌峰的思绪！他一抬头，只见陈风跪在地上，双手紧紧地抱住了雪兔"我抓住它了！"

凌峰和唐俊同时围了上去，陈风慢慢松开手，生怕雪兔跑了。雪兔从陈风怀里钻出来，瞪着晶莹的红眼睛瞧着面前的三张面孔，不知所云，两只长长的大耳朵不自觉地抖了一下。

"还是刚才那只兔子啊，没什么变化。"陈风略略扫了一眼，不禁有些失望道，"真要说变化，好像比刚才更肥了一些！"

凌峰也看不出个名堂，只能望向唯一的专家——唐俊。只见他容光焕发，厚厚的眼镜片后面有晶莹的泪花在闪动："成……成功了！"

陈风一愣，旋即疑惑地盯着他："啊，这就成功了啊？我没看出什么变化啊。"

唐俊的眼中放出了异彩，他伸出颤抖的手抓住雪兔："你们看它身上的伤口！"

这时，凌峰才注意到雪兔前肢上刚才溃烂发炎的伤口已经消肿结痂，而且雪兔耳朵上被真菌感染的脓疱 90% 已经基本消了下去，只留下浅显的痕迹。只不过短短的几分钟，这只雪兔已基本恢复了健康，ADS-74 神奇的疗效让凌峰瞠目结舌，怪不得唐俊会耗费几年的心血去研究它。如果真如他所言，ADS-74 还可以识别并吞噬肿瘤细胞，将诺贝尔医学奖颁发给唐教授，当之无愧！

实验成功，倒为凌峰省去不少麻烦，他的眼睛一斜："陈风，你去办公室把实验细节记录下来。记住，每一个细节都不能落下！"

陈风闻言一愣："我……我吗？"

"难道要唐教授亲自记录这烦琐的细节吗？"

"……好吧。"

虽然有些不乐意，但陈风还是按照凌峰的吩咐离开了实验室。看到陈风的身影远去，凌峰才向唐俊表露了心意。出乎他的意料，唐俊居然明白他的心思！

"我们走吧，我可不想把 ADS-74 留给虎鲨！只是，我们该怎样穿过南边的基地？"

"南边是断然不能走的！放心，唐教授，我已经勘察过了，实验室向东十公里有一处港口，我们到达之后联系周局长，他会给我们安排的。"

唐俊将另一支试管里的血清样本吸入注射器，然后放在坚固的合金手提箱里，两人悄悄地离开了实验室。唐俊把小手提箱藏在黑色风衣下，不动声色地从四名持枪警卫面前经过。他和凌峰经常这副打扮外出，这一次自然也瞒过了他们的眼睛。

明媚的太阳高挂在南方的天空上，万丈金光播洒到冰原上，却依旧冷清，寒风阵阵。

不知何种原因，地下实验室的雪地车突然出现故障，凌峰和唐俊只能驾着雪橇向十多里外的港口逃去。

辽阔豁达的西伯利亚冰原一眼望不到尽头，极目向北望去，在遥远的地平线远处可以看到浩瀚的北冰洋。阵阵海洋冰冷的气流吹来，带着海水咸咸的味道。

南面不到一公里的冰原上又出现了一道针叶林带，纵贯东西，宛若静卧在雪地里的一条巨龙！

因逃得匆忙，所以并没有太多准备，除了外面的风衣，唐俊只穿了一件衬衫和白色隔离服，被寒风一吹，冷得直打哆嗦！冷不丁又灌了几口寒气，整个身体内一股彻骨的凉！

"凌……凌队长，跑了这么久，虎鲨的人应该不会追上来了，要不要休息一下？"

"不行！这附近人迹罕至，可以说都是冰火的地盘，他们如果要追，很快就能追上来，我们不能冒险！"

唐俊侧过头向后张望了几眼，茫茫冰原上除了雪还是雪，别说是人，就连耐寒的北极狐和雪狼也不见了踪影。他朝掌心哈了几口热气："后面根本看不见人，歇息一下吧，不碍事的。"

"不行，太危险了，虎鲨随时都会追上来！"凌峰决绝道。

突然，凌峰发觉唐俊脸色难看得厉害，像蜡纸一样枯黄，毫无血色。回想之前他连续奋战几个通宵，凌峰一手拉着缰绳，毅然脱下身上的风衣："唐教授，快穿上它。"

凌峰和唐俊一样，除去风衣，里面也只穿了一件衬衫和隔离服，他的身材又比较单薄，被寒风一吹，整个隔离服呼啦啦地响，衣角肆意在空中飞舞。他咬紧牙关，侧脸上几道腱子肉绷得很紧。

唐俊于心不忍，推辞道："怎么能让你一个人挨冷受冻？大不了大家一起冻死在这冰原上！"

凌峰勉强地在快要冻僵的脸庞上挤出一丝笑容："没事的，唐教授您赶快把风衣穿上。我在蓝剑特种部队的时候接受过耐寒训练，光着膀子在冰天雪地里待上一两个小时根本不算什么！"

凌峰的眼神虽然冷漠，但却带着一种不可动摇的坚定。唐俊和他对峙片刻，只能无奈放弃，双手裹紧了风衣。顿时，一股还未散去的暖流涌入体内，让他感受到一种别样的温暖。正当唐俊心神放松，困意袭身的时候，一阵响亮而密集的枪声从耳边炸响，惊得他困意全无！

唐俊一个激灵，猛然回过头去，后面却空落落的不见半个人影！

嗒嗒嗒——又是一阵密集的子弹飞驰而来，唐俊猛一回头，只见一队人马正浩浩荡荡地从南面的针叶松林杀了出来！

冲在最前面的是一辆雪地版银白悍马，几十厘米高的三角形履带，正以闪电般的速度飞驰而来，威风凛凛，霸气十足！后面紧跟着两辆白色雪地车，各有两个枪手驾驶，和前面的老大哥悍马比起来，它们就是两个小跟班；队伍最末的是两架雪橇，一人掌舵，一人射击，正以倾斜方向朝凌峰他们直追过来！

看到敌人荷枪实弹、杀气腾腾，唐俊顿时慌了手脚："糟糕，他们什么时候追上来的？凌队长，我们该怎么办？"

凌峰依旧处变不惊，面容刚毅："别慌，他们还需要几分钟才能完全追上来，把手提箱藏好！"

唐俊把小手提箱塞进风衣里，顿了片刻，又觉得不妥，便悄悄打开它，将血清样本塞到了内口袋里。

雪地悍马快如闪电，疾若奔雷，没几分钟便从侧面截抄上来，一个甩尾在雪地上划出一道宽阔的、深深的划痕，稳稳停下。

咔，咔，四个车门一齐打开，虎鲨、疯狗、雪狐和枪手拉卡一齐跳下车来。冷冽的寒风中，虎鲨一身笔挺的深蓝军服，顶着寒风岿然不动，如同雕塑般稳当。

"唐教授，就这么不辞而别，不太好吧？"

"我……我……"唐俊一时紧张得语塞，竟不知该如何回答。

"我们只是出去抓一些活的实验品。"凌峰怕唐俊会说漏嘴，侧过脸去低声道。

"哦？凌队长，你什么时候成了唐教授的助手？"虎鲨意味深长道。

凌峰闻言一愣："你知道我一直藏在实验室里？"

"当然，在冰火有什么秘密能瞒过我的眼睛？"

"为什么你不抓我回去？"

"和你比起来，我更在意 ADS-74 的研究进程。"说罢，虎鲨转向唐俊，阴郁的眼眸中闪出一抹笑容，"唐教授，听说你已经成功地提取出 ADS-74 血清样本，真是太让人兴奋了！"

"这个……我……"唐俊更加语塞。

"不劳您费心，我马上带着唐教授回国，ADS-74 还需要大量的动物实验才能应用于临床治疗疾病。"

"不不不，凌队长，我想你搞错了。唐教授是我请来专门做研究的，ADS-74 的研究成果当然归我所有！"

"无耻！"凌峰义正词严道，"在你之前，唐教授已经做此项研究几个年头，你只不过是把他强行掳来的！ADS-74 可以为整个人类的健康事业做出卓越贡献，我绝不允许你们将它据为己有，满足自己的私利！"

"你怎么说无所谓，我是和唐教授有过协议的，我将倾尽个人能力帮助唐教授的学术研究，而作为回报，ADS-74 的研究成果归我冰火集团所有。"

"唐教授，您和他有过协议？"

"没有，我从未向他承诺过什么，我只是在做我的研究！"

"听到了没有？虎鲨，唐教授怎么可能把自己的心血交给一个犯罪组织？"

冰火一直是虎鲨最得意的作品，被人冠以如此"恶名"，不禁让他大为恼火。他的眼神瞬间阴郁下来："唐教授，你真的让我太失望了。包括冰火基地在内的我的所有场所和设备为你一路绿灯，没想到实验成功了，您居然要将一切带走，只给我留下数不清的实验品尸体！套用你们中国一句古话，这叫'卸磨杀驴'吧？"

啪啪啪，凌峰情不自禁地鼓起掌来："我实在是太佩服您了，虎鲨先生，居然能把强行绑架、巧取豪夺说得这么冠冕堂皇、大义凛然，您不去做演说家，实在是太可惜了！"

虎鲨无意与他争执，目光绕过他直接望向唐俊："唐教授，你决意要把血清样本带走？"

"我只想把它用到改善人类健康事业中去。"

"好吧，是你们逼我这么做的。"虎鲨面无表情地道，"既然你们如此固执，我只能把血清样本和你们一起毁了。"

凌峰闻言一怔："你大费周章的就是为了血清样本，难道你真的要毁了它？"

"ADS-74血清样本？"虎鲨表情有几分怪异，好像听到了一个天大的笑话，"你不会真的以为我会为什么人类健康事业做什么贡献吧？如果能得到它，自然是意外收获；不过就算它意外被毁，我也不会心痛，因为从一开始，我的目标就不是它！"

凌峰的额头上开始冒出一层细汗，这次事件的背后他总感觉有其他隐情，没想到真的是这样！他的手悄悄滑向别在后腰的手枪。拉卡一枪瞄了过来："别动，不然就打死你！"

"别乱来，不然我毁了你们想要的东西！"见拉卡用枪指着凌峰，唐俊不甘示弱，将手提箱扔到雪地里，从衣服口袋里取出香烟长短的密封瓶举过头顶。

虎鲨饶有兴致地盯着他手里装着浅绿色血清样本的密封瓶："唐教授，这就是您耗费几年心血研制的万能血清——ADS-74？看上去没有什么特别的嘛。"

"哼，你千辛万苦地把我绑来，不就是为了它吗？放我们走，不然我宁可毁了它！"

"No，No，No。"虎鲨轻笑着摇头，"说实话，既然是唐教授的心血之作，我确实想得到它！不过，如果您执意要毁了它，悉听尊便，反正我想要的东西已经完成了。"

"少骗人了，我才不会信你！ADS-74血清只有这一瓶，你从哪里得到？"唐俊鄙夷地道。

"好吧，既然唐教授不肯相信，那我就让你见识一下我的得意之作——ADS-008！"说罢，虎鲨一抬手，身后的枪手取来一个合金手提箱，里面放着三支类似的密封瓶，里面装满了深绿色的溶液，就像是捣碎的海藻汁。

望着那深绿色的不明液体，凌峰的脑海中忽然闪现出地下实验室外面的雪壕中有无数动物尸体的景象，一个可怕的念头在他心底悄然而起。一股源自心灵深处的寒意陡然浮现，很快袭遍他的全身！

唐俊疑惑不解道："这是？"

"在研究ADS-74的这段时间里，你从来没有关心过那些失败的血清样本吧？"虎鲨别有心机地笑道，"在你眼里一文不值的失败品，却让我的专家如获至宝！在你的实验不断前进的同时，ADS-008的研究也在紧锣密鼓地进行。"

"这不可能！它们无法识别变异细胞，尤其是对癌症早期的癌变细胞识别率极低！不光这样，它们的性质极不稳定，很多正常细胞也会被它们吞噬，堪称细胞杀手！单从它们身上是无法培育出ADS-74的！"

"不不不，唐教授，你还没明白我的意思！"

从虎鲨刚才的话，加上他曾看到雪壕里有数不尽的动物尸体，凌峰隐隐猜到了答案。他脸色铁青，阴郁得厉害："他从一开始根本就无意ADS-74的成功与否，他想要的只不过是具有强大吞噬功能且性质平稳的血清！"

"不愧是老对手，果然还是你了解我！"虎鲨由衷钦佩道，"乖乖地把ADS-74血清样本交给我，说不定我还会放你们一条生路。"

凌峰心里清楚，以虎鲨的个性，一旦目的达成，他和唐俊只有死路一条！况且，唐俊绝不会把ADS-74交给他的。这一点，他心里也非常清楚。

"ADS-74血清样本可以给你，但是你要答应我，放凌峰回去。"

"杀了你们，我一样可以拿到样本，为什么要多此一举？"虎鲨迟疑片刻，旋即，缓和了语气，"不过，看在你费尽心血帮我的份儿上，我答应你。"

"临死之前，我想和凌峰单独说几句话。"

虎鲨略一思索，道："可以。"

再次转过头的时候，唐俊脸上流露出真挚的笑容，他拉着凌峰走到一旁："在我有生之年还能交到凌队长这个朋友，真是荣幸！"

"唐教授，放心，我一定会保护你的安全，哪怕牺牲自己的性命！"

"凌队长，你太客气了。"唐俊浅浅一笑，从容自若道，"能够成功研制出ADS-74，可以说此生无憾了！但是你不一样，你还年轻，今后还有很长的路要走。"

"唐教授，救你出去是我的职责所在！"

"小凌，听我说。"唐俊改了对凌峰的称呼，"虎鲨阴险狡诈，这一点你比谁都了解，他把我丢在冰原上，用不了几天我就会被冻死，被狼群吃掉！只有你才可以活着回到中国，才有可能抢回ADS-74！这样，我才能安心地离去。"

这时候，在料峭寒风中等待的虎鲨、疯狗等人有些不耐烦了，催促道："唐教授，差不多可以了，我们可不想被冻成鱼干！"

唐俊收起脸上的笑容，凑到凌峰耳边，低声道："虎鲨秘密研究的ADS-008的吞噬性极强，虽然有一周的潜伏期，但他们如果利用它来牟取私利，将会对人类构成极大的威胁！在这项研究初始阶段，我已经通过母细胞成功提取出ADS系列的万能中和血清，它可以使ADS系列任何子细胞回归常态，不再具有识别和吞噬功能。"

见两个人在不远处小声地嘀嘀咕咕，雪狐总感觉有些不妥："虎鲨，他们不会耍什么花招吧？"

"无非是想保命罢了，不过，对于凌峰不能大意，黑火曾经就是败在他的手里。"

疯狗向拉卡暗递一个眼色，后者心领神会，AK-47立刻瞄准过去："别再嘀嘀咕咕的，快点儿把血清交出来！"

唐俊的面容忽然变得凝重，一只手按在凌峰肩头，最后在他耳边低语道："……记住，它是治愈ADS系列变异细胞的唯一解药，一定要找到她，帮我保护好她，这是我的最后心愿！"言毕，一把将凌峰推开，用身体挡住了他。那最后一个眼神，凌峰读懂了其中的决绝，不再逗留，重新踏上雪橇向着东方驰去。

没有虎鲨点头，其他人自然不会轻易放任何人离开，拉卡拉开一个箭步冲了过来，唐俊却忽然横身过来，挡住他的去路："东西在我这里，让他走！"

"算了，既然唐教授开口了，随他去吧。"虎鲨望了一眼渐渐远去的背影，"我已经履行承诺，你也该把东西交出来了吧？"

唐俊瞥了一眼已经走出五十米开外的凌峰："再等一下，我要确定凌峰安全离开后，才会把东西交给你。"

"你！"拉卡不甘心任由一个老头子摆布，虎鲨却一反常态地宽容，一摆手，示意不要追了。

几分钟后，灰色的雪橇在遥远的东方地平线上变成了一个小点儿，唐俊脸上流露出欣慰的笑容，长长地舒了一口气，缓缓从衣服口袋里取出装在密封瓶里的浅绿色血清样本。

虎鲨眼睛里放出异样的光彩："啧啧，真让人不敢相信，这点儿浅绿色的溶液就是癌症的克星！这就是科技的力量，就这么一点儿血清，却能为冰火创造数十亿美元的价值！我们这些野蛮人，拿命换来的钱才不过是它的零头，真是够悲哀的。"

雪狐狐媚一笑："真的要恭喜你了，虎鲨，不但得到了 ADS-008，现在 ADS-74 也是你的了，相信一两年之后，冰火将会创造出超越黑火的辉煌盛世！"

"这还要多亏唐教授的帮忙，没有他……"

就在几个人沉浸在喜悦之中时，唐俊却陡然将浅绿色的密封瓶收了回来，两手紧握，用力一掰，啪，密封瓶碎了，浅绿色的 ADS-74 四下飞溅，全部倾洒在厚厚的积雪上，顺着间隙渗透下去，消融在泥土之中。破碎的密封瓶将唐俊的双手扎得鲜血淋漓，将地上的积雪染红了。

雪狐一个箭步飞身过去，却还是晚了一步，只把厚厚的积雪铲飞！

"不！"虎鲨一声惊呼，却为时已晚，只能眼睁睁地看着他的"数十亿美金"就这样化为泡影！他再也无法控制心绪，一双黯淡已久的眼眸快要喷出火来，两步跨过去，一拳将唐俊撂倒在雪地里："浑蛋！你想死吗？"

"哈哈，终于露出真面目了！ADS-74 是我一生的心血，就算要毁，也得由我亲手毁了它！绝不能让它落到你们这些人手里！"

虎鲨愤愤地转身而去，冷冷地丢下一句话："拉卡，不要让我再看见这个人！"

响亮的枪声很快飘散开来，涤荡在冷彻的极地上空。唐俊躺在雪地里，面容安详而宁静，身下绽放出一朵绚丽的血花。

"虎鲨，那个凌峰要怎么办？"

"告诉港口的兄弟，把他带回来！"

"不杀了他吗？"

"不，还不是时候，他是我们和周伯萧对弈的有力筹码！"

"疯狗，既然桐谷死了，就让刘静云去执行任务，用他们的人去破他们的局，相信这场博弈一定会非常有趣！通知胡狼，开始执行计划！"

新区市公安局会议室。

偌大的会议室里庄重肃穆，辖区内各分队队长及外援人员对列而坐，周伯萧坐在正席上，眉宇紧锁，面色凝重。

正墙大屏幕上显示着新区市文化馆的内部结构图，包括目前的布置设施、各个电梯通道，以及楼梯安全出口的具体位置。

"PONAIT 会议还有 3 天就要在市文化馆召开了，针对目前本市的情况，大家发表一下意见吧。"

"这次的 PONAIT 会议将有美、英、德、日等国的尖端互联网科技公司交流洽谈，并研讨互联网发展的新形势，我们作为新区市安全执法人员，一定要竭尽全力，保护本次会议的召开！"

周伯萧拿指头敲一下桌子："这种漂亮话就不要讲了，谈一下我们目前面临的实际问题。"

"自从上次的严打行动之后，本市治安环境一片大好，只要我们加强警戒，绝对万无一失！"

"近期内虽然本市治安的确不错，但西阳县、东昌县等多个县区连续发生多起银行抢劫、珠宝店抢劫、绑架等恶性案件，市国安局已经调去部分警力，一旦会议召开期间市区发生恶性事件，恐怕目前的警力人员不够！"

"哪有这么巧的事！会议期间我们的执法力度加强，歹徒选择这个时候犯案，他吃了熊心豹子胆？"

"不怕一万，就怕万一，这次 PONAIT 会议意义重大，我们绝对不能有半点儿闪失！"

"怕什么？我们还有蓝盾特别行动小组！"

"可是据我所知，目前凌队长还在外地执行任务，并未归队。"

"少了凌峰一个人，蓝盾特别行动小组就不行了？笑话，蓝盾队员可都是层层选拔出来的，百里挑一，个个精英！"

"我不是这个意思，我是说……"

"好了！"周伯萧使劲地敲敲桌子，面色不悦，目光旋即移向前排的龙靓，"龙中队，你是蓝盾特别行动小组的特聘人员，又是凌队长的老战友，说说你的看法吧。"

"根据我们目前掌握的资料，三年前蓝剑特种部队赴国外剿灭黑火跨国犯罪组织的行动并未完全胜利，一号头目虎鲨和组织骨干疯狗、雪狐等人逃脱，并且在 E 国境内重新建立了专门培养未成年杀手的冰火跨国犯罪组织，意图未明。

"一个多月前，本市连续发生了经济人物刘云先生的女儿遭绑架事件、细胞生物学唐俊教授失踪事件、多起银行运钞车被抢劫等恶性犯罪事件，虽然并没有造成大的人员伤亡，但频率之高，值得研究。凌队长只身赴外地办案，失踪一个月，音信全无，以我的猜测，他很有可能已经落入敌手！

"然而，就是在这样的环境下，近一个月来，本市所有大小犯罪事件全部偃旗息鼓，到底是我们的警戒起了作用，还是敌人故意布下的迷雾，尚未明确。

"还有，唐俊教授的女儿多次遭到一名 13 岁 R 国女孩儿的蓄意绑架，虽然并未成功，但却给了我们明显提示，冰火的势力已经延伸到中国境内。相信这些错综复杂的案件全都和冰火有着千丝万缕的联系，他们很有可能是敌人故意给我们放的迷雾。"

"嗯，不愧是蓝剑精英，这些也正是我所担心的。"周伯萧点头赞许，同时也表现出些许担忧，"你觉得我们该怎么办？"

"目前敌人的意图、藏身地点以及行动方式，我们都不知道，他们又藏在暗处，这对我们非常不利，唯有以不变应万变，等敌人有所行动我们再做出对策。还有，希望凌峰能在会议前赶回来，给我们提供一些信息。"

周伯萧轻叹一声："以目前的情况，也只能这样了。"

咚咚咚，会议室的门被叩响，沉闷而急促，打破了里面压抑的氛围。

"进来！"

刘秘书急匆匆地推门进来："周局长……"

周伯萧瞥了他一眼，面色不悦道："我正在开会，有什么事情晚点儿再说。"

刘秘书站在门口，却并没有退出去，眼巴巴地望着他，欲言又止。看他的样子，似乎真的有什么急事，周伯萧口气勉强低了下来："说吧。"

"外面来了一个小姑娘，硬冲进值班室，说自己杀了人，要来自首！"

周伯萧两条粗重的眉毛蹙成一条墨线："这种小事，走程序去办，不要来打搅……"

"她说她叫唐卿。"

龙靓腾地一下站了起来，神情紧张道："你说她叫唐卿？"

"是的。"刘秘书肯定道，"我觉得她的身份特殊，所以才请示局长的。"

"把她带来！"龙靓要求道。

刘秘书站着没动，眼睛望向周伯萧。后者一点头，轻声道："按龙队长的话去做。"

几分钟后，会议室的门被砰的一声粗鲁地推开了，紧接着一个人影晃了进来。几天没见，唐卿的神色差了很多，白皙的面孔多了几分疲惫，清澈的眸子里也变得污浊不堪，气喘吁吁，大汗淋漓。

她和龙靓接触过多次，在会议室里面的这些人当中，只和她算得上熟悉。唐卿一进门，立刻朝龙靓扑了过去。龙靓触电一般浑身一怔，这个平日里桀骜不驯的小姑娘居然在她怀里嘤嘤地哭了起来。

和唐卿的几次接触算不上愉快，大多数时候都是她在跑，龙靓在后面追。唐卿这般反常的举动，反倒让龙靓手足无措起来，不知道在之前的日子里，这个傲慢的姑娘经历了怎样的遭遇。

"别哭，我们都会保护你的。"龙靓冲其他人做了一个不要惊动她的手势，一手轻轻地拍着唐卿的后背，不料她却在自己怀里使劲儿摇起头来，哭得更厉害了。

"到底怎么了？有人欺负你吗？"

唐卿抬起头望着她，一双晶莹的大眼睛挂着点点泪痕："我……我杀了人，那个……那个一直追我的女孩儿。"

龙靓一怔："什么？"

唐卿的大眼睛里满是恐惧，失声道："我不是故意的！"

这时，周伯萧无法在一边沉默下去，慢慢走到她背后，用他特有的低沉浑厚的嗓音问道："到底怎么回事？你把这件事仔细地说一遍。"

唐卿被突如其来的声音吓了一跳，条件反射般地躲到了龙靓身后。白从失手杀了桐谷千代以后，她的神经就变得特别敏感，每当她想睡觉时，闭上眼就会看到桐谷躺在血泊里向她招手，吓得她困意全无，她已经两天两夜没合眼了。

　　看她这般提心吊胆的样子，龙靓有些于心不忍，毕竟她只是一个涉世未深的孩子，面对死亡总会手足无措，便宽慰唐卿道："别害怕，这个屋里的都是公安局里的叔叔，和你爸爸唐俊都是好朋友，他还嘱托我们要照顾你。跟我说一下到底怎么回事，这几天你都躲到哪里去了？还有，你刚才说杀了桐谷千代又是怎么回事？"

　　唐卿将整件事情的经过仔细说了一遍，但对于躲在学校里并且结识何晴的事只字未提，她不想把那个善良的小姑娘也牵扯进来。

　　从始至终，周伯萧始终板着脸孔，只字不语。等到她讲完整个经过，才缓缓开口："你是说，你失手误杀的那个小女孩儿只有13岁？"

　　"周局长，千万不要小看了这个桐谷！她虽然只有13岁，但根据我掌握的资料，她可是冰火基地培养出来的少年杀手，并且是疯狗唯一的得意门生，其威胁性绝不亚于一个经受过严格训练的成年杀手！"

　　周伯萧面色一沉："好了，我知道该如何处理了。PONAIT会议在即，其他事情先放一放，龙队长，她就暂时交给你负责照顾，务必要保证她的安全。"

　　"是，周局长！"

　　清晨温暖的阳光照射在郊区的绿地上，迎面吹来凉爽的海风，红彤彤的晨阳倒映在海面上，在一片碧蓝中闪烁出耀眼的光斑。

　　宽阔的公路沿着弧形海岸线向远处延伸，偶尔会有车辆飞驰而过，清幽而宁静。这里是新区市环境最好的郊区地段，一栋欧式风格的海滨别墅坐落在海边的缓坡上，倚山傍水；一米多高的铁护栏围成了一片小小的花园，满眼紫色的薰衣草，几朵白色百合点缀其中，清香缭绕，美景怡人。

　　别墅后面有外环经过，交通便捷，环境优美。

　　不远处的公路上，一个娇小的身影正独自慢慢向这边走来。微微的晨风中，她飘逸的黑色长发轻轻飞舞，一身浅蓝色的运动服愈发显得她活泼干练，白皙的皮肤光滑娇嫩，和初升的太阳一样富有生机。唯一不相称的是她那死灰一般淡漠的眼神，犹如濒死的人，绝望到空洞。

刘静云慢慢地走着，眼睛直直地盯着光鲜的海滨别墅。这时候，一阵悠扬婉转、悦耳动听的钢琴声从别墅里传来，刘静云微微一怔，这份感觉似曾熟悉。

一米高的栅栏在刘静云面前形同虚设，她轻轻踏进薰衣草丛中的小道，缭绕的清香萦绕在身边，让她冷漠的眼神有了些许变化。待到晨风一吹，香气散尽，她才从短暂的回忆中回到现实，径直朝后门走去。

刘静云从发丝上取下一枚纤细的发针，将它插进锁孔里，一探、一别，"啪"的一声，门锁开了。才进门，立刻有一股浓郁的香气迎面扑来。客厅内静悄悄的，只有悦耳飘扬的钢琴声不断从二楼传来。

刘静云眼睛微微有些湿润，环顾房间内的摆设，还是同一栋别墅，内部摆设装饰却早已焕然一新。原本纯洁的白色墙纸也换成了富丽堂皇的金黄色，雍容奢华的真皮家具琳琅满目，墙上挂着几幅不知名的西方名画。

伴随着悠扬的钢琴声，偶尔有清脆的锅碗碰撞声隐隐传来，五十岁的保姆大妈正在厨房张罗早餐，阵阵饭香断断续续地飘了出来。

刘静云慢慢向前挪着步子，看着屋内全新的摆设，心里残存的感觉荡然无存，闪着泪花的眼睛愈发变得冰冷。她才刚刚"离开"几个月，家里的摆设完全换了样子，再也看不出之前的任何痕迹。看来，她已经被这个家完全遗忘了！

这时候，一个小小的身影进入了刘静云的视野。浅黄色的地板上，一个刚满一岁的小孩子乐呵呵地在地上爬着，只穿了件白色小褂，光着小屁股爬啊爬。

她才离开几个月，家里居然领养了新的孩子。完全被忘记也好，寄托情思也罢，总之，这里早已经不再属于她了。刘静云冷冷一笑，阴郁中夹杂了无尽的仇怨。

胖胖的小 baby 还不知道他即将面临灭顶之灾，仍旧乐呵呵地往前面爬。

"叮叮当，叮叮当，铃儿响叮当，叮叮当，叮叮当，铃儿响叮当……"突然，一阵悦耳的音乐铃声响起，伴随着漂亮的小玩偶翩翩起舞，音乐盒上五彩斑斓的彩灯闪烁起来。

孩子总是对未知的世界充满了好奇和渴望，小 baby 立刻被清脆的音乐声吸引，一抬头，看见了闪烁的彩灯前面跳舞的小玩偶，莫名其妙地咯咯笑了起来，扭着小屁股朝摆放着音乐盒的桌子爬了过去。

小桌子只有一米多高，对于稍大点儿的孩子来说，想要从上面拿东西并不是难事，但对于刚刚才学会爬行的小baby来说却是一座不可攀登的天堑！

啪啪啪，小baby爬到了桌子前面，拿小手不断地拍打着它，一边口中含糊不清地咿咿呀呀地嘟噜着。几次尝试均以失败告终后，小baby有些着急了，使劲拍打几次后，开始用小脑袋去撞桌子。

刘静云望着小baby可爱呆萌的举动不自觉地笑了出来，只是这笑容看起来异样冰冷。她拿起茶几上一把锋利的水果刀，朝毫无反抗能力的小baby走去。刘静云把锋利的水果刀和跳舞的小玩偶放在一起，然后将桌布向下扯了扯。她蹲下身子，摸摸小baby的圆嘟嘟的脑袋："快点儿拿吧，你想要的东西就在上面。"

此时，小baby的注意力全部集中在闪烁着红、绿、蓝光芒的彩灯上，只无意地看了旁边的陌生人一眼，就撅起屁股去拽低垂下来的桌布。

肉嘟嘟的小手贴着桌子一点点向上挪动，5寸、4寸、3寸，距离在一点点拉近，刘静云脸上的笑容越发阴郁而狰狞！就在这个时候，屋内婉转悠扬的钢琴声戛然而止，偌大的别墅立刻安静下来，只有沁人心脾的芬芳在慢慢飘散。

咚咚咚，一个沉稳的脚步声从头顶传来，不等刘静云抬头去看，一个单薄的男音传过来："你是谁？"

刘静云清秀的眉梢一挑，站起身来，循声望去，只见一个穿着白色衬衫的男人从二楼下来。一头长发梳得整整齐齐，一副方形无框眼镜架在鼻梁上，文质彬彬的。

迎着男人疑惑的目光，刘静云不答反问："你又是谁？"

男人很快从楼梯上下来，和刘静云对视着走过来。很快，他发现了悬在小baby头顶上的潜在危机，他将水果刀放到一边，将小baby抱在怀里。虽然并未亲眼看见刘静云把水果刀放在小玩偶身上，但他还是警觉地追问起来："我是韩枫，你是谁？为什么会出现在我家里？"

"你家？"刘静云冷冷一笑，"我是说这栋房子的主人在哪里？让他出来。"

韩枫对刘静云的莽撞和无礼颇为不满，眉头一蹙："如果没有别的事情，请你马上离开我家，不然我让司机赶你出去了！"

话音虽轻，但却有一种不可抗拒的力量。就在两个人彼此冷冷对视的时候，楼梯上又传来一阵"咚咚咚"轻细的脚步声，和韩枫的略有不同，明快而和缓，带着女性特有的轻柔。

"怎么了，枫？"

"没事，敏儿，这个小姑娘不知道怎么跑到家里来了，我问她是谁，她一直不肯说。"

"哦？"赵敏一边从韩枫手里接过小 baby，一边细细打量刘静云一番，轻声细语道，"小姑娘，你叫什么名字，为什么会到我们家里来？"

"我来找刘云，你们又是什么人？为什么会在这栋房子里？"

"刘云？是云华集团董事长刘云先生吗？"赵敏不禁问道，瞧着面前这个女孩儿的眼神竟和刘云有几分神似，"云华集团策略失误，损失了大部分资金，上个月刘先生已经把这栋别墅卖给我们了。"

说罢，赵敏又仔细端详刘静云一番，瞧她这副镇定自若的神态和刘云真的很像，但那清澈如水的眼眸却更像罗静。这么想着，她忽然想起什么，笑了起来："你就是刘先生的女儿吧？一直有消息说你失踪了，怎么会来我家呢？要不要我们通知刘先生？"

"不用了！"刘静云直接回绝道。

小 baby 趴在赵敏怀里，圆溜溜的小眼珠子还在直勾勾地盯着桌子上跳舞的小玩偶，那一闪一闪的彩灯对他有着莫大的吸引力。他伸手向前抓了几次，无奈离得太远，急得他"哇哇哇"地哭了起来。

韩枫立刻过来逗他："宝贝儿，怎么了，是不是饿啦？"

赵敏在小 baby 肉嘟嘟的小脸蛋儿上亲了几口，略带埋怨地瞪了韩枫一眼："他才刚刚吃过奶呢，怎么会饿？肯定是想要那个小玩偶了，快点儿拿给他。"

"来，宝贝儿，爸爸送给一个小玩偶，不哭了好不好？"

果然，小 baby 拿过小玩偶立刻就止住了哭声，胖胖的小手捏着它贴到眼前，瞪大了一双眼睛直直地望着它，呆萌可爱的模样煞是惹人喜爱，韩枫凑上去捏捏他的小脸蛋儿。

这幅温馨亲切的画面对刘静云来说曾经是多么熟悉，只可惜现在看来却是虚假做作，幸福的一家三口，是那么的招人厌恶！

韩枫和赵敏越是表现出对小 baby 的关爱，刘静云心中的怒火就愈发燃烧得厉害，不断上涌的血气已经染红了她的双眼！她的右手慢慢缩进怀里，摸到了藏在身上的袖珍手枪。

她失去的东西，任何人不准在她面前炫耀！

三分钟后，刘静云慢慢从正门出来。整个房子里飘浮着浓浓的牛奶香气，热腾腾的牛奶已经煮沸，从电磁炉上的小锅里溢了出来，中年保姆大妈躺在厨房地板上，再不会醒来；五彩斑斓的彩灯还在客厅里忽明忽暗地闪烁，只是漂亮的小玩偶已经掉在地上摔得粉碎，韩枫、赵敏搂着小 baby 安静地依偎在沙发里，酒红色沙发上有一抹刺眼的鲜红，婉转悠扬的钢琴声再不会响起。

微风吹来，拂去了刘静云身上的戾气。红彤彤的太阳已经爬上东方天际，在静谧的公路上留下她落寞的倒影。刘静云循着来路，慢慢消失在道路尽头。

道路上的行人渐行渐疏，骄阳赤日褪去了一天的热情，淡下西山。

繁华的市区消散了一天的浮躁，披上了璀璨灯火，迎来了多姿多彩的夜生活。

和市区胜似白昼的夜生活比起来，靠近外环的元阳小区内要清幽静谧得多。小区中央开阔的花园里熙熙攘攘、人流攒动，这里是整个小区内中老年人夜晚的聚集地。

一台便携式音响播放着凤凰传奇极具特色的《最炫民族风》，六七十岁的老爷子、老太太随着音乐的节奏扭动着腰肢，翩翩起舞，一张张满是皱纹的面孔上洋溢着喜悦欢快的笑容，恰似青年！

一栋栋楼里只零星点点地亮了几扇窗子，喜爱热闹的年轻人还沉浸在繁华市区的喧嚣中，流连忘返。位置最偏僻的 B13 栋楼，整幢楼一片黑森森的，只在顶层六楼的一扇窗子里亮着灯光。

唐卿嘴里叼着一根筷子，百无聊赖地趴在窗子上望着外面的夜空："好无聊啊，真想出去走走。"

龙靓双手端着红烧茄子和宫保鸡丁颤颤巍巍地出来，眼睛一抬，看到了窗前的唐卿："快点儿下来，吃饭了。"

唐卿慢慢悠悠地从窗子上爬下来，瞄了一眼桌上的两盘菜，秀眉一挑："三天了，就这么两个菜！龙姐，千万别告诉我，你只会做这两个菜？"

"有的吃就吃，哪儿那么多废话！不行你来！"

唐卿夹起一块乌漆墨黑的茄子，小心翼翼、胆战心惊地放到嘴里，闭上眼睛轻轻一咬，一股怪怪的味道流到嘴里。

"味道怎么样？是不是非常好吃？"

唐卿艰难地咽下茄子，五官都要挤到了一起："龙姐，你的身手我真的没话说！但是这做菜的手艺，进步空间真的非常非常的大！"

龙靓脸上的兴奋顿时消了一半，但她还是心存侥幸："再尝尝这盘宫保鸡丁，我做得非常用心！"

想想龙靓这两日对自己的悉心照顾，就算面前摆着的是毒药，唐卿觉得自己也得把它吃下去！她拿筷子扒拉了半天，终于在盘子里发现了一块颜色看起来还算"正常"的鸡丁，皱紧眉头塞到嘴里，才嚼了两口就直接吞下了肚。

见唐卿居然没有吐出来，龙靓感觉颇有成就感："味道怎么样？"

"嗯嗯，不错，最起码这次的熟了。"唐卿试探着问道，"要不，咱们出去吃吧？"

龙靓阴着脸道："你不想这顿饭变成你最后的晚餐吧？"

唐卿乖乖地闭了嘴，夹起饭菜，也不去管它们的味道，一个劲儿地往嘴里塞。龙靓说的没错，有的吃，总比被打死的好。

艰难地吃饱喝足，唐卿一推碗筷，熟练地打开龙靓笔记本电脑上的美剧《行尸走肉》，开始重口味的"餐后甜点"。才接触不到两天的时间里，她也喜欢上了风靡全球的重口味，在这一点上，她们两个算是臭味相投。

龙靓收拾好生活垃圾准备出门："我去把垃圾丢了。"

唐卿坐在客厅沙发上一摆手，头也不回道："不送！"

柔和的灯光照亮了狭窄的楼道，白色瓷砖又将灯光反射回来，视野内一片光亮。

低沉的脚步声在空旷的楼道内由上及下，久久回荡，清幽的环境更为这阴森的黑夜增添了几分冷凄。龙靓熟练地跨着楼梯，她早已习惯了这孤寂的环境。

咚！咚咚咚！就在这时，从楼下传来一阵沉闷厚重的脚步声，步子很沉很稳，在它之后似乎还隐隐有着其他微细的声音。龙靓眉头一皱，轻快的脚步猛然止住。在这偏僻的老住宅小区居住的大多是上了年纪的老人，最年轻的也有四五十岁，她也是出于安全考虑才会带着唐卿搬进空置多年的房子。这个时间点，他们应该在小区的中央花园里面嗨舞，怎么会突然冒出这么多人来？

这种老式的住宅小区没有电梯，要上来只有爬楼。龙靓凑到楼梯扶手边向下张望，原本黑漆漆的楼道里一片灯火通明，几个黑影正在急速朝楼上赶。虽然没看见对方是什么人，但有一种很奇怪的感觉在龙靓心底生起。她丢下垃圾袋，快速退了回去。

笔记本屏幕上，瑞克警长的团队被生化丧尸围困在一座废弃的化工厂，全队人马正奋力搏杀，从通往地狱的死亡之路上杀出了一条血路！唐卿正看得入神，龙靓就慌慌张张地从外面进来了。

"怎么这么快？从楼上直接扔下去的吗？"唐卿头也不回地问道。

龙靓面色凝重，几个快步过来，"啪"的一下直接合上笔记本："快走！"

"怎么啦？"唐卿不快道。

"冰火的人来了！"

看龙靓的表情，唐卿忽然意识到事情的严重性，顿时有些慌了："怎么走啊？楼梯肯定被他们封死了！"

龙靓"唰"地拉开窗帘，探出头去向下张望一番："窗户下面都有空调外机，爬下去！"

唐卿瞥一眼外面黑漆漆的一片，顿时吓破了胆："龙姐，你没开玩笑吧？这里是六楼，万一摔下去就死定了！"

"没人要你摔下去，往下爬！"龙靓音调一变，"外面来的人是杀人不眨眼的国际雇佣兵团，落在他们手里，必死无疑！我一个人挡不了多长时间，要生要死，你自己选吧！"

唐卿不说话了，小心翼翼地爬上窗台，探出头张望一眼，下面黑漆漆的一片根本看不见底，她顿时就腿软了："不行，龙姐，我害怕！"

龙靓绷着脸过来，一把揪住她的衣领将她大半个身子推到窗外。唐卿双手死死抓住龙靓的手腕，身体几乎全部垂在外面，冷风一吹，浑身的鸡皮疙瘩全都冒了出来！唰，龙靓把她重新拖了回来："好了，你已经死过一次，没什么好怕的！眼睛只看着手里抓的和脚下踩的，不要往下看，就这样，下去！"

果然，龙靓这招"置之死地而后生"很奏效，虽然唐卿心里还有些许打怵，但比起之前要平静了许多。唐卿一手抓住窗户框，一脚踏到下面的空调外机上，沿着楼顶下来的管道一点点向下爬去。

龙靓左右环顾一圈，将房间内的柜子、沙发等大物件全都挪到门口，将房门里三层外三层堵了个水泄不通！这一切才刚刚做完，门把手"咔"的一声响了，房门被人使劲儿推了几下，却被后面的柜子卡住了。

这么快就找上门来，看来他们早已摸清了她的住处！一扇房门挡不了多久，龙靓尽可能地将房间内大的物品全部堆叠挡在门口，关上灯，顺着窗子爬下楼去。

这种高度的攀缘难度并不很大，加之有空调机、管道等可以着力依托，和野外陡峭的悬崖峭壁比起来，根本就是小儿科！噌噌噌，没几下，龙靓便追上了唐卿。

"干得不错，唐卿，就这样继续爬，还有三层就下去了！"

"没……没事！"唐卿强撑道。

无边夜幕和楼下绿荫丛连成一片，黑漆漆的一片，视野极其模糊。为了安全起见，龙靓绕过速度较慢的唐卿，先一步跳下楼去。

哐哐哐——房门终于承受不住一次又一次的重击，被踢得粉碎，后面堆叠的柜子等杂物也稀里哗啦地摔了一地。190多厘米的大块头巨石班·汉森踏着满地杂物开路进来，胡狼雇佣兵团BOSS阿奇尔·韦伯和凤蝶玛姬·劳伦斯紧随其后跟着进来。此时，房间内已是乱糟糟的一片。

巨石班站在屋内犹如擎天一柱，屋子内部一览无遗，根本没有能藏下一个成年人的地方，他飞起一脚直接把横躺在地上的柜子踢烂，只可惜里面也是空空如也。

"难道情报有错？"玛姬疑惑道。

"不会。"阿奇尔淡淡道，眼睛在乱糟糟的屋子里一扫，"屋子里的摆设简单，很明显是有人临时暂住。"

房间里的空调早就坏了，只有一台小电扇倒在地上"嗡嗡嗡"地响着，屋子里闷热得厉害，巨石班早已是大汗淋漓。

一阵夜风吹来，冲淡了屋里的闷热。巨石班跑到窗前吹凉风，眼睛忽然瞄到下面黑森森的地方有人影在晃动，大喜过望，"咔"地一下掏出手枪瞄了过去："在下面，爬窗跑了！"

阿奇尔上前一步按住他手里的枪，探出头向下张望。果然，白色空调外机上有一个人影在晃动，已经快要着地，他的嘴角一勾："虎鲨交代过要活的，追！"

唐卿两只脚终于踏在了实地上，顿时双腿就软了下来，"扑通"一声瘫在地上。龙靓连忙过来拖起她："快走，现在不是休息的时候。"

"我……我真的跑不动了，我的腿现在还抖得厉害。"

"他们已经发现我们逃跑，用不了几分钟就会追下来，我们没时间了！"

唐卿多想再休息片刻，哪怕是几秒钟也好，她握紧龙靓的手正要起来，一个黑色人影忽然出现在视野余角，她的脸色"唰"地一下就变了。

龙靓洞察力敏锐，只一眼就看出唐卿不对劲儿，头也没回，直接一记后旋踢飞了过去！

砰，一个沉沉的闷响，黑影用双臂格挡开这一脚，人也随之向后闪了几步。待到龙靓站定，才发现身后站着一个高大强壮的家伙，定睛一看，居然是胡狼雇佣兵团的阿奈·明！

短兵相接，自然没有手下留情的余地。龙靓右手贴身一滑，锋利的雪狼弯刀已然持在手上，对着阿奈的心口就扎了去！

龙靓是蓝剑特种部队的中队长，近身搏杀的功夫炉火纯青，虽然力量上略有不及，但速度和敏捷性占据了绝对优势，全力进攻下，更是凌厉霸气、势不可当！刀扎、斜刺、横削、尖挑，她的进攻招数如行云流水般接连不断，一招接一招，让阿奈·明空有招架之势，毫无还手之力！

"唐卿，快跑！"龙靓一声高呼，唐卿忽地从地上爬起来，飞也似的跑了。人就是这样，在面对死亡时，骨子里的求生欲望会让你变得无比坚强！

唰，龙靓一记侧踢逼退阿奈后，转身正欲逃走，噗噗，两颗子弹从侧面飞来，直打在她脚前几寸的地方！几乎同时，几个黑影从不同方向蹿出来，将身单力薄的龙靓团团围住！巨石、凤蝶、阿奈·明和阿奇尔·韦伯，胡狼雇佣兵团的精英全部到齐了！

凤蝶玛姬露出一个阴冷的笑容："龙队，好久不见，我们又见面了！"

"哼，你们还真是不怕死，居然还有胆量跑到中国来，看来上次败在蓝剑手上，你们还没尝到苦头！"

"胜败乃兵家常事，一时之败，不等于胡狼永远不是蓝剑的对手。"阿奇尔淡然道。

"狡辩，别说是蓝剑，就连蓝盾特别行动小组也让你吓破了胆！不然，你们为什么要等我落单的时候才来偷袭？"

"放屁！我们胡狼怕过谁？"

龙靓的话尖锐刺耳，巨石班听不下去了，直接抬起大脚踢了过来！龙靓身子一闪，轻松避了过去。

凤蝶拔出短小精悍的军刺，直朝着她后背扎了过去。龙靓听见背后的风声，向旁边一闪。吱——阴寒锐利的军刺在她前臂上划出一道口子，鲜血直流。

凤蝶玛姬媚眼一勾："巨石，这里交给我和阿奈，你和阿奇尔去追那个丫头！"

"收到！"巨石转身要走，龙靓右脚一个点地，纵身直追了上来！巨石没料到她这么拼命，一个躲闪不及，就被她的弯刀在后腰际咬了一口，顿时见了血！

"这个疯女人！"巨石班挥起大猎刀甩了过来，龙靓顺势向侧面一滚，与锋利的刀身一擦而过！

"龙队，我们的目标是那个女孩儿，你犯不着和我们拼命，为她丢了性命，不值得！"阿奇尔好言相劝道。

"多谢你的好意，我身为蓝盾特援，这是我的职责所在，纵使拼了性命，也要保护她的安全，这就是我和你们的不同！"

"够转的，待会儿砍去你的一只手，看你还神气不神气！"

巨石班抹掉后腰上的血迹，愤愤道："这个女人就是条疯狗，一粘上甩也甩不掉！不宰了她，我们根本没法儿脱身！"

"既然这样，先送你去地狱报到吧！"

这么说着，阿奇尔·韦伯已然飞身上去，一把阴寒的三棱军刺直逼着龙靓的心口扎去！凤蝶也不再留情，反握着军刺朝龙靓侧肋刺去；巨石班动作稍迟，挥舞着大猎刀，以大兵压境之势横劈过去！

面对三个职业佣兵的联合进攻，龙靓沉着应战，以雪狼弯刀隔挡，迅速后撤，却不料正入了阿奈·明的地盘！阿奈一个正踢正中龙靓后心口，这时，凤蝶的弯刀已然到了眼前，龙靓只能猛一旋腰，擦着锋利的刀口划过去，顿时她的左腹多了一条几厘米长的刀口，鲜红的血液将她的衣衫染红了大片！

　　"嚯！"巨石班一声大喝，几十厘米长短的大猎刀直朝着龙靓左肩头劈下来！龙靓身子向后一弹，雪狼弯刀已然脱手，直朝着巨石班飞来，噗，锋利的刀尖扎进他结实的大腿外侧！

　　龙靓正欲拔出手枪，阿奇尔·韦伯眼疾手快，一个箭步跟上来，飞起一记鞭腿朝着她的侧脸踢了过去！胡狼配合默契，出手又快，龙靓根本避无可避，只能用双手交叠护住脸部。砰！龙靓只感觉双手一阵麻木，一股强劲的力量将她整个人掀翻在地！

　　不远处的黑暗角落里，受到惊吓的唐卿躲在花丛边上，战战兢兢地向外张望。模糊的视野里，身单力薄的龙靓正被四名国际雇佣兵团团围住，合力围攻！尤其龙靓被踢中摔倒的瞬间，和看到桐谷千代死在面前时一样，唐卿脑海里一片混乱，完全慌了手脚！

　　"对……对不起，龙……龙姐……"唐卿心里害怕极了，怯怯地缩了回去，一抹眼泪，哭泣着向小区门口跑去。

　　巨石班一手提着大猎刀，慢慢晃到龙靓面前，面目狰狞："龙队，阿奇尔老大都说了要放你一马，可你偏偏不识抬举，非要和我们胡狼作对，最后落了个自取灭亡，怪不得别人！"

　　"哼！"龙靓冷笑一声，"想不到我居然会栽在你这个小角色手里！要是一对一，你连和我过十招的机会都没有！"

　　凤蝶玛姬不屑一顾道："别和她废话，赶紧结果了她，我们去抓那个女孩儿！"

　　巨石班一脚踏在龙靓的小腹上，缓缓举起了大猎刀。龙靓拼命挣扎几次，无奈班·汉森力量太大，如泰山压顶一般岿然不动！龙靓心下一冷，慢慢闭上了眼。

　　龙靓只感觉巨石班踏在身上的脚猛地一颤，紧接着"扑通"一声闷响，等她睁开眼，巨石班已经摔在地上，一手捂住右腿，但鲜血还是从他指缝里流了出来！

　　噗噗噗，又是几个沉闷的枪响，凤蝶玛姬仓促闪到花丛边的阴影里；阿奈·明和阿奇尔·韦伯拖着巨石班也闪到了黑暗中。

虽然刚才的声音很低很沉，但龙靓听得出来是手枪加了消声器，有人在帮她？

凤蝶玛姬试探着从花丛阴影里探出身子，还没踏出两步，噗噗，两颗子弹就射在她左脚前面一寸的位置，逼得她立刻退了回来！阿奈·明拨开花枝循声望去，噗，一颗子弹立刻补了过来！

凤蝶玛姬恨得牙根儿痒痒："阿奈，找到他的位置了吗？"

"没有，他在楼上居高临下，对我们非常不利！"阿奈问道，"怎么办，阿奇尔老大？"

"对方无意杀人，不然以刚才的状况，巨石早就挂了！"阿奇尔望了一眼旁边的巨石班，低声道，"巨石，怎么样，撑得住吗？"

巨石班咧嘴一笑："没事，一点儿皮外伤！"

这时，龙靓也从地上爬起来，一闪身藏匿到附近的黑暗角落里。

周围陷入一片沉闷的死寂之中，只有小区中心花园的广场舞音乐顺着风声偶尔传来。阿奇尔深蹙着眉头，沉默不语。从对方点到即止的枪法不难判断他的枪法精准，再加上一个蓝剑精英龙靓，实力大增！而他们这边巨石挂了彩，又不敢明目张胆地交火，一旦惊动了警方，他们一定吃不了兜着走！

审时度势之后，阿奇尔·韦伯决绝道："我们撤！"

"不是吧，老大，到了嘴边的鸭子就这么白白让它飞了？"凤蝶不甘心道。

"虎鲨让我们抓那个女孩儿，无非是为了给计划增添一些筹码，正戏后天才开始，我们没必要在这里拼命。藏在暗处的那个人很有可能是蓝盾的人，即使我们能赢，必然也要付出惨痛代价，不划算！先回去，从长计议，撤！"

阿奈·明低身过来，帮阿奇尔架起巨石，几个人趁着夜色向小区侧门撤退。

好险！听到他们的脚步声渐行渐远，龙靓长长地嘘一口气。忽然，她想起什么似的，陡然从黑暗中出来，四下张望，冲着黑暗中呼喊道："吴劫，是不是你？"

"我知道是你在帮我，出来啊！"

"吴劫！"

忧伤的喊声很快被夜风吹散，消散在悲凉的夜空中。龙靓呆呆地伫立在花丛边的小道上，微凉的夜风吹拂着她单薄的衣衫，两行热泪在她俊俏的面颊上悄然滚落。

此时，一个落寞的人影从十几米外的楼洞里出来，朝着模糊的黑暗中瞥了一眼，循着胡狼的脚步，急急而去。

黑漆漆的山林里一片寂静，只有偶尔啾啾的虫鸣声和着夜风徐徐拂过；漆黑的夜空犹如一汪幽深的秋水，寥寥星辰点缀其中。

小学校园内一片寂静漆黑，沉沉地酣睡在大山的怀抱之中。

西面学生寝室的灯还亮着，何晴坐在床上，手里捧着一本英语书斜靠在墙上。她微闭着眼，呼吸均匀沉稳，长长的睫毛微微向上翻着，宛若童话故事里善良的公主。

青青的河边草甸上，凉风习习，草长莺飞，翩翩彩蝶迎风而舞；淅淅沥沥的小溪水和着轻快的音调，向着缥缈的远方潺潺流去。五彩的蝴蝶风筝在碧蓝的天空中飞翔，两只翠绿色的黄鹂鸟萦绕成双，在漂亮的蝴蝶风筝前停留片刻，吟唱着欢快的歌声，自由自在地飞去。

她在清新的草甸上快乐地跑着，不时回过头来冲着后面的爸爸妈妈招手："爸爸，妈妈，快点儿来抓我啊！"

妈妈程瑶和爸爸吴劫在后面牵着手慢慢走着，一边向前面的她挥手："小影，你慢点儿跑，别摔倒了！"

许是累了，她慢慢跑到小溪边，伸出嫩嫩的小手捧起清澈的溪水洗脸。一股甘甜的、凉丝丝的感觉袭遍全身，惬意万分，她高兴地拍打着水面，清冽的溪水溅起朵朵晶莹的水花。

"妈妈，你们快来啊，这水好凉！"

就在这个时候，小溪里忽然伸出一只手抓住她的手腕，将她猛然拖到了水中！

"爸爸，妈妈，救我！"

扑通，扑通，她嘴里呛了几口水，在一人多深的小溪里拼命地挣扎着。不远处的河岸上早已空空如也，不见了爸爸妈妈的身影。

"呼——"何晴猛然从床上坐起身来，瞪大了眼睛，额头上满是汗水，鬓角的头发湿嗒嗒地贴在脸上，呼吸急而短促，又是一个可怕的噩梦！她合上书，脑海中还残存着梦境片段。

这样的噩梦她不知做了多少个，从母亲去世的那一天起，类似的梦境就不断出现，尤其在父亲离开后，噩梦出现的次数更加频繁，虽然内容各不相同，但结局却是散多聚少。可能是晚上喝水多了，何晴感觉肚子有些舒服，打起手电到厕所里去小解。

山里的夜晚总比城市里要冷清一些，一阵夜风吹来，何晴不禁感觉到微微有些凉意。

咚！一个沉沉的闷响从黑暗中的某个角落传来，何晴浑身一个激灵，手电立刻照了过去："谁？"

僻静的墙角处空荡荡的，不见半个人影。何晴疑惑着将手电往周围照了一番，却仍旧没有看见任何可疑的迹象。

奇怪，难道是自己听错了？何晴心不在焉地转过身，却冷不丁撞上一个冷邦邦的东西。她的心里"咯噔"一下，她记得非常清楚，听见奇怪声音的时候她已经走到校园中间的开阔地，周围全是空地，怎么会撞上墙呢？

这么想着，在她耳边忽然响起了粗重的呼吸声，随之而来的还有"咚咚"的心跳声，在漆黑寂静的夜里尤其清晰！巨大的黑影，完全将她笼罩在阴影之中。

何晴感觉两条腿像是灌了铅，竟连想逃也迈不开步子："你……你是谁？"

"你就是何晴吧？"一个浑厚低沉的嗓子在何晴耳边响起，"或者说，应该叫你吴影。"

"你……你到底是谁？"

"以你的聪明，难道猜不到吗？"

片刻缓和之后，何晴双腿终于恢复了感觉，她仰起头，望着夜色笼罩下的那张阴郁恐怖的脸庞，怯怯地向后退去："我不知道你在说什么！"

"就是因为我，你父亲才将你藏到这里来，很抱歉，让他失望了。"

何晴战战兢兢地想跑，虎鲨巨大的影子却笼罩下来，他伸出一只打手按住何晴的肩膀上。顿时，一阵刺骨钻心的疼痛袭遍全身，何晴强忍着疼痛，晶莹的泪花在眼眶里打转。这时，强烈的痛楚从肩膀一直蔓延到后颈，她的脑子里一阵眩晕，眼皮一合，整个人就晕倒在地。

今天看起来和往日似乎有些不一样，走在街上随意地看看，都会有金发碧眼的老外从身边经过。高头大马的男人、身材丰满的洋妞、洋娃娃一样可爱的小老外，都仿佛一夜之间从地下冒了出来！就连天气也很给力，从早上开始就一直吹着微微的凉风，为这炎热的夏日吹去了几分暑气。

以市文化馆为中心向外辐射三条街，每个路口都有交警把守，街道内部还有警车来回巡逻，特别是最后一条街道上，警力增加了一倍！防弹背心、95 式自动步枪、92 式 9 毫米手枪，荷枪实弹，全副武装！

文化馆环形主会议室里已经熙熙攘攘地坐了近百人，入口处还有参会人员不断进入。来自世界各地的专家学者齐聚一堂，他们全是代表本国的专业人士。

不同语言、不同肤色的人们聚集在一起，来参加这次文化交流会，艺术的魅力是不分国界的。会议室正中的大荧幕上轮番滚动着醒目的标语：新区市传统手工艺文化展示与交流会。

三楼圆形看台上，两名狙击手已经待命，精心设置的伪装让他们和周围环境融为一体，极难察觉！

二楼弧形看台上，周伯萧局长坐在前排正中，居高临下，俯视全场境况；蓝盾特别行动小组副队长周川和精英队员赵一鸣分列两侧，负责保护局长和全场安全。这是他们的内部部署，以防敌人混进来。

看着主会议室内闹哄哄的场景，周川有些担心地问道："周局长，你说他们会来吗？"

"会的。"周伯萧镇定自若地道。

"局长，PONAIT 会议地点被我们秘密转移，却把所有警力都安排在这里的传统文化交流会上，那边如果有突发状况，怎么办？"

"有龙队和严厉，没事的。"

周川心里还是隐隐有些不安："我是说万一，敌人觉察到异样，也跟我们来一个偷梁换柱，该怎么办？"

这一点也是周伯萧最担心的，根据凌峰秘密发来的消息，虎鲨会集中全部力量来破坏 PONAIT 会议。不过，正如周川所说，如果情况突然有变，他们的处境将会非常危险，因为他把所有赌注都压在了这里！

与此同时，三条街外的公路上，几辆灰色商务车在文化馆正对的华阳路上停下，十多个黑衣墨镜的男人从车上下来，一齐朝公路对面走过去。十多人的队伍阻断了行进的车辆，可能是他们的打扮太过于招摇霸气，被挡下的车辆竟然安静地在一旁等待，没有一个人敢按下喇叭！

他们的闯入，立刻引起了执勤交警的注意："喂，你们是什么人？停下！"

打扮酷酷的枪手们自然不会搭理这两个小交警，径直穿过马路直朝着华阳路走去，前面的几个人甚至悄悄地把手伸到黑衣下，触到了藏在衣服里的班蝰蛇手枪。一个大个子交警冲同伴递了一个眼色，拔出配枪上前拦路道："喂，你们几个，马上停下来！"

"呼叫，呼叫，这里是 16 号路口，有十六个可疑男子正在朝目标前进，警告无效，请求支援！"

黑衣枪手一行人根本不理会两个交警的警告，甚至连看也不看他一眼，径直从他面前过去了。大个子交警自然不会对他们的嚣张气焰视而不见，挺身而出，一只手按住一个黑衣枪手的肩膀！

这时，身材瘦削的黑衣枪手猛然转过头来，即使隔着墨色太阳眼镜，大个子交警依然能够感受到他那冰冷凶狠的目光！黑衣枪手一下按住肩膀上的手，飞起一脚直接踢在大个子交警的膝盖处，"咣当"一声，大个子交警立刻四仰八叉地摔在地上，腰椎骨抵在坚硬的地面上，疼得他龇牙咧嘴。

另一个交警见势不妙，一边拔出 92 式手枪："站住，不然我开枪了！"

唰，不等他瞄准，一个枪手已然先他一步拔出加了消声器的班蝰蛇手枪，噗，一个不起眼儿的闷响，这个交警仰面倒了下去，额头上多了一个冒血的弹孔！

这时候，周伯萧正风风火火地从三楼下来，一边拿起对讲机："16 号路口发生紧急情况，3 号、6 号、12 号路口前去支援，其他人员加强警戒！"

"收到！"

在十多个黑衣枪手的中央，身形娇小的雪狐艾瑞卡·莫洛被簇拥在中央，她也是同样酷酷的打扮，披散在额头的金发下，一副太阳眼镜亮得晃眼，她双手拿着两把小巧轻便的格洛克手枪，威风凛凛！

哐！哐哐！哐哐！等到腰部的疼痛稍微减轻一些，大个子交警艰难地爬起来，拔出手枪正要追逐上去，却忽然听见断断续续的撞击声！他找寻了片刻，才发现强烈的撞击声竟然是从那些黑衣枪手坐的商务车里面发出来的！

里面还有人？大个子交警脑袋一个激灵，立刻闪到路灯后躲了起来。很奇怪，强烈的撞击声还在断断续续地传来，甚至车身也在微微地晃动，却始终不见车门打开，更不见有人下来。

职责所在，大个子交警一手端着92手枪，一边慢慢向停在路边的商务车挪了过去。

吱——吱——距离商务车越来越近，大个子交警已经听到它不断晃动发出的摩擦声。他一手握住门把，猛一用力拉开车门，92式手枪立刻瞄准过去："不许动！"

让他惊讶的是，车子里空空的不见半个人影！

"嗯……嗯……"一个低沉的呜呜声从后面传来，交警立刻把手枪瞄了过去。这时候他才发现车子后座后面居然还有一个人，被人绑住了手脚，用胶带封住了嘴！

交警跳下车子打开后门，果然，一个身材单薄瘦削的人蜷缩在角落里。正疑惑着，大个子交警猛然发现，这人居然……居然是凌队长！

"凌队长，你怎么会在这里？"大个子交警翻身上车，为他撕去封口的胶带。胶带一撕掉，凌峰立刻高声讲道："快，通知周局长，这里不是他们的真正目标，这些人只不过是幌子！"

交警呆愣愣地望着他，一头雾水："什么幌子啊？凌队长，我怎么听不懂？"

"快，给我解开绳子！"

手脚上的绳子刚刚解开，凌峰立刻翻身跳到前面，一边发动汽车，一边着急急地说道："通知局长，虎鲨早已料到我们把PONAIT会议转移，来这里破坏的只不过是一群小兵小将！他们的重兵已经赶去PONAIT会议地点，通知周局长，随时准备支援！"

这么说着，凌峰已经重新发动引擎，驾着灰色商务车飞驰而去。虽然大个子交警还没完全搞清楚是怎么回事，但他还是按照凌峰的吩咐拿出对讲机："喂，周局长，情况有些变化，刚刚我见到了……"

嗖嗖——雪狐莫洛发现交警在通风报信，立刻朝这边开了两枪，准确无误地从后面击中了他的后背。扑通，大个子交警瘫软在地上，后背上两个黑乎乎的血洞鲜血喷涌，对讲机里还在发出嘈杂的声音。

唰，唰，唰，三辆警车直朝着荷枪实弹的十多个枪手飞驰而来，街尾最后一辆迷彩吉普上，周伯萧正在蓝盾副队长周川的保护下赶来，亲临指挥！蓝盾精英赵一鸣已经爬上文化馆顶层，寻找最佳的狙击位置，这里居高临下，周围几条街道尽收眼底！

雪狐莫洛等人全部是冰火选拔出来的职业佣兵，训练有素，眼看着三辆警车呼啸而来，立刻分散开来，各自寻找掩体，率先向蓝盾发起进攻！

嗖嗖嗖——呼啸的子弹疾速飞驰，在半空中画出一道道耀眼的光痕！

枪声响起的同时，周围行人立刻一片哗然，十几米外的路人飞快逃窜，近处的人们来不及逃走，只能就地抱头趴下。

嘎吱——嘎吱——三辆警车在莫洛等人对面七八米外的地方猛然停下，穿着防弹衣的特警纷纷跳下车来，以特警车做掩护，与对面的枪手展开对峙。砰砰砰，不断有子弹飞来打在车身上，威风凛凛的特警车上出现了一个个凹陷的弹痕。

拉卡躲在一辆悍马后面，探出头去悄悄望了一眼对面特警的部署。对面一共有三辆警车、十五六名警察，人数上略占优势，而且他们也都是经过层层选拔挑选出的警队精英，战斗力不相伯仲，一旦僵持下去，对他们的处境非常不利！

拉卡向对面的同伴递了一个眼色，两人默契地点头。在其他枪手加强火力的掩护下，拉卡扛起火箭筒瞄准了对面的特警车。

哐！炮弹拖着长长的火尾朝对面呼啸而去。轰！一辆位置最靠前的特警车顿时被击中爆炸，加上自身遇火爆炸，瞬间化成一个巨大的火球，无数燃火的碎片四下飞散！躲藏在后面的特警躲闪不及，和特警车一齐被炸飞，死伤一片！

哐——轰！又一辆特警车被炸飞，还没来得及撤退的特警被打了个措手不及，死伤惨重！

"敌人有火箭筒掩护，火力强大，暂时撤退！"

在最后一辆特警的遮挡下，受伤的特警们相互搀扶着撤退。路边还躺着两个被炸飞出去的特警，他们受伤太重，根本没有能力撤退！

见蓝盾特警负伤后撤，一个枪手得意忘形，暴露在掩体之外："哈哈，拉卡，还是你的主意好，这些特警根本不堪一击！"

"小……"拉卡的一个"心"字还没说出口，飕的一道劲风疾驰而过，一颗5.8毫米的子弹从侧面飞来，直接打穿了这个枪手的脑袋，"噗"地炸裂出一片血花！

"小心，有狙击手！"

"十点钟方向，距离200米。"

嗖！又是一颗子弹呼啸而来，一名躲闪不及的枪手应声倒地，脑袋上被掀开一个拳头大小的窟窿！

"你们掩护，我绕过去想办法干掉他！"雪狐莫洛收起一把手枪，在吉普车后面摩拳擦掌，跃跃欲试。

嗒嗒嗒——十多个枪手交替着从掩体后探出来，强大的火力完全把对面负伤特警的进攻盖了下去！

趁着短暂的机会，雪狐莫洛正要杀出重围，背后的街尾却突然驶出两辆警车，副队长周川带着蓝盾精英从背后包抄过来，雪狐等人陷入腹背受敌的窘境。

嗒嗒嗒——蓝盾队员各个枪法奇准，背后奇袭，三名枪手立刻被打中要害，动弹不得！

"哼，想不到虎鲨头目英明一时，居然也会着了对方的道儿！"

"是你太天真了！"雪狐莫洛一声冷笑，"我们本来就是他手里的一枚棋子，随时可以舍弃的棋子！"

拉卡闻言一愣，声音立刻阴冷下来："你说什么？"

"我们只不过是虎鲨用来吸引中国警方的活靶子而已！"

拉卡脸色一瞬间阴郁下来，牙齿咬得咯咯响，握紧手里的火箭筒，猛然从掩体后面站出来，对准后面包抄过来的警车："虎鲨，我操你……"

啪！一道凄厉的枪声划破天际，刺透长空，一颗5.8毫米的子弹从他的后背射入，直接贯穿胸膛从心口打了出来！

"拉卡！"雪狐一声低号，虽然他们之间并没有什么兄弟情谊，但一年多来的相处、相同的遭遇，还是让她感到一阵惋惜。

"吴劫，虽然他们是你的兄弟，但我不会手下留情的！"雪狐莫洛以背后的掩体做依靠挡住狙击手，双手持枪瞄准背后飞驰而来的两辆警车。她的枪法极准，几个精准的点射就打爆了车胎，顿时前面的警车撞在路边的花坛上翻了车！

周川车技娴熟，一路油门儿踩到底，从后面猛冲上来，直朝着雪狐撞了过去！眼看雪狐就要夹在两车之间被撞成肉饼，千钧一发之际，她一脚踏住车身借助惯性猛蹿到了一边去。

咣当！警车猛烈地撞上路边停靠的吉普车，庆幸的是周川在前一刻跳下车来，就势一个翻滚隐身到半人高的花丛中。

砰砰砰，雪狐朝着周川消失的方向一阵射击，顿时花丛中一片稀里哗啦地响，碧绿的枝叶被打得稀巴烂，却不见周川的影子。她双手持枪，向着目的地慢慢挪了过去。

茂盛的花丛中有一道明显的压痕，附近的小叶冬青上还残留着血迹，雪狐向前追了几步。果然，周川已经爬到人行道外面的护栏上，地面上有一大摊血迹，他的右腿被爆炸时崩飞的一块玻璃扎到，伤口深可见骨！

看到雪狐过来，周川艰难地挪着身子，无奈腿伤太重，稍一动弹，鲜血便从指缝间涌了出来！雪狐脸上冷冷一笑："真可惜，这么年轻，就要和我们一起死在这里了。"

周川咬紧牙关，大义凛然道："束手就擒吧，你们逃不掉的！"

"啧啧啧，你错了，从我踏进中国的那一刻起，就再没想过能活着离开！"雪狐轻笑着摇头，一边慢慢举起手枪，对准了周川的脑袋，"只可惜，没能再和蓝剑交手！"

砰！一个沉沉的闷响刺破天际，雪狐身子一颤，直直地栽倒下去，一股鲜红的血液从她的胸膛涌出，温暖了她冰冷的身体。

与此同时，新区市东边原云华集团总部一楼主会议室，能容纳一百人的会议大厅已几近满场，座无虚席。来自世界各地的互联网精英们共聚一堂，共同研讨互联网现状和未来的发展趋势。因为本次会议涉及几家尖端网络科技公司的前沿成果展示，所以会场内没有任何媒体记者，而且会场内部安装了干扰装置，所有通信设施全部失灵。

和一楼座无虚席的盛况空前比起来，二楼座席要冷清寥落得多，只稀稀落落地坐了一些本市的互联网工作者，聚精会神地盯着下面的会场。

龙靓和严厉混迹在记者群中，仔细观察着下面的一举一动。黑压压的座席上已坐满了，密密麻麻的，人挨着人，想要从这其中找出一两个人来，需要极好的眼力和耐力。

"龙队，PONAIT会议场被秘密转移到这里，会不会是领导们太小题大做，我看下面热闹得很，根本没什么吗！"

"嘘，别乱说！周局长这么安排，自然有他的道理。他和虎鲨是老对头，对他的了解肯定超过我们。做好我们分内的事情，千万不能大意，这次会议的意义重大！"

"既然PONAIT会议如此重要，为什么只派我们两个人来？万一敌人真的找来这里，凭我们两个人怎么应付得来？"

"所以周局长才会把文化馆的民族文化交流会搞得大张旗鼓，误导敌人，以保证我们这里顺利进行。"

"哦，原来如此。"

原云华集团执行董事徐少强慢慢走到主持台上："很荣幸能够为本次会议做开场致辞，我代表本次会议的东道主云华集团，欢迎大家的到来！"

一语完毕，全场爆发出热烈的掌声。这时候，一个十三四岁的小姑娘手捧鲜花朝台上走去，稚嫩的面孔上挂着僵硬的笑容。

"会议才刚刚开始，就安排送花，这个策划人水平真不敢恭维。"严厉不屑道。

龙靓注意到，从小姑娘上台送花时，后台就有几个工作人员立刻紧张地跟过来，似乎想拉住她，但此时她已经到了台下，众目睽睽，工作人员也只好作罢。

徐少强接过小姑娘手里的鲜花，俯下身在她额头上亲了一口，慈眉善目道："好好学习，你们才是国家的未来和希望。"

小姑娘踏着轻快的步子朝台下走去。然而，就在她下台的瞬间，不小心碰倒了台上的插花水晶饰瓶。啪，几十厘米高的水晶瓶歪倒下来，撞到地上摔了个粉碎！破碎的水晶残片在日光灯的照射下，反射出耀眼夺目的光芒，淡绿色的营养液溅了一地。然而，小姑娘却回望一眼，淡定地若无其事地离开了。

"现在流行用插花做装饰吗？"严厉疑惑道。

会议场上出现了窃窃私语，两个安保人员立刻过去把现场清理干净。望着小姑娘离去的背影，龙靓心中隐隐有一种奇怪的似曾相识的感觉。然而，当龙靓再次将目光转移到会场时，不禁觉察到一丝异样。刚才水晶瓶摔碎后，里面淡绿色的营养液溅了一地，就这么短短一两分钟的工夫，却只剩下巴掌大的一块痕迹。这是什么东西，挥发性这么强？

这时，New Weak 集团副总裁 Petar Chan 走上讲台，睿智的目光环视全场后，缓缓道来："进入二十一世纪以来，互联网正以惊人的速度飞速发展，给我们的生活带来了极大的方便。然而，人类的需求也在不断递增，从简单的二维画面到目前的 3D 影像技术，以及展露势头的 VR 技术，人类对信息的及时性和感受性做出了新的挑战！"

"New Weak 目前正在开发一种即时虚拟影像传输技术，简称 EPVR。无论你身在何处，只要安装了我们的传输设备，就可以将你的虚拟影像传输到对方面前，和你本人所在的环境完全一模一样！ EPVR 目前尚处在理论阶段，需要 New Weak 公司以及世界互联网精英共同努力才能尽快完成！"

在 Petar Chan 滔滔不绝地讲述 New Weak 公司最新发展方向时，整个会议场鸦雀无声，几乎所有互联网络精英们都被这个大胆的设想所吸引，聚精会神地仔细聆听着。

然而，就在如此肃穆的环境之下，会议场后排角落里有一个人却格外另类。座位上的他好像倍感煎熬，每几分钟都要挪动身体，四下张望一番，好像对台上的演讲并不感冒。

龙靓眼睛一亮："找到一个，他们果然来了！"

严厉一惊："谁？"

"巨石班·汉森，胡狼雇佣兵团块头最大的家伙！"她犀利的眸子快速地在会场内挪动，"他一出现，就说明胡狼来了！而他们的幕后老板——虎鲨恐怕此刻就隐藏在暗处，观察着现场的一举一动。"

"我去通知周局长，请求支援？"

"没用的。"龙靓眼眸深邃，即使到了现在，也依旧沉稳冷静，"以虎鲨的精明，必然会派出大批人马吸引火力！这里出现的，只有他的心腹，胡狼也不过是他们的帮手而已。"

不得不承认，虎鲨和胡狼的伪装技术一流，即使龙靓居高临下将会议场仔细地扫了两遍，依旧没有发现他们的踪迹。若非巨石块头太大，十分招眼，只怕龙靓也很难发现他。

"咳咳……"正在台上慷慨激昂的 Petar Chan 忽然忍不住咳嗽起来，面红耳赤的，他解开衬衫最上面的纽扣，一只手使劲儿扯着领带，很烦躁不安的样子。

看 Petar Chan 举止怪异，严厉不禁疑惑道："他怎么了？"

这时候，龙靓发现刚才溅到地上的水渍已经完全不见了踪迹。那只水晶瓶能容得下近 1000 毫升水。在开空调冷气的房间里，短短几分钟内，1000 毫升的水无论如何是无法蒸发干净的，除非是有人在里面做了手脚！

就在龙靓陷入沉思之际，主持台大荧幕上的 EPVR 演示视频忽然被切换掉了，荧幕上出现了一头北极熊，确切地说，是一头瘦骨嶙峋的北极熊，体重超过 500 多千克的庞然大物居然只剩下一副皮包骨！

龙靓面色一沉："他们要来了。"

随着画面的不断闪烁，荧幕上不断出现着北极熊、白狼、雪狐的身影，然而它们却有同样的神态，仿佛极度营养不良，只剩下一副骨架！

Petar Chan 强忍住咳嗽，指着荧幕高声呵斥道："是谁搞得恶作剧，赶快换掉！"

会议大厅的中场边儿上，一个不起眼儿的中年男人站了起来，径直朝台上走去。精短的头发，宽厚的肩膀、后背，沉稳的步态，不用再多看，龙靓一眼就认出了他："是虎鲨！"

"他就是虎鲨？"在严厉的想象中，像虎鲨这种顶级的犯罪头目，肯定是电影里一脸横肉、戴着太阳镜、浑身刺青的蛮横家伙，谁能想到居然是这样一个并不出彩的中年大叔！

"我们下去抓住他！"

"先别打草惊蛇。"龙靓低声道，眼睛在会场里又扫了一圈，"肯定还有其他人藏在暗处，先看看再说，别暴露了身份。"

"Petar Chan 先生，真不好意思，打断你的演讲，我有非常重要的事情要告知在场的互联网精英们！"虎鲨摆出笑呵呵的招牌表情，一个跨步跃上演讲台，一边看似热情地向 Petar Chan 伸出右手。

见来人如此鲁莽，Petar Chan 鄙夷地打量他一眼，并未伸出手去："你是谁？你搞得恶作剧？马上把荧幕上的东西关掉！"

"这些可不是恶作剧！"虎鲨收起笑容，一脸严肃道，"这些可是我为在座的诸位精心挑选出来的照片，怎么样，我的眼光还不错吧？"

Petar Chan 完全不理解虎鲨的话，只当他是一个来搞破坏的疯子，向台下一招手："保安，把这个人轰出去！"

两个穿着工作服的年轻保安立刻朝演讲台上快步走来，谁知，坐在外排的一个男人腾地一下站起来，挡住了他们的去路。

"喂，你……"一个保安立刻上来警告，还没等他的话说完，这人一拳飞过来，正打中他的鼻梁！倏，又是一记肘击，不过三四秒钟，两个保安就齐刷刷地倒在了地上。阿奈·明冷漠地站在他们面前，看也不看他们一眼。

看到这种情况，站在会议场后面总览全局的四名黑衣特卫立刻围拢上来。突然，一个身形魁梧高大的大块头男人横身过来，一名黑衣特卫冷不丁地撞到他的身上，却仿佛撞上一座小山，大块头男人岿然不动！

不等他看清对方的样子，巨石一个铁拳打过来，黑衣特卫始料未及，"咣当"一声脑袋撞到墙上昏了过去。另一名黑衣特卫也挥拳过来，巨石当然不把他放在眼里，一个正踢迎了上去。黑衣特卫交叠双臂接下这一脚，岂料巨石的力量太大，直接把他逼退到了墙边。高大的黑影倏忽而至，一个铁钳般的大手死死卡住他的脖子就把他拎了起来！

咚，巨石一个铁拳打在他的腹部，黑衣特卫顿觉腹内一阵翻江倒海，"哇"地一口血水喷出来，昏死过去。

看到同伴挂了，另外两名黑衣特卫立刻折返回来。这时，他们头顶的横幅哗啦啦地响起来，一个矫健的身影一跃而下，双脚勾着条幅一个倒挂金钩从二楼滑了下来！

嗖，凤蝶玛姬双脚猛然从背后钩住一个黑衣特卫的脖子，身子向后一翻，只听见咔嚓一声脆响，这个黑衣特卫就直挺挺地躺在地上，再没有动静！另一个特卫听见风声，才转过头，"嗖"的一道风声疾驰而来，一把锋利的军刺横飞过来，透过这个特卫的肋间直直地扎进了他心口！

会议场内尖叫声四起，一片混乱，人们簇拥着逃离出去。

"各位，等一下，真正的重要会议才刚刚开始，你们还不能离开。"

生命攸关，哪里还有人听他的废话？看到台下乱糟糟的场面，虎鲨不禁有些失望，拔出手枪朝天就开了一枪："都给我返回你们的座位！这么严肃庄重的会议被你们搞得一团糟，你们不觉得惭愧吗？"

"他们是恐怖分子，留下来只有死路一条！"

"对，千万别听他的！大家一起逃出去，不然我们全都会死在这里！"

一个戴着眼镜的金发美女站在座位上一声呼喊，一个穿着白色衬衫的青年立刻在下面呼应。然而，还没等他们付诸行动，男青年身体就不由得一颤，表情痛苦万分，疯狗不知何时从他身后冒出来，手中的匕首上还在不断往外冒血！噗，金发美女身体一僵，从座位上栽了下来，脑洞大开。二楼会场边儿上，胡狼老板阿奇尔·韦伯还保持着出枪的姿势。

一时间，整个会场鸦雀无声，再没有人敢随意离开。虎鲨对他们造成的威慑力很满意，继续之前的话题道："先容我自我介绍一下，我是虎鲨，冰火生物集团负责人。下面请允许我隆重介绍本世纪最伟大的生物基因学发现——异化识别吞噬细胞体 ADS-008！ADS-008 是一种吞噬能力超强的变异细胞体，能够吞噬一切活的细胞，当然包括人类正常的组织细胞。不过，在我的精心改良下，他们的有 7 天的潜伏期。在这 7 天内，它们的吞噬能力被抑制，只加速人体新陈代谢，人体只会慢慢变瘦；7 天之后，它们将会表现出非凡的吞噬能力，在 30 分钟内，它们能够将一头体重超过 500 千克的北极熊完全'消化'到只剩几十千克的一副骨架！你们刚才在荧幕上看到的照片，就是 ADS-008 的神奇功效，它堪称本世纪最伟大的细胞学发现！"

"这和万恶的癌细胞有什么区别？你发现了一种足以毁灭人类健康的魔鬼！"

"虎鲨先生，我想你搞错了，我们召开的是互联网技术发展前景展示会，并非什么生物基因学会议，你说的这些，和我们有什么关系？"

"不好意思，刚才我的学生打翻了一个水晶瓶，里面 800 毫升 ADS-008 样本溶液全部挥发到空气中，吸入到了你们体内。它们不仅具有极强的吞噬性，而且生命力极强，能在空气中存活 24 小时，是不是感觉到肺部有隐隐的热胀感？紧接着蔓延到全身，就像 Petar Chan 先生的症状一样。"

Petar Chan 立刻吓得面如土色："你是说，那个什么细胞体已经进入了我的体内？"

"没错！"虎鲨露出一副得意的神色，仿佛看到了胜利的曙光，"恭喜你，Petar Chan 先生，你还有 7 天的生命！不过，每个生命个体都有差别，搞不好更短一些，6 天或者 5 天，谁知道呢！"

顿时，会议场内炸了锅，人群很快骚动起来，议论纷纷，有些胆小的姑娘甚至哭了起来。几个身材高大的老外想要硬冲出去，阿奇尔·韦伯立刻瞄准过来，噗，挤在最前面的男人"扑通"摔在地上，一手捂住大腿，血如泉涌！顿时，骚动的人群又安静了下来，确切地说，是被吓得安静下来。

精神一紧张，严厉真的感觉到浑身火辣辣的烫，即使开了冷气，他还是感觉到像是在火炉边儿上一样："龙队，虎鲨刚才讲的不会是真的吧？"

"应该是真的，这种情况下他没有理由开玩笑。"

"既然是样本，他肯定有解药，我们去抓住他！"

"胡狼佣兵，加上疯狗，我们两个人有把握打赢吗？"龙靓一手按住他的肩膀，"再等等看，现在还不是时候。"

Petar Chan 到底是互联网科技的知名人物，短暂惊慌之后，很快就镇定下来："虎鲨先生，你这么做是为了什么？钱吗？在座都是本国的互联网科技精英人士，只要你不伤害任何人，我保证会给你一笔让你满意的数目！"

"不错，这才像合作的态度。"虎鲨玩味似的盯着他，"我对你这笔所谓'让我满意的数目'非常感兴趣，不知道 Petar Chan 先生打算支付冰火集团多少酬劳？"

"一千万美元怎么样？"

虎鲨脸色立即阴沉下来，唰，以极快的速度拔出斑蝰蛇手枪打中了 Petar Chan 的左腿，后者"扑通"一声摔在演讲台上。

"Petar Chan 先生，你根本就没有诚意与冰火合作！"虎鲨面目狰狞，一改之前的和善，"一千万美元？你知道我为了 ADS-008 投入了多少时间和金钱？这个数目，连我耗费成本的十分之一都不到！"

虎鲨拿着斑蝰蛇手枪走到演讲台前，冷冷地望着下面近百张面孔："全世界的互联网科技精英们都在这里了，你们这些互联网科技的顶尖人才，在 Petar Chan 先生眼里只值区区一千万美元，不知道你们心里做何感想？放心，他对你们的侮辱，我已经让他付出代价了！不要指望任何医疗机构能够帮助你们，我的 ADS-008 领先当今细胞基因学十年之久！"

Petar Chan 捂着腿伤，艰难地从演讲台上爬起来："那么虎鲨先生的期望值是多少？您是有备而来，直接说吧！"

"以各位所能创造的价值而言，100 亿美元，应该合理吧？"

"哈哈，我还是第一次听到有人吹这么大的牛皮！100 亿美元，虎鲨先生，您是想钱想疯了吧？"

"No，No，No，这个价钱我是仔细斟酌过的。你们这些大公司每家每年的营业额少则几十亿美元，多则上百亿近千亿美元。会场有近 100 家公司，你们全都是本公司内的核心精英人才，没有你们的技术，世界互联网科技将会倒退 10 年！公司为你们支付区区一亿美元的生命保障费，不算过分吧？"

"哈哈哈……"Petar Chan 忽然大笑起来，声音高亢而洪亮，并无恐惧。虎鲨微微一怔，对方这个举动让他稍感意外："怎么了，Petar Chan 先生，你觉得我是在痴人说梦吗？"

"没有，你说得很有道理。一亿美元跟在座的科技精英所能创造的价值比起来，不值一提！但是我们所花费的每一分钱，都是员工们用自己的脑力劳动和汗水换来的，交到你这种人手里，我为他们的劳动感到惋惜！"

"Petar Chan 先生，你的口才真不错，我们这些靠蛮力赚钱生存的野蛮人确实比不上。一句话，交不交钱，在你们；你们能不能继续活下去，在我。孰重孰轻，你们自己掂量掂量，我给你们三分钟时间考虑！"

沉寂已久的会场再度沸腾起来，人们凑到一起议论纷纷，如何应对接下来的情况。胡狼佣兵、疯狗等人密切关注着全场，如果有人胆敢乱来，他们绝对不留情面，就地击毙！

"严厉！"一直稳如泰山的龙靓终于发话了，犀利的目光冷若刀锋，俊美的面孔冷若冰霜，"考验我们的时刻到了！"

"龙队，请下达命令！"

"趁着敌人还没有发现我们，抢占先机！在阿奈·明洞察之前，一刀结果了他，然后尽量拖住凤蝶玛姬！阿奇尔和巨石由我来对付！"

偷袭阿奈不成问题，拖着凤蝶玛姬也不在话下，只是阿奇尔和巨石班，一个二楼，一个一楼，龙靓一个人如何应付得过来？

"龙队，你……"

"执行命令。"

"是！"

阿奇尔·韦伯正居高临下，密切监视着一楼会场的情况，没有留意到身后一个轻盈矫健的身影正慢慢靠拢过来。

锋利雪亮的雪狼刀已然在手，龙靓踮着脚尖挪过去，刀尖对准阿奇尔后心口刺去！

阿奇尔·韦伯是职业佣兵出身，虽然现在已退居二线，但喋血江湖几十年养成的警觉性却依然存在。他听见身后悄然而至的风声，身子倏忽一闪避了过去。擦身而过的瞬间，龙靓一掌击在他的手背，将斑蝰蛇手枪打掉。

阿奇尔冷冷一笑："居然是龙队长，好久不见！"

"上次侥幸让你们跑了，没想到你们还敢来中国，这次你没那么走运了！"

阿奇尔一边和她对峙，脚下一边悄悄挪着步子。龙靓心思缜密，自然不会让他轻易得手，雪狼刀"唰"地划了过去！

唰唰唰，短小精悍的雪狼刀在龙靓手中犹如一条张牙舞爪的游龙，所过之处，银光一闪，直逼得阿奇尔连连退却！阿奇尔虽然身体强壮，但训练早已荒废很久，手法生疏了许多，和全力搏杀的龙靓走了几个回合便力不从心，前臂和胸口都被划出几道细长的刀口。

阿奇尔粗喘了几口气，冲龙靓一摆手："龙队长，咱们不过是替别人打工，为了那么一点儿钱，犯不上以命相搏！"

龙靓反手持刀，冷冷地逼视着他："错了，你只不过是为了金钱卖命，而我是职责和使命所在，即使以身殉职，也在所不惜！"

"看看下面，巨石、凤蝶、阿奈·明，甚至冰火的疯狗也在，即使杀了我，你也保护不了下面所有人。睁一只眼闭一只眼，我会把酬劳分你一份儿的！"

阿奇尔话刚说完，龙靓立刻一刀划了过去，他的侧脸又多了一条几厘米长短的刀口："这就是我和你们的不同，你只看到了钱，但我看到的却是一百多条生命！"

望着那双坚定的目光，阿奇尔知道再这样下去还是不会有任何回旋的余地，于是坦白道："龙队长，实话告诉你，能够中和 ADS-008 的血清根本就没有研制出来！换句话说，今天在场的所有人 7 天之后全部都得死！"

"哼，你把我当三岁孩子吗？没有中和血清，你拿到钱又能怎样，还不是一死？鬼才信你的话！"

"我说的事实！只不过虎鲨在研制 ADS-008 的同时，研制出另外一种抗异化血清，可以降低 ADS-008 的活性，延长人的 10 年寿命！我们胡狼过的是刀口舔血的生活，谁也不知道能不能见到明天的太阳，与其打打杀杀、枪林弹雨的苟活，还不如享受 10 年，安然死去。"

"为了一己之私，牺牲这么多人的生命，你现在就应该去死！"

龙靓脚下慢慢踱着步子，看到斑蝰蛇手枪就在右脚旁边，陡然飞起一脚，唰，斑蝰蛇手枪以凌厉的气势直朝着阿奇尔脸庞飞了过去！

这一脚力道太大，阿奇尔根本无法接住手枪，只能闪身避开，不料龙靓身形一晃已经到了他跟前，锋利的雪狼刀直朝着他的脖子划去！阿奇尔一个冷笑，右手一个反转握住她的手腕："真可惜，龙队长你太大意了。"

噗，一个低沉的穿透声在阿奇尔耳畔响起，他脸上的冷笑瞬间僵硬了。等他低下头，却发现一把同样的雪狼刀横向穿过肋间直直地扎进他的心脏！

噗，龙靓拔出雪狼刀，顿时一股鲜红的血液喷涌而出，阿奇尔整个胸腔绽放出一朵绚丽的艳花！

龙靓一个转身离去："忘了告诉你，我有两把雪狼刀。"

看到龙靓搞定了阿奇尔，严厉也开始行动，一手握紧军刺，走到阿奈·明所在位置正上方，猛地向前一跃，一手揽住条幅"噌噌噌"地滑了下去。

身旁的条幅突然紧紧地拧成一股，阿奈·明本能地向后一闪，才抬起头来，眼前忽然闪过一道亮光，他只感到喉咙上有了一丝凉意，殷红的血液瞬间喷涌而出，顺着气管灌进肺内。他还没看清来人的模样，就已经挂了！

　　周围立刻一片骚动，会场爆发出一阵刺耳的尖叫声，人群纷纷向后退却。阿奈·明身前尽是喷涌的血迹，和后退的人群拉开一条两米宽的距离，场面陷入一片混乱！

　　这样一来，凤蝶就发现了严厉的行踪，她一个箭步冲过去，后旋踢一甩，直踢中他的胸口。严厉脚下不稳，连着向后退了几步，"咣当"一声撞在墙上。

　　说胡狼之间情同手足，纯粹是扯淡，但在一起出生入死久了，还是有几分情谊的。凤蝶瞥了一眼躺在血泊中的阿奈·明，冷漠的眼神中闪过一丝杀气。她陡然拔出手枪，当当当，对着严厉连开了三枪，不过他早已察觉，闪身到座位后面躲了过去。

　　嗖！半空中银光一闪，锋利的雪狼刀以回旋之势朝着凤蝶疾速飞来。她扭动腰身一个转身，雪狼刀擦着她的侧脸飞了过去！

　　这时，严厉看准时机飞身过来，将凤蝶扑倒在地，两个人扭打在一起。论身手，两个人旗鼓相当，严厉刚才只是占了偷袭的优势，才轻松结果了阿奈·明的性命，如若阿奈·明和凤蝶联手，他绝无半点儿胜算！

　　条幅都被扯光了，龙靓拖着二楼的红地毯纵身跃下。借助地毯减缓下坠速度，人在半空中松手，一跃而下，却很不凑巧地落进了巨石的攻击范围！

　　班·汉森虽然不怎么聪明，但也不至于愚笨，见二楼的阿奇尔·韦伯半天没有现身，猜到他八成挂了，加上阿奈·明在他眼前被人杀了，顿时一股血气涌上来！

　　"臭女人，我杀了你！"

　　砰砰砰，响亮的枪声在隔音的会议场尤显聒噪刺耳，整个屋子充斥在震耳欲聋的响声之中！龙靓虽然身手敏捷，但为了不殃及无辜，只在会场后面闪躲，很快就被逼到了角落里。

　　呼——一个黑影蹿了上来，飞起一脚正中龙靓的心口，将她踢倒在地。黑洞洞的枪口瞄准了龙靓，疯狗一声冷笑："真想不到，中国最精锐的蓝剑特种部队中队长龙靓居然会死在我疯狗的手里！"

噔噔噔——巨石几个人步疾奔过去，一把抓住了疯狗的手腕："就这么一枪崩了她，实在是太便宜她了，我要为阿奇尔老大和阿奈报仇！"

"千万别大意，她可不是普通的女人，她是最精锐的蓝剑精英，以一当十的厉害角色！"

"放心吧，对于敌人我向来都不会手下留情。"

疯狗收起斑蝰蛇，饶有兴致地道："哦，那你想怎么处置她？"

巨石从腰间抽出大猎刀："女人最在意的无非是她们漂亮的脸，我要先割烂她的脸，然后砍下她的手脚，最后再一刀结果了她！"

"啧啧啧，绝妙的手法，堪称艺术！"

龙靓恶狠狠地瞪着两个高头大马的男人："呸，两个变态的家伙！"

咣当！会议场一直紧闭的大门被人从外面撞开，一个人影敏捷地闪了进来："住手！"

透过巨石和疯狗两个人之间的空隙，龙靓一眼就望见了那个熟悉的身影："凌峰，真的是你？"

严厉和凤蝶玛姬相互踢了一脚，各自分开。看到久违的队长，他的眼睛有些湿润了："凌队长，你终于来了！"

"唉……"演讲台上的虎鲨轻叹一声，"雪狐和拉卡这两个笨蛋，居然让我留给他们的护身符跑了！"

"虎鲨，投降吧，你逃不掉的！"

"凌队长，你是不是在冰原上冻坏了脑袋？看看现在的形势全都在我的掌控之中，你凭什么让我投降？"

"你的冰火基地和极北的地下实验室，我已经画出了它们细致的内部结构布防图。只要你放了这里的所有人，我可以把它们交还给你，否则我会把它们交给国际刑警，你的所有的心血将会付之一炬！"

"哈哈，凌队长，你真的是太天真了！那么简陋的基地和实验室，就算你把它们炸成灰，我也不会心痛的，只要拿到赎金，我可以再建造十座更加庞大的基地！反倒是你，跑来白白送死。"虎鲨的目光飘向会场后排，脸上露出一个阴险狡诈的笑容，"疯狗，你的老对手来了，还不过来招呼一下！"

砰！一声枪响，凌峰单腿跪在地上，血液从指缝里冒了出来。

"凌峰！"

"凌队长！"

疯狗径直走到凌峰面前，和他对视几秒钟后，突然飞起一脚，正踢中他的侧脸："凌队长，我真的非常不愿意看到你！你一旦出现，就意味着雪狐和拉卡他们全都栽了。虽然我们之间并没有兄弟情谊可言，但总归是黑火一起出来的老搭档，她落到你们手里，绝没有什么好下场。逃了几年，最后还是死在你们手里，真是可悲。"

"是你们罪有应得！黑火犯下的罪已经不可饶恕，你们居然心狠手辣地残害十几岁的孩子，死有余辜！"

这时，会场的焦点慢慢集中到前场。趁着凤蝶玛姬分神的片刻，严厉捡起地上的雪狼刀，以迅雷之势甩飞出去。

嗖嗖嗖——雪狼刀在半空中急速盘旋，径直朝着疯狗后背飞去。疯狗异常警觉，听见风声，旋即闪身避开。不料凌峰突然冲到他背后，一个锁喉扣住他的喉咙："别动！"

"不愧是蓝盾特别行动小组，配合果然默契！"

自己这边出了差错，凤蝶玛姬懊恼不已，立刻拔出军刺向严厉逼近过去。刀刀凌厉，锐不可当，严厉只得小心谨慎，沉着应对。

"凌队长，我真的很佩服你们，在没有任何利益的情况下，居然会拿性命去搏杀！"

"以人民利益为一切，誓死捍卫职责，这就是军人的使命，你是不会明白的！"

"没有谁对谁错，我们的信仰不同。既然我们都是战士，为什么不用实力来证明一切？即使死在你的手里，我也毫无遗憾。"

"我们之间谁对谁错无关紧要，去跟被你害死的人忏悔去吧！"

就在这个时候，忽然从背后传来轻微细缓的脚步声，很轻、很细，悄无声息，却没能瞒过凌峰的耳朵。他扼住疯狗的脖子猛然转过身，却看到了一张幼稚的面孔。

凌峰面色一怔："刘静云？"

"叔叔……"

见凌峰稍有分神，疯狗猛然从他的锁喉中挣脱出来。凌峰顾不上理会他，俯下身来就将刘静云拥入怀中："看到你真好，你知不知道……"

噗——凌峰感觉腹部一阵剧痛，猛地将刘静云推开，只见一把匕首扎进了小腹。他左手连忙夹紧匕首捂住伤口，疑惑道："刘静云，你？"

"凌峰，我永远不会忘记在冰火那段非人的日子！是你和吴劫弃我于不顾！还有刘云、罗静，我一个人在寒夜里快要被冻死的时候，他们在哪里？为了一个馒头、一条鱼，我拿性命去和别人拼抢的时候，他们又在哪里？我恨你们，恨你们所有人！"

"刘静云，你误会了。在你失踪的这段时间里，你的父母一直在苦苦找寻你的下落……"

"他们还关心我？闭嘴，别再骗我了，我已经回去看过了，他们早就走了！"提到这些，刘静云原本清澈的眼眸变得更加冰冷，"为了不触景伤情，他们甚至搬离我们曾经的家，只为了忘记我！"

听了刘静云的话，疯狗不禁自豪起来："不愧是我亲自挑选的种子杀手，这么快就看清了人的本性！人生来就是自私贪婪的，为了自己，任何人都可以抛弃，包括妻儿子女！"

"闭嘴，都是你在误导她！"

凌峰朝疯狗挥起拳头，无奈枪伤加上刀伤，身体虚弱得厉害，出拳少了七分力度。疯狗身子微微一晃，轻易地就躲开了。

"该闭嘴的人是你，口是心非的家伙！"

刘静云心中怨恨颇深，凌峰的每一次辩解，都让她感觉到恼火。她捡起地上的雪狼刀，一步步朝凌峰逼了过去。

"没错，就是这样，杀了他，所有抛弃你的人都该死！"

看到刘静云如此冷酷的模样，凌峰心里不禁一阵惋惜："等等，刘静云，这不是真实的你，不要让别人控制了你的思维！在我的记忆里，你一直是天真善良，在阳光下弹着钢琴，开怀大笑的姑娘，千万不要让这些坏人误导了你！"

"你认识的刘静云已经死了！从你们抛弃她的那一刻，她就已经死了！"

唰唰，刘静云挥起雪狼刀朝凌峰斜刺过去，后者竟毫不闪躲，任凭锋利的雪狼刀在他胸前划出两道几寸深的刀口！

龙靓在后场看得一阵心急，想要冲过去阻止，却被巨石拦下："凌峰，还手啊！她已经不是从前那个善良的小女孩儿了！虎鲨就是利用了我们的弱点，千万别中了他的圈套！"

回想起刘静云曾经活泼可爱善良的样子，凌峰心如死灰，满心愧疚："如果杀了我可以消除你内心的怨恨，动手吧！但是你要答应我，别记恨你的父母，做回曾经那个心地善良的刘静云。"

"这些话，等你死了，向被你们抛弃的那个孩子去说吧！"刘静云再次将雪狼刀对准了凌峰的心脏，一点点慢慢逼近过去。后者却沉寂着闭上眼，再不愿向这个可怜的孩子出手。

"凌队长，快点儿躲开啊！"

"凌峰，快还手啊，该死的是虎鲨他们，和你无关！"

就在这千钧一发之际，外面一阵警笛长鸣，打破了会议室内极度压抑的氛围。巨石班·汉森顿时有些慌乱，向仅剩的战友凤蝶玛姬追问道："靠，好像是蓝盾的人来了，我们该怎么办？"

凤蝶玛姬不屑地白了他一眼："虎鲨头目还在这里呢，咱们慌什么？"

巨石面带忧郁道："蓝盾可不好对付。"

"大不了陪阿奇尔老大和阿奈死在这里，你怕啦？"

"呸，怕个屁！他们谁敢进来，我就跟他们拼了！"

"疯狗！"

虎鲨朝疯狗递一个眼色，后者心领神会，立即拔枪闪身藏到门后。他绝对是个只认钱不认命的亡命徒，管他是蓝盾还是蓝剑，谁敢挡住他赚钱的门路，谁就得死！

啪！一根弹力绳从巨石头顶的二楼甩下来，紧接着一个人影纵身飞跃到半空中抓住了绳子，砰砰砰，几个连射全都打在刘静云脚前几寸的红毯上，立刻将她逼退了回去。

不等下面的巨石反应过来，那人已经嗖地滑下来，嗒嗒嗒，几个腾空踢正中巨石胸口。趁着他脚下不稳，龙靓一个箭步逼上来，身子一转，一记漂亮的后旋踢正踢中他的心口，速度之快，力量之大，让巨石措手不及，直直地仰面朝上栽倒下去！

等到看清那人的身影，疯狗一双眼睛气得快要喷出火来："吴劫，居然是你！"

"虎鲨头目，疯狗教官，好久不见！"吴劫身子稍微一转，表情依旧冷漠地道，"还有你们，龙队、凌队、小严。"

"吴劫，你不是按虎鲨头目的命令，来中国带桐谷千代和唐卿回冰火基地的吗？消失了几天，怎么会把枪口对准自己人？"

"有人要杀死曾经和我一起出生入死的兄弟，我怎么可能袖手旁观？"

"哼！"疯狗冷冷一笑，不屑道，"兄弟？你忘了曾经是谁把你打下悬崖？还差点儿连命也丢掉！又是谁逼得你走投无路，变成了一条丧家之犬？"

"别忘了，在你被国际刑警通缉、被仇敌追杀的时候，是虎鲨头目收留了你，让你重新找到战士活着的尊严，你就是这么回报他的吗？来破坏他多年的精心计划？"

"我答应过你们会留在冰火，但我从未承诺过你们，会与曾经的兄弟为敌！"

"你这个叛徒！"

"算了，疯狗，道不同不相为谋。"虎鲨淡淡地道，"你不会真的相信吴中尉会加入冰火吧？这只不过是人家的苦肉计而已。"

疯狗一愣："什么意思？"

虎鲨目光深邃，一切都瞒不过他的眼睛："保卫祖国和人民是中国人民解放军的神圣职责，蓝剑更是百里挑一的精锐中的精锐！你真的相信他会射杀一名特警？"

疯狗沉思片刻，狐疑道："可是根据我收到的信息，在一次恐怖袭击事件中，这名特警失手射杀了吴中尉的女儿吴影，才会引来杀身之祸，而吴中尉也因此违背信仰，为女报仇后远逃海外。"

"呵呵，特警失手误杀？你真的相信有这种巧合？吴中尉为女报仇狙杀特警？如果他连这道坎儿都过不去，如何能进入中国陆军最精锐的蓝剑特种部队？"

听到这里，疯狗才逐渐意识到什么："你的意思是，这些全都是中国警方故意伪造的消息，目的就是让吴劫进入冰火基地获取情报？既然你早就知道，为什么让他一直留在基地？"

"这就是周局长的精明之处！有一个宁愿背负重重罪孽、千古骂名的铁血战士，何愁冰火不灭！如果我把吴劫杀了，周局长必然会和E国警方联手围剿冰火，与其这样，还不如将计就计把他留下。一来，可以让周局长安下心来；二来，也可以利用吴劫帮我们做很多事！"

听到虎鲨讲完一切，吴劫平静的内心泛起一丝涟漪，周伯萧的计划原来早就在虎鲨的掌控之中："我还是低估你了。"

虎鲨环顾四周，脸上流露出一种难以言喻的笑容，不禁轻笑着鼓起掌来："凌峰、吴劫、龙靓，真想不到蓝剑特种部队最精锐的三颗毒牙又重聚到一起，我虎鲨真是不虚此行！"

"上次围剿黑火让你侥幸逃走，只怕这次你没这么好的运气了！"吴劫冷冷道，右手不自觉地握紧了手里的92式手枪。

"等等，吴劫，你真的让我好失望！我对你的底细了若指掌，而你却对我的手段一无所知。"虎鲨故作忧伤状，朝旁边瞥了一眼，"刘静云，把你的小姐妹带出来吧，绑了这么久，她该急坏了。"

吴劫望了一眼凌峰，后者轻轻摇头，不知道虎鲨在耍什么花样。刘静云径直走向演讲台后面的更衣室里，没多久，一个天真质朴的小姑娘跟在她身后走了出来。

"各位蓝剑精英，应该不用我介绍了吧，你们肯定认识，何晴，又或者应该叫她吴影才对！"

吴劫平静的面孔忽然变得僵硬，淡漠的眼神中流露出一丝惊恐："小影！"

"爸爸！"可能是过于害怕，又或者看见吴劫乐极生悲，吴影竟失声哭喊起来，她高兴地要冲过去，却给刘静云不留情面地反扭住胳膊，动弹不得！

咔，虚影一晃，黑洞洞的枪口已经瞄准了虎鲨。吴劫冰冷的眼神中透露出一股杀气："放了我女儿！"

现场的控制权再度回到手中，虎鲨心情一片大好："我这个人一向慷慨大方，吴中尉，选择权在你手里。要救与你一起出生入死的兄弟，还是救你的女儿？"

"毕竟是肝胆相照、出生入死的兄弟，老婆没了可以再找，真正的兄弟这辈子可就这么几个，特别是我们的龙中队，天生丽质，姿色动人，就这么牺牲了，实在可惜！"虎鲨饶有兴致地一一道来，"当然，女儿也只有一个，不能不管。哎呀，太伤脑筋了，这个难题还是留给你吧！吴中尉，你只有两分钟的时间考虑哦！"

"爸爸，我不害怕，别管我。和凌叔叔、龙阿姨一起抓住这些坏人！"吴影轻声抽泣道，娇嫩的脸庞上梨花带雨，楚楚可怜。

"小影……"

"吴劫，程瑶已经死了，你不能再对不起她女儿！赶快救小影，我们撑得住！"

自从程瑶去世以后，吴影一直住宿在学校，吴劫每个月只能去看望她一次。执行这次任务以来，父女两人更是几个月未见一面，凌峰实在不忍心看到他们这次见面就变成了永别！他强撑着站起来，想要过去帮忙，一把阴寒的军刺立刻斜刺过来。凌峰忍着伤口的疼痛，接连闪避几次，才勉强躲过。疯狗横身过来，冷冷地望着他："凌队长，还是先想想怎么保住自己的性命吧！"

刘静云一手反扣着吴影的胳膊，左手里不知何时多了一把锋利的匕首。她迎上吴劫踌躇的目光，淡然道："我劝你还是先救他们的好，因为，不管你选择谁，我都会杀了她！"

吴劫微微一怔，虽然他早已见识过刘静云的冷血无情，但当真没想到她居然如此丧失人性，冰火的罪孽实在太深了！

"你们甚至都没见过，为什么要这么做？"

一丝诡异的笑容出现在刘静云稚嫩的面孔上，看起来那么阴险："是你们逼我这么做的，你们所有人都抛弃了我。我失去的东西，谁也不能拥有，否则我会亲手毁了它！"

"爸爸，别管我，去救凌叔叔和龙阿姨。答应我，别再让更多的小孩儿变成这样！"

"住嘴，不然我立刻杀了你！"

刘静云一声呵斥，右手向上提了几寸，吴影脸上立刻流露出痛苦的表情，但她还是咬紧牙关强忍住泪水。

"你们这些该死的浑蛋！"严厉气不过，一闪身绕过凤蝶，直朝着疯狗扑了过去！玛姬早就料到他会狗急跳墙，抢先他一步飞身过去，一把锋利的匕首直朝着他的心口扎下去！

咚，咚咚，几声低沉的话筒音在众人耳边响起，紧接着，一个厚重男音从外面传来："里面的人听着，我是周伯萧，要和你们负责人谈判，我会一个人进来的。"

虎鲨脸上立刻露出欣喜万分的表情："等了这么久，重量级的人物终于出现了。周局长，请进！"

一位身穿深蓝色警服的中年男人走了进来，面容刚毅，步态沉稳，头发有些许花白，但却精神抖擞，一身正气。他环视会议场一圈，了解了目前的局势，沉稳的目光最后落在演讲台上："你就是虎鲨？"

"你我博弈这么久，面对面谈判还是第一次，见到你非常荣幸，周局长！"

"黑火覆灭之后，短短几年，你又重新创建了冰火，头脑精明而睿智，只可惜用错了地方。"

"不，我们所处的环境不同，造就了我们不同的信仰和理念，无所谓谁对谁错。"虎鲨泰然自若，一派大家风范，"既然周局长敢一个人进来，必然有了完全的对策，说说你的条件吧。"

看到周伯萧，Petar Chan 就像抓住了一根救命稻草："周局长，你来得正好，快点儿救我们出去！"

"Petar Chan 先生，您放心，这里的情况我会处理好的。"比起虎鲨的沉稳老练，周伯萧更是镇定自若，泰山崩于前而面色不改，"放了这里所有人，交出中和血清，中国警方会对你们从轻发落。"

"哈哈，不愧是周局长，没有半点儿胜算，还能这么义正词严！"虎鲨陡然收起笑容，严肃地盯着他，"我随便在这里抓一个人都是救命王牌，你凭什么要我投降？"

"就凭你身在中国！有蓝剑、蓝盾的精英战士在，你必输无疑！"

"看看他们一个个灰头土脸，吴劫的女儿还在我的手上，我怎么会输？"

周伯萧慢慢转过身子，看到了那张熟悉而又亲切的面孔。他俯下身来，向刘静云露出慈善的笑容："小静云，还记得我吗？我是周叔叔。"

吴劫提醒道：“周局长，小心，她已经不是从前的刘静云了！”

“胡说！她一直是我心里那个闪亮可爱的小娃娃！”周伯萧朝他吼了一声。

“周伯萧，收起你的伪善，别跟我假惺惺的演戏，我不是以前那个傻傻的被人随意欺骗的小孩子了！”

周伯萧从耳朵里摘下隐形耳机，又从警服口袋里取出两张照片，慢慢伸手过去，脸上慈善的笑容始终未曾散去：“这么久没见你爸妈，很想念他们吧？想不想看看他们现在的样子？”

“不想！”几乎在瞬间，刘静云立即开口回绝。只是在那极短的一瞬，她冷漠的眸子泛过一丝波澜，都被周伯萧看在眼里。

“我知道你恨他们没有去救你，事情不是你想的那样。看看吧，看过他们现在的样子，你就会明白一切。”

周伯萧慢慢起身，刘静云手中的匕首立刻迎上来。

“周……”周伯萧一摆手，迎着她手里的匕首径直走了过来，从容不迫。他把两张照片放到刘静云紧握匕首的手上，然而，她却没有伸手去接。

啪，两张照片悄然飘落到地上，刘静云眼眶里有晶莹的东西在闪动。她的眼睛一转，那两个曾经熟悉而又亲切的身影便进入她封闭已久的心里。滚热的泪水再也止不住，潸然流下，冰冷的内心再度融化：“爸爸！妈妈！”

照片里，意气风发的刘云一手抱着刚刚五岁的小刘静云，年轻漂亮的罗静依偎在身旁，挽着他的胳膊——幸福甜美的一家三口。然而，另一张照片却像是两个风烛残年的老人，刘云的双目阴晦、满面愁容，额头上几道深深的皱纹清晰可见，两鬓也多了几许白发；他身旁的罗静一头长发如银丝一般炫目刺眼，原本白皙的皮肤满是褶皱，双目无神、面容憔悴。

“爸爸、妈妈，你们怎么会？”

“在你失踪之后，你父母动用了一切资源，去找寻你的下落，只可惜你犹如石沉大海，再无音信。你爸爸倾尽全部精力去找你，还要安慰你妈妈，两个月后，云华集团经营不善，转手易主。可惜你爸爸才华横溢，最后却只能寄人篱下，整个人苍老了二十多岁。你妈妈更是难以接受这个巨大的打击，终日以泪洗面，一周之后，满头青丝变成白发，精神也崩溃了。”

当！刘静云手中的匕首悄然坠地，她再也承受不住，顿时瘫在地上，泪如泉涌。积怨已久的满心仇恨在满头白发间荡然无存，悔恨的泪水如雨般滑落："爸爸、妈妈，对不起，我错了！"

　　周伯萧轻抚着她，满目慈祥："孩子，你迷路太久了，该回家了。只是，你妈妈她……"

　　刘静云仰头望着他："周伯伯，带我去见他们，求你了！"

　　啪啪，啪啪，虎鲨情不自禁地鼓起掌来："真不愧是周局长，攻心技术一流！如果不是亲耳所听，我还以为只是一个声情并茂的故事。"

　　"虎鲨，你的余党已经全部被我们消灭！三个分区大队和蓝盾特别行动小组就在外面，随时待命，你觉得你还有机会逃走？"

　　虎鲨脸色一下就变了，直直地逼视着周伯萧。两个男人坚毅果敢的目光碰撞到一起，擦出激烈的火花。过了良久，虎鲨终于挪开目光，大笑起来："既然走不了，就让我和周局长一起上路！黄泉路上，我们再对弈一番！"

　　"你是最坏的人，居然还想害周叔叔！"刘静云捡起地上的匕首，飞快跑上演讲台，使出浑身解数朝虎鲨刺去！

　　哐哐！这一次，会议场的大门被撞得粉碎，蓝盾副队长周川带领蓝盾精英以进攻队形快速攻入，看到满屋人质，立刻收起突击步枪，奋身而上！

　　砰！狙击手赵一鸣在二楼瞄准目标，一声枪响，大块头巨石应声倒地，脑袋一侧血洞大开！

　　三条弹力绳从二楼甩下来，在狙击手赵一鸣的掩护下，其他蓝盾战士顺绳而下，加入战斗。

　　凤蝶玛姬见势不妙，正要抓起一名人质逃跑，赵一鸣立刻瞄枪过来，啪，她的小腿被打断，摔在地上。眼看形势无力回天，疯狗想要拉吴劫垫背，周川和两个蓝盾战士却冲上来，将他团团围住："束手就擒吧！"

　　噌噌，龙靓紧握雪狼刀，像一支疾飞箭矢，从后场直奔到前场，与吴劫、凌峰背向而立："真想不到，我们三个还有机会并肩作战！"

　　砰！刘静云娇小的身体直飞了出去，结结实实地撞在会场台上，昏死过去。

　　嗖嗖嗖，三个敏捷的身影同时一跃而上，将虎鲨牢牢围在中间。不等他奋起反抗，锋利的野战刀、军刺一划而过，废了他的两条胳膊，雪亮的弯刀抵在他的脖子上，龙靓淡然一笑："虎鲨，你没机会了！"

混乱的局势终于被控制住，Petar Chan 这才从角落里爬出来，一把握住周伯萧的手："周局长，我们已经吸入虎鲨的 ADS-008 细胞分子，快点儿送我们去医院！"

"哈哈，白费心机！"虎鲨大笑，一抹血丝顺着嘴角流下来，"根本没有任何药剂能够控制 ADS-008，你们就等死吧！"

"谁说的？"凌峰走上演讲台，朝台下众人大声道，"请大家放心，其实，唐俊教授早就研制出可以控制 ADS 血清系列的——TAS 中和血清。"

虎鲨的情绪开始失控："胡说，我根本就没有听过什么 TAS！"

"当然有！只是唐俊教授从来没有相信过你，所以对你只字未提！早在几个月前，唐教授就将 TAS 中和血清注射到他女儿唐卿体内，TAS 在 39 度恒温中会迅速分裂。只要找到唐卿采取 200 毫升血液，就可以得到足够量的 TAS 血清！"

周伯萧长长地嘘了一口气："放心吧，她一直在我们的安全保护之下。"

三日后，新区市郊滨海公墓。

成片的青松环绕下，一个个墓碑静默在和煦日光中，徐徐清风迎面而来，这是只属于逝者的安息之地。

墓碑照片上，罗静的笑容单纯而甜美，仿佛和刘云初识的那个美好的夏日初晨。刘静云静立在刘云身侧，长长的黑发披散在肩头，晶莹的眸子清澈如水，和她母亲一样单纯而善良。望着心爱的妻子，刘云泪眼蒙眬。她一直在刘云的脑海中，不曾离去。

"罗静，女儿回来了。放心，我已经带她去投案自首了，以后周局长他们会好好教育她的，我们一家人又能在一起了。"

刘静云俯下身子，将一束纯洁圣白的百合花献给长眠的罗静，两行冰凉的泪水悄然落下："妈妈，我回来了。"